Reinhard Rohn

LEISE, STIRB LEISE

Kriminalroman

dtv

Ausführliche Informationen über unsere Autoren und Bücher
www.dtv.de

Dieses Buch ist ein Roman. Handlungen und Personen sind frei erfunden. Ähnlichkeiten mit lebenden oder toten Personen sind rein zufällig. Bei der Schilderung real existierender Schauplätze habe ich mir einige kleinere Freiheiten gestattet.

FSC
www.fsc.org
MIX
Papier aus verantwortungsvollen Quellen
FSC® C019821

Originalausgabe 2015

Dieses Werk wurde vermittelt durch die Literarische Agentur Thomas Schlück GmbH, Garbsen
Zitat S. 5: Lew Tolstoi, Anna Karenina. Aus dem Russischen von Hermann Asemissen, © 1956 Rütten & Loening
Umschlagkonzept: Balk & Brumshagen
Umschlaggestaltung: Johannes Wiebel
Gesetzt aus der Aldus 9,75/12'
Satz: Greiner & Reichel, Köln
Druck und Bindung: Druckerei C.H.Beck, Nördlingen
Gedruckt auf säurefreiem, chlorfrei gebleichtem Papier
Printed in Germany · ISBN 978-3-423-21600-5

»Alle glücklichen Familien sind einander ähnlich; jede unglückliche Familie jedoch ist auf ihre besondere Weise unglücklich.«

Lew Tolstoi, *Anna Karenina*

Prolog

Vor sechsundzwanzig Jahren

Ich muss sie töten, dachte er, töten, weil ich sie liebe.

Sonst würde er sich nie von ihr befreien können. Er würde ständig an sie denken, wie sie auf dem schwarzen Satin lag, mit diesem Funkeln in den hellblauen, halb gesenkten Augen, wie sie sich mit der Zunge über die roten Lippen fuhr und wie sie die Beine um ihn schloss. Ja, er musste sie auslöschen, um sie zu vergessen und frei zu sein.

In drei Wochen würde er heiraten – dann musste sie tot sein, seine schmutzige, heimliche Geliebte.

Sie nannte sich Fleur, aber er wusste, dass sie eigentlich Helga hieß – Helga Rothmann. Sie war einmal Schauspielerin gewesen, die ein paar kleinere Rollen im Fernsehen und am Theater gehabt hatte, aber nun war sie einundfünfzig, eine alte Hure, vom Leben gezeichnet. Trotzdem hatte sie ihn sofort fasziniert, als er in die Kneipe unten am Thürmchenswall gekommen war. Es hatte geregnet, und sie hatte an der Theke gestanden und einen Kaffee getrunken, aus einer kleinen weißen Tasse, auf der ein Abdruck ihres Lippenstifts zu sehen war. Ihre Fingernägel waren grellrot lackiert gewesen. Geziert hatte sie die Tasse umfasst und ihn angelächelt. Heiß und kalt hatte es ihn durchfahren – ältere Frauen hatten ihm immer schon gefallen, bereits in der Schule hatte er sich nicht selten in seine Lehrerinnen verliebt. Doch noch nie hatte er bei einer älteren Frau gelegen.

Zwei Stunden später hatte er in ihrem Apartment an der Dagobertstraße den schönsten Orgasmus seines Lebens erlebt. »Komm wieder, Kleiner«, hatte sie ihm zugeflüstert. »Diesmal war es umsonst – beim nächsten Mal kostet es aber was.«

So hatte es begonnen. Ein-, zweimal die Woche war er zu ihr gegangen – wann immer er es sich leisten konnte. Sie hatten nie viel geredet, er liebte ihren bereits verblühten Körper, ihre üppigen Brüste, ihre Falten am Hals, ihr blond gefärbtes Haar, die Art, wie sie ihn ansah, spöttisch und ein wenig desillusioniert.

Sie hatte einen Bann über ihn geworfen – den Bann der erfahrenen Frau, die sich nichts mehr erhoffte, keine Liebe, keine Träume.

Doch nun würde er die Geschichte abschließen. Er konnte nicht die junge, unschuldige Alma heiraten und weiterhin zu einer Hure gehen. Unmöglich. Alma wollte Kinder kriegen, sie wollte ein Haus, einen Garten …

Er hatte sich für zwanzig Uhr angekündigt – der letzte Gast an diesem Tag. Es sollte alles wie immer sein, nur dass er diesmal ein Abschleppseil dabeihatte und einen kleinen Benzinkanister, beides in einer Segeltuchtasche versteckt. Er musste äußerst umsichtig vorgehen, durfte keine Spuren zurücklassen.

Fleur hatte das Apartment in der vierten Etage, Dagobertstraße 38. Im Sommer konnte man bei offenem Fenster hören, wie die Studenten in der Musikhochschule übten.

Was wusste Fleur von ihm? Dass er Student war, dass er von ihr fasziniert war … nichts sonst.

Sie empfing ihn in einem weißen Bademantel. Sie sah müde aus, als sie ihn umarmte. Um ihren Mund war eine neue Falte entstanden. Ihr bläulicher, altmodischer Lidschatten war ein wenig zerlaufen. Zu Beginn ihrer Bekanntschaft hatte sie sich mehr Mühe gegeben, ihn zu betören.

Sie tranken ein Glas Sekt, der zu warm und billig war, dann zogen sie sich aus. Zum ersten Mal spürte er, dass er nervös war.

»Ich heirate bald«, sagte er, während er sich über sie legte. Sie roch nach Parfüm und Schweiß.

»Herzlichen Glückwunsch«, hauchte sie, »dann muss ich dich noch mal richtig rannehmen.«

Er lächelte, sie konnte manchmal ziemlich ordinär sein. Er küsste sie am Hals und spürte, wie er steif wurde, doch viel langsamer als sonst.

»Was ist?«, flüsterte sie ein wenig spöttisch. »Liebst du mich nicht mehr?«

Er dachte daran, wie ihre Wohnung brennen würde und dass er sich beeilen musste, um davonzukommen.

»Ich möchte, dass wir uns die Augen verbinden«, sagte er. »Was hältst du davon?«

Er wusste, dass sie zwei Stammkunden hatte, die auf eine solche Nummer standen.

Sie nickte und beugte sich vor, dann hatte sie schon zwei Schlafmasken in der Hand, die sie griffbereit in einer Schublade ihres Nachttisches aufbewahrte.

»Und dass wir uns fesseln«, fuhr er fort. »Erst fessele ich dich an das Bett, dann du mich.«

Erstaunt schaute sie ihn an. »Möchtest noch mal was Neues ausprobieren, was?«

Er nickte.

Als sie gefesselt und mit der Schlafmaske vor den Augen im Bett lag, holte er das Abschleppseil hervor.

»Was tust du?«, rief sie und wandte blind den Kopf. Unruhe hatte sich in ihre Stimme geschlichen. Sie war eine erfahrene Frau, die einen Sinn für Gefahr hatte.

»Ich liebe dich«, sagte er, als er sich über sie beugte und ihr das Seil um den Hals legte. »Deshalb musst du mir verzeihen.«

Sie war schneller als er – sie brachte es noch fertig, einen schrillen, beinahe unmenschlichen Schrei auszustoßen, bevor er das Seil mit aller Kraft zuziehen konnte. Ihr Körper bäumte sich auf, sie schlug mit den Beinen um sich, riss an ihren Fesseln, warf den Kopf hin und her, gab röchelnd Flüche von sich. Es dauerte viel länger, bis ihr Körper schlaff wurde, als er es sich vorgestellt hatte.

Für einen Moment, während er zu schwitzen begann und sein Herz bis in den Kopf hämmerte, hatte er das Gefühl, die Sache nicht durchzustehen – er musste aufhören und sie am Leben lassen, doch dann dachte er an seine Hochzeit. Er musste diese schmutzige Affäre hinter sich lassen.

Endlich wich die Kraft aus ihrem Körper. Er schaute sie nicht mehr an, während er sich anzog und hektisch das Benzin in der Wohnung verteilte. Er musste sich beeilen. Er hatte Angst, dass jemand sie gehört hatte. Der Teppich und die Laken fingen sofort Feuer. Alles schien nach Plan zu laufen, doch ihren Schrei hatte er noch im Ohr, als er schon wieder auf der Straße war und am Rhein entlang in Richtung Bahnhof ging.

Und diesen Schrei würde er in den nächsten Jahren nicht mehr loswerden.

1.

Um neun Uhr, hatte Gerald Bohl gesagt, der Kriminaldirektor. Sie solle um neun Uhr ihren Dienst antreten. Sie würde einen Schreibtisch haben und von ihrem Kollegen Henning Mahn eingewiesen werden. Sie solle die Sache ruhig angehen – neun Monate Pause seien keine Kleinigkeit. Der Fall, um den sie sich kümmern solle, sei eigentlich eingestellt worden – eine Frau sei vor über einem Jahr spurlos verschwunden, eine Zeitungszustellerin, die morgens auf ihrer Runde in Riehl wahrscheinlich ihrem Mörder oder einem geheimen Liebhaber begegnet sei, mit dem sie ihr normales Leben verlassen habe. Keine große Angelegenheit, aber das Richtige, um wieder in die alltägliche Polizeiarbeit zu finden. Und wenn die Sache zu anstrengend für sie sei, solle sie sich direkt bei ihm melden.

Ein kurzes, freundliches Telefonat.

Erst nachdem Lena Larcher aufgelegt hatte, war ihr aufgefallen, dass ihre Hände zitterten. Dann hatte die Glocke von Sankt Agnes geschlagen, und sie war zusammengezuckt.

Nach neun Monaten würde sie wieder ins Präsidium gehen – sie galt als gesund, zumindest dienstfähig. Von ihren Kopfschmerzattacken und den gelegentlichen Sehstörungen hatte sie nichts gesagt. Sie musste wieder arbeiten – raus aus der Wohnung, aus den Erinnerungen. Wenn sie die Kraft fände, würde sie auch endlich aus der Wohnung ausziehen, die nun, da Robert und Simon tot waren, viel zu groß für sie war.

Insgeheim wusste sie, dass ihr Vater dahintersteckte – der legendäre Hauptkommissar Georg Larcher, der vor über dreißig Jahren das entführte Mädchen eines Großindustriellen aufgespürt und gerettet hatte. Ihr Vater hatte mit Bohl gesprochen und ihm gesagt: Meine Tochter wird zu Hause verrückt, sie muss wieder arbeiten, findet etwas für sie.

Der Himmel war bewölkt, ein unfreundlicher Oktobertag in Köln. Die Uhr zeigte bereits zwanzig nach acht. Sie sollte sich beeilen, wollte sie nicht zu spät kommen.

Sie hatte nur einen Kaffee getrunken, und irgendwie, während sie sich auf den Weg nach Kalk zum Präsidium machte, hatte sie das Gefühl, gleich kein Wort herauszubringen. Es hatte in den letzten Monaten Tage gegeben, an denen sie nicht ein einziges Wort gesprochen hatte.

Was wäre, wenn Mahn ihr den Autoschlüssel in die Hand drücken würde, damit sie zu einem Einsatzort fuhr? Wieder durchlief sie ein Schauder. Daran hatte keiner gedacht, dass sie nach dem Unfall nicht mehr hinter einem Steuer gesessen hatte. Wahrscheinlich würden sich die stechenden Kopfschmerzen sofort wieder einstellen, sobald sie nur den Zündschlüssel herumdrehen würde.

An der Pforte im Präsidium erkannte man sie noch. Sie zückte ihren Dienstausweis und wurde mit einem freundlichen Lächeln durchgewinkt.

Sie atmete erleichtert auf, als wäre damit tatsächlich eine erste Hürde genommen.

Der Gang, auf dem die Mordkommission lag, war verlassen. Aus einer offenen Tür war ein Radio zu hören – die Neun-Uhr-Nachrichten. Sie war also pünktlich. Eine junge Frau mit grellrot gefärbten Haaren eilte aus dieser Tür, ein paar Computerausdrucke in der Hand, und stockte kurz. Dann nickte sie und streckte ihre Hand aus. »Ich bin Mona – Mona Beckmesser. Ihre Assistentin.«

Lena ergriff, ebenfalls lächelnd, die Hand der jungen Frau

und dachte gleichzeitig, dass sie diesen Tag nicht durchstehen würde.

»Henning wartet schon«, sagte Mona. »Sie müssen gleich los – alle sind krank. Ganz Köln hat offenbar die Grippe.« Sie zuckte mit den Achseln und lächelte wieder. Zwischen ihren Schneidezähnen war eine kleine Lücke zu sehen. Sie war allenfalls Mitte zwanzig, wahrscheinlich frisch von der Polizeischule, und trug winzige rote Stecker im Ohr und rote Leinenturnschuhe.

»Ich dachte, ich übernehme einen alten Fall«, sagte Lena.

»Hat sich geändert«, erwiderte Mona und schob Lena förmlich in ein Büro hinein. Es war zum Glück ein anderes, nicht ihr altes. In der Ferne sah sie die Spitzen des Doms.

Henning Mahn saß an seinem Schreibtisch vor Schwarz-Weiß-Fotos und blickte auf, als Lena hereinkam. Er erhob sich mit einem Seufzen und ging auf sie zu, um sie wie eine Verwandte, die er lange nicht gesehen hatte, zu umarmen. Er war dünner geworden, wirkte ein wenig ausgezehrt. Trotzdem war er mit seinen dichten braunen Haaren immer noch ein attraktiver Mann von Anfang fünfzig. Sie erinnerte sich, dass er sie kurz nach dem Unfall ein-, zweimal angerufen hatte, um sie zu trösten, aber sie hatte nie lange mit ihm gesprochen.

»Lena«, sagte er, »schön, dass du zurück bist. Wir haben gleich Arbeit, viel Arbeit.«

Mona war bereits wieder hinausgegangen. Vom Gang waren Stimmen zu hören, die sich jedoch nicht näherten.

»Ein neuer Fall?«, fragte sie und ging zu dem zweiten Schreibtisch, der völlig leer war. Ein Computer, ein Telefon – mehr befand sich da nicht.

»Leider – ich wollte dich schon anrufen. Gestern, spätabends. Ein Brand in einer Wohnung am Eigelstein. Eine tote Frau, wurde wahrscheinlich erdrosselt, bevor das Feuer gelegt wurde.« Er seufzte wieder. »Larsen und Wiegand sind beide krank – schwere Grippe. Haben sich gegenseitig angesteckt.«

Lena setzte sich auf den Schreibtischstuhl. Ich kann das alles nicht, sagte eine Stimme in ihr. Doch was willst du sonst anfangen mit deinem Leben?, flüsterte eine andere.

»Gut«, sagte sie mit fester Stimme. »Ich bin bereit. Wohin müssen wir?«

Mahn lächelte. »Ich hole uns einen Kaffee und bringe dich auf den neuesten Stand. Ich bin sicher, wir werden gut zusammenarbeiten.«

Sie fuhren nach Köln hinein. Zum Glück hatte sich Henning Mahn hinter das Steuer ihres Dienstwagens gesetzt. Sie konnte sein Aftershave riechen. Er begann zu erzählen, dass er wieder Bass spiele, in einer richtigen Rockband. Irgendwie hatte sie das Gefühl, dass er sie beeindrucken wollte – und dass etwas mit seiner Ehe nicht stimmte. Wie hatte seine Frau geheißen? Anna oder Annelie? Sie wusste es nicht mehr. Eine dünne, ausgemergelte Frau, die aussah, als würde sie dreimal in der Woche ins Fitnessstudio gehen.

»Hast du eigentlich Kinder?«, fragte sie, als er am Ring in den Eigelstein abbog. Sofort bedauerte sie die Frage – sie hätte es eigentlich wissen müssen.

»Drei«, erwiderte er. »Sind aber schon flügge.«

Dann hatten sie den Tatort erreicht. Ein hässliches Mietshaus, das wohl noch aus den Fünfzigerjahren stammte. In der dritten Etage war ein Fenster eingeschlagen worden, die Fassade war verrußt.

»Also«, sagte Henning mit aufgesetzter Fröhlichkeit, während er den Motor abstellte, »unser erster gemeinsamer Fall. Die Kollegen von der Technik sind noch bei der Arbeit, aber die Leiche ist seit heute Morgen in der Rechtsmedizin.«

»Wann wurde die Frau entdeckt?«, fragte Lena.

»Gestern um dreiundzwanzig Uhr ging der Notruf ein.«

Die Haustür stand offen. Ein dunkles, muffiges Treppenhaus empfing sie. Lena ließ Henning den Vortritt. Jeweils zwei Wohnungstüren passierten sie auf den Etagen. Lena versuchte, sich die Namen der Bewohner zu merken, aber der Blick verschwamm ihr, und der rasende Kopfschmerz, der sie seit dem Unfall immer wieder heimsuchte, stach ihr in den Schädel.

Nicht jetzt, dachte sie, nur nicht jetzt – sie musste sich konzentrieren.

Die Wohnungstür war eingetreten und aus den Angeln gerissen worden und stand gegen die Wand gelehnt im Flur. Es roch nach Rauch und dem chemischen Löschmittel der Feuerwehr.

»Hallo«, rief Mahn und trat ein. Drei Männer der Spurensicherung waren bei der Arbeit. Zwei drehten sich nach ihnen um und nickten ihnen zu. Sie waren jung, kaum dreißig. Lena kannte sie nicht. Der dritte Mann war Jürgen Weiler, er war Anfang sechzig, ein dünner, baumlanger Kerl, der bereits mit ihrem Vater zusammengearbeitet hatte. Als er Lena erkannte, lächelte er und hob die Hand.

»Bist du endlich wieder an Bord?« Er kam auf sie zu und deutete eine ungeschickte Umarmung an, obwohl er seinen weißen Papieranzug trug.

»Seit heute«, gab sie leise zurück.

Dann schaute sie sich um. Hier war ein Mensch zu Tode gekommen, aber davon war nichts zu spüren, wie sie das sonst von einem Tatort kannte. Der Täter hatte versucht, seine Spuren zu verwischen. Das Feuer hatte ein Doppelbett zerstört, die Matratze war fast vollständig verbrannt, nur ein paar verkohlte Metallfedern ragten noch heraus. Das Bettgitter war teilweise geschmolzen. Auch ein Schrank war verbrannt. Hier und da standen noch Pfützen des Löschwassers. Scherben lagen auf dem Boden. Durch das eingeschlagene Fenster drang frische Luft herein.

»Der Experte der Feuerwehr ist schon abgezogen«, sagte Weiler an Lena gewandt. »Eindeutig Brandstiftung. Der Täter hat sogar den Benzinkanister dagelassen. Hat sich keine Mühe gegeben, etwas zu vertuschen.«

Lena wandte sich um. »Wie viele Zimmer hat die Wohnung?«

»Nur dieses Zimmer, eine kleine Küche und ein Bad«, antwortete Weiler.

»War die Tote eine Domina?«, fragte Lena.

Mahn schaute sie an und zog die Augenbrauen in die Höhe. »Eine Domina – wie kommst du darauf?«

Sie deutete auf ein verkohltes Holzkreuz an der Wand. »Wenn ich mich nicht irre, nennt man dieses Holzgebilde Andreaskreuz – es wird gerne von Dominas zur Erbauung ihrer Kundschaft verwendet.«

»Wieso kennst du dich mit so etwas aus?«, fragte Mahn.

Statt zu antworten, verließ Lena das Zimmer und öffnete die Tür zum Bad, in dem das Feuer nicht gewütet hatte. Es war klein, kaum drei Quadratmeter groß, ein dunkler fensterloser Raum. Eine Toilette, eine Dusche, ein Waschbecken mit einem Spiegelschrank. Da das Licht nicht funktionierte, sah sie ihr Gesicht als Halbschatten im Spiegel. Ihr halblanges blondes Haar schimmerte kurz auf, als sie den Schrank öffnete. Kosmetika, Schmerztabletten, drei Schachteln Kondome in verschiedenen Größen, eine Haarbürste, in der lange blonde Haare steckten, eine benutzte Zahnbürste, Zahnpasta. Mehr war hier nicht zu finden. Auf einem schäbigen Holzstuhl standen eine Dose mit Erfrischungstüchern und eine angebrochene Küchenrolle. Hier würde die Spurensicherung höchstwahrscheinlich eher fündig werden.

Sie verließ den Raum und hörte, wie Mahn mit Weiler redete. Hatten sie etwas von Bedeutung gefunden – ein Mobiltelefon, eine Handtasche, ein Notizbuch?

»Bisher nichts«, antwortete Weiler. »Ein Notizbuch wäre

mit Sicherheit auch verbrannt. In dem Nachttisch hat ein kleines Kreuz aus Bronze gelegen. Wenn dir das hilft …«

»Eine katholische Domina«, sagte Mahn und lachte.

Auch die kleine Küche hatte das Feuer verschont. Allerdings überzog eine dünne Schicht Ruß den billigen Küchentisch, zwei Holzstühle, zwei Hängeschränke, eine schmale Arbeitsplatte mit einer schmutzigen Kaffeemaschine und eine Spüle, in der eine saubere Tasse mit dem FC-Logo stand. Einen Herd gab es nicht, lediglich einen Kühlschrank, in dem Lena drei Flaschen Sekt, vier Flaschen Mineralwasser und einen offenen Joghurt vorfand. Gewohnt hatte die tote Frau in dieser Wohnung nicht – dieses Apartment war ihr Arbeitsplatz gewesen. Vermutlich war sie keine Domina, sondern eine gewöhnliche Prostituierte, die hier auf eigene Rechnung arbeitete. Eine Domina benötigte eine Menge Utensilien, etwa eine Streckbank, einen Strafbock. Das alles konnte nicht verbrannt sein.

Henning Mahn tauchte in der Tür zur Küche auf.

»Wissen wir schon, wer die Tote ist?« Lena öffnete einen der Hängeschränke. Ein paar Tassen und Teller standen da, sonst nichts.

»Ich war heute Nacht nur kurz vor Ort«, sagte Henning und hob die Hände, als müsste er sich rechtfertigen. »Da herrschte das reine Chaos. Drei Feuerwehrwagen … Man konnte die Wohnung noch nicht betreten. Und die anderen Mieter waren evakuiert worden. Wir wissen aber, wer die Wohnung gemietet hat.« Er zog ein abgegriffenes schwarzes Notizbuch aus der Tasche. »Eva Helmes, geboren am 12. April 1961 in Köln.«

Eine Hure, die schon verdammt lange im Geschäft war, dachte Lena. Dann fiel ihr etwas ein – ein eigentlich unliebsamer Gedanke. »Wie ist die Frau genau getötet worden?«, fragte sie. »Wissen wir das schon? Hat der Täter vielleicht ein Abschleppseil benutzt?«

»Ein Abschleppseil?« Mahn zuckte mit den Schultern. »Keine Ahnung, doch in der Rechtsmedizin werden sie es bestimmt wissen.«

Wann hatte sie ihren Vater zuletzt gesehen? Sie konnte sich nicht genau erinnern. Bei der Beerdigung von Robert und Simon, gewiss, das war allerdings neun Monate her. Danach hatte er ein paarmal angerufen, sie hatte jedoch, wenn sie seine Nummer auf dem Display gesehen hatte, gleich wieder aufgelegt. Sie wollte seinen Trost nicht – er war nie ein Ehemann oder Vater gewesen, der trösten konnte. Dazu war er zu sehr Polizist gewesen, den sie manchmal wochenlang kaum zu Gesicht bekommen hatte. Auch von der Krankheit ihrer Mutter, die sie mehr und mehr auszehrte, hatte er anfangs kaum Notiz genommen. Erst als es längst zu spät gewesen war, hatte er sich drei Wochen Urlaub gestattet. Doch zu einer Schiffsreise die norwegischen Fjorde hinauf hatte es nicht mehr gereicht. Eine kleine Tour über den Rursee – mehr hatte er seiner vom Krebs gezeichneten Frau nicht mehr bieten können.

Über seine Arbeit hatte er kaum geredet, ein Fall allerdings hatte ihm großes Kopfzerbrechen bereitet: der Mord an einer Prostituierten vor sechsundzwanzig Jahren. Die Frau war mit einem Abschleppseil erdrosselt worden. Anschließend hatte der Täter sie mit Benzin übergossen und angezündet. Daran erinnerte Lena sich genau, sie war gerade sechzehn Jahre alt gewesen, und am Tag des Mordes hatte sie mit David, ihrem ersten Freund, geschlafen, in einem kleinen Gartenhaus am Rande des Beethovenparks. Seiner Großmutter hatte das Haus gehört, es hatte nach Stroh gerochen, und in der Nähe hatte ein alter Bär gebrüllt, der in einem winzigen Käfig, der zu einem Privatzoo gehörte, eingesperrt gewesen war.

Mahn war kaffeesüchtig. Kaum hatten sie die Wohnung verlassen, musste er sich nach einer Kaffeebude umsehen.

Lena ließ ihn gehen. Sie klingelte an zwei Türen im Haus, doch niemand öffnete. Erst in der Wohnung im Parterre traf sie jemanden an. Eine alte Frau in einem bunt gemusterten Kittel sah sie feindselig an. »Was wollen Sie?«, stieß sie hervor. »Ich gehe nirgendwohin. Mich kriegt hier keiner aus der Wohnung.«

Lena zückte ihren Ausweis, eine Bewegung, die ihr guttat und Sicherheit verlieh, wie sie selbst bemerkte. »Die Frau in der dritten Etage«, sagte sie. »Eva Helmes ... haben Sie die Frau gekannt?«

Die Alte verzog den Mund. Lena blickte auf das Klingelschild neben der Tür. »H. Krott«, stand da. »Sie war eine Nutte, hat sich Marlise genannt. Warten Sie ...« Überraschend flink drehte die alte Frau sich um und verschwand in ihrer Wohnung. Als sie zurückkehrte, hielt sie ein Stück Papier in der Hand. »Ich weiß, dass Marlise tot ist. Ist sie verbrannt, oder hat jemand ihr was angetan?« Ohne eine Antwort abzuwarten, hielt sie Lena ein Farbfoto hin. Eine Frau in einer roten Bluse mit zurückgekämmten, blond gefärbten Haaren stand neben der Alten und hatte den Arm um sie gelegt. Die Frau lächelte, sie hatte makellos weiße Zähne, ihr Lachen wirkte jedoch geziert und ein wenig müde. Sie hatte einen großen, wie aufgemalten Leberfleck am linken Mundwinkel. Eine schöne Frau, die ein wenig in die Jahre gekommen war.

»War mein fünfundsiebzigster Geburtstag, letztes Jahr im Mai«, sagte die Alte. »Da ist Marlise extra gekommen, um mir zu gratulieren. Hat mir eine Flasche Sekt geschenkt. Sonst hatten wir nicht viel Kontakt.«

»Haben Sie gesehen, wer zu ihr gegangen ist? Welche Freier sie hatte?« Mit einem freundlichen Nicken steckte Lena das Foto ein.

»Da waren manchmal Männer – sind gleich hoch in die Wohnung.« Die Alte verzog wieder den Mund. »Viele waren es aber nicht mehr.«

»Wissen Sie, wo Marlise gewohnt hat?«, fragte Lena.

Henning tauchte wieder in der offenen Haustür auf, einen Pappbecher mit Kaffee in der Hand.

Die Alte starrte zu ihm hinüber, dann blickte sie Lena an. »Ich weiß nicht genau … Können Sie morgen wiederkommen? Mir ist ganz schwindlig von der Aufregung. Die Frau aus dem Blumenladen hat gesagt, dass die Leiche abtransportiert worden ist.«

»Sie wissen nicht, wo Marlise gewohnt hat?«, fragte Lena erneut. »Es könnte wichtig sein.«

»Doch. In Mülheim, in einem neuen Apartmenthaus mit Blick auf den Rhein. Hat sie mir mal voller Stolz erzählt.«

Henning fuhr und telefonierte gleichzeitig. Offenbar war er zu Hause ausgezogen, jedenfalls versuchte er, einen gebrauchten Herd zu kaufen, und feilschte um den Preis.

Lena hielt das Foto von Eva Helmes in der Hand. Eine schöne Frau, zweifellos. Mit blauen Augen, einem offenen, klaren Blick und einem makellos geformten Mund, aber in ihren Gesichtszügen lag ein Hauch Verzagtheit oder Enttäuschung. Eine Frau, die viel erlebt hatte. Und nun war sie tot – erdrosselt, wenn ihre Vermutung stimmte.

Warum tötete jemand eine Prostituierte? Weil er nicht bezahlen wollte? Wohl kaum.

»Ich brauche auch noch einen Kühlschrank«, sagte Henning ins Telefon. »Ist mir egal, ob der neu ist.« Nachdem er das Telefonat beendet hatte, blickte er Lena an. »Ich habe mich getrennt.« Er zögerte. »Na ja, meine Frau hat mich rausgeworfen. Ich habe Schulden gemacht. Ich hatte da so eine Phase, in der ich …«

Lena wandte den Blick. Sie wollte nicht wissen, warum Henning hinausgeworfen worden war. »Ich verstehe«, sagte sie leise. Dann schaute sie das Foto wieder an. »Kannst du Mona anrufen? Wir müssen herausfinden, wo Eva Helmes gewohnt hat. Irgendwo in Mülheim. Jemand muss die Wohnung öffnen.«

Henning nickte. Dann bog er scharf ab. Das rechtsmedizinische Institut lag am Melatengürtel, ein Stück hinter dem Friedhof. Drei Tage war sie nun nicht mehr am Grab gewesen – auch das gehörte zu ihrer Strategie, wieder gesund zu werden. Sie hatte sich zu lange unter Toten aufgehalten. Nach dem Unfall war sie wochenlang durch die Wohnung gelaufen, hatte Roberts Lieblingsmusik – Depeche Mode – gespielt oder den Fernseher laufen lassen und so getan, als wären ihr Mann und ihr Sohn nur kurz zum Fußball oder zum Einkaufen gegangen und würden gleich zurückkehren, atemlos und lächelnd in der Tür stehen.

»Wir sollten hineingehen.« Henning stieß sie an, weil sie keine Anstalten machte, auszusteigen. »Ich weiß, ein Brandopfer sieht schlimm aus. Bringen wir es hinter uns!«

Lena sagte nichts, sondern öffnete die Tür. Sie atmete tief ein. Der Wind wehte vom Friedhof herüber, sie meinte, den Duft von Tannen wahrzunehmen. Eigentlich hätten ihr Mann und ihr Sohn auf dem Nordfriedhof begraben werden sollen, aber zu Anfang ihrer Liebe war sie oft mit Robert auf dem Melatenfriedhof spazieren gegangen. Er hatte diesen Friedhof geliebt und immer neue Entdeckungen gemacht. Deshalb hatte sie ihn und Simon hier bestatten lassen.

Eine junge Ärztin hatte sich bereits an die Arbeit gemacht. Mit einem Diktiergerät in der Hand ging sie um die Leiche herum und sprach mit monotoner Stimme. Es war, als würde sie sich über eine Mumie beugen. Alles an der Toten war verkohlt, auch das Haar, nur an einem Fuß war noch ein Stück unverbranntes, rosiges Fleisch auszumachen. Lena wandte sofort den Blick. Davor, Leichen anzuschauen, hatte sie bisher nie zurückgeschreckt, aber auch das hatte sich seit dem Unfall geändert.

Die junge Frau kam auf sie zu. »Doktor Brake«, stellte sie sich vor. »Ich habe schon mit der Leichenschau begonnen. Der Staatsanwalt hat sich auch angekündigt.«

Kaum hatte sie sich wieder abgewendet, wurde die Tür geöffnet. Professor Doktor Tepper, der Direktor der Rechtsmedizin, ein großer grauhaariger Mann in einem weißen Kittel, trat ein. Ihm folgte ein zweiter Mann, der einen langen schwarzen Mantel und einen dunklen Filzhut trug. Erst als er den Hut abnahm, erkannte Lena ihn: David Bauer. Eine Zeit lang war er der wichtigste Mann in ihrem Leben gewesen. Später war er Roberts bester Freund geworden. Daran, dass er als Staatsanwalt den Fall übernehmen könnte, hatte sie gar nicht gedacht.

Tepper nickte ihr zu, dann schob David Bauer sich an ihm vorbei. »Lena, du bist wieder im Dienst?«, sagte er, ohne allzu vertraut zu klingen. Er machte auch keine Anstalten, sie zu umarmen oder ihr die Hand zu reichen.

»Zum Glück – wir brauchen dringend Verstärkung«, warf Henning ein, nachdem Lena einen Moment zu lange mit ihrer Antwort gezögert hatte.

Tepper deutete auf die Leiche. »Frau Doktor Brake musste nicht lange nach der Todesursache suchen. Sie kam quasi mitgeliefert.« Er machte ein paar Schritte zu einer Arbeitsplatte und hob eine mittelgroße durchsichtige Plastiktüte hoch. Lena spürte, dass Henning sie anschaute.

»Ein Abschleppseil, stark verkohlt, aber nicht einmal das Feuer hat es ganz zerstören können«, sagte Tepper. »Damit hat der Täter die Frau getötet. Daran gibt es keinen Zweifel.«

Sie hoffte, dass es nicht nach Flucht aussah, als sie das Institut mit Henning verließ. Sie hatten sich kaum fünfzehn Minuten hier aufgehalten. Niemand hatte genauer als David von ihr wissen wollen, wie der Unfall passiert war. Warum hatte sie den Lastwagen nicht gesehen, dem sie die Vorfahrt genommen hatte? War die Straße glatt gewesen? Hatte sie die Windschutzscheibe und die Seitenfenster am Wagen nicht richtig vom Eis befreit? War sie auf die Kreuzung gerutscht, weil sie zu schnell gewesen war? Es hatte ihm nicht gereicht, dass sie alle Schuld auf sich genommen hatte. Er hatte jede Einzelheit wissen wollen, als wäre es im Nachhinein möglich, den Unfallhergang zu rekonstruieren. Und dann hatte er eine Frage gestellt, die sie vollends aus dem Gleichgewicht gebracht hatte: Hat Robert noch etwas gesagt, bevor er gestorben ist?

Ob es sich bei der Toten wirklich um Eva Helmes handelte, ließ sich noch nicht sagen. Dazu musste man zunächst eine DNA-Probe nehmen oder ihren Zahnarzt ausfindig machen und etwaige Röntgenbilder auswerten. Für eine einfache Analyse war die Tote zu entstellt. Die Rechtsmedizinerin versprach, ihre Ergebnisse noch am selben Tag ins Präsidium zu schicken. Über die Todesursache gab es in der Tat keinen Zweifel. Ob die Tote betrunken oder betäubt gewesen war – darüber mussten weitere Untersuchungen Aufschluss geben.

David hatte sich mit einem festen Händedruck von ihr verabschiedet. »Ruf mich in den nächsten Tagen einmal an«, hatte er gesagt. Sein Tonfall hatte ihr nicht verraten, ob seine Worte dienstlich oder eher privat gemeint waren.

»Ich habe so ein seltsames Gefühl, dass unsere Tote gar nicht die Hure ist«, sagte Henning, während sie die Mülheimer Brücke überquerten.

Mona hatte ihnen inzwischen mitgeteilt, dass der Hausmeister des Apartmenthauses mit einem Schlüssel auf sie wartete.

Das Haus lag tatsächlich direkt am Rhein, ein weiß getünchter Block inmitten einer gepflegten Gartenanlage. Der Hausmeister, ein älterer Mann in einem blauen Overall, stand in der offenen Tür. Vorwurfsvoll blickte er auf die Uhr. »Ich dachte, Sie kommen gar nicht mehr«, beklagte er sich.

Lena zeigte ihm wortlos ihren Ausweis.

Die Wohnung lag in der dritten Etage. Der Hausmeister schloss auf und verzog sich dann wieder, obschon ihm seine Neugier anzusehen war.

Die Geschäfte von Eva Helmes schienen nicht so schlecht gelaufen zu sein. Der Wohnraum, in den man eintrat, wurde von einem riesigen Flachbildschirm und schweren schwarzen Ledermöbeln beherrscht. Ein Panoramafenster wies auf den Rhein hinaus. An einer Wand hing eine historische Kölner Stadtansicht mit dem halb fertigen Dom und dem hölzernen Kran auf dem Turm, der jahrhundertelang dokumentiert hatte, dass der Bau der Kathedrale keineswegs abgeschlossen war. Ansonsten waren die Wände kahl, bis auf das Foto einer wunderschönen blonden Frau, die Lena erst auf den zweiten Blick erkannte: Eva Helmes als junges Mädchen, mit siebzehn oder achtzehn Jahren. Sie hielt ihr Gesicht in den Wind und lächelte, doch der verborgene Schmerz, den Lena auf der Fotografie der Nachbarin entdeckt hatte, war auch hier zu spüren.

Henning hatte sich Latexhandschuhe übergestreift und ging zu der Musikanlage hinüber. Einen Moment später erschallte laute Musik. Eine Oper. Rigoletto, erkannte Lena. »La Donna e mobile«.

»Oh«, sagte Henning erstaunt und stellte die Anlage wieder ab. »Eine Nutte mit Geschmack.«

Lena bedachte ihn für diese Bemerkung mit einem wütenden Blick. Sie ging in die Küche, die supermodern und unbenutzt aussah, und dann in den zweiten Raum, der von dem kleinen offenen Flur abzweigte. Sie musste das Licht einschalten, weil der Raum vollkommen dunkel war. Als die Deckenlampe, eine modische weiße Kugel, aufgeflammt war, verharrte sie erstaunt.

Sie befand sich im Schlafzimmer und gleichzeitig in einer Art Schrein. Vor dem Fenster, dessen Jalousie heruntergelassen war, stand ein kleiner Tisch mit zwei roten Kerzen und dem Foto eines etwa zehnjährigen Mädchens mit einem Trauerflor. Es saß im Rollstuhl und hatte den Kopf zur Seite gedreht, der geöffnete Mund wirkte verzerrt; vielleicht lächelte es, oder vielleicht litt es an Schmerzen, offenkundig aber war es schwerbehindert. An den Wänden hingen Fotos von dem Mädchen – sicherlich mehr als zwanzig. Sie zeigten das Leben des Kindes, als Säugling mit verdrehtem Kopf, als etwa Einjährige auf einer gelben Decke, angeschnallt in einem Kinderwagen. Unter dem letzten Foto, das das Mädchen in einem geblümten Badeanzug wieder in einem Rollstuhl sitzend zeigte, stand: *Larissa 1978–1990*.

»Wir sollten Weiler und seine Leute vorbeischicken«, erklärte Henning. »Hier sieht es zwar aus, als hätte die polnische Putzfrau das Etablissement eben erst verlassen, aber vielleicht finden sie doch noch etwas, und wir müssen nach Unterlagen …« Er tauchte neben Lena auf und verstummte. »Was ist das?«, fragte er und deutete in den Raum.

»So«, erwiderte Lena, »sieht es wohl aus, wenn eine Mutter um ihr Kind trauert, das vor über zwanzig Jahren gestorben ist.«

2.

Im Nachhinein hatte er das Gefühl, dass es gute Jahre gewesen waren – nach dem Mord. Gelegentlich hatte er noch immer den Schrei im Kopf, und nachts erwachte er mitunter mit rasendem Herzschlag, weil er im Traum Fleurs schönes Gesicht vor sich gesehen hatte, aber ansonsten hatte er alles im Griff. Nie war er ins Visier der Polizei geraten.

Die Zwillinge waren auf die Welt gekommen, dann zwei Jahre später ihre Tochter Carolin. Er hatte Karriere gemacht. Sie hatten ein schönes Haus in einem langweiligen Stadtteil von Köln gebaut, waren eine ordentliche Familie, und doch …

Wann war er zum ersten Mal wieder zu einer Hure gegangen? Es musste vier oder fünf Jahre her gewesen sein. Spätabends, nach einem anstrengenden Tag war er nicht nach Hause, sondern aus einer Laune heraus ins Pascha gefahren, in dieses riesige Kölner Edelbordell. Es lag in einer düsteren Gegend zwischen Bahngleisen; wer sich hier nachts hinbegab, hatte nur ein Ziel. Die ersten Mädchen, die er sah, waren viel zu jung, kaum zwanzig, und er wollte schon zum Nightclub abdrehen, ein viel zu teures Bier trinken und wieder verschwinden, als er eine ältere Blondine bemerkte, die auf einem Hocker vor ihrem Apartment saß, ganz am Ende des Ganges, und vollkommen gleichmütig eine Zigarette rauchte. Sie nannte sich Lola und sprach mit einer leicht norddeutschen Einfärbung, was ihm sofort gefiel. Er bestellte Champagner, und sie gingen das ganze Programm durch, und er merkte, wie sehr ihm diese Besuche gefehlt hatten. Er war kein gewöhnlicher Bordellbesucher, sagte er sich, er war anders, es ging ihm nie um ein schnelles, kurzes Vergnügen, er liebte Frauen wie Lola, die nur im Halbdunkel existieren konnten, die auf eine gewisse Weise ehrlich waren, ihm kein Theater vorspielten.

Ein paarmal ging er zu Lola, in unregelmäßigen Abständen. Er nannte sich Eberhard, ein absurder Name, der ihm gefiel, und er spürte, wie ausgeglichen ihn diese Besuche machten. Dann war Lola plötzlich verschwunden. Ihr Apartment hatte eine junge Thailänderin übernommen, die ganz enttäuscht war, dass er ging, ohne ihr auch nur einen zweiten Blick zuzuwerfen.

Ja, mit Lola hatte es wieder angefangen, dann hatte er sich eine Hure am Ebertplatz genommen, kaum fünfhundert Meter von dem Haus entfernt, in dem Fleur ihre Dienste angeboten hatte. Sie nannte sich Kaja und hatte schon Altersflecken auf den Handrücken. Nur einmal hatte er den Drang verspürt, ihr die Hände um den Hals zu legen und zuzudrücken.

Eigentlich war alles in Ordnung.

Bis er von der toten Hure erfuhr. Sie war schon über fünfzig, wurde als Eva H. bezeichnet. Jemand hatte sie mit einem Abschleppseil erdrosselt und danach die Wohnung angezündet, um Spuren zu verwischen. Genau wie er vor sechsundzwanzig Jahren. Eine Tat mit Vorsatz also. Es war, als wäre da ein Doppelgänger auferstanden, der sich eine Menge Zeit gelassen hatte.

Das Erschrecken kam ein wenig später, als er in der Küche saß und in den Garten blickte.

Er sah Fleur vor sich, er hörte ihren letzten unmenschlichen Schrei und spürte, wie sie in ihrer Todesangst um sich trat. Er hatte sie mit seinem Angriff vollkommen überrascht. Wahrscheinlich war das in ihrer Panik ihr letzter Gedanke gewesen: Warum? Sie begriff nicht, dass er rein in seine Ehe gehen wollte, er musste sein schmutziges zweites Leben auslöschen, bevor er heiratete. Diese dunkle Seite an ihm sollte nicht mehr existieren. Deshalb hatte Fleur sterben müssen.

Leo würde in drei Wochen heiraten. Der Gedanke durchzuckte ihn wie ein Blitz. Nein, versuchte er sich zu beruhigen, es war vollkommen lächerlich. Unmöglich. Der Doppelgänger, der nun aufgetaucht war, konnte nicht sein eigener Sohn sein.

Leo war intelligent, introvertiert, wortkarg, er neigte zwar gelegentlich zu Wutausbrüchen, aber er war nicht gewalttätig. Und warum hätte er zu einer Prostituierten gehen sollen? Er hatte mit der freundlichen, aufgeschlossenen Verena eine wunderbare Frau an seiner Seite.

All das hätte man vor sechsundzwanzig Jahren allerdings auch von ihm gesagt.

Deshalb war er niemals in Verdacht geraten.

Nachdem er über Skype lediglich ein paar Minuten mit Alma gesprochen hatte, die müde und abgespannt aus ihrem Krankenhaus in Stellenbosch gekommen war, eine Erschöpfung, die ihn nervte, denn es war ihr unbedingter Wunsch gewesen, ein Jahr in einem Hospital in Südafrika zu arbeiten, beobachtete er sich selbst, wie er durch das leere und nun viel zu große Haus wandelte. Die Gedanken an Leo, an die Hochzeit, an die tote Hure kreisten in seinem Kopf.

Sollte er Pierre anrufen und sich beiläufig erkundigen, wie es Leo ging, ob er nervös war, ausgeglichen? Die beiden waren Zwillinge, und so unterschiedlich sie waren – Pierre wusste stets über seinen Bruder Bescheid.

Einmal, als Kind, als sie eben in dieses neue Haus gezogen waren, hatte Leo einen Frosch gefangen und ihn mit kleinen Nadeln traktiert. Alma war damals außer sich gewesen und hätte ihrem Sohn beinahe eine Ohrfeige verpasst. Ein wenig später hatte er eine kleine Drahtfalle im Garten entdeckt, in der man Mäuse oder Ratten lebend fangen konnte, aber wer sie aufgestellt hatte, hatte er nie herausgefunden.

Nein, Leo war kein Kind gewesen, das irgendwie auffällig gewesen war.

Und doch blieb die Unruhe.

Er ging zum Rhein, lief die Promenade hinunter und rief Leo an, ohne Erfolg, nur der Anrufbeantworter meldete sich. Dann schaute er auf seinem Smartphone im Internet nach, ob etwas Neues über den Mord an der Hure auf den Zeitungsseiten stand, doch weder der Express noch der Stadt-Anzeiger brachten neue Informationen. Die Polizei hatte noch nicht einmal den Namen der Toten bestätigt. Es war bisher auch kein Foto veröffentlicht worden. Lediglich die Besitzerin eines Blumenladens, der sich im Nachbarhaus befinden musste, hatte im Express über die tote Hure und deren Freier geredet. »Ja, sie hieß Marlise, sie hat jeden Freitag Blumen bei mir gekauft, rote Rosen. Für ihr Kind, hat sie gesagt. Ihre Freier? Da waren ein paar Männer, meistens ältere, aber auch so ein hübscher, junger Blonder ist oft ins Haus gegangen.«

Ein hübscher Blonder? Konnte man Leo so bezeichnen? Er war zweifellos attraktiv, groß gewachsen, hatte ein ebenmäßiges Gesicht; blond war er auch.

Er steckte sein Smartphone ein und ging zum Haus zurück. Er trank zwei Gläser Rotwein. Die Unruhe, die ihn überfallen hatte, ließ sich mit Alkohol jedoch nicht dämpfen. Irgendwann ging er in die erste Etage hinauf. Leos Zimmer war noch so, wie er es vor fünf Jahren verlassen hatte. Ein großes New-York-Bild an der Wand, schwarz-weiß, nur die Taxis hatten ihre typische gelbe Farbe. Daneben hingen ein paar Urkunden. Schulbester im Tischtennis, Dritter im Zehntausendmeterlauf. Eine Urkunde aus der Tanzschule. Alles brav und unauffällig.

Mechanisch öffnete er den Kleiderschrank. Alte Pullover, ein paar vergessene T-Shirts. Im Schreibtisch verblichene Postkarten, Schulhefte, Kugelschreiber, ein paar Karten für Konzerte, die Leo besucht hatte.

In der untersten Schublade ein altes Briefmarkenalbum, das noch von Almas Vater stammte. Und darunter ... Ihm stockte der Atem, obwohl es eigentlich nichts Besonderes war. Ein zerlesenes Pornoheft, auf dessen Cover einem eine rothaarige Frau mit Kussmund ihre üppigen Brüste entgegenreckte. *Reife Ladys* hieß das Heft. Leo musste es vor etlichen Jahren gekauft haben. Als Jahr stand »April 2003« ganz klein über dem Titel.

Diese Hefte gab es also immer noch, selbst im Internetzeitalter, dachte er verschämt und erschreckt zugleich. Er sah sich als Vierzehnjährigen vor sich. Er hatte solche Zeitschriften mit Fotos älterer Frauen damals selbst, die Kapuze seines Parkas tief ins Gesicht gezogen, am Bahnhof gekauft.

Durch das leere Haus hörte er das Telefon klingeln. Als wäre er ertappt worden, legte er das Heft zurück und schloss die Schublade.

Leo war am Telefon.

»Du hast angerufen?«, sagte er leise. »Ist was mit Mutter?«

Typisch, dass er zuerst nach Alma fragte.

»Nein, alles in Ordnung«, erwiderte er mit heiserer Stimme. »Ich wollte nur wissen, wie es dir geht ... so kurz vor der Hochzeit. Und ob ich etwas tun kann.«

Leo zögerte einen Moment. Vermutlich wunderte er sich über die plötzliche Fürsorglichkeit seines Vaters.

»Heute geht es mir nicht so gut«, erklärte er. »Ich habe den ganzen Tag Magenkrämpfe und Kopfschmerzen. Wahrscheinlich habe ich mir einen Virus eingefangen. Meint Verena auch. Sie hat mir Kamillentee gekocht.«

»Ja, vermutlich ein Virus«, sagte er und spürte, wie sich sein Magen zusammenzog. Dann beendete er das Gespräch mit ein paar Floskeln.

Genauso war es ihm nach dem Mord an Fleur ergangen. Er hatte sich mehrmals übergeben müssen und hatte drei Tage lang keinen Bissen heruntergebracht. Alma hatte ihn pflegen müssen.

3.

Larissa – 1978–1990.

Lena nahm das Foto von der Wand und betrachtete es. Das Mädchen lachte, ja, sein Mund hatte sich zu einem ungelenken, gleichwohl heiteren Lachen verzogen, und in seinen Augen stand ein Funkeln des Glücks. Larissa mochte behindert gewesen sein, aber sie hatte Freude und Glück verbreiten können.

Der fürchterliche Gedanke an Simon und an seine Lebensdaten – 2003–2014 – durchzuckte sie. Ein heftiger Schmerz breitete sich in ihr aus. Rasch, bevor sie es fallen ließ, hängte sie das Foto zurück. Henning war zum Fenster geeilt und zog die Jalousien hoch, als würde ihm diese düstere, höhlenartige Atmosphäre des Raumes Beklemmungen bereiten.

»Du solltest auch Handschuhe anziehen«, sagte er vorwurfsvoll. Er warf noch einen Blick auf das ordentlich gemachte Bett und kehrte in die Diele zurück.

Larissa musste die Tochter der Toten gewesen sein, keine Frage, aber ein Ehemann oder Freund fand sich auf keinem der Bilder.

Aus dem Wohnraum erklang wieder Musik, diesmal leiser. Henning hatte die Anlage wieder eingeschaltet. Lena nahm ein Papiertaschentuch aus der Tasche ihrer Jeans und öffnete vorsichtig einen voluminösen Kleiderschrank, ohne einen Fingerabdruck zu hinterlassen. Blusen, Röcke, Kleider, nichts Auffälliges und schon gar nichts, das zum Arbeitsoutfit einer Prostituierten gehörte.

Neben dem Bett befand sich ein schmaler Nachttisch, dessen Schubladen sie gleichfalls öffnete. Eine abgegriffene Bibel und ein schwarzes Notizbuch lagen darin, das sie sogleich herauslegte und aus dem eine Postkarte mit dem Foto des Eiffelturms ragte. »Liebe Eva«, hatte jemand in einer runden, gleichmäßigen Handschrift geschrieben, »ich bin für ein paar Tage nach Paris gefahren. Tapetenwechsel! Ich wünsche Dir Stärke für all das, was Du auch immer tun wirst. S.«

Der Poststempel war verwischt, aber alt sah die Karte nicht aus.

Lena ärgerte sich, dass sie nichts eingesteckt hatte, keine Latexhandschuhe, keine Plastiktüten für Gegenstände, die sie sicherstellen musste.

Sie legte die Postkarte mit dem Notizbuch auf das Bett und kehrte zu Henning zurück. Er hatte einen antiken Sekretär geöffnet.

»Was ist das für eine merkwürdige Frau!«, sagte er. »Sieh dir das an! Sie hat offensichtlich Kinderbücher gesammelt.«

Der Sekretär hatte eine Klappe, die man wie einen kleinen Tisch nutzen konnte, und da entdeckte sie ein paar Bücher, sieben oder acht, ordentlich aufgereiht. Astrid Lindgren, Janosch und ein größeres Buch, dessen Anblick ihr schier den Boden unter den Füßen wegriss. Grimms Märchen in einer bibliophilen Ausgabe. Auf einem Flohmarkt auf der Rheinpromenade hatte sie das gleiche Buch vor einigen Jahren gekauft. Es hatte merkwürdigerweise nach Tabak gerochen. Die Sonne hatte geschienen, Simon war zwei Jahre alt gewesen. Sie spürte den Druck seiner schmalen Hand noch in ihrer, doch dann schob sich eine andere Erinnerung vor: Ein älterer, sechs- oder siebenjähriger Simon, der von einem Stuhl auf Roberts Rücken sprang, sich dort festklammerte, und dann trabte Robert mit ihm in das Kinderzimmer, und sie folgte den beiden. Simon lag in seinem Bett zwischen ihnen, und sie begann, Märchen vorzulesen. »Hans im Glück« hatte ihm besonders gut gefallen, von diesem Märchen hatte er gar nicht genug bekommen können.

»Was ist los?«, fragte Henning. Er berührte sie an der Schulter. »Ist dir nicht gut?«

Lena schaute ihn an. Sie bemerkte, dass sie sich auf den Sekretär gestützt hatte. Fahrig strich sie sich eine blonde Strähne aus der Stirn. »Alles in Ordnung«, sagte sie und richtete sich auf. Ich kann das nicht, flüsterte eine Stimme in ihrem Inneren. Neun Monate waren eine lange Zeit, und doch waren sie viel zu kurz, um mit diesem schmerzvollen Verlust fertigzuwerden. Der Schmerz lauerte überall, in jedem Moment, selbst in der Wohnung einer völlig fremden Frau.

»Brauchst du ein Glas Wasser?«, fragte Henning hilflos, doch statt in die Küche zu laufen, stellte er die Musik ab, als hätten die Opernklänge Lena so aus der Fassung gebracht.

»Würde es dir etwas ausmachen, dich allein in der Wohnung umzusehen?«, fragte sie. »Mir ist nicht gut. Eine leichte Magenverstimmung. Ich brauche ein wenig frische Luft.«

Henning nickte. »Ja, geh nur, kein Problem.«

Bohl muss es ja nicht gleich erfahren, dachte sie, sagte es aber nicht.

Als sie die Wohnungstür öffnete, stand da ein Junge, vielleicht achtzehn, neunzehn Jahre alt, dunkelhaarig, in einer schwarzen Lederjacke. Er verharrte einen Moment, den linken Arm erhoben, als habe er eben auf den Klingelknopf drücken wollen. Überrascht schaute er sie an, dunkle, braune Augen, unrasierte Wangen. Er lächelte ein wenig unsicher. Dann sah sie, dass er eine Schachtel unter den rechten Arm geklemmt hatte, die etwa so groß wie ein Schuhkarton war.

»Ja?«, fragte sie, ohne ihren Dienstausweis zu zücken. Wie ein Freier auf Hausbesuch sah der Bursche nicht aus, auch nicht wie ein Zuhälter, der zum Abkassieren vorbeikam.

»Eva?«, fragte er mit überraschend tiefer Stimme. »Frau Eva Helmes?«

Sie nickte und zog die Tür hinter sich zu, um zu verhindern, dass Henning ungebeten auftauchte.

»Ich bin der Bote«, sagte der Bursche. »Ich bringe Ihre Bestellung.« Dann hielt er ihr den Karton hin, als wäre es eine Pizza, die er vorbeibrachte.

Lena war eine Sekunde unschlüssig, bevor sie nach dem Karton griff.

»Ich weiß«, sagte der Junge mit einem Lächeln, »Sie haben erwartet, dass er selbst kommt, aber er sitzt unten im Auto. Er meinte, es wäre besser, wenn er nicht im Haus gesehen wird.«

»Wer sitzt unten im Auto?«, fragte Lena. Der Karton war eine namenlose Pappschachtel, die sich überraschend leicht anfühlte.

»Na, der Priester«, erwiderte der dunkelhaarige Junge und wollte sich schon abwenden und zum Fahrstuhl gehen, mit dem er offensichtlich hinaufgefahren war, doch dann fiel ihm etwas ein, und er drehte sich noch einmal um, nun wieder mit ernster Miene. »Ach ja, vierundzwanzig Schuss Munition sind auch dabei. Wird ja wohl für den Anfang reichen.«

Lena packte ihn am Arm und hielt ihn zurück. »Sie müssen noch einen Moment bleiben«, sagte sie, nun förmlicher und lauter, dann zog sie ihren Ausweis hervor, der seine Wirkung tat. Der Junge fluchte und riss sich los. Lena ließ den Karton fallen und packte mit der zweiten Hand zu, gleichzeitig rief sie nach Henning. Während sie den rechten Arm des Jungen herumdrehte und hinter ihr die Tür geöffnet wurde und Henning auftauchte, sah sie, wie der Karton zu Boden fiel. Der Deckel öffnete sich, und eine Pistole segelte heraus und schlitterte über den Boden ins Halbdunkel des Treppenhauses.

Die Waffe, die Eva Helmes offenkundig bestellt hatte, war eine SIG Sauer P226. Henning kannte sich mit Waffen aus. Er hatte seine Dienstpistole gezogen und dirigierte den Boten in die Küche.

Dem Jungen war Schweiß auf die Stirn getreten.

»Wie heißt du?«, fragte Henning barsch. »Und was wolltest du hier?«

Der Junge unterdrückte einen Fluch, seine Kiefer mahlten, als würde er gleich ausspucken. Er bedachte Lena mit einem düsteren Blick.

»Ich habe nichts getan, ich sollte nur die Schachtel abgeben. Was läuft hier eigentlich ab?«

Henning drückte ihn auf einen der vier supermodernen Drahtstühle, die in der Küche standen. »Was hier abläuft – das solltest du uns sagen!«

Lena zuckte zusammen, als plötzlich grell und irgendwie bedrohlich das Telefon in der Wohnung klingelte. Nach dreimaligem Läuten sprang der Anrufbeantworter an. »Hier ist Eva – leider bin ich im Moment nicht zu Hause. Aber hinterlassen Sie gerne eine Nachricht.« Eva Helmes hatte eine angenehme, weiche Stimme, die sie kurz erschaudern ließ – damit hätte sie auch im Radio Karriere machen können.

Eine freundliche, durch und durch private Ansage.

Ein Piepen erklang. Auch Henning und der Junge hatten den Kopf gedreht und lauschten.

Jemand räusperte sich, als wäre er irritiert, mit einer Maschine zu sprechen. »Wo bist du?«, sagte eine tonlose Männerstimme. »Du weißt doch, dass ich anrufen muss …« Dann war erneut ein verärgertes Räuspern zu vernehmen, bevor die Verbindung unterbrochen wurde.

Henning wandte sich wieder dem Jungen zu. »Deinen Namen!«, sagte er und packte ihn im Genick.

»Erkan Saner«, sagte er, und dann, mit emporgerecktem Kopf: »Ich bin türkischer Staatsbürger und protestiere …«

»Du machst gar nichts«, unterbrach ihn Henning. »Wieso bringst du hier eine Knarre vorbei?«

Der Junge stieß einen Zischlaut aus. »Ich wusste nicht …«

Lena fiel ein, dass unten in einem Wagen jemand auf den Jungen wartete. Was hatte er gesagt? Der Priester? Im nächsten Augenblick klingelte es an der Tür.

»Es hat ihn jemand hergebracht«, sagte Lena und schaute Henning an. »Wahrscheinlich ist dieser Jemand ein wenig ungeduldig geworden.«

»Du bleibst hier sitzen und zählst laut vor dich hin«, sagte Henning und beugte sich zu dem Jungen vor. »Ich will dich zählen hören. Eins, zwei …«

Während Erkan anfing zu zählen, gingen sie zur Tür. Henning erkannte mit einem Blick, dass die Wohnung über eine Gegensprechanlage mit Kamera verfügte, die man einschaltete, indem man einen Hörer abnahm. Auf einem kleinen Display über dem Hörer tauchte das Bild eines etwa fünfzigjährigen Mannes auf, der ganz und gar nicht wie ein Priester aussah. Henning reichte Lena den Hörer und nickte ihr zu.

»Ja?«, sprach sie zaghaft hinein.

Auf dem Display war zu sehen, wie der Mann sich vorbeugte, um in ein Mikrofon in der Hauswand zu sprechen. »Eva?«, fragte er. »Was ist los? Trinkt ihr da noch gemütlich Kaffee, oder was? Erkan soll seinen Arsch in Bewegung setzen! Ich habe noch zu tun.«

Henning öffnete die Tür und eilte ins Treppenhaus. Aus der Küche war Erkan zu hören, der nun bei fünfunddreißig angekommen war und brav weiterzählte.

»Einen Moment noch«, sagte Lena und bemühte sich, das Zittern in ihrer Stimme zu unterdrücken. »Ich hatte noch eine Frage. Erkan kommt gleich. Wir haben nur …«

»Er soll sofort kommen. He, es ist keine Kleinigkeit, was ich da für dich tue …« Der Mann wandte sich wieder um und blickte in die Kamera. Er hatte dunkle Haare, die er ge-

gelt und nach hinten gekämmt hatte, eine Sonnenbrille hatte er über die Stirn zurückgeschoben, seine Koteletten waren länger als üblich.

»Wie lange soll ich diesen Scheiß noch machen?«, rief Erkan aus der Küche.

Lena antwortete nicht. Sie sah auf dem Display, wie der Mann sich abrupt umwandte, dann hob er mit verblüfftem Gesicht die Hände und geriet aus dem Blickfeld der Türkamera. Henning hatte sich ziemlich beeilt. Kurz tauchte er mit seiner gezogenen Dienstwaffe im Display auf und zwinkerte ihr zu.

Henning befahl dem Mann mit einer Bewegung seiner Pistole, sich zur Wand zu drehen und die Hände zu heben. Dann gab er Lena die Pistole und tastete den Mann routiniert ab. Wie ein schweres, unförmiges Stück Eisen fühlte sich die Waffe in ihrer Hand an. Würde sie schießen können, falls es nötig war? Einem weiteren Menschen das Leben neben? Im Dienst hatte sie bisher nur zweimal eine Waffe einsetzen müssen, und verletzt hatte sie dabei niemanden. Sie spürte einen bitteren Geschmack im Mund. Einen Moment später nahm Henning ihr die Waffe wieder ab. Er bedeutete dem Mann, sich neben den Jungen zu setzen. Auch er wirkte nun angestrengt. Eine Ader an seiner Schläfe pulsierte.

Der Junge wagte nicht, den Mann anzuschauen.

»Wer sind Sie?«, fragte Lena. »Warum hat er sie ›der Priester‹ genannt?«

Der Mann zog eine Grimasse. »Ich weiß nicht, warum Sie hier so einen Aufstand machen«, sagte er. »Wo ist Eva überhaupt? Warum ist Polizei in ihrer Wohnung?«

»Wir stellen hier die Fragen«, herrschte Henning ihn an. »Also, Mister Priester, wie heißen Sie?«

Der Mann stöhnte. Für einen Moment schien er sich anzuspannen, als würde er aufspringen und fliehen wollen. Er war muskulös, wahrscheinlich ging er regelmäßig ins Fitnessstudio. Er blickte den Jungen mit düsterer Miene an, dann wandte er sich an Lena, als wäre sie hier der gute Cop.

»Ich heiße Lebeck, nur Lebeck, kein Vorname. Und die Leute nennen mich ›der Priester‹, weil ich mal ein Semester Theologie studiert habe. Ist eine Ewigkeit her, aber an Weihnachten gehe ich immer noch in den Dom und rede mit dem lieben Gott.«

Lena nickte ihm zu, als Aufforderung weiterzusprechen, doch Lebeck schwieg, er blickte auf seine kräftigen, braungebrannten Hände.

»Woher kennen Sie Eva Helmes?«, fragte Lena.

Wieder klingelte im Wohnraum das Telefon, doch diesmal war der Anrufer noch ungeduldiger. Nach zweimaligem Läuten wurde aufgelegt.

»Was ist mit ihr?«, fragte Lebeck. »Ist ihr etwas passiert?«

»Das sagen wir dir, wenn du uns noch ein paar andere Dinge verraten hast.« Henning baute sich hinter Lebeck auf, seine Pistole immer noch in der Hand. »Zum Beispiel, ob du ein professioneller Waffenhändler bist oder ob du so etwas nur als Nebenjob machst.«

Lebeck tat so, als hätte er Henning gar nicht gehört. Sein Blick ruhte auf Lena. »Ich hoffe nicht, dass Eva etwas passiert ist. Wir sind befreundet, irgendwie. Bei mir hat sie angefangen als Aushilfe, an der Bar, ganz legal …« Er verstummte kurz. »Ich hatte einen Nachtclub am Friesenwall, vor ein paar Jahren, als dieses Geschäft noch Spaß machte. Heute habe ich eine Sauna in Pulheim, mit Restaurant, Pool und …«

Henning lachte spöttisch. »Eine Art öffentliches Schwimmbad, was?«

Lebeck drehte sich zu ihm um. Lena konnte sehen, wie er grinste. »Herr Oberwachtmeister«, sagte Lebeck, »hat jemand Sie schon einmal ein Arschloch genannt?«

Henning runzelte die Stirn und straffte sich, Lena machte eine beschwichtigende Handbewegung.

»Warum lassen Sie Eva Helmes eine Waffe bringen?«, fragte sie.

Ein weiteres Telefon klingelte, diesmal ein Smartphone. Erkan zog es aus seiner Tasche. Mit einem beinahe schmerzhaften Gesichtsausdruck blickte er auf das Display und schaltete das Gerät dann aus.

»Bevor ich noch ein Wort sage, will ich wissen, was mit Eva passiert ist.« Lebeck hatte sich von Henning wieder abgewandt. Er wirkte entspannter, als hätte er kurz seine Lage sondiert und festgestellt, dass seine Schwierigkeiten doch nicht allzu groß waren.

»Eva Helmes ist tot«, erklärte Lena. »Sie wurde wahrscheinlich in ihrem Apartment am Eigelstein erdrosselt. Danach hat der Täter die Wohnung angezündet, um seine Spuren zu verwischen.«

Lebeck senkte den Blick. Seine rechte Hand wischte über den Tisch, er wirkte ehrlich betroffen. »Wie kann das sein?«, sagte er leise vor sich hin. »Eva war eine nette, ehrliche Frau. Sie hat nie jemandem etwas zuleide getan – ganz im Gegenteil.«

Henning trat um den Tisch herum. Seine Pistole hatte er wieder eingesteckt. Vielleicht hatte er eingesehen, dass er hier mit seiner ruppigen Art nicht weiterkam. Er ließ Lebeck ein paar Momente Zeit für seine Trauer. Dann fragte er leise und eindringlich: »Wozu brauchte Eva eine Pistole? Was hatte sie damit vor? Fühlte sie sich von irgendjemandem bedroht?«

Lebeck hob den Blick. Er griff nach seiner Sonnenbrille und zog sie herab. »Ich weiß nicht«, erwiderte er. »Aber ich glaube, sie hatte ernsthaft vor, einen Mord zu begehen.«

4.

Er erwachte mitten in der Nacht, weil er einen Schrei hörte, lang und durchdringend und viel realistischer als der Todesschrei von Fleur, der so oft durch seine Träume gegeistert war. Er sprang auf, lief zum Fenster und blickte in den Garten hinaus. Fahles Mondlicht erhellte den Rasen und die Büsche, die ihre Blätter zu verlieren begannen. Da war niemand. Ein neuer Alptraum! Kaja, dachte er, sie hätte so geschrien, wenn er sie getötet hätte.

An Schlaf war nicht mehr zu denken – es war halb drei. Er setzte sich ins Wohnzimmer und starrte in die Dunkelheit hinaus. Alma fehlte ihm plötzlich, und dann dachte er wieder an Leo, der sich nun vermutlich krank in seinem Bett wälzte.

Nach dem Mord an Fleur hatte er über vierzig Fieber bekommen, er hatte im Fieberwahn geträumt, dass sie wieder lebendig geworden war, dass sie plötzlich die Augen öffnete und ihn hasserfüllt anstarrte. Du hast gar keine Macht über mich, hatten ihre Augen gesagt.

Ja, darum hatte er sie auch getötet. Er hatte wissen wollen, wie es sich anfühlte, so viel Macht zu haben, dass er über Leben und Tod entscheiden konnte. Es war ein großes Gefühl gewesen – und gleichzeitig war da eine Leere, als wäre er nun plötzlich allein auf der Welt, als würden die anderen Menschen in einem ganz anderen Universum existieren. Und so war es auch: Er lebte mit Blut an den Händen weiter, Blut, das nur er sah. Niemandem hatte er von

Fleur und ihrem Tod erzählen können. Einmal war er versucht gewesen, seinen Mord zu beichten, zumindest einen Priester zum Mitwisser zu machen, er hatte sogar herauszufinden versucht, wann man im Dom eine Beichte ablegen konnte, aber im letzten Moment hatte er sich anders entschieden. Wer konnte schon wissen, wie ein Priester tatsächlich mit so einem Wissen umging? Stattdessen hatte er sich eines Nachts – wann war das gewesen? Vor elf, zwölf Jahren? –, als er den Gedanken an Fleur gar nicht losgeworden war, einmal in sein Büro gesetzt und hatte alles in ein Diktiergerät gesprochen. Fast zwei Stunden lang hatte er sich wie im Wahn alles von der Seele geredet – er war sein eigener Beichtvater gewesen, und irgendwie war daraus so etwas wie eine Liebeserklärung an Fleur geworden. Aber nein! Mit ihr hätte er niemals eine Familie gründen und Kinder haben können. Das Band hatte er dann zusammen mit ein paar Zeitungsberichten über Fleur und ihren Tod in einer Stahlkassette eingeschlossen. Danach hatte er Fleur beinahe vergessen können, und seine Nächte waren ruhiger geworden.

Der Tod hatte seinen Schrecken für ihn verloren, hatte er gedacht, doch nun hatte ihn durch eine simple Zeitungsnachricht ein anderes, ähnliches Entsetzen erfasst: Konnte tatsächlich Leo diesen Mord begangen haben? Aber selbst wenn sein diffuses Gefühl stimmte – was hatte er damit zu tun? Leo war alt genug, um für all seine Taten selbst verantwortlich zu sein.

Nein, so war es natürlich nicht – er war Leos Vater, er musste herausfinden, ob sich in seinem Kopf nur Hirngespinste entwickelten.

Sollte er Leo auf dem Weg zu seiner Kanzlei abpassen und ihn geradeheraus fragen, ob er zu dieser Prostituierten gegangen war?

Ein Vater, der seinen Sohn verdächtigte, weil er im selben

Alter einen nahezu identischen Mord begangen hatte? Unmöglich!

Er kochte sich einen Kaffee, dann saß er weiterhin im Dunkeln da und zermarterte sich das Gehirn auf der Suche nach einem Plan. Er musste einen Weg finden, um hinter Leos Geheimnis zu kommen. Allerdings musste er sich eingestehen, dass er seinen Sohn nicht besonders gut kannte. Er hatte die Verbindung zu ihm vor langer Zeit verloren. Für ihn war Leo ein braver Jurist, der als Neuling in einer renommierten Kanzlei angefangen hatte und einen mäßigen Ehrgeiz an den Tag legte, doch nicht einmal dessen war er sich sicher.

Pierre, dachte er. Sein Bruder würde wissen, was Leo so trieb und dachte.

Um halb sieben fand er in der Siebengebirgsallee einen Parkplatz, etwa dreißig Meter von Leos Haus entfernt. Ein glücklicher Zufall!, sagte er sich. Per E-Mail hatte er sich für den Tag krankgemeldet – Rückenschmerzen. In letzter Zeit hatte er häufiger solche Beschwerden gehabt. Diese Ausrede würde man ihm abnehmen. Aus einem Kiosk holte er sich eine Zeitung und einen Kaffee. Und dann wartete er. Wie sah der Plan aus? Er würde Leo einen Tag lang im Auge behalten. Wie verhielt sich sein Sohn? War ihm anzumerken, dass er einen Mord begangen hatte? Er musste dieses Hirngespinst aus seinem Kopf verbannen. Wenn Leo völlig normal und gelassen zur Arbeit ging, hatte er einen Beweis, dass er sich irrte.

Gegen acht wurde es allmählich hell, zwanzig Minuten später trat Verena aus dem Haus. Sie war eine ausnehmend schöne Frau, fiel ihm auf, kurz geschnittene schwarze Haare, eine gepflegte Erscheinung. Sie war Kunsthistorikerin und arbeitete in einem Auktionshaus. Unschlüssig stand sie einen Moment lang da und blickte die Straße hinauf und hinunter.

Er rutschte ein Stück unter sein Lenkrad und beobachtete sie im Rückspiegel. Die Peinlichkeit, dass sie ihn entdeckte, wollte er sich ersparen. Verena machte zwei Schritte zur Straße. Ein Lächeln breitete sich auf ihrem Gesicht aus, dann hob sie grüßend die Hand.

Er erschrak. Hatte sie ihn doch erkannt? Verstohlen blickte er noch mal in den Spiegel. Sie lächelte nicht ihn an, nein, sie hatte nur die Straße im Blick. Ein orangefarbener SUV raste heran und bremste abrupt. Mit einem noch intensiveren Lächeln ging Verena um den Wagen herum, stieg ein und beugte sich vor, um den Fahrer auf den Mund zu küssen. Pierre lächelte ebenfalls. Eine Golfkappe bedeckte sein blondes Haar, das er länger trug als sein Bruder Leo. Dann gab er Gas, die Augen auf Verena gerichtet.

Er spürte, wie sich sein Herzschlag beschleunigt hatte.

Verena küsste den Zwillingsbruder ihres Mannes und stieg morgens um halb neun in dessen protzigen Wagen.

Was für ein Spiel lief da ab?

Auch wenn sie Zwillinge waren, war Pierre alles andere als ein Abbild seines Bruders. Er stand selten vor zehn Uhr auf, er hatte mit Ach und Krach die Schule geschafft, aber danach keinen Schritt in eine Universität gesetzt. Eine Weile hatte er in einer Internetfirma gearbeitet, bis die an die Börse gegangen war, nun arbeitete er als Golflehrer für verschiedene Vereine, eine Tätigkeit, die anscheinend recht lukrativ war. Aber was, verdammt, hatte er mit Verena zu schaffen?

Er wartete eine halbe Stunde ab, bevor er erneut zu dem Kiosk ging, einen Liter Milch und ein Paket Kaffee kaufte. Dann lief er zu Leos Haus hinüber und klingelte.

Es dauerte ein paar Momente, ehe ihm aufgedrückt wurde. Verena und Leo wohnten in der dritten Etage. Wann war er zuletzt hier gewesen? Er erinnerte sich nicht genau. Die Größe der Wohnung hatte ihn beeindruckt – hohe Decken, alte Holzdielen, zudem hatte Verena die Wohnung mit Fotografien und Kunstdrucken ausgestattet.

Leo stand in einem gelben Bademantel in der Tür, sein Haar war zerzaust, er war unrasiert – ein bleicher, kranker Mann.

»Du?«, sagte er erstaunt und wenig freundlich, als er seinen Vater erblickte. »Was willst du hier?«

Er zögerte einen Augenblick auf der letzten Stufe. Mit einer solch offenen Ablehnung hatte er nicht gerechnet.

»Ich dachte mir«, entgegnete er stockend, »du bist krank – und vielleicht brauchst du etwas.« Wie zur Erklärung hob er die Milch und das Päckchen Kaffee in die Höhe.

Leo machte ohne eine Entgegnung kehrt und verschwand in der Wohnung.

Er stand unschlüssig da, beinahe wie ein abservierter Liebhaber. Wohin war Leo verschwunden? Nach zwei vorsichtigen Schritten in die Wohnung bemerkte er die halb offene Tür zur Küche. Leo hockte da auf einem Stuhl und führte eine Teetasse zum Mund. Sein Sohn blickte nicht auf, als er eintrat.

»Tut mir leid«, sagte er, »ich wollte nicht aufdringlich sein. Ich habe mir Sorgen gemacht.«

Leo winkte ab. Er hatte noch Fieber, seine Augen waren gerötet, und seine Hand mit der Teetasse zitterte leicht.

»Ich dachte, dir wird vielleicht alles zu viel – die Hochzeit, die ganzen Vorbereitungen …« Er verstummte. Unauffällig schaute er sich in der Küche um. Alles war an seinem Platz – typisch für die Designerküche eines gutverdienenden Paares.

Leo wandte sich zu ihm, dabei berührte er mit der rechten Hand seinen linken Arm. Eine rote langgezogene Wunde war zu sehen, als hätte ihn da jemand heftig gekratzt.

»Ich bin krank«, murmelte Leo, »kann heute nicht arbeiten gehen.«

Er stellte die Milch und den Kaffee auf den Tisch. »Hast du dich verletzt?«, fragte er und deutete auf Leos verletzten Arm.

Leo betrachtete den Arm, als würde er die Wunde zum ersten Mal sehen. »Das ist nichts.«

Ein paar Sekunden schwiegen sie. Leo begann wieder an seinem Tee zu nippen.

»Warum bist du gekommen?«, fragte er. »Willst du plötzlich den fürsorglichen Vater mimen?« Er lachte hohl auf. »Ein bisschen spät.«

Er spürte, wie diese Worte ihn trafen. Was bedeuteten sie? Dass er sich nicht genug gekümmert hatte?

»Ich wollte einfach vorbeikommen«, sagte er hilflos. Er betrachtete Leos Hände. Sie waren erstaunlich kräftig. Ja, Leo ging in ein Fitnessstudio, und während Pierre sich schon früh auf dem Golfplatz herumgetrieben hatte, war Leo auf dem Rhein gerudert. »Ich fühle mich manchmal ein wenig einsam, auch weil Alma …« Er verstummte.

Leo lachte verächtlich auf. »Entschuldige«, sagte er. »Ich muss mich wieder hinlegen.« Dann verließ er mit schleppenden Schritten die Küche.

Eine Tür klappte. Stille trat ein.

Er schaute sich um, ob ihm irgendetwas auffiel. An einer Pinnwand klebte ein Foto von Verena und Leo, das offenkundig in Rom aufgenommen worden war. Im Hintergrund war das Colosseum zu sehen. Leo hatte besitzergreifend seinen Arm um ihre Schultern gelegt. Beide lächelten. Die Visitenkarte eines Arztes hing daneben – Doktor Kleinschmitt, ein Neurologe. Wieso suchte Leo oder Verena einen Neurologen auf? Daneben fand sich handschriftlich eine Telefonnummer. 0027 – Südafrika, aber die Nummer kannte er nicht. Sie gehörte nicht Alma, oder zumindest war es nicht ihre offizielle Nummer. Die Rechnung eines Blumenladens auf dem Eigelstein hing auch da. Ein Schmerz fuhr ihm in den Magen. Auf dem Eigelstein war die Prostituierte ermordet worden.

Er spürte den Impuls, die Rechnung abzureißen und mitzunehmen, als wäre sie ein wichtiges Indiz, das seinen Sohn überführen könnte. Stattdessen sprang er auf und verließ die Küche.

In der dunklen Diele blieb er stehen und lauschte. Nichts war zu hören. Auf dem knarrenden Parkett machte er drei Schritte in Richtung Tür. Plötzlich kam es ihm so vor, als wäre er seit dem Mord an Fleur nicht nur in seiner Schuld, sondern auch in einer großen Lüge gefangen. Doch nicht nur er lebte in dieser Lüge. Auch Leo – und Pierre offensichtlich ebenfalls, wenn er die Frau seines Bruders küsste.

Das Klingeln seines Smartphones ließ ihn zusammenzucken. Ohne auf das Display zu schauen, stellte er es ab. Dann wandte er sich zur Wohnungstür. Bevor er sie öffnete, fiel sein Blick auf ein schmales Schlüsselbrett. Ein Schlüsselbund hing da – und daneben befanden sich zwei einzelne Schlüssel mit einem roten Anhänger. Leo war ein ordentlicher Jurist – er hatte auch die Ersatzschlüssel für Haus- und Wohnungstür sorgfältig gekennzeichnet.

Mit einem schnellen Griff nahm er die beiden Schlüssel an sich und ging, wobei er die Tür so heftig zuzog, dass Leo mitbekommen musste, dass er endlich gegangen war.

5.

Sie spürte ihre Müdigkeit. Sie wollte nach Hause, ein Glas Rotwein trinken und vielleicht Depeche Mode hören oder auch nur still dasitzen. So lange war sie seit Monaten nicht mehr unter Menschen gewesen. Es strengte sie an, und gelegentlich bemerkte sie, wie ihre Gedanken abschweiften und dass sie Henning überhaupt nicht mehr zuhörte. Stattdessen musste sie immer wieder das Foto von Eva Helmes anschauen, das die alte Nachbarin ihr gegeben hatte. Eines wusste sie ganz sicher: Eine gewöhnliche Hure war Eva Helmes nicht gewesen, die sterile Wohnung, die Fotos ihrer Tochter an den Wänden, die Pistole, die sie sich besorgt hatte … Möglicherweise hatte all das auch mit ihrem gewaltsamen Tod zu tun.

Henning hatte Lebeck zur Feststellung der Personalien ins Präsidium bringen lassen – und irgendwie auch, um ihn einzuschüchtern. Mona hatte ihnen wenig später mitgeteilt, dass Lebeck mit Vornamen Dieter heiße und er tatsächlich einen Saunaclub in Pulheim führe. Wegen Hehlerei war er einmal auf Bewährung verurteilt worden, aber das lag einige Jahre zurück. Erkan hatte ihnen seine Adresse geben müssen, auch wenn er tatsächlich nur der harmlose Bote gewesen war.

Es war kurz nach siebzehn Uhr.

»Kannst du mich nach Hause bringen?«, fragte Lena, als sie wieder im Auto saßen. Sie zögerte, ihm ihre Adresse zu geben, als würde sie damit zu viel über sich verraten. Außerdem wollte sie nicht, dass er irgendwann bei ihr vor der Tür stand.

Henning schaute sie an. Er bog auf die Mülheimer Brücke, registrierte sie. Zehn Minuten bis zu ihrer Wohnung im Agnesviertel.

»Wir haben noch zu tun«, sagte er. »Mona hat die Angehörigen der Toten ausfindig gemacht. Ihre Eltern leben noch – haben ein Haus in Vogelsang. Ihr Bruder wohnt in Riehl. Im Axa-Hochhaus. Du kannst dir aussuchen, wem du die freudige Botschaft überbringen willst.«

Lena schloss die Augen. »Nein«, sagte sie, »ich kann das nicht – irgendwelchen alten Menschen erklären, dass ihre Tochter umgebracht worden ist.«

»Gut«, erwiderte Henning. »Dann übernimmst du den Bruder. Wahrscheinlich ist er auch noch nicht informiert worden.«

Fünf Minuten später stand sie vor einem grauen Hochhaus am Rhein. Henning winkte ihr kurz zu, während er auf die Straße einbog. Sie wusste nicht, ob er sich über sie ärgerte. Als er sie gefragt hatte, ob sie mit ihm später noch Küchenmöbel aussuchen wolle, hatte sie lediglich stumm den Kopf geschüttelt.

Im Axa-Hochhaus musste man sich an einer Rezeption anmelden. Während Lena ihren Ausweis zeigte und erklärte, wen sie aufsuchen wolle, hob der Mann am Empfang nur kurz die Brauen, als wüsste er bereits Bescheid.

Erik Helmes, der Bruder der Toten, wohnte in der 42. Etage.

Die Tür, die dem Fahrstuhl gegenüberlag, war nur angelehnt. Zaghaft klopfte sie an.

»Kommen Sie herein«, sagte eine monotone Stimme.

Sie betrat eine dunkle Diele und sah sich selbst in einem Spiegel als schattenhafte Gestalt. Es roch nach alten Schuhen, nach Kleidung, die dringend gewaschen werden musste. Auf dem Boden lag eine rote kreisrunde Fußmatte.

»Legen Sie die Sachen in die Küche«, sagte die Stimme. Sie drang aus einem Zimmer, das sich rechts der Diele befand. »Auf den Tisch – wie immer.«

Nach einem Moment des Nachdenkens erkannte Lena die Stimme: Erik Helmes war der Mann, der auf den Anrufbeantworter gesprochen hatte, während sie in der Wohnung der Toten in Mülheim gewesen waren.

Sie klopfte gegen die Tür und schob sie auf. Das Zimmer war dunkel, weil eine Jalousie heruntergelassen worden war, und völlig leer, als wäre es soeben erst bezogen worden. Erik Helmes hatte ihr den Rücken zugekehrt, er saß an einem Laptop und starrte auf Zahlenreihen.

»Pardon«, sagte sie. »Ich glaube, da liegt eine Verwechslung vor. Mein Name ist Lena Larcher, Kriminalpolizei Köln.«

Es dauerte ein paar Sekunden, bevor Erik Helmes sich umdrehte. Es war, als habe er erst noch eine Kolonne Zahlen an sich vorbeitreiben lassen.

Er musterte sie stumm, als müsste er sich erinnern, ob er sie schon einmal gesehen habe. »Sie bringen mir nicht meine Einkäufe?«, fragte er tonlos.

Lena zog ihren Ausweis hervor. »Sind Sie der Bruder von Eva Helmes?«

Erik Helmes erhob sich abrupt. Er trug einen löchrigen gelben Pullover und eine Trainingshose, die einmal weiß gewesen sein mochte, nun war sie grau und verwaschen.

Er starrte sie an. »Der bin ich wohl«, sagte er.

Lena schaute sich in dem Raum um. Zwei große klobige Computerbildschirme waren an einer Wand abgestellt, daneben stand ein alter Kassettenrekorder, wie sie als Kind auch einen besessen hatte. Erik Helmes folgte ihrem Blick.

»Ich lasse mir Lebensmittel unten aus dem Laden hochbringen, wenn ich arbeite«, sagte er, als würde das den Zustand seines Arbeitszimmers erklären.

Lena trat vor ihn hin. Aus der Nähe betrachtet, bemerkte sie, dass er unrasiert war und nach Schweiß stank. Seine kurzen braunen Haare standen am Hinterkopf ab und wirkten an den Seiten, als hätte er sie mit einer Schere kurz über dem Ohr selbst abgeschnitten.

»Es gibt da einen Stuhl in der Küche«, sagte er ein wenig eifrig. »Da setzen sich Gäste immer hin.«

Er machte eine vage Handbewegung und ging dann voraus. Lena folgte ihm in eine Küche, die aus billigen Resopalmöbeln bestand und völlig unbenutzt aussah.

Als sie sich auf den ersten der drei Stühle setzen wollte, schnellte seine rechte Hand vor. »Hier, bitte«, sagte er und wies auf einen Stuhl, der vor einem Fenster stand. »Das ist der Gästestuhl.«

Lena setzte sich. Ihr war unwohl. Erik Helmes starrte sie mit regloser Miene an. »Es geht um Ihre Schwester Eva«, sagte sie. »Wann haben Sie zuletzt Kontakt mit ihr gehabt?«

Erik Helmes wandte den Blick und fixierte einen Punkt an der Wand über ihr. »Ich weiß nicht«, sagte er tonlos. »Ich telefoniere mit ihr, aber ich sehe sie nie.«

Lena räusperte sich. »Wir müssen leider annehmen, dass Ihre Schwester Opfer eines Kapitalverbrechens geworden ist. Eine weibliche Person ist gestern Abend in einer Wohnung am Eigelstein, die Ihre Schwester angemietet hat, tot aufgefunden worden. Zunächst sah es so aus, als sei sie bei einem Wohnungsbrand ums Leben gekommen, aber mittlerweile hat sich herausgestellt, dass sie mit einem Seil erdrosselt worden ist.«

Ihre Worte schienen überhaupt keine Wirkung zu haben. Erik Helmes blickte auf seine Hände, dann ging er zu einem Küchenschrank und holte ein Erfrischungstuch hervor, mit dem er sich über die Stirn wischte. Es wirkte wie ein Ritual, das er mehrmals am Tag vollzog. Für einen Moment erfüllte Zitrusduft den Raum.

»Ich rufe meine Schwester jeden Tag um genau vierzehn Uhr elf an.« Er lächelte matt und nestelte an dem Erfrischungstuch herum. »Das ist so eine Gewohnheit von mir. Hilft mir sehr. Heute ist sie nicht da gewesen. Das kommt sehr selten vor.« Wieder ein kraftloses Lächeln.

Er ist krank, dachte Lena, irgendetwas stimmt mit ihm nicht.

»Meine Schwester ... sie war ein unglücklicher Mensch – das hat sie mir jedenfalls einmal gesagt. Aber ich verstehe das nicht. Wissen Sie, was das Asperger-Syndrom ist?«

»Das Asperger-Syndrom – ist das nicht eine Form von Autismus?« Sie erinnerte sich, dass in Simons Kindergarten ein Junge, der sich seltsam in sich gekehrt verhielt, als Autist bezeichnet worden war.

»So ähnlich«, erwiderte Erik Helmes. »Daran leide ich – Asperger-Syndrom. Es ist daher besser, wenn ich nicht so viele Menschen sehe. Das verwirrt mich, und ich werde nervös und ...« Er verstummte abrupt.

»Wann haben Sie Ihre Schwester zuletzt gesehen?«, fragte Lena. Waren Asperger-Kranke gefährlich? Konnte es sein, dass Erik Helmes seine Schwester in einem Wutausbruch getötet hatte? Sie blickte auf seine groben Hände.

»Ich habe Eva zuletzt am 8. Mai 1990 gesehen«, erklärte Erik Helmes mit Roboterstimme. »Das war ein Dienstag. Es war vierzehn Uhr elf.«

Sie dachte an das Foto von Larissa, Evas Tochter, wenn sie sich nicht irrte. »Das war Larissas Beerdigung, nicht wahr?« Es war ein Schuss ins Blaue, doch nun zeigte selbst Erik Helmes eine Regung. Eine Augenbraue rutschte ein Stück nach oben, und er sah wieder auf seine Hände. Er nickte, ohne ein Wort zu sagen.

»Wer war Larissas Vater?« Lena stand auf und ging an dem Bruder vorbei zum Fenster. Man hatte einen großartigen Blick über den Rhein. Majestätisch erhob sich der Dom in den wolkenverhangenen Himmel. Sie versuchte, sich zu erinnern, was sie über Autismus wusste. Waren Autisten nicht zwanghafte Personen, die alles nach einem bestimmten Muster vollzogen? Deshalb der Hinweis auf den Gästestuhl, deshalb der Rückzug aus dem Arbeitszimmer in die Küche.

Erik antwortete nicht. Er war jedoch nicht so sehr in seiner eigenen Welt eingekapselt, dass ihm diese Frage nicht unbehaglich war.

»Sie müssen doch wissen, wer der Vater Ihrer Nichte war«, sagte Lena in einem schärferen Tonfall und wandte sich um.

Erik schüttelte den Kopf. Nun sah er jammervoll aus in seinem alten gelben Pullover und der fadenscheinigen Trainingshose. »Larissa hatte keinen Vater.«

Es war kurz vor acht, als sie in ihre Wohnung zurückkehrte. Kaum dass sie die Tür hinter sich geschlossen hatte, spürte sie, wie erschöpft sie war. So einen langen, arbeitsreichen Tag war sie nicht mehr gewöhnt. Ihre Gedanken umkreisten Erik Helmes, der nun vermutlich in seiner Wohnung saß und nicht wusste, wie er mit der Nachricht über den Tod seiner Schwester umgehen sollte. Aber vielleicht hatte die Trauer auch sie zu einer Autistin werden lassen.

Niemand darf wissen, dass ich mit Toten rede, dachte sie. Denn so war es: In den letzten Monaten hatte sie mit Robert und Simon gesprochen – und zuletzt sehr viel mit Ruth, ihrer Mutter.

Wie ist es, wieder zu den Lebenden zurückzukehren?, fragte der tote Robert in ihrem Kopf.

Sie antwortete nicht, sondern suchte Halt in ein paar einfachen Tätigkeiten: Salat putzen und anmachen, einen Tee aufsetzen.

Mona Beckmesser hatte sie angerufen, als sie vom Rhein

zu ihrer Wohnung gelaufen war, und erklärt, dass sie den Zahnarzt von Eva Helmes ausfindig gemacht habe, der auf ihre Bitte hin ein paar Röntgenbilder an Doktor Brake in die Rechtsmedizin gemailt habe. Es gebe nun keinen Zweifel mehr: Eva Helmes war die Tote aus der Wohnung am Eigelstein. Also, keine Überraschung für die Kölner Polizei. Henning sei noch immer bei den Eltern, die sich bisher aber wenig kooperativ gezeigt hätten. Eine Prostituierte wolle wohl niemand in seiner Familie haben.

Einen Autisten wahrscheinlich auch nicht, hatte Lena gedacht.

Als sie sich mit einem Teller Salat an den Esstisch setzte, bemerkte sie das Blinken des Anrufbeantworters – ein beinahe unbekanntes Signal, so lange schon hatte niemand mehr angerufen.

»Lena«, hörte sie die kräftige Stimme ihres Vaters, die nie einen Widerspruch geduldet hatte, »wie ich erfahren habe, bist du wieder im Dienst. Was hat es mit der toten Hure auf sich?«

Dann legte er ohne einen Gruß auf. Auch er ein Autist! Sie lächelte beinahe bei diesem Gedanken. Natürlich hatte er von diesem Fall schon wieder Wind bekommen, seine Kontakte ins Präsidium waren immer noch hervorragend.

Als es an ihrer Tür klingelte, zuckte sie zusammen und setzte sich, um zu lauschen, wie das Geräusch verklang, doch da ertönte die Klingel schon wieder. Manchmal kam Frau Baumgart aus dem vierten Stock zu ihr herunter, eine Grafikerin, die immer ein wenig abgehetzt war und nie richtig eingekauft hatte, aber meistens klingelte sie später, nie vor neun, weil sie bis in den Abend hinein arbeitete.

Henning stand mit einer Flasche Wein vor der Tür, die er wie eine Trophäe hochhielt. Er lächelte. »Ich dachte, wir sollten auf unseren ersten Tag anstoßen«, sagte er, leicht verlegen. »Ist doch eine gute Idee, oder nicht?«

Nein, wollte sie erwidern, das ist keine gute Idee, absolut nicht. Doch sie brachte es nicht über sich.

»Komm rein«, sagte sie leise.

Sie führte ihn in die Küche. Verstohlen blickte sie sich um. Wie musste ihm ihre Wohnung vorkommen? War etwas ungewöhnlich? Zeigte etwas an, wie leer und traurig sie sich fühlte?

»Ich habe eben gegessen«, sagte sie. »Es ist noch etwas Salat da.«

Er schüttelte den Kopf. »Nein, nur ein wenig Wein ... Ich habe mir auch schon was zu essen gemacht.« Der letzte Satz war eine Lüge, die sie sofort durchschaute. Sie reichte ihm den Korkenzieher und stellte zwei Gläser auf den Tisch.

Nur ein Glas, wollte sie sagen, und dann musst du wieder gehen. Ich will keinen Besuch, und ich will auch nicht über Robert und Simon reden.

Henning prostete ihr zu, dann kippte er das Glas Rotwein wie ein Verdurstender herunter.

»Ich bin ein wenig aus der Spur geraten«, sagte Henning. Er lehnte sich zurück. Seine Augen glitten umher, als suchte er etwas – Zigaretten, einen Aschenbecher, vermutete Lena. »Meine Frau ... Ich habe ein paar Fehler gemacht. Kennst du die Spielbank in Bad Neuenahr? ... Am Anfang habe ich zur Entspannung in Kneipen am Automaten gesessen, kleine Beträge, nichts Ernstes, dann bin ich in die Spielbank, echt nobel da, erst nur freitags, bis ich nicht mehr anders konnte und ...«

Lena nippte an ihrem Glas, dann straffte sie sich. »Hör zu, Henning«, sagte sie. »Kann sein, dass du eine schwere Zeit durchmachst, aber ...«

»Schon gut«, sagte er und hob abwehrend seine Hände. Dann strich er sich durch seine braunen Haare. »Wir können auch über unseren Fall sprechen. Die Eltern wussten von nichts ... Biedere Leute, die ihre Tochter für ein Flittchen halten. So hat es die Mutter gesagt. ›Eva war schon als Vierzehnjährige ein Flittchen.‹ Der Vater hat fast nichts gesagt, er ist über achtzig, hat vierzig Jahre bei Ford gearbeitet. Irgendwie hat er aber getrauert, die Mutter nicht.« Henning trank wieder und schenkte sich nach.

Lena schilderte kurz ihren Besuch bei Erik Helmes, nur das Wort »Asperger-Syndrom« vermied sie, als hätte es den Bruder bloßgestellt. Während sie redete, bekam sie das Gefühl, dass sie diesen Fall nicht durchstehen würde – nicht mit Henning, der sie mit seinen persönlichen Problemen überfiel.

»Eine seltsame Familie«, sagte Henning. Er zog nun eine Schachtel Zigaretten aus der Tasche und blickte Lena fragend an.

»Bedauere«, sagte sie, »aber es wäre mir lieber, wenn du …« Sie verstummte, weil bei ihm eine SMS einging. Als erwartete er eine dringende Nachricht, zog er sein Smartphone hervor.

»Eine Nachricht ohne Absender«, sagte er nachdenklich. Dann hielt er ihr das Display hin.

»Vor sechsundzwanzig Jahren ist schon einmal eine Nutte mit einem Abschleppseil erdrosselt worden«, stand da.

»Was soll das?«, fragte Lena. »Kannst du herausfinden, von wem die Nachricht kommt?«

Henning schaute sie mit dunklen Augen an. Er hat sich irgendetwas von diesem Besuch erhofft, dachte sie. Will er mein Retter sein? Ja, irgendetwas in dieser Art. Für einen Moment hatte sie sogar den Verdacht, er hätte sich selbst diese Nachricht geschickt.

»Da hat noch jemand ein gutes Gedächtnis – nicht nur du«, sagte er.

6.

Wie war Pierre überhaupt auf die Idee verfallen, Golf zu spielen? Fünfzehn oder sechzehn war er da gewesen. Andere spielten Fußball oder Tennis, Leo hatte sich fürs Rudern entschieden, ein paar hundert Meter von ihrem Haus entfernt am Rhein. Irgendjemand hatte Pierre dazu überredet, ein Klassenkamerad, an dessen Namen er sich nicht mehr erinnerte, wie er überhaupt nie so genau gewusst hatte, was seine Söhne während ihrer Schulzeit so getrieben hatten. Auch als Carolin zum ersten Mal einen Jungen mit nach Hause brachte, war er überrascht gewesen – sie war doch erst vierzehn gewesen. Alma hatte gelacht. Sie hatte die Dinge immer im Griff. Nun war sie in Südafrika. Er fragte sich manchmal, ob sie etwas von seiner Schuld wusste, ob sie ahnte, dass es ganz tief in ihm dieses schwarze Loch gab – und dass er manchmal zu Prostituierten ging.

Er fuhr erst nach Marienburg auf den Golfplatz und hielt nach einem orangefarbenen SUV Ausschau. Aber da war Pierre nicht. Erst auf dem dritten Golfplatz fand er ihn – in Köln-Worringen. Er saß in einem karg eingerichteten Café an einem Tisch, vor sich einen Kaffee, las in einer Zeitung und streichelte abwesend einen Hund. Verena war nicht in der Nähe.

Erleichtert atmete er auf. Es war ohnehin schon nicht leicht zu erklären, warum er hier auftauchte – doch wenn er Pierre nun auch noch mit Leos Braut angetroffen hätte, wäre die Situation noch schwieriger gewesen.

Pierre winkte ihm lächelnd zu. »He, alter Mann, was machst du denn hier?«

Alter Mann – so nannte er ihn in letzter Zeit oft.

Pierre war so ganz anders, fiel ihm auf, freundlich, aufgeschlossen, optimistisch, grundverschieden von Leo und ihm. Almas Gene, dachte er. Auch äußerlich unterschieden die beiden sich – Leo war blass und schmächtig, Pierre braungebrannt, muskulöser, sein Haar hatte er hellblond gefärbt, sodass die beiden gar nicht mehr wie Zwillinge aussahen.

Der Hund kam ihm ein paar Schritte entgegen, schnüffelte an seinem Bein.

»Willst du nun auch endlich anfangen, Golf zu spielen?«, fragte Pierre. »Wäre ja auch an der Zeit. Golf macht mehr Spaß, als am Rhein entlangzurennen – wirst du sehen.«

Er lächelte und betrachtete seinen Sohn. Ein seltsamer Geruch umgab ihn. Parfüm? Hatte er eben noch mit Verena in einem Bett gelegen? Konnte das sein?

»Ich habe heute frei«, erklärte er, »und irgendwie denke ich wirklich daran, es mit Golf zu versuchen.« Er schaute sich um. Zwei Frauen waren hereingekommen und setzten sich. Hinter einer Theke erschien ein dicker, glatzköpfiger Mann, der sich sogleich nach ihren Wünschen erkundigte. Mit einem Gähnen trottete der Hund zu dem Wirt hinüber. »Aber in Wahrheit komme ich wegen Leo. Ich mache mir Sorgen.«

»Sorgen?« Pierre nippte an seinem Kaffee und schaute ihn fragend an. Keine Spur von Argwohn oder Schuldbewusstsein.

Er setzte sich. »Ein Kollege glaubt, Verena in der Stadt gesehen zu haben – mit einem anderen Mann.« Dieser Satz war ihm spontan eingefallen. »Kannst du dir vorstellen, dass sie Leo …«

»Dass sie ihn betrügt?« Pierre riss die Augen auf. Er hatte ein echtes schauspielerisches Talent. »Alter Mann, die beiden wollen in drei Wochen heiraten!« Er klang ehrlich entrüstet.

Was war er für ein großartiger Lügner! Vor gut zwei Stunden hatte er Verena mitten auf der Straße auf den Mund geküsst.

»Das muss ja nichts heißen. Ich dachte …«

Pierre berührte ihn am Arm. »Ich bin später mit ihm verabredet. Wir wollen noch ein paar Einzelheiten besprechen, wegen der Gästeliste und so weiter.«

Er runzelte die Stirn. Pierre wusste offenbar nicht, dass Leo krank war – und die Verabredung war noch nicht abgesagt. »Wann hast du Verena das letzte Mal gesehen?«, fragte er und bedauerte seine Frage sofort, weil sie zu forschend und nachdrücklich klang.

»Keine Ahnung.« Pierre legte die Zeitung zusammen. »Wahrscheinlich vor zwei, drei Wochen.« Auch diese Lüge ging ihm glatt über die Lippen. »Hör zu.« Nun wallte doch Ärger in ihm auf. »Wenn du etwas von Verena wissen willst, solltest du sie selbst fragen. Ich kann dir sagen, wo sie arbeitet. Auktionshaus Schenk, Breite Straße, aber melde dich vorher an. Sie hat immer viel zu tun.«

Er hob die Hände, wehrte ab. Er war zu weit gegangen, hatte sich vielleicht sogar verraten, dass er etwas wusste. Wenn er Pierres Lügen entlarven wollte, musste er anders vorgehen.

»Ich muss jetzt los«, sagte Pierre. »Habe nun Unterricht – drei schöne Frauen warten schon auf mich.« Er nickte ihm zu und stand auf. Vor der Tür zog er sein Smartphone hervor und telefonierte. Mit düsterem Gesichtsausdruck blickte er noch einmal zurück, schaute ihn, seinen Vater, an, als wäre er soeben jemandem über den Weg gelaufen, der ihm wirklich Schwierigkeiten machen konnte.

Er telefoniert mit Verena, dachte er, er will sie warnen, darauf vorbereiten, dass ein Gewitter aufzieht.

Manchmal dachte er daran, wie sein Leben verlaufen wäre, wenn er Fleur nicht getötet hätte. Er wäre weiter zu ihr gegangen, hätte eine Art Doppelleben geführt, und irgendwann hätte Alma ihn ertappt. Was wäre schlimm daran gewesen? Nein, darum ging es gar nicht. Es ging um ihn selbst – er hatte diese dunkle Seite in sich ausmerzen und er hatte den Tod kennenlernen wollen. Sein Leben wurde von Toten bestimmt. Manchmal meinte er, einem Menschen schon ansehen zu können, wie der Krebs in ihm wütete, wie sich Geschwüre in ihm ausbreiteten, um ihn zu vernichten. Dann spielte er mit dem Gedanken, auf diesen Menschen zuzugehen und ihm zu sagen, dass er nicht mehr lange zu leben habe.

Er war ein paar Wochen nicht mehr an Fleurs Grab gewesen. Es lag auf dem Nordfriedhof, ein verwildertes Grab mit einem grauen Stein, auf dem einzig ihr Name stand. Sie hatte nur einen Bruder gehabt, der sich anfangs um die Grabstelle gekümmert hatte, doch nun kam schon lange niemand mehr. Gelegentlich zupfte er selbst ein wenig Unkraut heraus, aber nicht zu viel, damit er sich nicht verdächtig machte. Wie hätte das ausgesehen, wenn er, ein gestandener Mann, vor dem Grab einer Frau kniete, die vor sechsundzwanzig Jahren ermordet worden war? Mord kannte keine Verjährung.

Er beschloss, nicht zu Verena zu fahren, stattdessen legte er sich erneut vor Leos Haus auf die Lauer.

Nina, seine engste Mitarbeiterin, versuchte zweimal, ihn zu erreichen, doch er nahm das Gespräch nicht an. Er hätte nun nicht den kühlen, überlegenen Chef spielen können. Irgendwie fühlte er sich, als wäre er aus seinem Leben gefallen – erst der Verdacht, dass Leo einen Mord begangen haben könnte, dann Pierres Lügen.

Kaum hatte er den Wagen geparkt, verließ Leo auch schon sein Haus. Er trug einen Mantel, darunter einen Kapuzenpullover. Die Kapuze hatte er sich so tief über den Kopf gezogen, dass man sein Gesicht nicht sehen konnte. Verstohlen blickte er sich um, als erwartete er, dass ihm jemand auflauerte. Wie ein Flüchtender sah er aus, wie jemand, der vor seiner Schuld davonlief.

Zum Glück wandte Leo sich in die andere Richtung, ging eilig in Richtung Luxemburger Straße.

Er spürte Unruhe in sich aufsteigen. War nun der Moment gekommen, sich ein wenig in der Wohnung umzusehen? Wenn Leo sich mit Pierre traf, würde er vor zwei, drei Stunden nicht zurückkehren.

Drei Minuten später stand er vor der Wohnungstür. Er klingelte zur Sicherheit, schloss dann auf und schlich hinein. Stille wehte ihm entgegen, Abwesenheit atmete in der Wohnung. Er ging sofort in die Küche. Eine Tasse Tee, die Leo nur halb ausgetrunken hatte, stand mitten auf dem Tisch. An der Pinnwand fehlte die Rechnung aus dem Blumenladen am Eigelstein. Das fiel ihm sofort auf. Ein brauner Umschlag lag auf der Arbeitsplatte neben der Spüle. Mit einem roten Filzstift hatte jemand Leos Anschrift auf den Umschlag geschrieben. Kein Absender. Es klebte auch keine Briefmarke darauf. Der Umschlag war ordentlich mit einem Messer geöffnet worden.

Vorsichtig lugte er hinein. Kein Brief, kein Papier, sondern ein grobkörniges Foto, das offenkundig in der Dunkelheit aufgenommen worden war.

Langsam und ohne einen Fingerabdruck zu hinterlassen, schob er es heraus.

Ein jähes Erschrecken fuhr ihm in die Glieder. Ich habe richtig vermutet, dachte er. Mein Gefühl hat mich nicht getrogen. Für einen Moment musste er sich an der Spüle abstützen. Leo war ein Mörder. Dieses Foto konnte es beinahe beweisen. Es zeigte ihn, wie er das Haus betrat oder es verließ, in dem die Hure ermordet worden war. Unten war sogar die Uhrzeit eingeblendet. 21 Uhr 34.

Doch nein, wer hatte das Foto geschossen? Warum hatte jemand Leo dieses Foto geschickt? Er drehte es mit aller Vorsicht herum. »Wir haben dich gesehen«, stand da in großen Buchstaben. »Du bist ein Mörder.«

Wir haben dich gesehen.

Was bedeutete das? Eine Erpressung? Eine Falle?

Plötzlich vernahm er, wie ein Schlüssel ins Schloss gesteckt wurde. Dann klappte eine Tür. Leo war schon zurückgekehrt. Panisch schob er das Foto zurück. Wohin sollte er sich wenden? Musste Leo nicht jeden Moment hereinkommen? Und wie würde das aussehen – er, der Vater, in der Küche mit diesem Foto?

Rasch öffnete er eine Tür, die zu einer Art Abstellkammer führte, zwängte sich hinein und wartete. Schweiß trat ihm auf die Stirn, sein Herz klopfte. Ein Geruch stieg ihm in die Nase. Fleurs Parfüm! Das alles konnte nicht sein! Eine seltsame Geruchserinnerung. Er steckte in einem Alptraum fest – oder in einer Zeitschleife, die Dinge ans Licht holte, die eigentlich längst vergangen waren.

Eine Wasserspülung rauschte. Dann konnte er durch den winzigen Türspalt sehen, wie ein unrasierter, fahler Geist hereinkam, der den Namen Leo trug. Ohne einen Blick nach rechts oder links zu werfen, griff Leo sich den Umschlag, steckte ihn in seine Manteltasche und verließ die Wohnung wieder.

7.

Brachte ihr Vater so etwas fertig: Henning von einem Wegwerfhandy, das man nicht verfolgen konnte, eine SMS zu schicken, in der er auf den alten Fall verwies, den er damals nicht gelöst hatte?

Lena konnte die halbe Nacht nicht schlafen. Sie musste mit ihm reden, obwohl sie es verabscheute. Er war immer nur Polizist gewesen, nie Vater oder Ehemann, nicht einmal die Rolle des Großvaters hatte er übernommen. Sie hatte keine Ahnung, was er nun trieb, wie er nach seiner Pensionierung seine Zeit verbrachte. Wenn sie ehrlich war, musste sie sich eingestehen, dass sie ihn hasste – seine Selbstherrlichkeit, seine Arroganz, seine Fähigkeit, Dinge zu ignorieren. Ihre Mutter war an seiner Seite gestorben, stumm und ohne dass er wirklich Anteil genommen hatte. Und nach dem Unfall hatte er sie nicht getröstet, sondern nach dem Hergang geforscht. Wie viel Schuld hatte sie an dem Tod ihres Kindes und ihres Mannes?

Um acht Uhr stand sie vor seinem Haus – ihrem Elternhaus. Er war immer ein Frühaufsteher gewesen, doch nun musste sie lange klingeln, bevor er öffnete. Er trug einen weißen Bademantel, darunter war ein hellblauer Pyjama zu sehen.

»Hast du uns eine SMS geschickt?«, fragte sie ohne eine Begrüßung.

»Eine SMS?« Er winkte sie herein und deutete eine Umarmung an, die er dann jedoch nicht ausführte. »Ich muss mich wohl freuen, wenn meine Tochter mich besucht, auch wenn ich eigentlich um diese Zeit noch keine Gäste empfange.«

Er ging ihr voraus in die Küche. Er war älter geworden, fiel ihr auf, er humpelte ein wenig. An der Wand im Flur hing ein Foto von ihrer Mutter und ihr, das sie nicht kannte. Das letzte Geburtstagsfoto von Ruth. Der Anblick versetzte ihr einen Stich.

Ihr Vater machte sich daran, einen Kaffee zu kochen. Er hatte eine neue, supermoderne Kaffeemaschine. Wie die meisten Polizisten war auch er kaffeesüchtig.

»Es ist schön, dass du aus deinem Schneckenhaus herausgekommen bist und wieder arbeitest.« Er stellte Milch und Zucker auf den Tisch.

»Ich habe mich nicht in ein Schneckenhaus zurückgezogen«, erwiderte sie trotzig, während sie sich setzte. »Außerdem will ich mit dir nicht darüber sprechen.« Das hasste sie an ihm besonders – dass er sie immer dazu brachte, sich zu verteidigen. »Wir haben gestern Abend eine SMS bekommen, in der uns jemand darauf hinweist, dass vor sechsundzwanzig Jahren eine Prostituierte auf die gleiche Weise getötet wurde wie unser Opfer vom Eigelstein.«

»Und du glaubst, ich schicke euch heimlich eine SMS? Solche Sperenzchen mache ich nicht.« Sperenzchen war ein Wort, das sie aus ihrer Kindheit kannte – schon damals hatte sie es gehasst.

»Was war das damals für ein Fall?«, fragte sie. »Warum habt ihr die Sache nicht aufklären können?«

Ihr Vater reichte ihr eine dampfende Tasse Kaffee, dann verschwand er wortlos. Hatte sie ihn beleidigt? Dabei stimmte es: Er hatte den Mörder der Prostituierten nicht gefunden.

Mit einem Aktenordner in der Hand kehrte er zurück. Ein Lächeln lag auf seinem Gesicht, das ihn gleich wieder jünger wirken ließ. Siebenundsechzig war er mittlerweile, ein noch immer stattlicher grauhaariger Mann, der mit einer Größe von einem Meter neunzig fast jeden überragte. Plötzlich fragte sie sich, ob er eine Freundin hatte. Zwei Jahre war er nun allein.

»Ich wusste immer, dass du eine gute Polizistin wirst«, sagte er. »Habe ich auch damals dem alten Schmitz in der Polizeischule gesagt.«

Ja, damals, vor ein paar Ewigkeiten, als sie sich entschied, Polizistin zu werden, war er noch ihr großes Vorbild gewesen.

»Eigentlich ist es nicht erlaubt«, sagte er wieder mit einem Lächeln, »aber von ein paar großen Fällen habe ich mir Ablichtungen gemacht, bevor ich den Dienst quittieren musste.« Er bedachte sie mit einem forschenden Blick. Als sie nichts erwiderte, schlug er die Akte auf. Ein Foto war zu sehen – eine blonde Frau, die man auf einen flüchtigen Blick für Eva Helmes hätte halten können. »Die Tote hieß Helga Rothmann, sie arbeitete schon acht Jahre als Prostituierte in einer Wohnung an der Dagobertstraße. Ein richtiger Plüschpalast. War eigentlich ungewöhnlich, dass sie keinen Zuhälter hatte. War aber so. Leider war sie auch ziemlich diskret, was ihre Kunden anging. Wir fanden nur ein Notizbuch mit Abkürzungen. Telefoniert hatte sie kaum, und Handys gab es zu der Zeit noch nicht.«

Weil Lena immer noch nichts sagte, blätterte er weiter. Ein zweites Foto tauchte auf – ein glatzköpfiger Mann, Anfang dreißig, der in die Kamera starrte.

»Wir haben nur einige wenige Freier einwandfrei identifizieren können.« Er winkte ab. »Ein jämmerliches Ergebnis, ich weiß, aber Helga Rothmann war eine Edelnutte, und sie hatte nur Stammkundschaft. Diskretion war ihr oberstes Gebot, und ihre Kunden waren wohl auch sehr unterschiedlich. Der Erste, den wir identifizieren konnten, war ein Serbe, hatte mal eine Bar, war aber wohl auch als Einbrecher aktiv. Na, jedenfalls hatte er mehrere Jahre im Knast gesessen und ein langes Vorstrafenregister. Er heißt Dragan Cerovic. Ich sehe ihn manchmal, wenn ich durch Sülz spazieren gehe. Er arbeitet in einem Kiosk am Gürtel.«

»Ihr habt ihm nichts nachweisen können?«

»Nichts.« Ihr Vater tippte auf das Foto. »Wir haben ihn uns richtig vorgenommen. Ihm wäre ein Mord im Affekt zuzutrauen gewesen, aber nichts ... kein einziger Beweis, obwohl sein Alibi wackelig war. Stattdessen hat er uns weismachen wollen, Helga hätte einen jungen Verehrer gehabt, einen reichen Studenten, der sie vergötterte und der mit ihr besondere Spiele getrieben hätte. Leider haben wir von diesem Jungen nie eine Spur gefunden.«

Ihr Smartphone klingelte. Es war Henning, wie sie mit einem kurzen Blick auf das Display feststellte. Wahrscheinlich hockte er im Büro und fragte sich, wo sie bliebe. Sie drückte den Anruf weg.

»Du musst ins Präsidium«, erklärte ihr Vater. »Hast dich nicht abgemeldet, nicht wahr?« Er blätterte weiter die kopierte Akte durch, bis er zu einem zweiten Foto kam. »Bernard Laux, ein ehemaliger Fußballspieler, musste wegen kaputter Knochen aufhören. Keine Ahnung, ob er noch lebt. Seine Frau hat ihm ein Alibi gegeben, das sich hinterher als falsch herausstellte. Na, ein halbes Jahr später war er geschieden.«

Lena notierte auf ihrem Smartphone die Namen. Später würde sie Mona bitten, die Originalakte zu besorgen.

»Der Dritte, dessen Namen wir herausbekommen haben, war eine echte Überraschung. Er hieß Eberhard Meugel, war Oberstudiendirektor und saß im Stadtrat. Er hatte ein echtes Motiv. Die Rothmann wollte ihn nicht mehr, er stand wohl auf besonders harte Nummern – sein Name war auch der Einzige, den sie in ihrem Notizbuch ausgeschrieben hatte.«

»Wie alt war dieser Meugel damals?«, fragte Lena.

»Knapp sechzig. Er ist vor drei Jahren gestorben.« Ihr Vater streckte ihr die Akte hin. »Kannst du mitnehmen, wenn du möchtest. Musst du mir aber zurückgeben.«

»Nein danke.« Sie erhob sich. »Ich werde mir die Originalakte beschaffen.«

»Du hast deinen Kaffee gar nicht angerührt«, erklärte ihr Vater vorwurfsvoll.

»Tut mir leid, aber ich trinke keinen Kaffee mehr«, log sie.

Ihr Vater begleitete sie zur Tür. »Ich weiß, dass wir manchmal Schwierigkeiten miteinander hatten, aber nun, wo wir beide allein sind, sollten wir doch unser Kriegsbeil ...«

Er verstummte, weil im Haus das Telefon klingelte. Wenig später hörte man eine Frauenstimme, die auf den Anrufbeantworter sprach. »Georg, bist du nicht da? Mein Auto springt nicht an. Könntest du vorbeikommen ...« Ihr Vater schloss rasch die Tür hinter sich.

»Georg, du wirst am Telefon verlangt«, sagte Lena kühl und verabschiedete sich mit einem flüchtigen Wangenkuss.

Sie lief die Berrenrather Straße hinunter in Richtung Sülzgürtel. Erinnerungen überkamen sie – hier war ihr Schulweg gewesen, mit dem Rad die viel befahrene, chaotische Straße hinunter bis zum Hildegard-von-Thüringen-Gymnasium. Warum hatte sie es eigentlich nie geschafft, aus dieser verdammten Stadt herauszukommen? Es hatte an Robert gelegen, ja, er, das Nordlicht aus Bremen, hatte hier bleiben wollen. Ihm gefiel es, ab und an in ein Brauhaus zu gehen, er hatte sogar Karneval gefeiert.

Sie erkannte Dragan Cerovic sofort, obschon er in den letzten knapp dreißig Jahren ordentlich an Gewicht zugelegt hatte und vollkommen kahlköpfig war. Er stand in dem Kiosk an der Bahnstation Sülzgürtel und blickte sie erwartungsfroh an. Sie ließ sich einen Kaffee geben und zückte dann ihren Ausweis.

In seinem runden, verfetteten Gesicht erschien ein Lächeln, als würde er sie kennen. »Nee, wat?«, stieß er hervor. »Sie sind die Tochter vom Alten, was? Suchen jetzt den Mörder von der Frau vom Eigelstein?« Der typische kölsche Singsang hatte sich in seine Sprache geschlichen.

Lena nickte. »Ganz genau«, sagte sie. »Wenn ich recht informiert bin, waren Sie damals verdächtig.«

»Wenn ich recht informiert bin ...« Er äffte ihren formellen Tonfall nach. »Nichts verdächtig. Ich habe damals das ein oder andere windschiefe Ding gemacht, aber bei Helga war ich ganz lieb. Sie war eine besondere Frau, müssen Sie wissen.«

Ein etwa zehnjähriger Junge kam an den Kiosk und kaufte sich eine Cola. »Trink lieber Milch – ist gesünder!«, rief Dragan ihm nach. Der Junge zeigte ihm im Weggehen den Mittelfinger. Der Serbe lachte lauthals.

»Ich bin sauber«, sagte er ernst, wieder an Lena gewandt. »Seit zehn Jahren habe ich diesen Kiosk. Knast ist auf die Dauer scheiße, und bei mir hier ist immer was los. Die Leute hier mögen mich.«

»Sie haben meinem Vater damals etwas von einem reichen Studenten erzählt, der zu Helga ging.« Lena nippte an ihrem Kaffee, der erstaunlich gut war.

»Das war ihr Liebling. Sie war ja immer sehr diskret, aber einmal, als ich ihr im Bad was repariert habe, hat sie mir von ihm erzählt. ›Stell dir vor, Dragan, ich bin auf meine alten Tage sogar ein bisschen verliebt‹, hat sie mir gesagt. ›Er ist noch ein Jüngling, aber total aufmerksam und zärtlich.‹ – ›Dann angle ihn dir doch‹, habe ich gesagt. ›Nee, geht nicht‹, hat sie da gemeint. ›Ich bin und bleibe eine Hure, und das Jüngelchen hat eine Freundin, eine gute Partie.‹«

»Haben Sie diesen Jungen mal gesehen?«, fragte Lena.

Ein alter Mann kam, dem Dragan mit einem kurzen Gruß sofort eine Plastiktüte mit drei Flaschen Kölsch reichte. Der Mann nickte ihm lediglich zu und schlurfte dann weiter. »Das ist Walter«, erklärte Dragan. »Er holt sich jeden Morgen sein Frühstück ab – drei Flaschen Kölsch. Meistens schmuggele ich ihm eine alkoholfreie Pulle mit unter.« Er grinste. »Nee«, fuhr er fort. »Ich habe den Jungen nie gesehen. Blond muss er gewesen sein, recht groß und schlank. Hat wohl Medizin oder Jura studiert. Ich habe mich gewundert, dass er sich nicht bei der Polizei gemeldet hat.«

»Hat sich denn jemand gemeldet?«, fragte Lena. Ihr Blick verirrte sich zur Berrenrather Straße hinüber, und da sah sie ihn. Er ging langsam, mit gesenktem Kopf. Noch hatte er sie nicht entdeckt. Sie wandte sich abrupt ab. Wenn es jemanden gab, den sie nun überhaupt nicht treffen wollte, dann war er es. Farkas, der Sänger, der Schönling.

»Nee, ich war der Einzige, der sich gemeldet hat«, erwiderte Dragan. »Hat mir auch genug Ärger eingebracht.« Er schnaubte. »Noch einen Kaffee?«, fragte er dann. »Geht aufs Haus.«

Lena schüttelte den Kopf. Sie musste verschwinden – sofort, doch da stand er schon neben ihr: Adrian Farkas. Er hauchte sein »Hallo, Lena«, und sie sah seine langgliedrigen, zarten Hände, in die sie sich vor einem Jahr so haltlos verliebt hatte.

Henning erwartete sie vor dem Blumenladen am Eigelstein. Er hielt einen Kaffeebecher in der Hand und wirkte ziemlich ungehalten.

»So geht das nicht«, sagte er. »Ich bin seit sieben Uhr im Büro. Drei Kriminalassistenten durchsuchen die Wohnung der Toten, und du …«

»Ich hatte zu tun«, erwiderte Lena kühl. »Ich habe mich um den alten Fall gekümmert. Vielleicht gibt es Parallelen, die uns weiterbringen.«

Henning warf seinen Kaffeebecher achtlos in den Rinnstein. »Ja, klar«, sagte er. »Wir haben es mit einem Serientäter zu tun, der alle sechsundzwanzig Jahre eine Frau umbringt.«

»So ungefähr.« Lena wandte sich ab. Die Wohnung der Toten lag im Nachbarhaus. Wahrscheinlich war die Besitzerin des Blumenladens deshalb eine Zeugin, von der Henning sich eine Menge versprach.

Die Frau hieß Ingrid Tuhl und hatte eine Haarfarbe, die in der Natur nicht vorkam: ein dunkles Pink, das den Augen wehtat. Sie war etwa Mitte fünfzig und stürmte sofort auf sie zu.

»Ich habe schon gedacht, da kommt gar keiner mehr von der Polizei«, sagte sie.

Henning zeigte ihr seinen Ausweis. »Sie haben schon mit einem Kollegen gesprochen, aber wir sind von der Kriminalpolizei. Sie haben Eva Helmes gekannt?«

»Klar kannte ich die Eva.« Die Frau lächelte. »Sie hat immer Blumen gekauft – für das Grab ihrer Tochter. Jeden Freitag drei rote Rosen. Dann ist sie mit einem Taxi zum Friedhof gefahren. Da hätte sie die Blumen bestimmt auch kaufen können, aber nein, sie ist immer zu mir gekommen, weil meine Rosen die schönsten sind.«

»Was wissen Sie über diese verstorbene Tochter?«, fragte Lena.

Die Blumenhändlerin blickte an ihnen vorbei zur Straße, als müsste sie nachdenken. »Eva hat so gut wie nie über ihre Tochter geredet. Die Kleine war zwölf, als sie starb. Einmal hat Eva aber erwähnt, sie sei ertrunken, ein schlimmer Badeunfall im Rhein. Doch jemand hat mir dann verraten, dass die Tochter behindert war und bestimmt nicht schwimmen konnte.« Ingrid Tuhl seufzte. »Eva war ein toller Mensch«, fuhr sie fort, »und dass sie als Prostituierte gearbeitet hat … Ich habe ihr mal eine Arbeit bei mir angeboten, doch da hat sie nur gelacht und gemeint, sie mache das noch ein Jahr, es bedeute ihr nichts. Überhaupt: Männer bedeuteten ihr nichts.«

»Hat sie Freunde gehabt, die sie manchmal besucht haben?« Lena beobachtete, dass ein Mann schüchtern den Laden betrat und ihn sofort wieder fluchtartig verließ, nachdem er bemerkt hatte, dass die Blumenfrau sich mit ihnen unterhielt.

»Freunde? Nicht, dass ich wüsste. Sie hat ja nicht hier gewohnt. War ja nur ihre Dienststelle, gewissermaßen.« Die Blumenhändlerin lächelte. »Sie hat jedenfalls nie jemanden erwähnt. Im Sommer fuhr sie immer vier Wochen nach Texel, um richtig auszuspannen. Da kannte sie keiner. Aber sonst?« Sie zuckte mit den Achseln. Ein fetter brauner Dackel schlurfte hinter der Theke hervor und strich ihr um die Beine.

»Aus Ihrem Laden haben Sie einen guten Blick auf die Straße«, meinte Henning. Lena nahm wahr, dass er sich um einen möglichst jovialen Tonfall bemühte, den er offenbar für volkstümlich hielt und bei bestimmten Zeugen anschlug. »Da haben Sie doch bestimmt gesehen, wer bei Eva Helmes so ein und aus ging.«

»Ich spioniere niemandem hinterher«, erklärte Ingrid Tuhl entrüstet. »Schon gar nicht einer Frau, die …« Sie bückte sich und streichelte ihren dicken Dackel.

Lena wartete einen Moment ab. »Es geht nur um zufällige Beobachtungen«, sagte sie dann, um die Blumenfrau zu beschwichtigen. »Und es würde uns helfen, den Mord aufzuklären.«

Ingrid Tuhl nickte. »Richtig, es war ja ein Mord«, sagte sie leise. »Also, ein paar Männer habe ich natürlich gesehen. Eva hatte wohl nur Stammkunden. Einen habe ich Ajatollah genannt, weil er so einen schwarzen Bart hatte. Einer hieß bei mir ›Der Professor‹, weil er immer so förmlich gekleidet war, mit Anzug und Krawatte. Einer war immer ganz schwarz angezogen, der sah irgendwie nach Modebranche aus. Und dann gab es diesen dunkelblonden Mann, Anfang zwanzig. Er war groß und wirkte immer ein wenig mürrisch, als würde ihm etwas wehtun. Er hat manchmal hier Blumen gekauft, bevor er zu ihr hinaufging. Er war eigentlich viel zu jung, um ein Kunde zu sein.«

»Kennen Sie seinen Namen?«, fragte Henning ein wenig zu nachdrücklich.

Die Blumenfrau hob die Hände. »Was glauben Sie denn? Dass die hier reinkommen und sich erst mal lang und breit vorstellen? Und Eva hat auch nie was gesagt. Sie war eine kluge, diskrete Geschäftsfrau.«

Ingrid Tuhl wandte sich ab, als eine alte Frau den Laden betrat, und bediente sie.

Henning verzog das Gesicht. »Scheint, als würden wir hier nicht groß weiterkommen.« Sein Smartphone klingelte. Mit düsterer Miene nahm er das Gespräch an. »Mona, sag ihnen, dass wir die Handydaten dringend brauchen«, rief er laut ins Telefon.

Lena beobachtete, wie gewissenhaft die Blumenfrau einen Strauß zusammenstellte. Dann bemerkte sie einen Mann auf der anderen Straßenseite, der stehen geblieben war und zu ihnen herüberstarrte. Der Mann trug einen dunklen Mantel, und er war groß und hatte blonde Haare, die ihm in die Stirn hingen. Sie blickte zu der Blumenfrau hinüber, die den Mann jedoch noch nicht registriert hatte, weil sie sich über ihre Kasse beugte, um Wechselgeld herauszugeben. Lena zögerte einen Moment, dann eilte sie auf die Straße hinaus, doch der Blonde war verschwunden, als hätte er sich in Luft aufgelöst.

Seine Hände verfolgten sie den ganzen Tag – diese zarten Hände, die sie aus Tausenden erkannt hätte. Und dann seine Stimme und seine langen braunen Haare, an denen er unaufhörlich herumgriff. Von seinem Schlafzimmer in Langel hatte man auf den Rhein blicken können, Mondlicht hatte das Wasser silbern aussehen lassen …

Ihr gerieten die Dinge durcheinander, sie konnte sich nicht konzentrieren, und diese stechenden Kopfschmerzen setzten ihr wieder zu, kaum dass Henning und sie ins Präsidium zurückgekehrt waren. Es gab so viel zu tun: Mit Hilfe der Blumenfrau sollten Phantombilder der Freier von Eva Helmes angefertigt werden, sie mussten den Bericht über die Untersuchung der Wohnung der Toten durchgehen, sie erwarteten die Auskünfte der Telefongesellschaft über die Handygespräche, außerdem mussten sie mit der Kriminaltechnik über die Spurenlage am Tatort sprechen und eine Pressemitteilung herausgeben … Warum, zum Teufel, war sie Adrian Farkas wiederbegegnet? Was hatte er überhaupt in Sülz gemacht? Ach, sie wusste es ja: In einer Seitenstraße am Manderscheider Platz lag das Büro seiner Band – sie spielten im Karneval, hatten große Auftritte, und er war der umschwärmte Sänger. Nie hatte sie ihn auf der Bühne gesehen. Als er nach ihren Händen gegriffen hatte, vor einem Jahr im Café des Museum Ludwig, war sie verloren gewesen. Sie hatte es sofort gespürt. Er hatte ihre rechte Hand umfasst, als wäre sie ein kostbarer Stein, den man nur streicheln und behüten dürfte. Noch nie hatte jemand sie so berührt – und sie hatte nicht eine Sekunde das Gefühl gehabt, es sei eine Masche gewesen, sondern … Ja, was? Liebe auf die erste Berührung? Drei Monate hatten sie sich gelegentlich getroffen, wenn er keine Auftritte hatte und sie Nachtschichten vorschützen konnte.

Eigentlich hatte Robert sich auch die Richter-Ausstellung ansehen wollen. Es war ein verregneter Sonntag gewesen, sie war zu Fuß gegangen. Robert hatte sich spontan entschieden, mit Simon zum FC zu gehen. Vor dem Museum hatte sie schon kehrtmachen wollen, doch dann war ihr das

Bild eingefallen, das sie von allen Richter-Bildern am meisten beeindruckt hatte. »Die Kerze« – nichts als die abgemalte Fotografie einer einzelnen Kerze, die ein Licht verströmte, das ihr weise und wunderschön vorkam. Eine einfache, betörende Schönheit strahlte dieses Bild aus. Und genau vor diesem Bild hatte Farkas sie angesprochen, und ihr Blick war auf seine Hände gefallen, erst danach hatte sie ihn angeschaut.

Am späten Nachmittag floh sie aus dem Präsidium. Der Fall Helmes gehörte nun offiziell Henning und ihr. Die Kollegen Larsen und Wiegand waren weiter krankgeschrieben. Auf der Kalker Hauptstraße hielt sie ein Taxi an. Sie wollte ins Fioretto, ihr Lieblingsrestaurant in der Nähe ihrer Wohnung, doch dann hörte sie sich sagen, sie müsse dringend zum Melatenfriedhof.

Es dämmerte bereits, als sie an der Aachener Straße ausstieg. Der Friedhof war aber noch geöffnet. Den Weg zu Roberts und Simons Grab kannte sie im Schlaf. Zwei Urnengräber nebeneinander in einem neu angelegten blühenden Trauergarten, in dem sie im Sommer tatsächlich ein wenig Trost gefunden hatte.

Doch aus einem Impuls heraus lief sie weiter, suchte den Sensenmann auf, eine furchterregende Skulptur, die jedem Betrachter beim ersten Anblick einen Schrecken einjagte, und ging weiter zu den Kindergräbern. Es war eine Eingebung, vermutlich blanker Unsinn. Es gab viele Friedhöfe in Köln, und Eva Helmes hatte wohl schon immer auf der linksrheinischen Seite gewohnt.

Sie sah das Windspiel, eine Katze aus Metall, die sich im Wind drehte. Auf einem kleinen weißen Stein stand nur der Name – Larissa –, kein Datum, kein Spruch. Trotzdem wusste sie, dass sie am richtigen Grab war. Möglicherweise hatten sich ihre Wege in den letzten zehn Monaten sogar gekreuzt – sie war zum Trauergarten gegangen, und Eva

Helmes hatte ihren Weg passiert, als sie die Grabstelle ihrer Tochter aufsuchte.

Lena spürte, wie der Kopfschmerz langsam verebbte. Die frische Luft vielleicht, oder weil sie etwas herausgefunden hatte. Hatte der Tod von Larissa etwas mit dem gewaltsamen Ende von Eva Helmes zu tun? Auch darüber mussten sie Nachforschungen anstellen. Evas Bruder würde ihnen keine Hilfe sein, aber die Eltern möglicherweise. Das Grab war sehr gepflegt, kein Unkraut, ein Fleck Gras mit einer Vase, in der drei langstielige, verblühte Rosen standen.

»Ich dachte schon, Du kommst gar nicht mehr«, sagte plötzlich eine Stimme hinter ihr.

Lena drehte sich abrupt um. Eine Frau in einem hellen Regenmantel stand da, ein blaues Tuch über ihr langes blondes Haar gebunden. Sie hatte die Hände vor der Brust gefaltet und blickte Lena mit dünnen, zusammengekniffenen Lippen an. Eine Lehrerin, dachte Lena, so hat eine meiner schrecklich ehrgeizigen Lehrerinnen ausgesehen.

»Oh, pardon«, sagte die Frau. »Ich habe Sie verwechselt – Sie stehen an einem Grab, das …« Sie verstummte. Ihr Blick wurde noch forschender. »Sind Sie eine Verwandte von …«

»Nein.« Lena holte ihren Ausweis hervor. »Ich bin von der Kriminalpolizei. Ich ermittle in einem Mordfall. Eva Helmes …«

Die Frau machte einen Schritt vor und packte Lena für einen Moment am Arm. »Was ist mit Eva? Hat sie es tatsächlich getan? Hat sie …« Die Frau senkte den Kopf und fluchte leise vor sich hin. »Verdammt, ich habe versagt.«

»Was soll Eva Helmes getan haben?«

Die Frau richtete sich wieder auf. Sie war aschfahl geworden, Tränen standen ihr in den Augen. »Großer Gott, ich war nur eine Woche weg. Wie konnte sie nur? Hat sie tatsächlich ihren Vater umgebracht?«

8.

Er musste seine Gedanken sortieren. Wie machte er das am besten? Am liebsten hätte er irgendwo ein paar Gläser guten Rotwein getrunken, in Porz im Restaurant Rheinblick, wo er mit Alma sonntags gelegentlich hingefahren war, jedenfalls zu einer Zeit, als sie noch gute Gespräche geführt hatten. Alma war jedoch weit weg. Sie würde um diese Zeit in ihrem Krankenhaus in Stellenbosch arbeiten – unerreichbar fern. Oder sollte er sie anrufen? Alma, hör zu, unser Sohn befindet sich in ernsten Schwierigkeiten. Eine Prostituierte, zu der er gelegentlich ging, ist ermordet worden, und nun ist ein Foto aufgetaucht, das ihn zeigt, wie er das Haus der Toten verlässt.

Wieso war dieses Foto aufgetaucht?

Er fuhr nach Stammheim auf die andere Rheinseite und wanderte voller Unruhe durch den Schlosspark. Ein Schloss gab es hier schon lange nicht mehr, dafür waren eine Menge moderner Skulpturen aufgestellt worden. Von einer Figur zur nächsten lief er und dann zum Rhein hinunter.

Was sollte er tun? Abwarten? Wenn Leo den Mord begangen hatte und nun erpresst wurde, was dann? Aber wer könnte ihn erpressen?

Doch wenn Leo ihn nicht um Hilfe bat, würde er nichts tun können.

Er überlegte, zum Eigelstein, zum Haus der toten Hure zu fahren, um sich ein wenig umzusehen. Nein, kein guter Plan, er durfte sich nicht verdächtig machen.

Als er zurück zu seinem Wagen eilte, klingelte sein Telefon. Ein anonymer Anruf. Für gewöhnlich nahm er solche Gespräche nicht an, aber nun war er zu nervös. Vielleicht war es Leo, der seine Hilfe brauchte.

Für einen Moment war nur ein leises Rauschen zu hören, dann ein Räuspern. »Heute ist Sonntag, es ist kurz nach Mitternacht, ich bin allein im Haus. Meine Frau ist mit den Kindern an der Nordsee.« Wieder ein Räuspern, das er nur allzu gut kannte und das ihm schlagartig Übelkeit bereitete. »Ich muss etwas berichten … von einem Mord, der nun …« Die Verbindung brach ab.

Er musste sich gegen seinen Wagen lehnen. Ihm war so übel, dass er Brechreiz verspürte. Gleichzeitig schoss ihm das Adrenalin durch die Venen. Sein Pulsschlag hatte sich beschleunigt. Er stand kurz davor, dass ihm schwarz vor Augen wurde.

Was passierte hier? Die Stimme war seine Stimme gewesen – von dem Band, auf dem er sein Geständnis in einer einsamen Nacht hinterlassen hatte. Aber die beiden Kassetten hatte er gut in einer Stahlbox versteckt, die er in seinem Büro aufbewahrte, in seinem Schreibtisch unter einem doppelten Boden versteckt.

Mit zitternden Händen brachte er es fertig, den Wagen aufzuschließen und sich zu setzen. Er schwitzte. Ich muss klar denken, darf die Übersicht nicht verlieren, sagte er sich. Nichts war nun wichtiger, als klar zu denken.

Seine Stirn schlug er so heftig gegen das Lenkrad, dass er Sterne sah.

Verdammt, er hätte schreien wollen. Wer hatte ihm diese Bänder gestohlen? Aus seinem eigenen Büro?

Er wischte sich Schweiß von der Stirn und ertastete eine Schwellung.

Wie aus weiter Ferne hörte er, dass eine SMS einging.

»Wir werden erst deine Familie zerstören, dann dich«, stand da.

Wie war er unfallfrei zurück in sein Haus gekommen? Er wusste es nicht. Unterwegs hatte er sogar noch mit Brigitte, seiner umsichtigen Sekretärin, telefoniert und Termine abgesprochen.

Es war halb vier, als er nach einer kalten Dusche im Bademantel in seinem Wohnzimmer saß und in den Garten hinausblickte. Sein Herzschlag hatte sich kaum beruhigt, und noch immer beherrschte blanke Panik seine Gedanken.

Jemand war an die Kassetten gekommen.

Verdammt, warum hatte er sie nicht vernichtet?

Nein, das hatte er nicht gekonnt. Vielleicht wären die Erinnerungen sonst zu ihm zurückgekehrt.

Er hatte sich all die Jahre sicher gefühlt. Am Anfang hatte er ein Schließfach für die Bänder gehabt, da er sie auf keinen Fall zu Hause aufbewahren konnte. Dann hatte er sie in seinem Büro deponiert. Wer sollte sich schon an einer alten, abgeschrammten Stahlkassette vergreifen, die im hintersten Winkel seines Schreibtisches verborgen war? Er war der Chef. Niemand würde ohne sein Wissen an seinen Schreibtisch gehen und etwas herausnehmen, und das Büro war gesichert. Einbrecher hatten hier keine Chance. Einen sichereren Platz als sein Büro hätte es nicht geben können. Hatte er gedacht.

Und doch war es geschehen.

Kein Alptraum – er hatte seine eigene Stimme gehört. Der Beginn seines Berichtes über Fleur. Die Schlaflosigkeit hatte ihn dazu getrieben, die Schreie in seinen Träumen, plötzliches Herzrasen und Übelkeit. Es war eine ganz besondere Nacht gewesen, zum ersten Mal seit langer Zeit ohne Alma … Er hätte die Bänder sofort vernichten müssen, aber er hatte es nicht getan.

Wer konnte ihn so sehr hassen, dass er ihn vernichten wollte?

Er wanderte im Wohnzimmer auf und ab. Trank ein Glas

Whiskey, dann noch eines. Er wurde nicht ruhiger. Es gab niemanden, der ihm nun helfen konnte.

Fleur, dachte er und blickte tatsächlich hinaus zum wolkenverhangenen Himmel, als könnte sie da irgendwo sein, bist du der Geist, der mich all die Jahre verfolgt hat und mich nun vernichtet? Aber warum hast du mich so lange in Ruhe gelassen?

Er trank noch einen Schluck, der in seiner Kehle brannte. Als er kurz die Augen schloss, stellte er sich Bilder eines Selbstmords vor. Wie er sich eine Pistole, die er gar nicht besaß, in den Mund schob und abdrückte. Wie er sich am Treppengeländer erhängte. Oder wie er sich in der Badewanne die Pulsadern aufschnitt.

Nein, er würde Medikamente nehmen, die seinen Tod wie ein Herzversagen aussehen ließen. So könnte er als ehrbarer Mann aus dem Leben scheiden. Er würde einfach einschlafen, auf der Couch bei eingeschaltetem Fernseher, und Carolin, seine besorgte Tochter, würde ihn finden, oder Zofia, die polnischstämmige Putzfrau.

Der Gedanke an einen geglückten Selbstmord beruhigte ihn für einen Moment. Er würde nicht als ein geächteter Mörder aus dem Leben scheiden – auf seiner Beerdigung würden Hunderte von Menschen zusammenkommen und um ihn trauern, mindestens vier Seiten wären im Stadt-Anzeiger für seine Todesanzeigen reserviert. Er war ein geachteter Mann, dem niemand einen Mord zutraute.

Aber wer, verdammt, steckte dahinter?

Er hatte bestimmt Gegner und Neider, doch gab es jemanden, der ihn so hasste?

Er trank das dritte Glas Whiskey aus. Er musste nachdenken, sagte er sich erneut. Es musste eine Lösung geben. Er hatte noch nie nachgegeben, wenn ihn jemand fertigmachen wollte, aber nun … Jemand hatte den Beweis, dass er ein Mörder war.

Sofort brach ihm wieder der Schweiß aus. Dann ging er in sein Arbeitszimmer hinüber, blickte die Zeichnung von Alma und ihm an, die ein mittelmäßig begabter Straßenmaler in Paris vor etlichen Jahren angefertigt hatte, und zog ein weißes Blatt Papier hervor.

Er musste aufschreiben, wer seine Feinde waren. Wer konnte dahinterstecken?

Er war ein ehrbares Mitglied der Gesellschaft. Er war im Ruderclub, im Tennisverein. Er gehörte sogar der katholischen Kirchgemeinde Sankt Maternus an, obwohl er sich dort nur zur Christmette blicken ließ.

Er hatte keine Feinde.

Dann fiel ihm die Weihnachtsfeier im vergangenen Jahr ein. Wie hatte die Frau geheißen, die für zwei Monate seine Sekretärin nach deren Krebsoperation vertreten hatte? Gerlinde, ein altmodischer Name, ja, sie hatten erst ein wenig herumgeflirtet, dann hatten sie getanzt. Nina hatte ihm zugeraunt: »Chef, Sie betören heute ja alle Frauen«, doch er hatte mit einem Lächeln abgewinkt. Später hatte er Gerlinde geküsst, da war er bereits jenseits der Zwei-Promille-Grenze gewesen, aber nicht nur er – die ganze Belegschaft hatte verrückt gespielt. Sie hatten sich dann in sein Büro zurückgezogen, unbemerkt von allen anderen, und dort hatten sie gefickt, ja, so musste man es wohl ausdrücken, aber nichts war gegen ihren Willen geschehen, ganz im Gegenteil. Gerlinde hatte ihn geleckt, dass ihm buchstäblich Hören und Sehen vergangen war. Noch bei dem Gedanken an diese betrunkene Nacht errötete er. Ein-, zweimal hatten sie in einem Hotelzimmer ihr kleines Intermezzo wiederholt. Gerlinde hatte wirklich besondere Qualitäten gehabt. Im neuen Jahr war seine Sekretärin Brigitte dann zurückgekehrt, und Gerlinde war versetzt worden. Sie hatten sich nur noch zweimal gesehen, und es war nicht einmal peinlich gewesen. Gerlinde war dreiunddreißig gewesen, schlank, gut aussehend und geschieden.

Nein, es war eine harmlose Affäre gewesen, oder doch nicht?

Wenn die Sache nicht folgenlos geblieben wäre, hätte sie sich gewiss gemeldet.

Er nahm sich vor, ihre Adresse herauszufinden.

Die anderen drei, vier Fehltritte, so genau wollte er sich gar nicht erinnern, lagen noch länger zurück und hatten nichts zu bedeuten. Alma hatte auch nie etwas bemerkt. Nach außen hin hatten sie eine gute Ehe geführt.

Seine Gedanken glitten wieder zu Fleur. Er konnte sie riechen, er konnte ihre Haut fühlen, so als wäre sie noch am Leben, als hätte er sie eben erst verlassen. Zerstörte sie ihn nun – sechsundzwanzig Jahre später?

Es konnte alles nicht sein.

Er musste in sein Büro, überprüfen, ob die Kassetten noch da waren, aber dazu musste er abwarten, bis es dunkel geworden war und alle das Gebäude verlassen hatten.

Er beschloss, sich anzuziehen und am Rhein entlangzulaufen. Meistens kam er, wenn er Sport trieb, auf andere Gedanken. Wer auch immer die Bänder an sich genommen hatte, war jedenfalls nicht zur Polizei gegangen und hatte es offenbar auch nicht vor – so viel war sicher.

Beruhigte ihn das? Ja, ein wenig. Vielleicht konnte er sich freikaufen – oder statt in die Falle zu laufen, selbst eine stellen.

Das Telefon schrillte durchdringend, als er eben in Trainingskleidung das Haus verlassen wollte. Irgendwie klang das Läuten viel bedrohlicher als sonst.

»Ja?«, meldete er sich außer Atem und erwartete, seinen Gegenspieler am Apparat zu haben.

»Vater?«, fragte Leo mit schwacher Stimme. »Ich brauche deine Hilfe. Kennst du einen sehr guten Anwalt? Verena ist eben verhaftet worden.«

9.

Sie sei in Paris gewesen, ein kurzer Urlaub, am späten Nachmittag sei sie zurückgekehrt, weil sie sich an Larissas Grab mit Eva habe treffen wollen. Das sei ihr neuer Treffpunkt gewesen, unter freiem Himmel, auf dem Friedhof. Noch vor ein paar Wochen wäre so etwas undenkbar gewesen. »Eva hatte eine Brücke beschritten, auf die sie sich noch nie gewagt hatte«, sagte die Frau mit den langen blonden Haaren, »sie war auf dem Weg, geheilt zu werden. Wer hat sie ermordet?«

Lena konnte sich diese Frau mit den harten Gesichtszügen und dem dünnen Mund nicht als Psychologin vorstellen, doch genau das besagte ihre Visitenkarte: Doktor Silvana Roth, Psychologin. Ihre Praxis lag in der Nähe des Stadtgartens an der Venloer Straße.

An der Aachener Straße, Ecke Gürtel, hatten sie ein Café gefunden, das noch geöffnet hatte.

»Wir wissen nicht, wer sie ermordet hat. Möglicherweise ist sie mit einem Freier in Streit geraten …« Lena verstummte, dann holte sie ihr kleines Diktiergerät hervor, das sie zum Glück noch bei sich hatte. Eigentlich hätte sie diese Befragung im Präsidium durchführen sollen, oder zumindest hätte sie Henning anrufen müssen.

Silvana Roth bestellte einen Tee. Sie tupfte mit einem blütenweißen Taschentuch an ihren Augen herum, obschon da gar keine Tränen zu sehen waren.

Mit einem Nicken gab Lena zu verstehen, dass sie nun das

Diktiergerät anschalten würde, doch Silvana Roth reagierte nicht darauf.

»Ich kenne Eva nun seit fast drei Jahren. An einem Abend kurz vor Weihnachten, als ich meine Praxis schon abschließen wollte, stand sie vor meiner Tür. Sie hatte nur noch einen Schuh an, ihre Jeans war schmutzig und zerrissen. Sie habe sich gerade vor eine Straßenbahn werfen wollen, sagte sie, aber jemand habe sie zurückgerissen. Sie müsse in eine Klinik, sie sei krank.«

Eine Pause entstand. Wie auf ein Stichwort rauschte draußen eine Straßenbahn vorbei. Es war dunkel geworden, und irgendwie kam es Lena vor, als hätten sie sich auf eine winzige Insel des Lichts gerettet.

»Ich habe Eva gar nicht wie eine Patientin behandelt. Statt sie in ein Krankenhaus einzuweisen, habe ich ihr etwas zu essen und zu trinken gegeben, als wäre sie eine Schiffbrüchige, die erst einmal Nahrung brauchte.« Wieder kniff die Psychologin den Mund zusammen, das war offensichtlich eine Angewohnheit. Ihren Regenmantel hatte sie nicht abgelegt.

Warum wird man Psychologin?, dachte Lena unvermittelt. Heilt man sich selbst, indem man andere heilt? Auch ihr hatte man nach dem Unfall geraten, zu einem Psychologen zu gehen. Sie hatte einen Mann aufgesucht, der ausgesprochen leise geredet und viele Fremdwörter benutzt hatte. Nach drei Sitzungen hatte sie es aufgegeben. Stattdessen hatte sie dann angefangen, mit dem Fahrrad durch die Stadt zu fahren, als wollte sie vor sich selbst fliehen.

»Wie ist Eva zu Tode gekommen?«, fragte Silvana Roth und hob ruckartig den Kopf, als wäre ihr diese wichtigste aller Fragen erst jetzt eingefallen.

»Sie ist erdrosselt worden«, erwiderte Lena. »Danach hat der Täter die Wohnung angezündet.«

Silvana Roth nickte mit ernster Miene. »Am Anfang, als es ihr wieder ein wenig besser ging, hat sie mich nur angelogen. Sie sei Kindergärtnerin, hat sie gesagt. Dann war sie auf einmal Ergotherapeutin, noch später hat sie erzählt, sie sei Straßenbahnfahrerin. Es war so, als müsste sie in Gedanken viele Leben ausprobieren. Aber in jeder Geschichte lag immer auch ein Körnchen Wahrheit – dass sie als Kind seelisch schwer verletzt worden ist.«

»Wer ist der Vater von Larissa?«, fragte Lena. »Wissen Sie das?«

Die Psychologin tupfte sich wieder über die Augen. »Ich weiß gar nicht, wie offen ich mit Ihnen reden darf«, sagte sie. »So einen Fall habe ich noch nie gehabt, aber bei Eva war ja alles anders. Ich habe zwei Jahre gebraucht, um herauszufinden, wie sie ihr Geld verdiente. Manchmal kam sie auch wochenlang nicht – bis sie wieder einen Zusammenbruch hatte.«

Lena wartete ab, dass die Psychologin weitersprach. Auf der belebten Straße raste ein Polizeiwagen mit Blaulicht vorbei. Sie waren mittlerweile die einzigen Gäste, und eine Kellnerin blickte unsicher zu ihnen herüber, als traute sie sich nicht, sich ihnen zu nähern, um abzukassieren.

»Es gab einen sehr einfachen, brutalen Grund, warum ihre Tochter Larissa so schwer behindert war«, fuhr Silvana Roth endlich fort. »Das Mädchen war ein Inzestkind.« Sie hob den Kopf und schien ihren letzten, unerhörten Worten nachzulauschen. »Ihr Vater hat Eva von klein auf vergewaltigt. Sie war voller Hass auf ihn. Deshalb habe ich ja auch geglaubt, dass sie ihn getötet hat.«

Konnte es sein, dass ein Vater sein eigenes Kind tötete? Ja, so etwas gab es. Ein Vater, den seine Frau verlassen hatte, drehte durch und brachte seine kleinen Kinder um, aber bei Eva lag der Fall völlig anders. Ihr Vater war über achtzig, sie hatte all die Jahre darüber geschwiegen, dass sie in ihrer Jugend wiederholt von ihm vergewaltigt worden war, dann aber, als über fünfzigjährige Frau, hatte sie Gerechtigkeit gewollt. Deshalb hatte sie sich ihrer Psychologin mehr und mehr geöffnet. Doch Inzest verjährte nach zwanzig Jahren – sie hatte sich also zu spät offenbart.

»Ihr Vater war nicht mehr zu belangen«, erklärte Silvana Roth. »Das habe ich ihr auch gesagt. Sie solle ihn nicht mehr richten, sondern endlich damit abschließen und versuchen, ihr Leben zu führen.«

Trotzdem hatte Eva Helmes mehrfach davon gesprochen, sich eine Pistole zu besorgen und ihm aus nächster Nähe in den Kopf zu schießen. Lebeck, der Mann, den alle »der Priester« nannten, und der türkische Junge hatten ihr diese Pistole gebracht.

»Sie hat einmal gemeint, dass sie erst dann ihren Frieden finden könne, wenn ihr Vater gerichtet sei. Dann könnte sie auch den Tod ihrer Tochter akzeptieren. Ich habe versucht, ihr diese Gedanken auszureden. Für Mord kommt man ins Gefängnis, habe ich ihr gesagt.«

Endlich kam die Kellnerin an den Tisch, um abzukassieren.

Vor dem Café verabschiedete Lena sich von der Psychologin. Sie spürte eine tiefe Erschöpfung, und gleichzeitig hatte sie das Gefühl, als wäre ihr die tote Eva Helmes nähergekommen. Was für ein Martyrium musste es sein, wenn der eigene Vater einen vergewaltigte, wenn man ein schwerbehindertes Kind zur Welt brachte, das man zwölf Jahre lang pflegen musste?

Während sie im Taxi saß, holte sie das Foto von Eva hervor, das die alte Nachbarin ihr gegeben hatte. Hatte ihr furchtbares Schicksal etwas mit ihrem Tod zu tun? Lena blickte auf ihr Smartphone. Dreimal hatte Henning versucht, sie zu erreichen, und einmal hatte ihr Vater sie angerufen. Sie hatte gar nicht gewusst, dass er ihre Mobilnummer hatte. Sie beschloss, nicht zurückzurufen.

Erst in ihrer Wohnung fiel ihr ein, dass sie gar nicht an Roberts und Simons Grab gewesen war.

Der Fall Eva Helmes schien plötzlich alles zu überdecken.

Sie setzte sich an den Tisch im Wohnzimmer und versuchte, ihre Gedanken zu ordnen. Mitten auf ein weißes Blatt Papier schrieb sie den Namen »Larissa«. War diese Tochter der Schlüssel zu allem? Möglicherweise, wenn das Motiv für den Mord im Umfeld der Toten zu suchen war. Aber da war der Fall, der sechsundzwanzig Jahre zurücklag. Konnte Evas Vater der Täter gewesen sein? Ein Vergewaltiger, der auch eine Prostituierte tötete? Wohl kaum.

Als ihr Telefon klingelte, tauchte völlig unvermittelt und gar nicht erwünscht der Name Adrian Farkas in ihren Gedanken auf. Nein, warum sollte er sie anrufen? Er hatte sie seit dem Unfall in Ruhe gelassen. Einmal hatte sie ihn noch getroffen und ihm erklärt, dass alles ein Irrtum gewesen sei, sie liebe ihn nicht, habe ihn nie geliebt … Obwohl es eine Lüge war.

»Lena«, sprach ihr Vater auf den Anrufbeantworter, »ich weiß, dass du zu Hause bist. Ich muss dir noch etwas sagen – zu deinem Fall. Es könnte wichtig sein.«

Sie ließ sich zwei Stunden Zeit, ehe sie ihn zurückrief.

»Warum hast du mich angerufen? Was wolltest du mir Wichtiges sagen?«, fragte sie ihn, ohne eine Begrüßung.

Er schnaufte. Sie hatte das Gefühl, dass er getrunken hatte und sich sammeln musste, bevor er antworten konnte.

»Ich wünschte, du würdest zumindest versuchen, ein paar Dinge zu verstehen«, sagte er ungewohnt leise. »Ich bin einsam – deshalb treffe ich gelegentlich eine Frau. Sie wohnt in einem Nachbarhaus. Sie heißt Rita, sie ist neunundfünfzig, seit drei Jahren Witwe, und sie …«

»Hör zu«, unterbrach Lena ihn. »Das will ich alles nicht wissen. Es geht mich nichts an …«

»Doch«, sagte er nun energischer. »Ich bin dein Vater. Es

geht dich etwas an. Außerdem bin ich nicht schuld, dass deine Mutter Krebs bekommen hat.« Sie hörte, dass er einen Schluck trank. Rotwein, vermutete sie, abends hatte er immer Rotwein getrunken, genau wie sie es nun tat. »Wir haben eine gute Ehe geführt. Ja, das haben wir.«

Für einen Moment fürchtete sie, er würde in Tränen ausbrechen. Mitleid erfüllte sie, dann jedoch dachte sie daran, wie ihre Mutter allein, ohne ihn, zu ihrer Chemotherapie hatte gehen müssen. Er, der Superpolizist, war vor ihr und ihrer tödlichen Krankheit geflohen.

»Deshalb hast du angerufen – um mir zu sagen, dass du nicht schuld bist?« Sie hörte selbst, wie unversöhnlich sie klang.

Er atmete laut ein und aus.

»Nein«, sagte er. »Es gibt noch einen anderen Grund – es geht um den Fall. Die tote Prostituierte, deren Mörder wir nicht finden konnten ... Ich weiß nicht, ob es wichtig ist. Sie hatte vermutlich heimlich ein Kind zur Welt gebracht. Ein paar Jahre vor ihrem Tod sind in einer Woche in Köln zwei Kinder ausgesetzt worden. War eine große Geschichte. Eines könnte ihr Kind gewesen sein. Sie ist auf jeden Fall einmal schwanger gewesen.«

»Wann genau war das?«, fragte Lena. Sie setzte sich an den Tisch und blickte auf das Papier, auf dem »Larissa« stand.

»Das war knapp fünf Jahre vor dem Mord. Das Mädchen müsste nun Anfang dreißig sein.«

»Habt ihr den Namen des Kindes ermittelt?«

»Nein«, erwiderte ihr Vater. »Haben wir nicht. Das Jugendamt ... der Bruder ... niemand wusste angeblich etwas.« Er trank wieder einen Schluck. Sie stellte sich vor, wie er in seinem großen Ledersessel vor seinem Kamin saß. Ein einsamer Herrscher, der niemandem mehr Befehle erteilen konnte.

»Und du glaubst, dass es nun wichtig sein könnte?«

»Ich bin mir nicht sicher«, sagte er. »Ich wollte nur, dass du es weißt.«

Dann verabschiedete er sich und wünschte ihr eine gute Nacht.

Sie konnte nicht schlafen, als wäre der Wunsch ihres Vaters insgeheim ein Fluch gewesen. Wie oft hatte sie in ihren Alpträumen den Unfall erlebt? Sie war in den Wagen gestiegen, hatte die Scheibe frei gekratzt und sich hinter das Steuer gesetzt. Sie wollten zu ihren Schwiegereltern nach Bremen. Dann der Streit mit Robert ... Jemand hatte sie mit Adrian gesehen, im Café im Bauturmtheater. Es war ganz harmlos gewesen, ein Kuss auf die Wange, mehr nicht ...

Um drei Uhr nachts schreckte sie auf. Sie hatte das Gefühl, als wäre jemand durch das Zimmer gegangen.

»Robert«, flüsterte sie, als könnte er tatsächlich da sein, dann ging sie in Simons Zimmer hinüber. Nichts hatte sie hier verändert. Sein Zeichenblock lag auf dem Schreibtisch, daneben sein Gameboy und eine Taucherbrille, Zeichen dafür, wie gern Simon schwimmen gegangen war. Ein großes Sparschwein lächelte sie an.

In diesem Zimmer fühlte sie sich ihrem Sohn nahe, viel näher als an seinem Grab. Es war nicht richtig, dass sie noch lebte, während er sofort tot gewesen war, als der Lastwagen, den sie übersehen hatte, in ihren Wagen krachte. Bilder von ihrem toten Sohn hatte man ihr nie gezeigt.

»Simon, es tut mir leid«, flüsterte sie vor sich hin. Sie hörte sein typisches Lachen, ein lautes, helles Lachen, das ansteckend war. Eine Frage hatte sie in all den Monaten nach seinem Tod nicht beantworten können: Wie sollte sie mit ihrer Schuld weiterleben?

Es hatte alles mit dem Bild, mit Richters »Kerze« begonnen, mit ihrer falschen Sehnsucht nach einem anderen Mann ...

Vorsichtig stieg sie die Leiter zu Simons Hochbett hinauf und rollte sich da zusammen. Zweimal erst hatte sie hier geschlafen, als der Schmerz des Verlustes so übermächtig gewesen war, dass sie dem Impuls, zu ihrem Sohn ins Bett zu steigen, nicht hatte widerstehen können.

Sie musste weiterleben, sagte eine Stimme in ihr, sie musste ihre Arbeit tun, den Mörder von Eva Helmes finden. Eine andere Chance hatte sie nicht.

10.

Ein Mörder stand immer außerhalb der Gesellschaft. Wo hatte er das gelesen? In einem Artikel über Raskolnikow, die große Figur Dostojewskis aus dem Roman »Schuld und Sühne«, der mit einem Beil eine alte Frau erschlagen hatte. Raskolnikow wollte zeigen, dass er ein großer Mensch war, der sich über andere erheben durfte, stattdessen musste er feststellen, dass er auf einmal nicht mehr dazugehörte. Er hatte eine Grenze überschritten und lebte in einem Niemandsland.

So hatte er sich auch gefühlt. Ja, er hatte eine Frau, er hatte Kinder, aber alles Leben hatte sich fern von ihm wie hinter einer Glasscheibe abgespielt.

Doch nun dieser Anruf.

Leo, sein Sohn, bat ihn um Hilfe.

Verena war verhaftet worden.

Er hatte das Gefühl, dass er zum ersten Mal seit Jahren wieder gebraucht wurde.

Sogar Alma rief ihn aus Südafrika an. »Hast du gehört, was passiert ist?«, fragte sie. Keine Emotionen lagen in ihrer Stimme, aber das war schon seit Jahren so. Sie waren freundlich, aber distanziert miteinander umgegangen. Drei Wochen, bevor sie nach Südafrika abgereist war, hatte Alma begonnen, ihre Nächte auf dem Sofa in ihrem Arbeitszimmer zu verbringen.

»Leo hat mich auch angerufen«, erwiderte er. »Ich werde mich um die Sache kümmern. Keine Sorge!«

Sie seufzte. »Keine Sorge!«, wiederholte sie leise und wie

in Gedanken. »Ich mache mir Sorgen. Die beiden wollen heiraten. Ich will nicht, dass Verena in Schwierigkeiten gerät. Es muss sich um ein Missverständnis handeln. Es wäre schön, wenn Leo diesmal auf deine Hilfe zählen könnte.«

Er hörte den Vorwurf in ihrer Stimme. Was soll das heißen?, wollte er erwidern. Leo konnte immer auf seine Hilfe zählen. Dann fiel ihm die Kassette wieder ein, die man ihm gestohlen hatte, das Foto von Leo, die verdammte SMS ...

»Alma«, sagte er. »Du hast mir nie verraten, warum du eigentlich nach Südafrika gegangen bist. Ich dachte, diesen Traum hättest du längst ad acta gelegt. In deinem Alter eine Assistenz in einer Klinik ...«

»Weil ich genug davon hatte, dass du mich betrügst«, erwiderte sie. »Meinst du, ich habe das nicht bemerkt? Die Hotelrechnung in deiner Jackentasche, das Papiertaschentuch mit dem Lippenstiftabdruck in deiner Hosentasche. Einmal hast du sogar ein Kondom in deiner Jacke gehabt. Zumindest war es nicht benutzt.« Wieder seufzte sie. Er wusste, welches Gesicht sie nun machte: ein gesenkter Blick, ein müder Augenaufschlag, ein bitterer Zug um den Mund. Sie war immer noch eine schöne Frau, aber die Jahre hatten sie ausgezehrt.

»Das ist alles nicht wahr«, entgegnete er, ein wenig zu spät, weil es ein paar Momente brauchte, damit ihre Worte zu ihm drangen. »Ich habe nie ein Kondom in meiner Jacke gehabt. Wozu auch?«

»Doch«, unterbrach sie ihn, »das hast du. Und nun geh und hilf Verena und Leo.«

Dann beendete sie das Telefonat.

Der Schreck wuchs, als er aufgelegt hatte. Was hatte es mit dieser Rechnung auf sich, dem Papiertaschentuch und dem Kondom? Er lief zu seinem Kleiderschrank, durchsuchte eilig ein paar seiner Jacketts, und tatsächlich: In zwei Taschen fand er Kondome – noch verpackt, mit der Aufschrift »gefühlsecht«.

Niemals hatte er diese Kondome gekauft und in sein Jackett gesteckt.

Er holte sein Smartphone hervor und rief die anonyme SMS auf.

»Wir werden erst deine Familie zerstören, dann dich«, las er. Wut flammte in ihm auf. Aus einem Impuls heraus wollte er die Nachricht löschen, als hätte sie gar nicht existiert, doch dann unterließ er es.

Wie waren die verdammten Kondome in sein Jackett gekommen – bei welcher Gelegenheit? Er erinnerte sich gar nicht mehr, wann er es getragen hatte. Zur Arbeit, nein wohl kaum. Hatte jemand außer Alma, ihrer polnischen Putzfrau und ihm selbst Zugang zu ihrem Haus? Er wusste es nicht. Möglicherweise hatten Carolin und Pierre noch einen Schlüssel.

Als wollte man ihn am liebsten auf neutralem Gelände treffen, hatten sie sich für achtzehn Uhr im Einstein an der Luxemburger Straße verabredet. Er schwitzte die ganze Zeit, obwohl es kalt geworden war. Ein ungemütlicher Oktobertag. Die Liste seiner Feinde war nicht länger geworden. Wer wollte seine Familie und ihn zerstören? Fleurs Bruder war ihm noch eingefallen, aber der musste nun fast achtzig sein, ein alter, vermutlich ungefährlicher Mann, falls er denn überhaupt noch lebte.

Leo hatte sich in eine Ecke verkrochen. Er sah immer noch blass aus, trotz seines Drei-Tage-Bartes. Viel geschlafen hatte er in der letzten Zeit offenkundig nicht. Pierre saß bei ihm und redete auf ihn ein.

Vorsichtig trat er an den Tisch. »Kommt Carolin auch?«, fragte er zur Begrüßung und erkannte gleich, dass er einen Fehler gemacht hatte.

Pierre blickte ihn beinahe feindselig an. »Wieso sollte die Kleine auch kommen, alter Mann? Davon muss sie nichts wissen.«

Er nickte Leo zu, der jammervoll zu ihm aufblickte, ein Häufchen Elend. Am liebsten hätte er ihn umarmt und ihm wie einem Kleinkind über den Kopf gestrichen. Nein, Leo war kein Mörder, ausgeschlossen. Er mochte zu einer Prostituierten gegangen sein, aber sie erdrosseln und dann die Wohnung in Brand stecken?

Aber er … er hatte es auch getan, und er hatte damals mindestens so harmlos wie Leo ausgesehen.

»Was ist los?«, fragte Pierre. Er strich sich durch seine getönten blonden Strähnen. »Geht es dir nicht gut, alter Mann? Du siehst müde aus.«

Er setzte sich. Leo hatte ein Mineralwasser vor sich stehen. Pierre trank einen Milchkaffee. Er selbst bestellte sich einen Tee. Nein, essen wollte er nicht. Er winkte ab. So nervös, wie er war, hätte er keinen Bissen herunterbekommen.

Seine eigene Stimme überfiel ihn. Die Stimme vom Band … Er hatte sie plötzlich im Kopf. Heute Nacht musste er sich in sein Büro schleichen und nachsehen, wo die Kassette war.

»Du zitterst ja«, sagte Pierre. »Bist du krank?«

»Eine leichte Magenverstimmung«, entgegnete er und schaute Leo durchdringend an. Zusammengekauert hockte der da, als würde er sich gleich übergeben müssen. »Also«, er straffte sich, »was ist mit Verena passiert? Wieso ist sie verhaftet worden?«

»Sie hat mich angerufen«, sagte Leo. »Die Kriminalpolizei ist in ihrem Auktionshaus aufgetaucht. Sie hat …«

Pierre berührte seinen Bruder am Arm, eine beschwichtigende und gleichzeitig dominante Geste. »Da ist eine Menge falsch gelaufen. Jemand hat uns reingelegt. Eine große verdammte Scheiße!«

Leo schien noch mehr in sich zusammenzufallen. Wusste Pierre von dem Foto? Es stand eigentlich zu vermuten.

»Es ist alles meine Schuld«, fuhr Pierre fort. Er runzelte die Stirn und beugte sich vor. »Wir wollten ein kleines Geschäft durchziehen – Verena und ich. Eine Kundin von mir war Galeristin in Düsseldorf, hat sie jedenfalls gesagt. Sie hat mir zehn Zeichnungen von Dalí angeboten, zum Vorzugspreis.«

Er lehnte sich zurück. Nein, das konnte wohl nicht sein? »Ihr seid auf Fälschungen reingefallen? Man hat euch falsche Bilder angedreht?«

Pierre nickte, und Leo wandte den Kopf. Er hatte Tränen in den Augen. »Scheiße, ja. Es sollte ein kleines unbedeutendes Geschäft werden. Es sind eine Menge Zeichnungen von Dalí im Umlauf, die wahrscheinlich gar nicht von diesem komischen Kauz stammen. Manchmal hat der nur seine Signatur auf ein Blatt Papier gesetzt. Falsch und echt kann man da gar nicht mehr auseinanderhalten.«

Was hast du eigentlich damit zu tun, Pierre?, wollte er ihn fragen. Verena ist die Kunstexpertin, und sie ist Leos Braut. Warum, verdammt, hast du sie abgeholt und geküsst?

»Jemand hat Verena falsche Bilder angedreht und der Polizei dann einen Tipp gegeben?«, fragte er.

»So sieht es aus«, hauchte Leo. »Nun hat sie echt ein Problem. Sie hatte den besten Ruf in der Branche, aber jetzt ...« Er brachte es trotz seiner Schwäche immerhin fertig, seinem Zwillingsbruder einen düsteren Blick zuzuwerfen.

»Wir müssen etwas tun«, sagte Pierre voller Entschlossenheit. »Verena hat sich bisher nichts zuschulden kommen lassen. Ich kenne ein paar gute Anwälte, aber wir brauchen den besten ... verstehst du?« Er musterte seinen Vater.

Einen guten Anwalt? Nein, hätte er beinahe gesagt, wir brauchen viel mehr, wir brauchen einen Meisterdetektiv, der herausfindet, was hier vor sich geht. Und dann brauchen wir einen Killer, jemanden, der vor einem Mord nicht zurückschreckt.

»Was war das für eine Kundin?«, fragte er.

»Sie hat sich Sonja Christiansen genannt, eine gut aussehende Frau mit langen roten Haaren, vielleicht Ende dreißig, sehr gepflegt. Sie hat Einzelunterricht genommen, in Worringen, dreimal. Sie war sogar recht talentiert.«

»Wo wohnt sie?«, fragte er energisch. »Wo hat sie ihre Galerie?«

»Sie hatte eine Galerie in Düsseldorf, aber dann ist sie mit ihrem Mann nach Ascona gezogen, weil er schon älter war und er das Klima nicht mehr vertrug. Die zehn Dalí-Zeichnungen waren alles, was von ihrer Galerie noch übrig war«, erwiderte Pierre mit einem schiefen, unsicheren Lächeln.

»Das hat sie euch erzählt«, warf Leo ein. Er trank einen Schluck Mineralwasser, aber selbst das brachte er kaum herunter.

»Sie hat euch angelogen«, sagte er und nahm Pierre ins Visier. »Wie viel Geld habt ihr bezahlt?«

»Nichts«, erwiderte Pierre. »Wir sollten erst bezahlen, wenn wir die Zeichnungen verkauft hatten.«

»Wann habt ihr die Zeichnungen bekommen?«

»Heute Morgen. Wir haben uns im Hyatt getroffen, haben gefrühstückt und dann … Die Polizei kam, als Verena gerade mal zwanzig Minuten an ihrem Schreibtisch gesessen hat.« Pierre hob die Hände und rang sich ein Lächeln ab. »He, so schlimm wird es nicht sein. Ich meine, Verena ist eine super Kunsthistorikerin, sie wird doch nicht …«

»Wahrscheinlich wird man sie rausschmeißen«, flüsterte Leo. Plötzlich sprang er auf und hastete zur Toilette. Er war offenkundig am Ende.

»Wir brauchen die Adresse dieser Frau«, sagte er und blickte seinem Sohn nach.

»Die Adresse war falsch. Kaiserswerther Straße 84 in Düsseldorf, aber da wohnt niemand, der Christiansen heißt«, erklärte Pierre.

»Und die Galerie hat es wahrscheinlich auch nie gegeben.«

Pierre nickte. Nun wirkte auch er ein wenig demoralisiert. »Das war eine Scheißaktion, tut mir leid. Wir wollten schnell ein wenig Geld verdienen.«

»Du und Verena?«

»He, alter Mann, jeder macht mal einen Fehler.« Pierre versuchte, charmant zu lächeln, eine Masche, die vermutlich bei seinen Kundinnen auf dem Golfplatz funktionierte, aber nun einfach fahl und abgeschmackt wirkte. Wie unterschiedlich die Zwillinge doch waren, dachte er. Leo, der Ernsthafte, und Pierre, der ewig lächelnde charmante große Junge. Ein Jurist und ein Golflehrer.

»Also, was ist?«, fragte Pierre. »Kennst du einen guten Anwalt, der Verena da heraushauen kann?«

»Ich muss nachdenken.« Er nippte an seinem Tee und lehnte sich zurück. Auf einmal hatte er das Gefühl, dass ihn jemand beobachtete, doch als er sich umwandte, sah er nur zwei junge Frauen an einem Nebentisch, die sich angeregt unterhielten. Die Falle, die jemand Verena gestellt hat, gilt mir, dachte er. Es geht nicht um ein paar Zeichnungen, sondern um Fleur, den Mord …

Leo kehrte von der Toilette zurück, doch statt an ihren Tisch zu kommen, ging er nach draußen, um eine Zigarette zu rauchen. Er hatte gar nicht gewusst, dass sein Sohn rauchte.

»Ein neues Laster«, bemerkte Pierre. »Er raucht erst, seit er fest in dieser Kanzlei ist.«

»Gibt es noch andere Probleme?«, wagte er zu fragen. »Leo sieht schlimm aus. Ist das alles wegen Verena?«

Pierre hob die Schultern. »Meinem Lieblingsbruder schlägt Stress sofort auf den Magen.« Eine SMS ging bei ihm ein. »Verena«, sagte er. »Die Polizei hat sie gehen lassen. Sie kommt gleich nach Hause.«

Auch Leo draußen hatte sein Smartphone hervorgezogen. Verena hatte offenbar beiden die Nachricht geschickt.

Er bekam ebenfalls eine Nachricht, doch sie war nicht von seiner zukünftigen Schwiegertochter. »Dalí ist leider ausverkauft«, stand da.

»Ich kenne einen guten Anwalt«, erklärte er, während er spürte, wie sich sein Magen zusammenkrampfte, und er die SMS löschte. »Ich schicke dir nachher die Adresse.«

Fliehen, dachte er, fliehen bis ans Ende der Nacht. Einen Koffer packen und Alma nach Südafrika folgen, dort den Koffer auspacken und einfach leben, glücklich und zufrieden, mit wenig Geld in einem Apartment am Strand. Was für eine romantische Vorstellung!

Aber nein, Alma hielt ihn für einen Ehebrecher, einen Betrüger. Deshalb war sie geflohen, ohne auch nur einmal das Gespräch mit ihm zu suchen.

Wie sehen mich die anderen Menschen?, dachte er. Warum waren sie alle so weit von ihm entfernt, selbst seine eigenen Kinder.

Er hatte Pierre die Adresse eines Anwalts gegeben, aber mit Verena hatte er nicht sprechen dürfen. Sie sei am Boden zerstört, erklärte Pierre, wütend auf sich selbst und auf die ganze Welt. Morgen müsse sie ihr Büro räumen, Marcel Schenk, ihr Chef, habe sie fristlos entlassen, nicht allein weil sie offenkundige Fälschungen angenommen habe, sondern weil sie auf eigene Rechnung Geschäfte habe betreiben wollen.

Auch Leo war nicht ans Telefon gegangen.

Wir werden erst deine Familie zerstören, dann dich.

Er schaute sich um, ob ihm jemand folgte, als er durch das nächtliche Köln fuhr. Aber er konnte nichts Auffälliges entdecken. Es herrschte allerdings auch noch recht viel Verkehr, obschon es weit nach Mitternacht war. So spät war er lange nicht mehr in seinem Büro gewesen. Er nahm einen Seiteneingang. Die Flure waren dunkel, nur eine Notbeleuchtung brannte. Lautlos näherte er sich der Tür zu seinem Vorzimmer. Er lauschte. Sein Herz schlug einen harten Rhythmus. Beinahe erwartete er, in eine Falle zu laufen – dass jemand ihm hinter der Tür auflauerte und ihn mit einer Waffe bedrohte. Er machte kein Licht an, sondern bewegte sich ganz wie ein Einbrecher im Licht einer Taschenlampe, die er aus seinem Auto mitgenommen hatte. Alles wirkte unverändert. Brigitte, seine Sekretärin, hinterließ ihren Schreibtisch immer in einem tadellosen Zustand.

Er begann zu schwitzen, in seinen Ohren rauschte es, als er sein Büro betrat. Ein wenig Mondlicht fiel herein, und er glaubte, einen Schatten hinter seinem Schreibtisch wahrzunehmen, doch das war lediglich die schwache Reflexion der modisch gebogenen Stehlampe, die Alma ihm einmal geschenkt hatte. Wie lange war das her? Kurz nach seiner Beförderung vor zwölf Jahren. Er seufzte. Sein Leben war zu Ende, irgendwie … Alles war so weit entfernt.

Im fahlen Licht der Taschenlampe sah er, wie seine Hände zitterten, als er die unterste Schublade an seinem Schreibtisch aufschloss. Nichts am Schloss, kein Kratzer wies darauf hin, dass sich hier ein Unbefugter zu schaffen gemacht hatte. Die Stahlbox befand sich unter dem doppelten Boden der untersten Schublade, ganz, wie er sie zurückgelassen hatte. Bevor er sie öffnete, lauschte er. Nichts war zu hören. Kein Geräusch drang herein. Seine Hände zitterten noch heftiger, als er die Box öffnete. Was glaubte er zu finden? Die beiden Kassetten, die er besprochen hatte, lagen da, neben dem altmodischen Diktiergerät, unversehrt, scheinbar harmlos, darunter die drei, vier Zeitungsausschnitte über den Mord an Fleur, die er fatalerweise aufgehoben hatte.

Für einen Moment war er fast erleichtert, als wäre damit die Gefahr gebannt. Doch was bedeutete das? Dass jemand eine Kopie der Bänder hatte? Ja, zu einem anderen Schluss konnte er nicht kommen.

Wer konnte sich Zugang verschafft haben? Wer hielt sich gelegentlich allein in seinem Büro auf? Niemand, ganz eindeutig. Einzig Brigitte, seine Sekretärin, aber für sie legte er seine Hand ins Feuer. Und Gerlinde, im vergangenen Jahr … Alle seine Vermutungen endeten bei ihr.

Dann, als er die Stahlbox schon wieder schließen wollte, durchfuhr ihn ein heißer Blitz, der ihn schier spaltete und ihm den Atem nahm. Ganz am Rand, völlig unscheinbar, klebte ein Stück Zellophan. Er nahm es in die Hand – ein eingeschweißtes Kondom, ähnlich den beiden, die er in seinen Jacketts gefunden hatte.

Ein skurriler, hässlicher Gruß.

Einen Moment konnte er kaum atmen. Verdammt, verdammt …

Er keuchte, ihm wurde schwarz vor Augen.

Er musste sich sammeln.

Nicht den Kopf verlieren – jeder Gegner war verwundbar; er war kein Opfer, kein Verlierer.

Mit einem harten Geräusch klappte er die Stahlbox zu und steckte sie in eine Stofftasche, die er mitgebracht hatte. Dann verschloss er seinen Schreibtisch wieder. Warum nur hatte er sich damals alles von der Seele reden müssen? Er hasste sich dafür. Aber in den Nächten zuvor war er von einem Alptraum in den nächsten gejagt. Fleur hatte mit ihm gesprochen, sie hatte ihm mit ihren Augen, in denen das Licht erlosch, Vorwürfe gemacht.

Das Kondom war ein Zeichen, aber wofür? Dass er einmal mit der falschen Frau geschlafen hatte?

Wieder dachte er an Gerlinde. Konnte sie dahinterstecken? Aber warum hatte sie sich so lange Zeit gelassen?

Er schlich durch den Seiteneingang, den er gekommen war, zu seinem Wagen. Erleichtert, unbemerkt aus dem Gebäude gelangt zu sein, drehte er den Zündschlüssel herum. Ein erster Schritt auf festen Grund. Zumindest war es ihm gelungen, die Kassetten aus seinem Büro zu schmuggeln.

Doch was nun? Er musste sie loswerden.

Er würde sie mitsamt der blauen Stofftasche in seinem Garten vergraben, neben dem Komposthaufen, an der hintersten Stelle.

Ja, mach das, sagte Fleur in seinem Kopf und lächelte.

11.

Kurz vor acht Uhr klingelte ihr Smartphone. Sie lag zusammengerollt in Simons Bett, und es war, als würde sie gegen ihren Willen aus unendlichen Tiefen des Schlafes an die Oberfläche getrieben. Das Klingeln hörte nicht auf. Wie ein Alarmruf schrillte es weiter. Blind tastete sie nach dem Telefon und meldete sich dann heiser.

»Oh«, sagte Mona Beckmesser, »habe ich dich geweckt? Ihr habt gleich um neun eine Sitzung mit Kriminaldirektor Bohl. Ich dachte …«

»Ja, schon gut«, murmelte Lena. »Ich komme.«

»Es gibt noch etwas anderes, das ich dir sagen wollte«, erklärte Mona. »Es existiert ein Video von der Toten auf YouTube. Habe ich gestern Abend gefunden. Solltest du dir anschauen.« Dann unterbrach sie die Verbindung.

Lena kletterte die schmale Holztreppe aus dem Hochbett hinunter und schlich ins Bad. Sie war einigermaßen ausgeruht, und doch schämte sie sich. Warum hatte sie sich in Simons Bett verkrochen?

Mit einem Kaffee setzte sie sich vor ihren Laptop und suchte nach dem Video. Was hatte sie erwartet? Das Video einer alt gewordenen Hure, die sich lasziv vor einer Kamera räkelte, Kussmund zum Betrachter warf und ihre Telefonnummer hauchte? Stattdessen sah sie einen Ausschnitt aus einer Sendung über Eltern, die wegen der Aufwendungen für ihre behinderten Kinder gegen ihre Krankenkasse geklagt hatten. Eva Helmes war viel jünger, hatte eine andere

Frisur, dunkle Haare. Sie schob einen Rollstuhl, in dem ihre behinderte Tochter angeschnallt saß, mit schiefem Kopf und grotesken Gesichtszügen, in einen Gerichtssaal. »Die alleinstehende Eva H. war eine der Ersten, die vor Gericht eine bessere Förderung ihrer Tochter erstreiten wollte«, sagte eine Frauenstimme aus dem Off. Eine Archivaufnahme, die über fünfundzwanzig Jahre alt war. Nach ein paar Sekunden wechselte das Bild zu einer anderen Frau, die nun ihre Krankenkasse verklagt hatte.

Lena spürte einen Stich. Bis vor das höchste Gericht war Eva Helmes für ihre behinderte Tochter gezogen. Davon, dass Larissa ein Inzestkind war, war in diesen wenigen Sequenzen nicht die Rede.

Sie rief Mona zurück, erklärte ihr, dass sie noch einen wichtigen Termin habe, und fuhr mit dem Taxi nach Vogelsang hinaus.

Es war Viertel vor neun, als sie vor einem schmalen, grau verputzten Einfamilienhaus stand. Zum Glück hatte sie sich die Adresse gemerkt.

Der Vorgarten war sehr gepflegt, ein paar Büsche, eine Rasenfläche, in deren Mitte eine Schale mit Stiefmütterchen stand, ein Weg mit Betonplatten führte zum Eingang. Deutsche Biederkeit. Lena spürte, wie Wut in ihr aufwallte. Drei Namen waren am Klingelknopf zu lesen: Hans Helmes – Erik Helmes – Eva Helmes, als würden die längst erwachsenen Kinder noch hier leben.

Nachdem sie geklingelt hatte, sah sie, wie sich hinter der Milchglasscheibe der Eingangstür ein Schatten näherte. Eine Frau, die einen blauen Kittel trug und ihr graues Haar zu einem Zopf gebunden hatte, öffnete. »Ja, bitte?«, fragte sie misstrauisch.

Lena hielt ihren Ausweis hoch. »Ich möchte mit Ihrem Mann sprechen«, sagte sie mit harter Stimme.

Die Frau atmete tief ein, sie hatte Schatten unter den

Augen, eine wächserne Gesichtshaut, als würde sie zu viel rauchen und zu viel trinken.

»Eva war unser liebes Kind«, sagte sie leise vor sich hin, während sie die Tür weiter öffnete. »Wir trauern um sie.«

Lena erwiderte nichts. Sie folgte der Frau in die Küche, in der ein Mann an einem Tisch saß und den Stadt-Anzeiger las. Er blickte nicht einmal auf, als Lena den Raum betrat. Er trug eine braune Strickjacke, hatte das graue Haar streng gescheitelt, seine Fingerkuppen waren vom Nikotin gelblich verfärbt.

So sieht also jemand aus, der seine Tochter vergewaltigt hat, dachte Lena.

»Lena Larcher, Kriminalpolizei Köln«, sagte sie laut. »Herr Helmes, ich würde gerne von Ihnen wissen, wo Sie am Sonntagabend, als Ihre Tochter Eva starb, gewesen sind?«

Der Mann ließ ganz langsam die Zeitung sinken, dann blickte er seine Frau an, die in der Tür stehen geblieben war.

»Ich verstehe nicht«, sagte er. »Ich war hier – mit Martha. Wir haben Fernsehen geguckt. Wie jeden Abend.«

Lena griff sich einen der Küchenstühle, drehte ihn herum und setzte sich, die Lehne voraus. Sie musterte Hans Helmes.

»Ihre Tochter hatte sich eine Pistole besorgt, um Sie zu töten. Können Sie sich vorstellen, warum?«

Eingeschüchtert von ihrem Blick zog er den Kopf ein, seine gelben Finger nestelten an seiner Jacke herum, dann warf er seiner Frau einen hilflosen Blick zu.

»Möchten Sie einen Kaffee?«, fragte Martha Helmes.

Lena schüttelte den Kopf. »Können Sie sich vorstellen, warum?«, fragte sie wieder, diesmal noch eindringlicher.

Als hätte sie ihre negative Antwort nicht wahrgenommen, ging die Frau an ihre Kaffeemaschine, schenkte eine Tasse ein und stellte sie vor Lena hin.

»Eva war etwas ganz Besonderes«, sagte sie. »Schon von Geburt an. Bei Erik hat es drei Tage gedauert, die ich in den

Wehen lag, Eva kam innerhalb von zwei Stunden, und sie war ein sehr aufgewecktes Kind. In ihren Vater war sie ganz vernarrt, kaum dass sie sprechen konnte.«

»Martha, lass gut sein«, flüsterte ihr Mann.

Mit aufgerissenen Augen wandte sie sich ihrem Mann zu. »Nein, so war es doch«, erklärte sie entrüstet. »Sie ist dir hinterhergelaufen, sie war dein Kind. Stundenlang hat sie nach der Schule hier am Fenster gestanden und auf dich gewartet, bis du von der Arbeit kamst. ›Eva‹, habe ich zu ihr gesagt, ›geh doch mit den anderen Kindern spielen.‹ Aber sie wollte nicht.«

Einen Moment trat Stille ein. Der Kühlschrank surrte, und das Ticken der Küchenuhr war zu hören.

Ein trostloser Ort, dachte Lena. Wie hatte Eva hier gelebt, unbeschützt von der Mutter, drangsaliert vom Vater und mit einem Bruder, der sich für nichts interessierte? Und dann war sie eine Prostituierte geworden, ausgerechnet.

»Eva hatte sich eine Pistole besorgen lassen«, wiederholte Lena. »Können Sie mir verraten, wer der Vater der kleinen Larissa war?«

Erneut suchte Hans Helmes den Blick seiner Frau, dann griff er nach den Zigaretten, die vor ihm auf dem Tisch lagen, und zündete sich eine an, ohne jedoch ein Wort zu sagen. Stumm rauchte er, nur seine Kiefer mahlten, als flüsterte er Worte in sich hinein.

»Ich habe es erst nicht mitbekommen«, brach schließlich Martha Helmes das unbehagliche Schweigen. »Ich habe gesehen, wie froh Eva immer war, wenn ihr Vater nach Hause kam, wie sie gelächelt und auf ihn eingeredet hat. Ich war sogar ein wenig eifersüchtig. Dann habe ich sie irgendwann zur Rede gestellt. ›Eva‹, habe ich gesagt, ›was machst du da mit deinem Vater? Willst du ihm den Kopf verdrehen?‹«

»Sie haben Ihre Tochter zur Rede gestellt?«, fragte Lena,

ohne ihre Verachtung zu unterdrücken. »Das hielten Sie für eine angemessene Reaktion?«

Martha Helmes nickte. Eine Spur von Röte war in ihr Gesicht gestiegen. »Sie hat sich manchmal wie ein Flittchen aufgeführt.«

»Wir brauchen Ihre Aussage«, erwiderte Lena. »Dass Sie vor drei Tagen abends zusammen hier waren. Wann haben Sie Ihre Tochter zuletzt gesehen?«

Hans Helmes drückte seine Zigarette aus. »Ich weiß nicht«, sagte er leise. »Sie hat mir vor ein paar Jahren einen Brief geschrieben – dass sie mich hasst, dass sie mich nicht sehen will ... Dabei habe ich nie etwas gegen ihren Willen getan. Wenn wir uns nahegekommen sind, ist es meistens von ihr ausgegangen.« Er schluchzte nun und sackte in sich zusammen.

»Wer weiß noch, dass Sie der Vater von Larissa waren?«, fragte Lena.

Keiner der beiden antwortete, sie starrten vor sich hin. Martha Helmes drehte sich dann abrupt um und begann, die Kaffeemaschine zu säubern.

»Es ist nicht so«, sprach Hans Helmes vor sich hin. »Ich bin ein kranker Mann – Prostatakrebs, da kann man bestrahlen, wie man will, das wird nichts mehr. Ich werde bald sterben.«

»Haben Sie eine Ahnung, wer Ihre Tochter getötet haben könnte – wenn Sie es nicht waren?«, fragte Lena. Sie ließ Hans Helmes nicht aus den Augen, während seine Frau in ihrer Küche herumputzte, als wäre sie allein.

»Sie hat viel falsch gemacht. Sie hätte einen ordentlichen Beruf ergreifen sollen, Friseuse oder irgendwas bei der Versicherung, so, wie wir ihr das geraten haben.« Hans Helmes ließ seinen Blick durch den Raum schweifen, immer knapp an Lena vorbei. »Das mit den Männern, Liebe für Geld – ist so etwas nicht immer gefährlich?«

Abrupt sprang Lena auf. »Ich darf das nicht sagen, aber Sie widern mich an. Sie schwängern Ihre eigene Tochter, und dann jammern Sie hier herum und sagen, dass Eva viel falsch gemacht hat. In den nächsten Tagen werde ich Sie ins Präsidium vorladen lassen.«

An Martha Helmes vorbei verließ sie die Küche. Hinter sich hörte sie einen Fluch, ohne jedoch wahrzunehmen, wer von den beiden Alten ihn ausgestoßen hatte.

Ihr war übel, als sie auf die Straße kam. Sie musste nach Luft ringen und sich an dem Gartenzaun festhalten. Hinter einer Gardine sah sie Martha Helmes stehen und sie beobachten. Beinahe hätte sie ihr den Mittelfinger gezeigt. Ein widerliches Ehepaar, und doch war sie überzeugt, dass Hans Helmes seine Tochter nicht getötet hatte – er hatte ihr furchtbare Dinge angetan, aber um sie zu ermorden, war er nun zu alt und schwach.

Eine halbe Stunde brauchte sie, bis sie ein Taxi fand, das sie zum Präsidium brachte.

Henning saß in ihrem Büro und blickte sie wütend an. »Kommst du auch schon«, sagte er spöttisch. »Ich habe hier Bohl, den Staatsanwalt und die Presse am Hals, während du …«

Lena holte sich einen Kaffee. »Ich war bei ihrem Vater – er hat sie geschwängert. Larissa war ein Inzestkind.« Kurz erzählte sie von ihrem Besuch und der Psychologin, die sie am Grab getroffen hatte.

Henning hörte schweigend zu. »Und? Führt uns das weiter?«, fragte er dann missmutig. »Wir haben nun ein paar Daten bekommen. Eva Helmes hatte über zweihunderttausend Euro auf dem Konto. Sie war Mitglied in einem Fitnessclub, beim 1. FC Köln und in fünf anderen Vereinen, daneben hat sie für die katholische Gemeinde Vogelsang und den Tierschutzverein gespendet. Ihre Handy-Verbindungen überprüft Mona gerade. Außerdem haben sich zwei ihrer Kunden gemeldet.« Das Wort »Kunden« betonte er besonders.

»Was sind das für Kunden?«, fragte Lena.

»Ein älterer IT-Mann, sitzt draußen – und ein pensionierter Lehrer. Mit dem habe ich am Telefon gesprochen. Beide hatten Angst, dass die Tote etwas über sie aufgeschrieben haben könnte. Eva hat es den meisten anscheinend mit dem Mund gemacht.« Henning verzog das Gesicht. »Die Blumenfrau kommt nachher nochmals wegen ein paar Phantomzeichnungen. Weiler von der Kriminaltechnik kümmert sich um sie. Und …« Er blickte sie ernst an. »Draußen sitzt jemand, der nur mit dir sprechen will. Ein Karnevalssänger.«

Er ist kein Karnevalssänger, wollte sie Farkas verteidigen, er spielt Gitarre und Klavier, und er singt in einer ziemlich guten Band, die auch im Karneval auftritt. Dann erst erschrak sie. Was wollte Farkas hier?

Sie bemerkte, dass Henning ihr nachblickte, als sie ihr Büro verließ. Adrian saß am Ende des Ganges und spielte an seinem Smartphone herum. Darum hatte sie ihn vorhin nicht bemerkt. Wie unvermeidlich fiel ihr Blick auf seine Hände, als sie sich näherte – Hände, die sie liebkost hatten, wie es niemand zuvor getan hatte. Dabei hatte sie gewusst, dass Adrian ein umschwärmter Mann war, der vermutlich nie etwas anbrennen ließ. Immerhin, ihre Liebesgeschichte hatte über drei Monate gedauert.

Farkas lächelte. Sie brachte es jedoch nicht über sich, ihm mit einem Lächeln zu antworten.

Er umarmte sie leicht. Seine langen Haare streiften für einen winzigen Moment ihr Gesicht. »Du bist bestimmt überrascht, mich zu sehen, nicht wahr?«

»Ja«, sagte sie leise, »aber wenn es privat ist …«

»Nein«, sagte er, »nach allem, was passiert ist, hätte ich

mich nicht getraut, dich privat anzusprechen. Es geht um die Tote – Eva. Ich habe sie ganz gut gekannt.«

Bist du auch zu ihr gegangen? Diese Frage war sofort in ihrem Kopf.

Er schien ihre Gedanken zu erraten. »Wir sind zusammen in Vogelsang zur Schule gegangen. Das war eine kleine Welt damals.«

Lena führte ihn in ein winziges Besprechungszimmer, das sie gelegentlich für Verhöre nutzten.

Adrian trat zuerst ans Fenster und blickte zum Dom hinüber. »Seltsam«, sagte er, »dass uns diese Kirche hier so fasziniert – als wäre sie ein Magnet, der alles anzieht und dafür sorgt, dass die Stadt nicht auseinanderfliegt.«

Lena setzte sich. Sie spürte, wie befangen sie war. »Ich bin erst seit Kurzem wieder im Dienst«, sagte sie, und es klang wie eine Entschuldigung.

Adrian nahm ihr gegenüber Platz. Seine Hände hielten das Smartphone. Er hatte die Seite vom Express aufgerufen, registrierte sie.

Er lächelte sie wieder an. Zwei schöne Falten zeichneten sich auf seinen Wangen ab. Er war ein attraktiver Mann.

Warum, dachte sie, habe ich das Gefühl, dass alle Menschen ihr Leben glorreich meistern, nur ich nicht?

»Ich dachte, ich komme und erzähle, was ich über Eva weiß«, begann er. »Sie war ein schüchternes Mädchen, hübsch, aber sehr still, ist kaum vor die Tür gegangen. Ich glaube, sie hat eine Lehre als Friseuse begonnen und wieder abgebrochen, dann ist sie schwanger geworden, das Kind war behindert, ganz schrecklich. Meine Mutter, die immer noch in Vogelsang wohnt, hat mir davon erzählt.« Er plauderte, als würde er über eine alte Freundin sprechen. »Hin und wieder bin ich ihr begegnet. Das Kind ist dann gestorben, und Eva … Na ja, es hieß, sie arbeite in einer Bar …« Er lächelte wieder.

»Wer war der Vater des behinderten Kindes?«, fragte Lena.

Adrian wischte sich eine Strähne aus dem Gesicht. »Mir hat sie einmal erzählt, sie sei lange mit einem viel älteren Mann zusammen gewesen, aber richtig gewusst hat es niemand.«

»Wann hast du sie zuletzt gesehen?« Henning öffnete die Tür, blickte herein und zog sich sofort wieder zurück, nicht ohne jedoch ein unwilliges Schnauben auszustoßen.

»Vor einer Woche«, erwiderte Adrian. »Sie hat mich angerufen, und wir haben uns im Lapidarium am Eigelstein getroffen, am späten Nachmittag.«

»Was hat sie gewollt?«, fragte Lena.

Sein Smartphone klingelte, er stellte es mit einer schnellen, eleganten Bewegung ab. »Sie wolle sich einen Traum erfüllen, hat sie gesagt, sie wisse nicht, wie viel Zeit ihr noch dafür bleibe. Sie wollte mit mir auftreten, einen einzigen großen Auftritt haben.«

»Was hatte sie vor – mit dir auf der Bühne zu stehen und zu tanzen?«

»Nein, sie wollte mit mir singen. Sie singt in einem Chor, sie proben jede Woche Mittwoch. Wusstet ihr das nicht?«

Eine Prostituierte, die im Chor singt. Lena holte ihr Notizbuch hervor. »Nein«, sagte sie, »das wussten wir nicht. Wir tragen unsere Informationen noch zusammen. Hast du eine Ahnung, wie dieser Chor heißt?« Sie schaute ihn zum ersten Mal ganz offen an. In seinen grünen Augen stand ein kleines Licht – so wirkte es zumindest.

»Nein, aber ich weiß, dass sie in der Kulturkirche in Nippes proben. Die Leiterin des Chores heißt Cecilia und ist eine dunkelhäutige Amerikanerin.«

»Weißt du noch etwas von ihr?«, fragte Lena. »Hatte sie einen Freund, einen Beschützer?«

»Bedauere«, erwiderte Adrian. Er steckte sein Smartphone ein. »Ich habe gleich einen Termin – leider.« Er hielt inne. »Lena«, fuhr er fort. »Ich freue mich, dass du wieder arbeitest. Wenn du willst ... ich würde dich gerne wiedersehen.«

Sie versuchte, sich auf ihre Arbeit zu konzentrieren – sie mussten alles Material zusammentragen und auswerten, was sie über Eva Helmes hatten. Die Durchsuchung der Wohnung hatte bisher nichts erbracht, kein Tagebuch, keine Auflistung ihrer Kunden. Ihren Laptop hatte sie so gut wie nicht benutzt. Ein paar Briefe an ihren Bruder, die sie nie abgeschickt hatte, ein angefangenes Testament. Ihr Geld sollte der Kirche und dem Tierschutzverein zukommen. Wie seltsam!

Die SMS, die Henning mit dem Verweis auf den alten Fall erhalten hatte, war von einem Prepaid-Handy gesendet worden. Es war unter einem falschen Namen registriert.

»Ich glaube doch, dass die SMS von deinem Vater stammt«, sagte Henning. Seine schlechte Laune besserte sich nicht. Kein Wunder, sie hatten nichts in der Hand. Auch im Stadt-Anzeiger gab es nun einen Artikel, der die Verbindung zu dem ungeklärten Mord vor sechsundzwanzig Jahren herstellte.

Aber wo genau war die Verbindung? Konnte es derselbe Täter sein? Lena ließ sich die Akte kommen, die kaum mehr Material enthielt, als ihr Vater gehabt hatte.

»Die Tote von damals hatte doch Angehörige – wieso steht von denen nichts in der Akte?«, erkundigte Lena sich bei Mona.

Wenig später bekam sie die Antwort. Helga Rothmanns Eltern waren früh verstorben, aber ihr einziger Bruder lebte immer noch in Köln. Kein Wort von einer Tochter.

»Weißt du, was das ist?«, fragte Henning. »Das ist ein Scheißfall – eine Hure, deren Kunden wir nicht kennen, mit einer kranken Familie, und obendrein spendet sie ihr Geld auch noch der Kirche. Und wir haben keine einzige Spur.« Sein Telefon klingelte. Mürrisch nannte er seinen Namen. Lena beobachtete, wie er konzentriert nickte, dann »verstehe« und »gute Arbeit« sagte und etwas auf ein Stück Papier kritzelte. Nachdem er aufgelegt hatte, schien sich seine Laune deutlich aufgehellt zu haben. »Hast du die kleine Blonde in der Rechtsmedizin gesehen? Doktor Brake? Scheint ziemlich smart zu sein. Sie haben sich die Haare der Toten vorgenommen und analysiert, und weißt du, was sie entdeckt haben? Ein Volltreffer: Gamma-Hydroxy-Buttersäure.«

»K.-o.-Tropfen?«, entgegnete Lena. »Der Mörder hat Eva vorher betäubt?«

»Sieht ganz so aus.« Henning wischte sich über das Gesicht. »Nun haben wir immerhin etwas, das wir der Presse mitteilen können.«

Den Abend verbrachte sie im Fioretto. Sie gönnte sich eine Dorade mit gegrilltem Gemüse und ein Glas Weißwein. Der Tag war zu lang gewesen und hatte sie einmal mehr erschöpft. Für ein paar Momente konnte sie es genießen, einfach nur dazusitzen und sich zu entspannen, doch dann war ihr, als würde sie sich selbst aus einiger Entfernung anschauen. Wer war sie? Eine müde aussehende Frau allein an einem Tisch in einem guten italienischen Lokal, die sich nicht den Anschein gab, als hätte sie jemanden erwartet, als wäre sie versetzt worden. Sie hatte ihre Familie verloren – Robert und Simon würden nie wieder neben ihr sitzen.

Ein Anflug von Trauer ergriff sie – wie so oft in den letzten Monaten. Sie hatte ihre Familie zerstört: die Affäre mit Farkas, der Streit im Auto, ihre Unaufmerksamkeit, der Unfall.

Wenn sie einen blonden Jungen sah, irgendwo auf der Straße, im Vorbeigehen, war sie beinahe wahnsinnig geworden.

Robert, sagte sie dann in Gedanken, ich habe heute Farkas wiedergesehen, es war merkwürdig, ihn trifft keine Schuld an all den schrecklichen Dingen, die passiert sind.

Aus einem Impuls heraus nahm sie ihr Smartphone hervor und rief die Psychologin an.

Silvana Roth war sofort am Apparat.

Lena entschuldigte sich für die späte Störung, dann fragte sie: »Ich möchte Eva Helmes verstehen. Was für ein Mensch war sie?« Eine vage, impulsive Frage, doch die Psychologin ging ohne Zögern darauf ein.

»Ich habe selten einen integereren Menschen kennengelernt, was vielleicht ein wenig sonderbar klingt, weil sie sich ja an ihrem Vater rächen wollte. Doch so war es. Eva war sehr verletzt, aber im Grunde gab sie sich die Schuld. Sie hatte ein behindertes Kind auf die Welt gebracht, das sie nicht am Leben hatte halten können.«

»Hatte sie niemanden, dem sie sich anvertrauen konnte? Gab es keinen Mann in ihrem Leben?«

Die Psychologin atmete nachdenklich ein und aus. »Ich zerbreche mir auch schon den ganzen Tag den Kopf. Eva war eine Sexarbeiterin, nicht ohne Grund, Männer bedeuteten ihr nichts. Es war ein Geschäft. So verdiente sie am leichtesten ihr Geld. Trotz ihres Alters sah sie ja noch gut aus. Aber einmal hat sie diesen Mann erwähnt. ›Den Jungen‹ hat sie ihn genannt. ›Wenn mir so jemand früher begegnet wäre‹, hat sie gesagt, ›dann wäre mein Leben vielleicht anders verlaufen.‹«

»Hat sie diesen Mann beschrieben? Gut aussehend, blond, sportlich?«

»Ja, blond, ein Athlet, dabei klug. So hat sie ihn beschrieben.« Die Psychologin zog offenkundig an einer Zigarette. »Ich bin selbst überrascht, aber ich trauere um Eva. Sie hatte kein gutes Leben. Haben Sie schon eine Spur?«

»Nein«, antwortete Lena, »nein, leider nicht.« Für einen Augenblick dachte sie daran, zu schildern, dass sie allein in einem italienischen Lokal saß, dass sie ihre Familie verloren hatte und sich einsam fühlte, doch dann verabschiedete sie sich schnell. Sie bezahlte und eilte beinahe wie eine Flüchtende nach Hause in ihre Wohnung.

Kurz nach dem Unfall hatte sie gedacht, dass sie in diesen Räumen nicht mehr würde weiterleben können, weil alles voller Erinnerungen war, doch dann war die Wohnung ihre Fluchtburg geworden, und schon die Vorstellung, sich etwas anderes aufzubauen, überstieg ihre Kräfte.

Im Wohnzimmer blinkte der Anrufbeantworter. Ihr Vater, dachte sie, er schien diesen Fall zu benutzen, um sie jeden Tag anzurufen. Doch es war eine andere Stimme, die erklang.

»Lena«, sagte eine fürsorgliche Männerstimme, »es wäre schön, wenn wir uns einmal unterhalten können. Die Ermittlungen in der Sache Helmes liegen ja nun bei dir. Wie ich höre, gibt es kaum Fortschritte. Bist du dem Ganzen wirklich gewachsen, nach allem, was passiert ist? Es wäre keine Schande, den Fall wieder abzugeben. Ich als Staatsanwalt würde dich unterstützen, wenn du dich entschließen könntest, dich einer anderen Aufgabe zuzuwenden. Denk einmal darüber nach.« Sorge und Zweifel klangen in David Bauers Stimme.

12.

Er konnte nicht einschlafen. Eine Sache hatte er erledigt, die beiden Kassetten waren mit der Stofftasche vergraben, unauffindbar, aber was hatte er damit erreicht? Nicht viel. Sein Gegner hatte eine Kopie, doch immerhin – ein Anfang. Was sollte er als Nächstes tun? Er brauchte eine Waffe. Da war jemand, der seine Familie und ihn zerstören wollte. Eine Waffe könnte nützlich sein, und dann musste er herausfinden, was aus Gerlinde geworden war, mit der er seine letzte kleine Affäre gehabt hatte. Er glaubte ja nicht, dass sie hinter dieser Sache steckte, doch auf was, verdammt, sollten ihn diese Kondome hinweisen?

Fleur tauchte in seinen flirrenden Gedanken auf. Ein Sonntag, ein paar Wochen vor dem Mord. Er hatte sie angerufen, Alma war mit ein paar Freundinnen nach Düsseldorf zu einer Ausstellungseröffnung gefahren. Er langweilte sich.

Sie ging sogar ans Telefon, zeigte sich jedoch abweisend. »Schätzchen«, sagte sie in einem leicht frivolen Tonfall, »du weißt doch, dass ich mich sonntags pflegen muss. Manchmal braucht eine Frau ein wenig Ruhe, um ihre Schönheit zu erhalten. Außerdem habe ich schon etwas vor. Ich mache nachher einen Ausflug – zum Drachenfels.«

Zum Drachenfels – wie spießig! Er hätte fast gelacht, dann allerdings ritt ihn der Teufel. Zum Drachenfels, da könne er doch mitkommen.

Sie zögerte ein paar Momente. Sie dachte nach. Sie und er

in aller Öffentlichkeit – wie verrückt war das denn? Sie war die Hure, er der Freier.

»Gut«, sagte sie schließlich, ganz gegen seine Erwartung, »aber wir fahren mit deinem Auto, und du bezahlst.«

Es wurde ein wunderbarer Nachmittag. Sie sprachen wenig, und wenn dann über Dinge, die sie beobachteten, über die sechs Japaner, die lärmend mit ihnen in der Bahn zum Drachenfels hinauffuhren, über das seltsame Märchenschloss am Berg, die großartige Sicht auf den Rhein. Sie verhielten sich beinahe wie ein Liebespaar.

Dann hatte jemand, ein professioneller Fotograf, vor dem Restaurant am Drachenfels sogar ein Foto von ihnen gemacht, aber da hatte er wieder begriffen, was für eine gefährliche Grenzüberschreitung er begangen hatte. Er hatte so getan, als hätte er gar nicht bemerkt, dass sie fotografiert worden waren, und hatte Fleur hastig ins Restaurant geführt.

Trotzdem, es war eine angenehme Erinnerung. Am Abend hatte er Alma erklärt, er sei mit dem Fahrrad am Rhein entlanggefahren, allein, und habe sich nach ihr gesehnt.

Zwei Monate später hatte er Fleur getötet, in seinen Nachtgedanken aber stand sie noch da: oben auf der Aussichtsplattform, lächelnd, Wind in ihren blonden Haaren.

Erst gegen halb vier Uhr morgens fiel er in einen leichten Schlaf.

Das Telefon weckte ihn um halb neun. Er hatte verschlafen, eine Nachlässigkeit, die ihm seit Jahren nicht mehr widerfahren war.

Leo war irritiert, als er seine verschlafene Stimme vernahm. »Bist du krank?«, fragte er. »Geht es dir nicht gut?«

»Doch, alles in Ordnung«, log er. »Ich habe gestern Abend noch lange gearbeitet. Papierkram erledigt.«

Leo zögerte plötzlich. »Es ist so …«, begann er und verstummte dann.

»Wie geht es Verena?«, fragte er.

»Es geht ihr besser«, erwiderte Leo. »Sie will noch einmal mit Schenk sprechen, ihrem Chef, der ihr gekündigt hat … Es ist …«

»Diese falsche Galeristin«, unterbrach er seinen Sohn, »sie hat doch der Polizei den Tipp gegeben. Sollte man nicht nach ihr suchen?«

»Ja, vielleicht …« Leo wirkte abgelenkt. Im Hintergrund war eine Stimme zu hören, Verena vermutlich, nein, sie klang dunkler, ein Mann, Pierre möglicherweise. »Es gibt noch ein anderes Problem. Ich brauche Geld, eine gewisse Summe.« Wieder verstummte er.

Er hörte, wie unten die Haustür geöffnet wurde. Jemand kam. Alma, dachte er, und verrückterweise fühlte er Erleichterung, sie war überraschend nach Hause zurückgekehrt, weil sie begriffen hatte, dass sie gebraucht wurde. Ein Schlurfen und dann der laute Klang eines Radios sagten ihm, dass er sich geirrt hatte. Zofia, die polnische Putzfrau, kümmerte sich zweimal in der Woche um das Haus und den Garten.

»Wie viel Geld brauchst du genau?«

Aus Verlegenheit hatte Leo nicht weitergesprochen.

»Fünfzigtausend Euro«, erwiderte er leise. »Ich muss … ich habe einen Fehler in der Kanzlei gemacht, und nun …«

Im Hintergrund sagte wieder jemand etwas.

Zofia hatte das Radio noch lauter gestellt – dröhnende deutsche Schlagermusik.

»Das Geld dient auch dazu, dass ich mich in die Kanzlei einkaufe«, fügte Leo schnell hinzu. Eine jämmerliche, schlechte Lüge.

Erpressung, kam ihm in den Sinn, jemand hatte Leo mit dem Foto erpresst, eine Summe, die vermutlich weit höher als fünfzigtausend war, und nun versuchte er, das Geld zusammenzubekommen.

»Was ist?«, fragte Leo hektisch nach. »Kannst du mir etwas geben? In bar – heute noch? Ist das möglich?«

»Ja«, sagte er nachdenklich. »Das ist möglich. Ich melde mich später bei dir.«

Wir werden erst deine Familie zerstören, dann dich.

Etwas war in Gang gekommen – das Foto von Leo vor dem Haus der toten Hure, die falschen Dalí-Zeichnungen bei Verena, seine zwei Kassetten aus dem Diktiergerät ... Er musste dem Ganzen Einhalt gebieten, aber wie? Er hatte keine wirkliche Spur. Diese falsche Galeristin möglicherweise, aber sie konnte man wie eine Schauspielerin angeheuert haben. Sein Gegner hatte jedenfalls nicht vor, zur Polizei zu gehen, da war er sich nun ganz sicher.

Er meldete sich wieder krank. Brigitte, seine Sekretärin, zeigte sich sehr besorgt, er versuchte sie jedoch zu beruhigen. Der Rücken, leider, er müsse zur Massage, werde eventuell später kommen.

Er musste das Geld auftreiben und sich um Gerlinde kümmern.

Zofia zog mit einem riesigen Staubsauger durch das Wohnzimmer und betrachtete ihn, als wäre ihr ein Gespenst erschienen. Er begegnete ihr so gut wie nie. Mit einem lässigen Winken schritt er an ihr vorbei. Bevor er zu seinem Wagen ging, warf er einen Blick in den Garten. Hatte er in der Nacht Spuren hinterlassen? Nein, alles wirkte still und friedlich.

Als er den Wagen startete, ging eine SMS ein. Leo wurde ungeduldig, dachte er.

Die Nachricht hatte keinen Absender.

»Gut gemacht«, stand da, »ein wohlmeinender Nachtwächter.« Darunter ein Smiley.

Nein, das konnte nicht sein, niemand konnte ihn in der Nacht beobachtet haben.

Er fuhr zum Ebertplatz. Da, so hatte ihm Carolin einmal gesagt, sitze sie manchmal in einem Internetcafé. Überhaupt Carolin – wo war sie bisher in diesem Spiel? Er überlegte, sie anzurufen. Wie ging es ihr? Wusste sie etwas von den Schwierigkeiten, in denen ihr Bruder Leo steckte? Aber nein, überlegte er dann, vermutlich würde er sie nur beunruhigen, wenn er sie scheinbar ohne jeden Grund an einem Werktag anriefe. Carolin war bisher nicht ins Visier seines Gegners geraten.

Fünf Minuten benötigte er, bis er Gerlindes Adresse gefunden hatte. Zum Glück konnte sich im Zeitalter des Internets niemand mehr verstecken. Sie wohnte in Bayenthal, Goltsteinstraße, gar nicht weit von Rodenkirchen entfernt.

Was sollte er ihr sagen, wenn er so unvermutet vor ihrer Tür stand? Hallo, ich war zufällig in der Gegend. Ich dachte, wir trinken mal einen Kaffee zusammen, der guten alten Zeiten wegen? Unmöglich, das war absurd.

Er musste sich eine bessere Ausrede aussuchen. Eine Uhr – Gerlinde wusste vielleicht, dass er gelegentlich alte Uhren zusammenbaute. Erst jetzt habe er gemerkt, dass eine alte Uhr, ein Erbstück, das er repariert habe, aus seinem Büro weggekommen sei – er wolle sie nicht verdächtigen, aber vielleicht könne sie sich ja erinnern, ob ihr zu ihrer Zeit als Sekretärin etwas aufgefallen sei …

Ja, er schöpfte wieder Mut. Vielleicht war er dieser verdammten Situation doch gewachsen.

Als eine SMS einging, kamen ihm zwei Gedanken, die ihn gleichermaßen erschreckten. Sein Gegner meldete sich wieder – und er wusste, wo er sich befand.

Doch es war Leo, der eine Nachricht schickte.

»Das Geld … icj bräichte es bald.« Leo war so nervös, dass ihm peinliche Fehler unterliefen.

Er spürte, dass er zu schwitzen begann. Er musste gleich zu seiner Bank fahren, ein Aktienpaket verkaufen, das ließe sich in ein paar Minuten erledigen. Aber hatten sie fünfzigtausend Euro in bar in ihrem Tresor? Er musste sich anmelden.

Dann traf ihn dieser zweite Gedanke mit einer solchen Kraft, dass er völlig unvermittelt auf die Bremse trat. Reifen quietschten, hinter ihm hupte jemand wild und zeigte ihm den Vogel.

Mühsam zwang er sich, wieder Gas zu geben.

Verflucht, warum hatte er das nicht bedacht? Die SMS mit dem Smiley am Morgen – sein Gegner hatte genau gewusst, dass er mitten in der Nacht durch die halbe Stadt gefahren war. Dazu bedurfte es nicht mehr als eines kleinen Senders am Auto. So ein Teil konnte man sich leicht im Internet besorgen.

Er musste seinen BMW loswerden – einen unauffälligen Wagen mieten.

Er atmete durch. Es gab so viele Dinge, die er bedenken musste. Wenn er irgendwie heil aus dieser Sache herauskommen wollte, durfte er sich keine Fehler erlauben.

Fleur, dachte er, was geschieht hier? Wieso bist du als Geist, der mich verfolgt, wieder zum Leben erwacht?

Gerlinde wohnte in einem neuen fünfstöckigen Wohnhaus, keine schlechte Gegend. Er parkte vor einem Supermarkt und blickte sich um. Nichts Verdächtiges. Rentner, zwei Frauen mit Kinderwagen, ein gewöhnlicher Oktobertag in einer Kölner Vorstadt.

Eigentlich erwartete er nicht, dass Gerlinde zu Hause war, doch es wurde ihm aufgedrückt, ohne dass man ihn durch die Gegensprechanlage nach seinem Namen gefragt hatte.

Sie wohnte in der zweiten Etage. Er entschied sich gegen den Fahrstuhl. Es war ihm, als würde er so eher die Kontrolle behalten.

Die Tür stand halb offen. Er blickte in einen Flur, schönes Parkett, eine Garderobe, an der eine schwarze modische Lederjacke hing. Er machte Anstalten, sich zu räuspern, dann hörte er einen Laut, der ihn zutiefst erschreckte. Ein Kind – ein Baby schrie.

Er verspürte den Impuls, sofort umzukehren und zu verschwinden, doch da tauchte Gerlinde aus einem Zimmer linker Hand auf, einen Säugling im Arm.

Sie schaute ihn einen Moment an und schien den Atem anzuhalten. Ihr glattes schwarzes Haar trug sie nun länger; es war schulterlang, schon mit ein paar grauen Strähnen durchsetzt. Dass sie ein anstrengendes Leben führte, stand ihr ins Gesicht geschrieben. Sie war dünner geworden, schien wenig zu schlafen. Trotzdem sah sie gut aus. Er ertappte sich bei dem Gedanken, dass er am liebsten sofort mit ihr ins Bett gegangen wäre.

»Du!«, stieß sie schließlich hervor. »Was machst du hier?« Sie klang eindeutig nicht freundlich.

Er räusperte sich. Er blickte auf das Kind. Es war winzig klein und hatte ein blaues Jäckchen an. Also ein Junge, schlussfolgerte er.

»Du hast ein Kind?« Keine sehr intelligente Aussage, wie er selbst bemerkte. Dann begann irgendetwas in seinem Kopf zu rechnen. Wann hatte er zuletzt mit ihr geschlafen? Kurz vor Weihnachten – vor elf Monaten.

»Ja und?« Sie atmete hektisch ein und aus. Der Säugling fing wieder an zu schreien. »Wir wollten gerade gehen – ich muss einkaufen.«

Er nickte und machte einen Schritt in die Wohnung hinein. »Ich will dich nicht lange stören.« Das Kind hatte ihn aus dem Konzept gebracht. Sein Auftritt war völlig misslungen.

Gerlinde führte ihn in die Küche. Schmutziges Geschirr stapelte sich. Babysachen lagen auf dem Tisch, daneben ein Schälchen mit Babybrei. Keine Anzeichen, dass hier sonst noch jemand wohnte. Sie hatte dem Kind einen Schnuller in den Mund gesteckt, nun wimmerte es nur noch leise vor sich hin.

»Was willst du?«, fragte sie ohne jede Höflichkeit. »Hat dir jemand gesagt, dass ich ein Kind habe? Willst du wissen, ob es von dir ist?«

Er nickte. »Ja, ich war überrascht, als ich es gehört habe …«

Sie strich dem Kind über den Kopf und lächelte. Ein sanfter Glanz trat in ihre Augen, und sie kam ihm für einen Moment so schön vor, dass er beinahe eifersüchtig wurde. Wie viel Zärtlichkeit sie für dieses winzige Wesen empfand!

»Warum hast du dich nicht gemeldet?«, fragte er. »Ich hätte dir doch helfen …«

Sie lachte hohl auf und funkelte ihn an. »Gemeldet? Hast du unser letztes Treffen vergessen? Wie du mich abserviert hast? Ein Händedruck und weg – schönen Dank für Ihre Dienste, Frau Schmitter. Dann hast du deine alte Sekretärin begrüßt, als wäre sie deine Ehefrau.«

Er konnte sich daran nicht erinnern. Gerlinde streckte ihren Hals, als wollte sie über ihn hinwegblicken. Sie war allein, und sie war wunderschön. Er dachte an ihre volle, makellose Brust. Dann aber störten ihn plötzlich aufflackernde Erinnerungen an Fleur.

»Du musst dir keine Sorgen machen – das Kind ist nicht von dir. Der Vater heißt Matthias und ist Pilot bei der Lufthansa, deshalb ist er jetzt nicht da.« Sie funkelte ihn immer noch an. Das Kind hatte die Augen geschlossen, der Schnuller bewegte sich in seinem Mund auf und ab.

Er wusste nicht, ob sie log. Das Kind war nicht von ihm – ein Gefühl der Erleichterung durchströmte ihn. Dann hörte er sich sagen: »Gerlinde, ich bin in Schwierigkeiten.«

Sie zog die Stirn in Falten und stieß ein Schnauben hervor, das ihn zur Besinnung brachte. Hatte er den Verstand verloren, von irgendwelchen Schwierigkeiten zu sprechen?

»Jemand muss in den vergangenen Monaten in mein

Büro eingebrochen sein. Ein wichtiges Schriftstück ist verschwunden.«

Er sah ihr an, dass sie meinte, er würde sie verdächtigen, und sogleich versuchte er zu lächeln. »Ich weiß, dass du nichts damit zu tun hast, aber sag mir eines: Kommt dir ein Verdacht? Kennst du jemanden, der mir eventuell schaden möchte?«

Sie schwieg einen Moment. Wieder strich sie dem Kind über den Kopf. »Du verstehst gar nichts«, sagte sie dann. »Jeder fürchtet dich. Du hast viele Feinde, selbst Brigitte, deine verhärmte Sekretärin, ist keineswegs so freundlich, wie du …« Sie sprach nicht weiter.

Er spürte, dass sich sein Magen zusammenkrampfte. Was sollte das? Du verstehst gar nichts?

»Ich habe einmal den Fehler gemacht, Matthias von dir zu erzählen, wie du dich mir gegenüber verhalten hast …« Sie zögerte und schien zu überlegen, ob sie weitersprechen sollte. »Er ist richtig wütend geworden. Am liebsten wäre er noch am selben Abend zu dir gefahren, um dich zu verprügeln. Ich habe ihn mit Mühe davon abhalten können.«

»He«, sagte er und lächelte, doch er spürte selbst, wie gequält dieses Lächeln wirken musste. »Ich habe dir nie etwas versprochen, und wir haben doch unseren Spaß gehabt.«

Sie ging nicht auf sein Lächeln ein. Plötzlich sprangen die Augen des Kindes wieder auf, es spuckte den Schnuller aus und begann lauthals zu schreien.

»Du verstehst wirklich gar nichts«, sagte Gerlinde leise. »Es wäre besser, wenn du jetzt gehst.«

Er nickte, aber er verspürte den Drang, sie zu berühren, sie in den Arm zu nehmen und zu küssen. Er roch ihre Haut, ihr Parfüm, das ihn an den Abend vor Weihnachten erinnerte.

Dann summte sein Smartphone. Eine Nachricht war eingegangen.

»Ja«, sagte er und ging.

Auf der Straße hatte er das Gefühl, dass sie ihn angelogen hatte. Das Kind war doch von ihm, und dieser Matthias, der angeblich wütend auf ihn gewesen war, existierte gar nicht.

Leo hatte schon wieder eine SMS geschickt. Er wurde nun ernsthaft nervös.

Wann er das Geld bringen könne?

In zwei Stunden, schrieb er, wütend auf ihn und auf die Lage, in der er steckte.

Dann fuhr er zum Flughafen, parkte seinen BMW in einem Parkhaus und ging zur nächstbesten Autovermietung. Mit einem unauffälligen schwarzen Golf fuhr er zu seiner Bank nach Rodenkirchen.

Fünfzigtausend Euro in bar, das Geld müsse man von der Hauptgeschäftsstelle holen, es dauere sicherlich ein paar Minuten, sagte sein Berater, aber warum wolle er ausgerechnet jetzt seine Aktien veräußern, wo doch die Aussichten …?

Er wischte die Einwände mit einer einzigen Handbewegung beiseite und ließ sich einen Kaffee bringen. Stammkunden wie er wurden hier bevorzugt behandelt. Warum aber hatte er das Gefühl, dass ihn ständig jemand beobachtete, dass er keinen freien Schritt mehr tun konnte? Selbst nach dem Mord war es ihm nicht so gegangen, die Angst, entdeckt zu werden, hatte sich nach ein paar Tagen verflüchtigt.

Der Tod hatte ihn immer schon fasziniert. Einmal als Kind hatte er einem seiner Fische beim Sterben zugesehen. Der Fisch hatte ganz verwachsen ausgesehen, gekrümmt, mit eingezogener Flosse. Er hatte in einer Ecke des Aquariums gekauert, sich nur noch gelegentlich bewegt. Fast zwei Stunden hatte der Sterbeprozess gedauert. Wie war es, wenn ein Mensch diese Grenze überschritt – die ungeheuerlichste Grenze, die er kannte? Diese Frage, so hatte er später erkannt, hatte ihn auch bei Fleur gereizt. Ihr Sterben sollte ein ganz ein besonderes sein – fast romantisch hatte er es sich ausgemalt, die endgültige Trennung von einer Geliebten, und dann war es ganz anders gewesen, als er geglaubt hatte, hässlich und brutal, und es hatte viel länger gedauert und war viel verzweifelter gewesen, als er erwartet hatte. Er hatte das Seil mit aller Kraft zuziehen müssen, und doch, obwohl sie gefesselt war, hatte sie sich heftig gewehrt. Leise, stirb leise, hatte er ihr zugezischt, verdammt, stirb leise. Er würde das nie vergessen, es niemals aus seinem Kopf herausbekommen. Deshalb vor allem hatte er die beiden Kassetten besprochen. Um es endlich hinter sich zu lassen. Und nun? Wenn die Polizei die beiden Bänder bekäme und auf ihn stieße, hätte es keinen Sinn, etwas abzustreiten. Er hatte zwar Fleurs Namen nicht genannt, aber in allen Einzelheiten hatte er seinen Mord beschrieben. Er hatte sogar ein Liebesgedicht aufgesagt – ein Gedicht für sie.

Er musste an die Kopie der Bänder gelangen, aber wenn es eine Kopie gab, könnte es leicht auch mehrere geben.

Nein, er musste seinen Gegenspieler ausschalten – ihn ausfindig machen und töten. Etwas anderes blieb ihm nicht übrig.

Mit dem Golf fühlte er sich unauffälliger, als wäre er nun den Blicken eines etwaigen Verfolgers entzogen.

Das Geld hatte er in vier dicken Umschlägen, aber er würde es nicht so ohne Weiteres herausgeben, sagte er sich. Leo musste ihm reinen Wein einschenken. Wozu brauchte er das Geld? Wurde er erpresst? Hatte er Feinde? Und hatte er die Prostituierte ermordet, oder war er in eine Falle gelaufen?

Er bog in die Siebengebirgsallee ein. Es dämmerte bereits, und für einen Moment überkam ihn eine tiefe Mutlosigkeit, die er von sich nicht kannte. Nie war es ihm so gegangen, dass er keinen Ausweg mehr sah.

Er fand einen Parkplatz und gönnte es sich, noch einen Moment im Wagen sitzen zu bleiben. Später sollte er vielleicht zum Pascha fahren, es würde ihm guttun, eine Weile bei einer Frau zu liegen, die keine Fragen stellen würde.

Was hatte Gerlinde gesagt? Du verstehst gar nichts – du hast viele Feinde?

Es konnte nicht stimmen. Er war ein erfolgreiches Mitglied dieser Gesellschaft, man schätzte und achtete ihn – bis jetzt zumindest.

Sein Telefon klingelte so laut, dass er zusammenzuckte.

Pierre meldete sich. »Es ist etwas passiert«, sagte er ungewohnt hektisch. »Jemand hat auf Carolin geschossen.«

13.

David wollte sie aus dem Fall heraushaben – so hatte er am Telefon geklungen. Dieser Gedanke hatte sie die halbe Nacht nicht losgelassen. Er war besorgt um sie und traute ihr nicht zu, Evas Mörder zu finden. Oder hatte er noch einen anderen Grund? Wie ist Robert gestorben? Diese Frage hatte er ihr bei jeder ihrer kurzen Begegnungen gestellt. Hat Robert noch etwas gesagt? Nein, hatte sie erwidert, er war sofort tot. Obwohl es nicht stimmte. Robert war voller Blut gewesen, eingequetscht von seinem Airbag, von Scherben und Blech, und doch hatte er noch gelebt. Ein merkwürdig klingendes Wort hatte er geflüstert, ein Wort wie einen Hauch, das sie nicht hatte verstehen können, bevor dann die Sirenen herangerast waren und zwei Feuerwehrmänner versucht hatten, ihn aus dem Wrack zu ziehen. Ein paar Sekunden später war sie in Ohnmacht gefallen, nicht, weil sie schwerverletzt gewesen war, ihr waren nur ein paar Glassplitter ins Gesicht geflogen, sondern weil sie begriffen hatte, was passiert war.

Sie hatte ihre Familie zerstört, buchstäblich.

Sie würde den Fall nicht abgeben, sagte sie sich, und wenn David noch einmal anriefe, würde sie ihm das sagen. Diese Chance musste er ihr geben.

Um kurz vor acht stand Henning vor der Tür. Er hielt ihr einen Pappbecher Kaffee entgegen.

»Schön, dass du schon auf bist«, sagte er. »Ich habe heute die erste Nacht in meiner neuen Wohnung verbracht – eine

Matratze auf dem Boden. Ehrenfeld, Leyendecker Straße, keine schlechte Gegend.«

Sie nahm ihm den Becher ab. »Ich komme sofort.«

Sie wollte nicht, dass er eintrat. Diese Grenze hatte er einmal überschritten, aber sie waren nur Kollegen, nicht mehr, und es war ihr gleichgültig, ob er die Nacht auf einer Bank im Park, bei seiner Frau oder in einer eigenen Wohnung verbracht hatte.

Henning trank geduldig, ohne ein Anzeichen von Missmut seinen Kaffee im Treppenhaus, während sie sich anzog.

»Ich habe die Adresse von dieser Amerikanerin, die den Chor leitet, in dem die Tote gesungen hat«, sagte er. »Sie wohnt in Nippes, Simon-Meister-Straße.«

Lena nickte. »Wir müssen diesen einen besonderen Kunden finden. Blond, gut aussehend. Eva hat mit der Therapeutin über ihn gesprochen«, sagte sie und berichtete kurz von ihrem Telefonat mit Silvana Roth. Doch Henning hörte kaum zu. Er wirkte euphorisch, als hätte die erste Nacht in seiner Wohnung etwas in ihm ausgelöst. »Ich werde mir ein großes Bild vom Dom an die Wand hängen – der erleuchtete Dom bei Nacht und die Hohenzollernbrücke, und sobald ich ein wenig Geld aufbringen kann, kaufe ich mir eine Dolby-Surround-Anlage und einen breiten Ledersessel …«

Lena dachte an Farkas. Als er seine Musikanlage angestellt hatte, war es, als hätte sie in einer Konzerthalle gestanden und ihn gehört, seine eigenen Lieder, mit einem Sinfonieorchester untermalt … Ein Schauer durchlief sie.

Keine zehn Minuten brauchten sie bis zur Simon-Meister-Straße. Cecilia Thompson öffnete erst, als Henning sich schon abwenden wollte. Sie war eine große gut aussehende Frau mit langem, lockigem Haar. Sie trug einen gelben Kimono, war barfuß und sah aus, als hätte sie allenfalls zwei Stunden geschlafen. Ihre Küche war klein und roch nach Nikotin und Marihuana.

Henning runzelte die Stirn, während er sich setzte. Er hatte den Geruch auch wahrgenommen.

Cecilia Thompson goss sich ein Glas Wasser ein, ohne ihnen etwas anzubieten. Schnell kippte sie es hinunter.

»Sie kommen wegen Eva«, sagte sie. Dann hob sie theatralisch die Hände. »Mir hat sie immer gesagt, sie sei Ergotherapeutin, in Pulheim, aber wenn ich das gewusst hätte. Ich als Farbige bin tolerant, können Sie sich ja vorstellen, aber eine Nutte in meinem Chor, wir haben große Auftritte, in Kirchen, Schulen …«

»Erzählen Sie uns von Eva«, unterbrach Lena die Amerikanerin.

Cecilia Thompson ging zum Fenster, öffnete es einen Spalt und lehnte sich gegen das Fensterbrett.

Lena bemerkte, dass in der Küche Plakate von ihren Konzerten hingen. Cecilia Thompson in Philadelphia im September 1999, dann Baltimore und Atlantic City. Auf allen Plakaten war dasselbe Foto verwendet worden: sie in einem langen weißen Kleid, die Arme weit ausgebreitet, im Hintergrund ein farbiger Mann im Smoking an einem Klavier.

»Eva hatte ein gutes Rhythmusgefühl, nur ihre Stimme war leider ein wenig zu matt, nicht genug Tiefe … Sie wollte gerne ein Solo singen, aber ich konnte mich nicht entscheiden, sie einzusetzen.« Cecilia hustete, dann trank sie noch ein Glas Wasser. Sie setzte sich nicht.

»Wieso sind Sie aus den USA nach Köln gekommen?«, fragte Lena und deutete auf die Plakate an der Wand.

Cecilia verzog das Gesicht. »Ein Mann«, erwiderte sie. »Die Liebe … er war ein deutscher Jazzmusiker, ein Saxophonist. Seinetwegen habe ich meine super Karriere in den USA aufgegeben. Kaum war ich hier, ging es auseinander.«

»Und seitdem haben Sie Ihren Chor?«

Die Amerikanerin strich sich ihr Haar zurück. All ihre

Gesten waren wie für die Bühne gemacht. »Nicht gleich«, sagte sie. »Ich habe viele Jobs. Jazzkonzerte, Auftritte in Bars und Hotels, Gesangsunterricht und mein Chor.«

»Hat Eva bei Ihnen Unterricht genommen?«, fragte Lena.

Cecilia Thompson lehnte sich zurück und blickte aus dem Fenster in einen schmalen Hinterhof. Die Fassade des nächsten Hauses war schon zu sehen, so eng war der Hof. »Yes«, sagte sie, und nun trat ihr amerikanischer Akzent deutlicher hervor. »Sie wollte singen, auf die Bühne, wollte eine Band gründen. Ich habe sie dann überredet, in den Chor zu kommen, alles Frauen, Amateure, aber ein paar gute Stimmen. Wir haben viel Fun, doch Eva hat das nicht gereicht. Sie hat immer Trouble gemacht, richtig Trouble.«

»Sie hatten Ärger mit ihr?« Lena war überrascht. Jeder hatte Eva bisher als eine freundliche, zuvorkommende Person beschrieben – jeder, bis auf ihre Eltern.

»Ärger, ja«, entgegnete Cecilia. »Sie hatte sich was in den Kopf gesetzt, und das wollte sie unbedingt durchsetzen. Bei unseren nächsten Konzerten wollte sie einen eigenen Song haben. Doch das ging nicht. Bei der letzten Probe habe ich sie rausgeworfen, und dann hat sie versucht, eine andere Chorleiterin zu finden. Stellen Sie sich das vor!«

»Sie hat versucht, Sie abzusetzen?«, fragte Henning verblüfft.

»Genau«, entgegnete Cecilia. »Sie wollte mich aus meinem eigenen Chor rauswerfen, eine Frechheit!« In ihren braunen Augen stand plötzlich Wut, und sie ballte die Faust und streckte sie von sich, als wollte sie jemanden schlagen oder zumindest auf Distanz halten. »Aber nicht mit mir – mit meinem Chor!«

»Wann war das?«, fragte Lena. »Dieser Streit …«

»Vor einer Woche … Sie hat mir mit einem Anwalt gedroht, wollte, dass die anderen Mädchen unterschreiben, dass ich meine Pflichten als Chorleiterin verletzt habe …

Well, ich bin nicht immer pünktlich, und das Geld, das in unserer Kasse fehlt, werde ich zurückzahlen …« Sie schwieg und wandte sich nun ganz zum Fenster ab.

Unvermittelt hatte Lena das Gefühl, dass sie hier auf eine neue Spur gestoßen waren. Eine Chorleiterin, die vermutlich Geld unterschlagen hatte, und Eva, die sich als Gerechtigkeitsfanatikerin erwies.

»Wie viel Geld fehlt in der Kasse?«, fragte Lena.

»Ich weiß nicht genau«, erwiderte Cecilia leise. Sie drehte sich um, und nun wirkte sie weit weniger imposant, sondern unsicher und verzweifelt. »Ich hatte ein paar Reparaturen … am Auto und so.«

»Und wer wusste davon – nur Eva?«

»Keine Ahnung.« Cecilia zuckte mit den Schultern. Ihr Blick glitt zu einer altmodischen Küchenuhr an der Wand. »Ich muss gleich eine Stunde geben. Eine Schülerin …«

»Wir brauchen dringend eine Liste mit allen Mitgliedern Ihres Chors«, sagte Lena, »und dann müssen wir genau wissen, wie viel Geld in der Kasse fehlt. Und Sie müssen uns sagen, was Sie am Sonntagabend gemacht haben. Das war der Tag, an dem Eva Helmes ermordet worden ist.« Lena legte ihre Visitenkarte auf den Tisch.

Mit zitternden Händen nahm Cecilia Thompson sie an sich.

»Ihre Karriere in den USA aufgegeben! Diese Frau ist eine absolute Angeberin«, sagte Henning entrüstet, während sie ins Präsidium fuhren. »Wahrscheinlich hat das Geld, das sie mit dem Chor verdient hat, nicht einmal für die Miete gereicht, und deshalb hat sie sich an der Kasse bedient.«

»Trotzdem bringt man nicht jemanden um, nur weil der einem Ärger macht«, wandte Lena ein.

»Eva Helmes wollte ihr den Chor wegnehmen – das ist etwas anderes.« Hennings Smartphone klingelte. Mona meldete sich, erkannte Lena. Bohl wollte sie sprechen, außerdem war der Leichnam von Eva Helmes ihrer Familie übergeben worden. Übermorgen sollte die Trauerfeier stattfinden.

Lena spürte, wie Zorn in ihr aufwallte. Sie hatte Eva Helmes nicht gekannt, hatte nur ihre Stimme auf dem Anrufbeantworter gehört und durchsuchte nun ihr Leben, um eine Spur zu finden, wer sie ermordet haben könnte, aber eines wusste sie ganz genau: Es war falsch, wenn Hans Helmes wie ein trauernder Vater am Grab seiner Tochter stand.

»Wollen wir den alten Helmes vorübergehend verhaften, damit er nicht an der Beerdigung teilnehmen kann?«, fragte sie, doch Henning antwortete nicht, sondern warf ihr nur einen vorwurfsvollen Blick zu, der eindeutig sagte: Was soll das? Misch dich da nicht ein!

Im Präsidium hatte Mona eine Zeichnung auf ihren Schreibtisch gelegt – ein Männergesicht, attraktiv, ebenmäßig, mit vollen Lippen und blonden Strähnen, die ihm ins Gesicht fielen. Der Blonde – Evas Lieblingskunde, dachte Lena, so, wie die Blumenhändlerin ihn beschrieben hatte. Daneben lag ein Zettel mit einer Telefonnummer und einem Namen. Karl Rothmann, der Bruder von Helga Rothmann. Mona hatte wirklich alles im Blick. Auch wenn Henning nicht daran glaubte, dass es zwischen beiden Morden eine Verbindung gab, so hatte sie trotzdem recherchiert.

Als Lena den Telefonhörer abhob, um die Nummer anzurufen, spürte sie einen Blick in ihrem Rücken. Ein Mann stand in der Tür. Er trug eine unmoderne blaue Jacke und eine graue Wollmütze. Er war unrasiert und blickte sich unschlüssig um.

Erik Helmes – sie hatte ihn nicht sofort erkannt.

»Herr Helmes«, sagte sie, »kann ich Ihnen helfen? Möchten Sie uns noch etwas sagen?«

Er trat einen Schritt näher, mit starrem Blick, beinahe wie ein Blinder, der sich nur auf sein Gehör verließ. Dann lächelte er, nein, sein Mund verzog sich lediglich, eine Grimasse, die ein Lächeln darstellen sollte.

Plötzlich erwachte Lenas Sinn für Gefahr. Wo war Henning? Konnte sie ihn herbeirufen? Er war schon mit einigen anderen ins Besprechungszimmer gegangen, wo Bohl und David Bauer auf sie warteten.

»Sind Sie die Frau, die neulich bei mir war – wegen Eva?«, fragte Erik Helmes. Er musterte sie argwöhnisch, aber ohne eine Spur des Erkennens zu zeigen.

Lena nickte. »Wir haben uns über Ihre Schwester unterhalten. Ist Ihnen noch etwas eingefallen, was uns weiterhelfen könnte?«

Er schüttelte den Kopf. Er roch nach Nikotin. Seine Hand glitt plötzlich nach hinten und kam mit einem Messer wieder zum Vorschein. »Es gefällt unserer Familie nicht, was Sie sagen«, erklärte er tonlos. »Mein Vater ist ganz traurig. Wir sind alle ganz traurig. Auch meine Mutter.«

»Herr Helmes«, sagte Lena ruhig, »ich verstehe, dass Sie aufgebracht sind, aber ich ermittele nur, um den Mörder Ihrer Schwester zu finden.« Sie versuchte, Blickkontakt mit Erik Helmes aufzunehmen. Wie war das mit Asperger-Erkrankten? Schauten sie durch einen hindurch – konnte man sie überhaupt emotional erreichen?

Ihre Waffe lag in ihrer verschlossenen Schreibtischschublade. Langsam beugte sie sich vor, ohne allerdings den Blick von Evas Bruder zu wenden.

»Ich glaube Ihnen, dass Sie traurig sind«, sprach sie weiter. »Sie haben Ihre Schwester verloren, aber was ist jetzt das Wichtigste: dass wir den Mörder finden, nicht wahr?«

Seine Hand mit dem Messer bewegte sich nicht. Es war ein billiges Küchenmesser, kein spitzer Dolch, aber auch nicht ungefährlich.

Sein Gesicht war vollkommen ausdruckslos. »Ich habe nur meine Eltern«, sagte er. »Mir gefällt nicht, wie man sie behandelt.«

»Ja, gewiss«, entgegnete Lena. Ihre linke Hand hatte den Schlüssel in der Schublade herumgedreht, aber sie würde nicht an ihre Waffe gelangen, ohne ihm die Möglichkeit zu geben zuzustoßen.

»Legen Sie das Messer weg!«, fuhr sie ihn mit fester Stimme an. Vielleicht erreichte ihn ja ein direkter Befehl. Er zuckte kurz zusammen, dann machte er einen Schritt vor und richtete das Messer genau auf ihre Brust.

Sie sah die Wut in seinen Augen. Seine Eltern hatten ihn geschickt, er war ein Mann von über fünfzig Jahren, aber er hing noch immer am Gängelband seiner Eltern.

»Sie machen einen Fehler!«, rief Lena. Ihr Herz schlug schnell und hart. Mit der größten Kraft, die sie aufbringen konnte, sprang sie auf und griff nach seiner rechten Hand, um sie herumzudrehen. Doch er hatte mit diesem Angriff gerechnet und stach zu. Im letzten Moment konnte sie das Messer abwehren, indem sie die Klinge packte und seinen ganzen Arm herumzerrte. Ein greller furchtbarer Schmerz durchzuckte sie, ein Blitz, der ihren ganzen Körper zu spalten schien, doch mit dem Schmerz wuchs ihre Wut. Mit der linken Hand versetzte sie Erik Helmes einen Schlag an den Kopf, der kräftig genug ausfiel, um ihn zurückweichen zu lassen. Während er noch versuchte, das Messer an sich zu reißen, trat sie ihm das rechte Bein weg, sodass er ins Straucheln geriet und zu Boden stürzte. Einen Moment später standen David Bauer und Henning Mahn in der Tür.

»Du Scheißkerl!« Henning sprang in die Hocke und hielt Erik Helmes, der sich am Boden wälzte, seine Waffe an den Kopf. Für einen Moment sah es tatsächlich so aus, als würde er am liebsten abdrücken.

14.

Ein Moment der Schwäche erfasste ihn. Er saß in seinem Mietwagen, unfähig, sich zu bewegen. Auf Carolin war geschossen worden! Hatte er es mit einem verrückten Gegner zu tun? Was sollte das alles? Er kam sich wie ein unbedarfter Wanderer vor, der durch einen falschen Tritt eine Lawine ausgelöst hatte, die nun zu Tal raste und alles mit sich riss. Nein, er war nicht der Wanderer, jemand anders hatte die Lawine ausgelöst, die nun auf ihn und seine Familie zuraste und sie zu begraben drohte.

Er könnte nach Hause fahren und seinem Leben ein Ende setzen, am besten so, dass man es für einen Herzinfarkt halten würde – dann würde er allem entgehen und vielleicht seine Familie retten.

Jemand klopfte gegen die Scheibe seines Wagens. Pierre schaute ihn an.

Er versuchte zu lächeln, öffnete die Wagentür und stieg aus.

»Warum sitzt du hier?«, fragte Pierre. »Hast du schon von Carolins Unfall gehört?«

Carolins Unfall? Er nickte. »Man hat auf sie geschossen? Wie geht es ihr?«, fragte er.

Pierre antwortete nicht, sondern deutete auf die Umschläge. »Du hast das Geld? Sehr gut.« Seine Stimme klang, als würde er sich keine sonderlichen Sorgen um Carolin machen. »Wir haben im Moment wohl eine Pechsträhne«, sagte er. »Ich habe Mutter noch nicht Bescheid gesagt. Vielleicht besser, wenn sie von Carolins Missgeschick nichts erfährt. Die Aufregung muss sich wieder legen.«

Pierre legte den Arm um seine Schultern, so, wie joviale Chefs es mit Untergebenen taten, wenn sie lobten und gleichzeitig die Hierarchie klarmachen wollten. Eine neue Erfahrung für ihn – er war immer der unantastbare Chef gewesen, auch in der Familie.

»Wo ist Carolin?«, brachte er heiser hervor, als ihm plötzlich einfiel, dass er das gar nicht wusste.

Pierre deutete auf die Tür zu Leos Haus. »Sie ist hier – wir halten Kriegsrat. Wieso hast du eigentlich jetzt einen Golf? Ist dein BMW in der Werkstatt?« Während er sprach, nahm er ihm ganz zuvorkommend die Umschläge mit dem Geld aus der Hand. Dann klingelte er. Sofort wurde ihnen aufgedrückt.

Sie saßen alle in der Küche – Leo, Verena und Carolin. Eine Kanne Tee stand auf dem Tisch, daneben eine halb volle Flasche Wodka. Zwei Gläser verrieten, dass sich zumindest Leo und Carolin an dem Alkohol gütlich getan hatten.

Er hatte die letzten Schritte mit Pierre dazu genutzt, sich zu wappnen und zu beruhigen. Er musste die Kontrolle behalten, auf keinen Fall durfte er Schwäche zeigen. Daher hatte er Pierre auch das Geld wieder abgenommen – mit einem höflichen, aber wissenden Lächeln. Es ist immer noch mein Geld, sollte dieses Lächeln sagen, und ich zahle erst, wenn ich erfahre, wozu ihr es braucht.

Carolin sprang von ihrem Stuhl auf und eilte auf ihn zu, als sie ihn sah.

»Papa«, sagte sie und schluchzte. Sie sprach das Wort immer französisch aus, was ihm sehr gefiel, weil es dadurch eine besondere Note bekam. Sie umarmte ihn. Er roch ihr Haar, ihr Gesicht war tränennass, und ihr linker Arm steckte in einer Schlinge und war verbunden.

»Es ist alles gut, mein Kleines«, sagte er, als wäre sie noch das Kind, das sich eben die Knie aufgestoßen hatte und um Trost heischend zu ihm lief. »Ich bin jetzt da.« Seltsamerweise bestärkten ihn seine eigenen Worte und verliehen ihm neue Zuversicht.

Carolin rannen Tränen über die Wangen, gleichzeitig versuchte sie zu lächeln. Sanft drückte er sie auf ihren Stuhl zurück und begrüßte dann Verena und Leo, die müde und freudlos seinen Gruß erwiderten.

Der Einzige, den die ganze Situation offenbar nicht aus der Balance geworfen hatte, war Pierre. Mit einem kaum merklichen Nicken hatte er Leo auf die Umschläge aufmerksam gemacht. Er hatte es trotzdem registriert. Unser alter Herr hat funktioniert, besagte dieses Nicken, er hat das Geld dabei. Leo hatte mit einem kurzen Zwinkern geantwortet.

Er zog den letzten freien Stuhl zu Carolin und setzte sich. »Nun erzähl! Wer hat auf dich geschossen?«

Carolin schüttelte sich. Wieder liefen ihr Tränen über die Wangen. Mit der rechten Hand wischte sie sich über das Gesicht. »Es war so schrecklich«, sagte sie. »Ich dachte, die Frau bringt mich um. Sie hat mir aufgelauert, hinter der Bibliothek, und dann hat sie die Pistole auf mich gerichtet.« Ein Weinkrampf schüttelte sie. Sie senkte den Kopf, ihre langen blonden Haare fielen ihr ins Gesicht und verbargen es. Verena, die auf der anderen Seite saß, beugte sich vor und strich ihr beruhigend über den Rücken.

Wie unterschiedlich die beiden sind, ging ihm unvermittelt durch den Kopf. Die kühle, unnahbare schwarze Schönheit Verena und die blonde, immer lebenslustige Carolin.

»Du hast es ja überlebt!«, stieß Leo hervor, völlig genervt und ohne jedes Mitgefühl.

Verena wandte sich abrupt um und bedachte ihn mit einem wütenden Blick.

»Ist doch klar, dass bei uns allen die Nerven ein wenig blank liegen.« Pierre nahm ein Glas, schenkte sich einen

Wodka ein und kippte ihn hinunter. »Also, Carolin, liebes Schwesterherz«, fuhr er dann in einem aufgeräumten Tonfall fort, »hat Leo mir das richtig erzählt? Hella Türck ist auf dich zugekommen, hat die Pistole auf dich gerichtet und dir in die rechte Schulter geschossen?«

Carolin hob den Kopf nicht, ein Schauer durchlief sie, ihre Schultern bebten.

»Es war keine richtige Waffe, sondern eine Luftpistole, nicht wahr, Leo?«, erklärte Pierre weiter. »Hella Türck wollte ihr einen Schrecken einjagen. So eine Luftpistole aus einiger Entfernung abgefeuert, kann einen nicht umbringen, aber für eine hübsche Fleischwunde reicht es allemal.«

»Ihr seid echte Arschlöcher!« Carolin sprang auf und lief aus dem Zimmer.

Pierre sah ihr nach und klatschte spöttisch. »Was hat sie eigentlich im Krankenhaus gesagt? Dass sie sich beim Kartoffelschälen verletzt hat?« Er blickte mit einem breiten Lächeln in die Runde.

Er schaute seinen anderen Sohn an. Leo hatte sich ebenfalls ein Glas Wodka eingegossen und trank. »Könnt ihr mir vielleicht ein paar Dinge erklären? Wer ist Hella Türck, und warum schießt sie auf Carolin?« Er versuchte vergeblich, Blickkontakt mit Leo herzustellen.

»Alter Mann«, Pierre war nicht aus der Ruhe zu bringen, »es gibt ein paar Dinge, die du über deine liebe Tochter nicht weißt. Hella Türck ist die Frau von Martin Türck, von Professor Doktor Martin Türck, genauer gesagt. Vielleicht kennst du ihn ja, eine echt große Nummer in der Psychologie. Nun ... Carolin studiert nicht nur bei ihm, sie hat auch seit vier Monaten ein Verhältnis mit ihm. Und das hat die werte Hella Türck nun herausgefunden, und es hat ihr offenkundig nicht gefallen.«

Der beiläufige, spöttische Tonfall war völlig unpassend. »Pierre«, sagte er streng und wie zu einem ungezogenen

Kind, »ein wenig mehr Ernst, wenn ich bitten darf. Das sind ja alles keine Lappalien.«

Pierre hob die Hände. »Wie du meinst«, sagte er, während Verena aufstand, eine Entschuldigung murmelte und hinausging, um nach Carolin zu sehen.

Er atmete durch. Ein Gefühl der Erleichterung erfasste ihn. Carolin war nicht viel passiert, und offensichtlich hatte diese Sache nichts mit seinen Schwierigkeiten zu tun. Eine private Affäre, eine Ehefrau, die ausrastete – das konnte selbst in den besten Familien vorkommen.

»Was will Carolin jetzt tun?«, fragte er. »Die Frau anzeigen? Wie hat die überhaupt von der Sache erfahren?«

Leo drehte sich um und warf einen schmalen abgegriffenen Umschlag auf den Tisch. Sein Gesicht war düster – eine Grabesmiene, so nannte man das wohl.

»Jemand hat ihr Fotos geschickt. Der Herr Professor mit Carolin bei einem Edel-Italiener«, sagte er tonlos.

Nun wirkte selbst Pierre deutlich ernster.

Auch seine Erleichterung verflog. Jemand hatte Fotos verschickt, schon wieder …

Er nahm die Fotos und betrachtete sie wortlos. Schwarzweiße, nicht sonderlich gute Aufnahmen, wahrscheinlich von einem Tisch in der Nähe mit einer Handykamera gemacht. Der Professor war ein dicklicher Typ, mit schütteren dunklen Locken, absolut keine schöne Gestalt. Er küsste erst Carolins Hand, die ihn mit einem strahlenden Lächeln förmlich anhimmelte. Dann küsste er sie auf den Mund, dann, auf dem dritten und letzten Bild, hielten die beiden sich am Tisch eng umschlungen, als würden sie sich hier, mitten in einem noblen Restaurant am liebsten die Kleider vom Leib reißen und übereinander herfallen.

Er stöhnte. »Wo habt ihr die Bilder her?«

»Hella Türck hat sie Carolin vor die Füße geworfen und dann geschossen«, sagte Leo.

»Wenigstens ist Carolin nicht schwer verletzt worden«, sagte er und horchte auf den Flur hinaus. Wo war Carolin? Wollte sie nicht zurückkommen? »Hat sie eine Ahnung, wer die Fotos gemacht haben könnte?«

Leo schnaufte abfällig. »Sie glaubt, dass es eine Mitstudentin war, eine gewisse Julia, die auch ganz scharf auf den Prof ist. Aber ich glaube das nicht.«

»Was glaubst du?«, fragte er seinen Sohn und forschte in dessen Gesicht nach irgendeiner Regung.

Leo antwortete einen langen Moment nicht. »Ich glaube, dass das hier eine verdammt große Scheiße ist«, sagte er dann.

Erpressung! Es war genauso gelaufen, wie er sich das gedacht hatte.

Jemand hatte Leo beobachtet, wie er zu der Prostituierten gegangen war, und hatte Fotos gemacht, die er ihm in den Briefkasten gesteckt hatte.

»Aber du hast die Frau nicht umgebracht, nicht wahr?«, fragte er.

Leo hatte sich eine Zigarette angesteckt, er rauchte nachdenklich, die Beine übereinandergeschlagen, und fixierte einen Punkt an der Wand.

»Nein«, sagte er. »Als ich ging, hat sie noch gelebt.« Leo klang nicht entrüstet, schien nicht übel zu nehmen, dass sein Vater ihm diese Frage stellte.

Er selbst atmete einmal tief durch. Zumindest das schien nun klar zu sein – Leo war kein Mörder.

»Warum bist du überhaupt zu … dieser Frau gegangen?«, fragte er. Die vier Umschläge mit dem Geld hatte er auf den Tisch gelegt.

Leo rauchte weiter und starrte auf die Wand. »Sie wollte etwas wissen … einen juristischen Rat. Ich kannte sie von … irgendwoher.« Seine Stimme zitterte nun.

Erneut schwiegen sie, als müsste jeder für sich zwischendurch seine Gedanken sortieren, damit er nicht den Überblick verlor. Carolin und Verena waren nicht wieder aufgetaucht, gegangen waren sie anscheinend aber auch nicht. Kein Geräusch drang aus der Wohnung zu ihnen.

»Ich ...«, sagte Pierre zögernd. »Ich habe Leo gebeten, einmal mit Eva zu sprechen. Ich kenne sie ... gehe ... ging manchmal zu ihr ...« Er räusperte sich. Verlegenheit passte nicht zu ihm. Nicht einmal als Kind, wenn er schlechte Noten aus der Schule mitbrachte, war er verlegen gewesen.

»Du hast Leo dort hingeschickt?«, fragte er.

Pierre beugte sich vor. »Ist doch egal«, zischte er. »Ja, ich habe Eva gelegentlich gebumst, ich mag so einen Frauentyp, und ja, sie hatte Streit mit einer anderen Frau und brauchte einen juristischen Rat. Ganz harmlos. Da habe ich Leo gebeten, mal bei ihr vorbeizugehen.«

Ganz harmlos! Er lehnte sich zurück und schloss für ein paar Sekunden die Augen. Er musste eine Lösung finden, seine Söhne hatten keine, sie brauchten sein Geld und seinen Rat.

»Um wie viel Geld geht es genau? Was will der Erpresser?«

»Hunderttausend Euro«, antwortete Leo. »Dann kriege ich alle Fotos, und er lässt mich in Ruhe.«

»Das kannst du nicht mit Sicherheit wissen. Kopien könnten überall herumschwirren.«

Leo drückte seine Zigarette aus. Er schaute seinen Vater an. Weiß ich auch, sagte sein Blick, aber was soll ich sonst tun?

»Hast du schon einmal daran gedacht, zur Polizei zu gehen und denen alles zu erklären? Dass du der Frau nur einen juristischen Ratschlag gegeben hast?«, fragte er. Gleichzeitig durchlief ihn ein kaltes Entsetzen. Wenn das passierte, würde sein Name zum ersten Mal im Zusammenhang mit einem Prostituiertenmord in den Akten auftauchen – und wer weiß, vielleicht würde ein tüchtiger Polizist eine Verbindung zu dem Mord an Fleur ziehen.

»Wenn mein Name in Verbindung mit dem Mord an einer Nutte in der Zeitung steht, bin ich in meiner Kanzlei erledigt – für immer und ewig«, erwiderte Leo. »Dann kann ich mir irgendwo ein Schild an die Tür nageln und versuchen, mich als kleiner Anwalt durchzuschlagen. Das will ich nicht.«

Pierre trank erneut einen Wodka. Eine Tür klappte in der Wohnung, kurz danach rauschte eine Wasserspülung. Wenige Augenblicke später steckte Verena ihren Kopf herein und sagte: »Sie schläft jetzt … sie liegt in unserem Gästezimmer.« Dann verschwand sie wieder.

Leo seufzte. »Wieso passiert das alles? Erst die gefälschten Bilder bei Verena, dann die Scheiße mit der toten Nutte, nun Carolin und die Fotos mit dem Professor … Das kann doch kein Zufall sein?« Verzweiflung und Ratlosigkeit standen in seinen Augen.

Nein, hätte er am liebsten gesagt, nein, das ist alles kein Zufall, aber wie hätte er dann weiterreden sollen? Wisst ihr, meine lieben Söhne, kurz bevor ich eure Mutter geheiratet habe, ist mir ein kleines Malheur passiert, ich habe eine Prostituierte getötet, die übrigens ganz ähnlich aussah wie die Frau vom Eigelstein …

»Was weiß eigentlich Carolin davon?«, fragte er stattdessen.

»Nichts«, erwiderte Pierre hastig, »sie weiß nichts. Sie würde sowieso nichts kapieren. Bei ihr muss sich alles immer nur um sie drehen.«

Solche abfälligen Worte hörte er zum ersten Mal über Carolin. Bisher hatte er immer geglaubt, dass die beiden Jungen und Carolin ein Herz und eine Seele waren.

»Und Verena?«, fragte er weiter.

»Sie weiß natürlich Bescheid«, sagte Leo. Er steckte sich eine zweite Zigarette an. Lange würde er diesen Druck nicht mehr aushalten. Sein blondes Haar war stumpf, als hätte er es zu lange nicht mehr gewaschen. Tiefe Ränder unter seinen Augen verrieten, dass er nächtelang nicht mehr geschlafen hatte.

»Was also passiert nun?«, fragte er und legte all seine Kraft in seine Stimme. Es klang nach Autorität und Standfestigkeit. »Ich verstehe, dass du nicht zur Polizei gehen willst. Hat der Erpresser sich gemeldet?«

»Er hat mir heute Morgen eine SMS geschickt – auf mein privates Smartphone. Eigentlich haben diese Nummer nur ein paar Leute …« Er seufzte kurz und wischte sich über die Augen. »Wir sollen das Geld bereithalten. Er wird sich melden. Heute Nacht soll die Übergabe stattfinden.«

Heute Nacht. Ging es tatsächlich nur um eine im Grunde lächerliche Summe von hunderttausend Euro? Und dann wäre der Spuk vorbei? Er blickte Pierre an. Gesund und ausgeruht saß er da, das genaue Gegenbild zu seinem Zwillingsbruder. Aber er war derjenige, der zu der ermordeten Prostituierten gegangen war.

»Hat der Erpresser gesagt, wie die Übergabe stattfinden soll?«

»Nein.« Leo nahm einen tiefen Zug aus seiner Zigarette. »Etwas war seltsam – er hat geschrieben, das Geld soll in einer blauen Segeltuchtasche stecken – und wir sollen alle mitkommen, ich, Pierre und du auch.«

»Ich auch?« Sein Herz begann in seiner Brust zu hämmern, als hätte man ihm reines Adrenalin in die Vene gespritzt.

Leo nickte eifrig. »›Ihr sollt alle kommen‹, stand in der Nachricht. ›Du, dein Bruder und auch dein Vater.‹ Wahrscheinlich ahnt der Erpresser, dass ich mir Geld von dir leihen muss.«

15.

Ein Notarzt kam, um sie zu verbinden. Die Klinge hatte sich tief in ihre Handinnenfläche gebohrt. Der Schmerz war wie eine Flamme, die sich durch ihre Haut fraß, ein zermürbendes Gefühl, doch ihr Zorn auf Erik Helmes war trotzdem schnell verflogen.

Henning hatte ihn, mit Plastikhandschellen gefesselt, auf einen Stuhl bugsiert. »Wir machen dich fertig«, hatte er ihn angezischt. »Weißt du, was du getan hast, Scheißkerl? Du hast eine Polizistin umbringen wollen – hier im Präsidium.«

Erik Helmes hatte kein Wort erwidert. Seine Mütze saß schief auf seinem Kopf. Mit vor Schreck geweiteten Augen stierte er vor sich hin, als würde er gar nichts verstehen.

»Schick ihn nach Hause«, sagte Lena, nachdem der Arzt gegangen war. »Er ist ein armer Teufel. Wahrscheinlich hat ihn sein Vater beauftragt.«

David Bauer schaute sie an. Er war nicht von ihrer Seite gewichen, als der Arzt sie behandelt hatte. Er nickte. »Wir schreiben eine Anzeige – tätlicher Angriff auf eine Polizistin. Und dann soll er nach Hause gehen. Er hat ja einen festen Wohnsitz.«

Henning fluchte und öffnete dann die Handschellen. »Du hörst von uns. Hau ab!«, sagte er zu Erik Helmes, der sich wie ein Roboter erhob und zur Tür ging. Da drehte er sich noch einmal um. Seine Augen suchten den Raum ab, fanden Lena schließlich. Mit starrer Miene sagte er leise: »Tut mir leid – das mit dem Messer.«

Lena winkte mit der verbundenen Hand ab.

»Das war für heute genug«, erklärte David Bauer. »Ich bringe dich nach Hause.«

Henning zog vor Überraschung über den fürsorglichen Tonfall des Staatsanwaltes die Augenbrauen in die Höhe, wie Lena sofort registrierte.

»Nein«, sagte sie, »ich muss noch einen Besuch machen – bei einem alten Mann, der zum Glück noch lebt.«

Es war ungewohnt, neben ihm zu sitzen. Er fuhr langsam, steuerte seinen BMW voller Konzentration, aber vielleicht wollte er auch nicht reden. Sein Profil hatte sich nicht sehr verändert, er war immer ein wenig zu mager gewesen, nun waren da Falten um den Mund und die Augen, und seine Haare, die er stets ein wenig zu lang trug, waren mit grauen Strähnen durchsetzt.

David war der erste Mann gewesen, den sie geliebt hatte. Sie war fünfzehn gewesen, er war fast achtzehn, der schönste Junge des Schiller-Gymnasiums. Alle Mädchen hatten sie beneidet. Außerdem war er ein Alleskönner, er spielte in einer Band Gitarre, galt als bester Schüler seines Jahrgangs, und obendrein war er der Star in der Rudergruppe der Schule. Manch einer hatte schon einen Olympiasieger in ihm gesehen. Irgendwie aber war alles anders gekommen.

Sie blickte ihn von der Seite an. Er starrte vor sich hin. Als sie ihm die Adresse genannt hatte, hatte er nur genickt. Schon früher hatte er nie viel gesagt.

Wehmut überkam sie plötzlich – sie war zweiundvierzig Jahre alt und hatte keine Familie mehr. Wenn sie die Augen schloss, konnte sie sich vorstellen, durch die Zeit zu reisen – zurück bis zu den leichten, wunderbaren Jahren.

»Weißt du noch, wie wir im Decksteiner See schwimmen waren?«, sagte sie. »Mitten in der Nacht – nicht einmal der

Mond schien richtig. Wir haben erst beim Anziehen bemerkt, dass das Wasser voller Algen war. Am nächsten Tag hatte ich einen schrecklichen roten Ausschlag.«

Er nickte stumm. »Ich bin die Nacht, du bist der Tag«, sagte er unvermittelt. Es war ein Zitat. Das hatte er gesagt, nachdem sie in dem Gartenhaus seiner Großmutter miteinander geschlafen hatten. Für sie hatte es damals wie der Anfang eines Gedichts geklungen.

»Nein«, sagte sie mit einem Lächeln, »nein, es war genau umgekehrt. Du warst immer viel fröhlicher als ich.«

»Das sah nur so aus«, erwiderte er. »Ich war ein Melancholiker, deshalb habe ich auch wie ein Verrückter gerudert.« Er lächelte und schaute sie zum ersten Mal an. »Und nun bin ich Staatsanwalt – ein Jurist, genau wie mein Vater.«

Und ich bin Polizistin, wie mein Vater, dachte sie, sprach es aber nicht aus. Als wären sie beide in einer Welt groß geworden, die sie gefangen genommen hatte und der sie nie entkommen waren, obwohl sie früher davon geträumt hatten.

Ihre verletzte Hand schmerzte, als Lena sie zaghaft bewegte.

Als David angefangen hatte, Jura zu studieren, hatte er sie verlassen, woraufhin sie aus Kummer fast magersüchtig geworden war. Er ging mit anderen, älteren Studenten und Studentinnen aus. Mit einem Mal war sie das kleine Mädchen, die langweilige Schülerin und genügte ihm nicht mehr. Erst später hatte sie ihn wieder getroffen, weil er Roberts Studienkollege geworden war.

Was wäre gewesen, wenn sie zusammengeblieben wären? Nein, sie wollte diesen Gedanken nicht denken. Was war mit Hiltrud, seiner Frau, der Richterin? Ein-, zweimal nur waren sie zu viert zusammen ausgegangen. Irgendwie hatte es jedoch nicht funktioniert.

»Du hast dich nicht so sehr verändert«, sagte er.

Sollte das ein Kompliment sein? Sie wusste es nicht. Zum Glück hatte er nicht begonnen, von Robert und dem Unfall zu sprechen.

Er bog in eine schmale Straße ein, die an einem Bahndamm entlangführte. Hier war sie noch nie gewesen. Der BMW wurde langsamer und hielt.

David schaute sie an. »Ich sollte das vielleicht nicht sagen«, sagte er. »Aber ich habe mich gefragt, was du all die Zeit getan hast, nach Roberts und Simons Tod, in deiner Trauer … Ich hätte dir gerne geholfen. Fast jeden Tag habe ich überlegt, ob ich dich anrufen sollte.« Er schwieg einen Moment. Ein Wagen hupte und fuhr dann mit quietschenden Reifen an ihnen vorbei.

Lena fühlte sich unbehaglich und behaglich zugleich – ja, so etwas ging. Sie sollte hier nicht sitzen, mit ihrem verheirateten Exfreund, dem angesehenen Staatsanwalt, gleichzeitig fühlte sie sich ihm so vertraut, als hätte es all diese Jahre, seit sie das letzte Mal zusammengewesen waren, gar nicht gegeben.

»Ich habe mich nicht getraut, dich anzurufen. Du warst für mich immer die schönste Frau, die ich gekannt habe, und meinen glücklichsten Moment habe ich mit dir erlebt … Vielleicht war es, weil wir jung waren, so furchtbar jung. Nachdem wir miteinander geschlafen haben … Kannst du dich erinnern? … Wir sind auf das Dach des Gartenhauses geklettert und haben da gesessen und uns festgehalten … und ich habe die Augen zugemacht und gedacht, ich wäre ein großer Vogel, der gleich losfliegen würde.«

Hatten sie wirklich auf dem Dach gesessen? Sie konnte sich nicht genau erinnern. Oder bildete er sich das nur ein?

»Ich bin oft Fahrrad gefahren … nachdem Simon und Robert nicht mehr da waren«, sagte sie. »Stundenlang durch die Stadt, bis ich völlig erschöpft war. Und ich habe viel in

Kirchen gesessen, wann immer ich an einer vorbeigekommen bin.«

David wischte sich über das hagere Gesicht und nickte. Sie hatte den falschen Satz gesagt, keine Jugenderinnerung, sondern Worte über ihre Trauer.

Langsam fuhr er an. Sein Gesicht war wieder verschlossen, fast steinern. Sie sollte noch etwas anderes, Leichteres sagen, dachte sie, aber ihr fiel nichts ein.

Vor einem alten Bretterzaun, an dem die Farbe abblätterte, hielt er erneut.

»Hier müsste es sein.« Er deutete hinüber und stellte den Motor ab.

Lena war verblüfft, sie hatte ein kleines beschauliches Reihenhaus erwartet, einen hübschen Vorgarten, etwas in der Art. Sie stieg aus, und als David an ihr vorbei auf ein rostiges Metalltor zuging, sagte sie: »Robert war nicht sofort tot. Er hat noch etwas gesagt, ein Wort, ein einziges Wort, ich habe es aber nicht richtig verstanden. Das wolltest du doch wissen«, fügte sie lauter und entschiedener hinzu.

Er schaute sie mit zusammengekniffenen Augen an. Seine tiefbraunen Augen hatten sie schon früher manchmal geängstigt. »Ein einziges Wort? Darüber müssen wir demnächst einmal sprechen, doch nicht hier und jetzt.« Zielstrebig ging er an ihr vorbei.

An dem Metalltor war ein Schild angebracht: »Karl Rothmann, Metallverwertung«.

David drückte auf eine Klingel, und sofort ertönte ein lautes, scharfes Hundegebell, das erst nach einigen Sekunden wieder verebbte.

Nichts geschah.

»Vielleicht ist er nicht zu Hause«, sagte David. »Sein Schrotthandel scheint ja auch geschlossen zu sein.«

Ja, ein Schrotthandel, sie standen bei einem Schrotthändler.

Wieder legten die Hunde los, als David erneut klingelte.

Dann wurde eine kleine Metalltür im Zaun geöffnet, die sie bisher übersehen hatten. Ein Mann tauchte auf, einen Stock in der Hand, eine schwarze Hornbrille auf der Nase. Seine langen grauen Haare hatte er streng zurückgekämmt. Er blinzelte zu ihnen herüber, als hätte er Schwierigkeiten, bei Tageslicht zu sehen.

»Geschlossen«, sagte er, »ich habe nur noch samstags auf, zwischen neun und zwölf.« Er machte Anstalten, das Tor wieder zu schließen, die Hunde in seinem Rücken kläfften immer noch, doch nicht mehr so aufgeregt.

»Herr Rothmann …« Lena zückte ihren Ausweis und eilte zu ihm hinüber. David folgte ihr. »Ich bin Lena Larcher, Hauptkommissarin. Wir haben nur eine Frage … wegen Ihrer Schwester Helga.«

Der alte Mann verharrte, er verdrehte den Kopf wie ein Blinder, der einen irritierenden Laut vernommen hatte. »Meine Schwester«, sagte er leise vor sich hin, »Helga ist tot, seit sechsundzwanzig Jahren.«

»Ja«, sagte Lena, »aber nun ist wieder eine Frau ermordet worden, auf die gleiche Art und Weise wie Helga.«

Mit einer schroffen Handbewegung bat er sie hinein und führte sie wortlos über einen Hof, zwischen aufgetürmten Schrottautos hindurch, die wie Kunstwerke aussahen – skurrile Plastiken aus rostigem Blech, deren Beschützer er war. Aus einem Zwinger starrten sie zwei Schäferhunde an, denen Karl Rothmann einen kurzen Befehl zurief, bevor sie wieder loskläfften. Dann gingen sie um einen kleinen weißen Bungalow herum und gelangten auf eine geflieste Terrasse mit Blick auf einen weitläufigen, sehr gepflegten Garten.

»Wir können uns hier hinsetzen«, sagte er, als wollte er die beiden Polizisten nicht in seinem Haus haben. »Heute ist es ja nicht so kalt.«

Tatsächlich war sogar die Sonne ein wenig hervorgekommen.

»Ich bin Schrotthändler und Rosenzüchter«, erklärte Karl Rothmann, nachdem er auf einer Holzbank Platz genommen hatte. »Ich züchte alte Rosensorten. Die haben etwas ganz Besonderes, duften vollkommen anders als die Rosen, die man im Laden bekommt – ehrlicher, erdverbundener. Na, jetzt sieht man leider nicht mehr viel von der Pracht.«

Lena schaute sich um. David hatte sich ebenfalls gesetzt. Er hatte sich nicht vorgestellt und schien das auch nicht nachholen zu wollen.

»Aber warum stören Sie mich?«, fragte Rothmann, deutlich unfreundlicher. »Ich mag die Polizei nicht – können Sie sich wohl denken, warum. Sie haben Helgas Mörder nicht gefunden.« Dann zögerte er kurz. »Sie heißen Larcher? Ist Georg Larcher mit Ihnen verwandt?«

Sie nickte. »Er ist mein Vater«, sagte sie leise, »aber das tut nichts zur Sache …«

»Haben Sie nie geheiratet?«, fragte Rothmann. »Dann wären Sie ja Ihren Namen losgeworden – Georg Larcher.« Er sprach den Namen wie einen Fluch aus.

Was sollte sie antworten? Mein Mann, er hieß eigentlich Robert Krücke, er wurde als Kind oft verspottet, und daher …

»Ich glaube, sogar mich haben sie damals verdächtigt … als würde ich meine Schwester töten. Aber auf die richtige Spur sind sie nie gekommen.« Er schnaubte. »Was wollen Sie genau?«

»Vielleicht haben wir ja jetzt eine Spur«, erwiderte Lena und versuchte, hoffnungsvoll zu klingen. »Am Eigelstein ist eine Prostituierte getötet worden, erdrosselt und hinterher mit Benzin übergossen und angesteckt, genau wie Ihre Schwester. Und verdächtigt wird ein junger Mann, blond, gut aussehend, vermutlich vermögend.«

»Ihr Vater hat ihn nie gefunden – diesen ominösen Mann. Aber vielleicht hat es ihn auch gar nicht gegeben.« Rothmann wandte den Blick in seinen Garten. »Ich will davon nichts mehr wissen. Außer meinen Rosen und meinen Hunden interessiert mich nichts mehr.«

Wie aufs Stichwort begannen die Hunde erneut zu bellen, doch Rothmann reagierte gar nicht darauf, und sonst tauchte auch niemand auf. Rothmann schien in dieser verlassenen Ecke Kölns allein zu leben.

»Also«, sagte Rothmann und schaute Lena wieder an. »Bestellen Sie Ihrem unfähigen Vater einen schönen Gruß, aber Sie sollten jetzt wieder gehen. Ich habe lange gebraucht, um damit fertigzuwerden, dass man Helgas Mörder niemals finden wird … dass Gott in diesem Fall keine Gerechtigkeit walten lässt.«

»Ich verstehe«, erwiderte Lena. »Wo ist Ihre Schwester eigentlich begraben? Gibt es das Grab noch?«

Er schnaubte wieder abfällig, das war offenbar eine Gewohnheit des alten Mannes. »Natürlich gibt es das Grab noch – auf dem Nordfriedhof. Ich gehe allerdings selten dorthin. Ich mag keine Friedhöfe, mochte ich noch nie. Gott wird es mir vergelten.«

»Das heißt, Sie haben dort auch nie jemanden beobachtet?«, fragte Lena. Sie bemerkte aus den Augenwinkeln, dass David überrascht die Augenbrauen in die Höhe zog. »Kann es sein, dass mal jemand, den Sie nicht kennen, zu diesem Grab gegangen ist? Eine junge Frau vielleicht?«

Rothmann beugte sich vor. »Was meinen Sie?«, fragte er scharf. »Was für eine junge Frau?«

»Es heißt, dass Ihre Schwester eine Tochter hatte, die sie kurz nach der Geburt … möglicherweise ausgesetzt hat. Wissen Sie etwas darüber?«

»Meine Schwester führte ihr eigenes Leben – das müsste Ihnen klar sein. Sie hat ihren Körper verkauft, ich habe das nicht gerne gesehen. Für mich war das immer eine Sünde, verstehen Sie?« Er begann zu husten, als hätte ihn seine Antwort zu sehr aufgeregt.

»Haben Sie vielleicht noch Unterlagen von Ihrer Schwester – Dokumente, die uns weiterhelfen könnten?«, fragte Lena.

»Sie glauben, eine junge Frau geht an das Grab, weil sie weiß, dass da ihre Mutter liegt?« Er schüttelte den Kopf. »Nein, schauen Sie sich das Grab an – da wächst Unkraut, da geht niemand hin.«

»Ich will herausfinden, ob Ihre Schwester eine Tochter hatte.« Lena sah den alten Mann fest an. »Und dann will ich diese Tochter finden. Vielleicht hilft uns das weiter.«

Rothmann starrte wieder in seinen Garten. »Wenn ich tot bin, erbt das alles die Kirche«, sagte er. »Ich habe keine Angehörigen mehr – alle tot.« Er schnaubte wieder, als hätten ihm seine eigenen Worte nicht gefallen. Dann blickte er erst David, einen Moment später Lena an. Seine Augen glänzten wässrig hinter den dicken Brillengläsern. »Kann sein, dass Helga mal schwanger war, aber sie hat das Kind nicht ausgesetzt. So etwas hätte sie nie getan. Das Kind ist bei der Geburt gestorben. Das hat sie mir gesagt.«

16.

Sie saßen am Küchentisch und warteten. Draußen war es dunkel geworden. Die Zeit kroch dahin, verging qualvoll langsam. Immer wieder blickte er auf die Digitaluhr an dem superteuren Chromherd. Wann soll die Übergabe des Geldes stattfinden?, fragte er sich. Vor Mitternacht bestimmt nicht.

Verena ließ sich nicht mehr blicken, und Carolin schien tatsächlich zu schlafen. Einmal überlegte er, aufzustehen und nach ihr zu sehen. Es hätte ihn getröstet, seine erschöpfte Tochter friedlich schlummern zu sehen, doch er ließ es sein. Leo saß da und rauchte, und Pierre trank Wodka und starrte vor sich hin. Er überlegte, was er sagen konnte. Irgendwie musste er seinen Söhnen Hoffnung geben, auch wenn sie nicht einmal die halbe Geschichte kannten; von seinem Mord, von der verdammten Kassette wussten sie nichts.

Wieso hieß die Botschaft, dass er zu der Übergabe auch mitkommen sollte? Was genau hatte das zu bedeuten?

»Ich hoffe, Alma weiß nicht Bescheid«, sagte er aus einem Impuls heraus. »Es wäre nicht gut, wenn sie sich Sorgen machte.«

Leo griff zum wiederholten Mal nach seinem Smartphone, als müsse er überprüfen, ob es noch angeschaltet war. »Was soll das?«, sagte er dann. »Wieso machst du dir auf einmal um Alma Sorgen?«

Pierre blickte auf. »Warum soll der alte Mann sich keine

Sorgen machen? Bei der Scheiße, die hier gerade passiert?«, fuhr er seinen Bruder an.

Für einen Moment sah es aus, als wollte Leo aufspringen und sich auf seinen Bruder stürzen. »Du Scheißkerl!«, sagte er dann. »Wer hat mich gebeten, zu dieser Nutte zu gehen? Das warst doch du! Ohne dich wäre das alles nicht passiert.«

Pierre rutschte auf seinem Stuhl zurück. Sie waren Zwillinge, doch er war muskulöser, viel durchtrainierter. Einen Kampf mit ihm würde Leo schnell verlieren. »Ich habe gesagt: ›Ruf sie an, sprich mit ihr, sie braucht einen juristischen Rat.‹ Ich habe nicht gesagt, dass du zu ihr ins Apartment laufen sollst, aber du warst ja neugierig. Ich bin sicher, dass du auch mal eine Nummer schieben wolltest – vor deiner Hochzeit.«

Er hob beschwichtigend die Hände. »Ruhig, Jungs«, sagte er, wie er es früher oft getan hatte, wenn die beiden sich gestritten hatten. »Erinnert ihr euch noch daran, wie wir gemeinsam zum FC gegangen sind und ins Freibad am Stadion?«

Leo sank auf seinen Stuhl zurück. »Waren wir mal mit dir im Freibad? Ich kann mich nicht erinnern. Alma war oft mit uns unterwegs, im Kindertheater und beim Sport und …« Er verstummte, drückte seine Zigarette aus und steckte sich eine neue in den Mund, ohne sie anzuzünden.

Er sagte: »Einen Kaffee könnte ich jetzt gut gebrauchen«, doch keiner seiner Söhne machte Anstalten, sich zu erheben und einen zu kochen, also tat er es selbst. Umständlich bediente er die Maschine.

Leo sagte unvermittelt: »Wir haben übrigens beschlossen, die Hochzeit abzusagen. Wir können jetzt nicht heiraten – nicht nach dem, was mit Verena passiert ist. Sie will nach Berlin gehen. Das Auktionshaus Bachmann sucht eine Expertin für die Kunst des zwanzigsten Jahrhunderts. Sie hat heute schon mit dem Juniorchef telefoniert und ihm die Sache mit den falschen Dalí-Zeichungen erklärt, dass alles ein Irrtum war, ein Kommissionsgeschäft, das sie noch prüfen wollte, so etwas in der Art.«

Er drehte sich um, während die ersten Tropfen des kochenden Wassers in die Glaskanne fielen und einen aromatischen Duft verbreiteten. »Ihr wollt nicht mehr heiraten?«

»Nein«, sagte Leo. »Wir heiraten nicht.«

Pierre sagte nichts. Er musste die halbe Flasche Wodka getrunken haben, ohne dass ihm etwas anzumerken war.

Was war eigentlich mit ihm?, dachte er plötzlich. Warum hatte Pierre nie eine feste Freundin? Die letzte Frau, von der er etwas mitbekommen hatte, war eine Schauspielerin gewesen, die in einer Vorabendserie mitgespielt hatte, und das war mehr als drei Jahre her. Hatte Pierre nur kurze Affären, oder reichte es ihm, zu Prostituierten zu gehen?

»Ich finde«, sagte er laut, »ihr solltet eure Entscheidung noch einmal überdenken. Vielleicht …« Er blickte auf die Segeltuchtasche, in der sie nun das Geld verstaut hatten. »… vielleicht ist dieser ganze Spuk ja heute Nacht vorbei. Hunderttausend Euro sind viel Geld.«

»Ja, vielleicht«, erwiderte Leo ohne jede Überzeugung.

»Und wenn wir versuchen, uns diesen Kerl zu schnappen?« Pierre erhob sich und ging zum Fenster, das in den Hof wies. »Ich meine, so eine Geldübergabe ist doch eine Chance dafür. Mir gefällt das nicht, dass uns hier einer an den Eiern gepackt hat und zudrücken will.«

Keiner von ihnen sagte etwas dazu. Leo zündete sich eine Zigarette an, sicherlich seine zehnte oder elfte.

»Und dann?«, fragte er. »Was machen wir, wenn wir den Kerl kriegen?«

Pierre schlug sich mit der rechten Faust in die offene linke Handfläche, er grinste. »Dann gucken wir uns an, was das für ein Typ ist, und polieren ihm die Fresse.«

»Großartig!«, bemerkte Leo höhnisch. »Eine brillante

Idee! Mensch, ich bin Anwalt, ich darf nicht einmal falsch parken. Kapierst du gar nichts?«

»Du warst immer zu brav«, entgegnete Pierre. »Bist du immer noch – auch bei Verena.«

»Was soll das heißen? Auch bei Verena?« Leo sprang überraschend flink auf und ging auf seinen Bruder zu. Er hob die Hände, als wolle er ihn schlagen, als müsse er seine ganze Wut, die in ihm aufwallte, nun herausbringen. Im nächsten Moment surrte sein Smartphone. Eine SMS war eingegangen.

Sie sollten losfahren – alle drei mit Pierres SUV. Da Pierre zu betrunken war, setzte Leo sich ans Steuer. Er fuhr langsam und unkonzentriert. Immer wieder bekamen sie neue Anweisungen, kreuzten durch die Stadt, zum Rudolfplatz, zum Neumarkt, dann über die Nordsüdfahrt und zum Rhein hinunter.

Es war kurz nach elf Uhr, daher herrschte noch immer recht dichter Verkehr. Am Bahnhof mussten sie eine halbe Stunde auf neue Anweisungen warten.

Er hatte unaufhörlich das Gefühl, dass sie beobachtet wurden – und dass ihr Gegenspieler sie zermürben wollte.

Um halb zwölf durften sie wieder losfahren. Leo war so gereizt, dass er ständig den falschen Gang einlegte, woraufhin Pierre ihn aus dem Fond anschrie und einen »Vollidioten« nannte.

Wieder einmal dachte er an Flucht. Seine Söhne würden dieses Spiel nicht durchstehen, und wenn erst von der Kassette die Rede sein würde … Er hatte seine Stimme vom Band im Ohr, sein Geständnis, und ihm wurde so übel, dass er sich beinahe übergeben musste.

Leo fuhr am Rhein entlang, Richtung Leverkusen, dann am Niehler Hafen vorbei. Hier wurde es dunkler und einsamer.

»Ich bringe ihn um, ich bringe diesen Kerl um«, flüsterte Pierre vor sich hin.

»Halt's Maul«, zischte Leo. »Du warst doch noch gar nicht dran. Bisher stecken nur Verena und ich richtig in der Scheiße. Wenn wir nicht aufpassen, ist unsere Karriere ruiniert.« An Carolin dachte er schon gar nicht mehr.

Sie fuhren die Schnellstraße in Richtung Chorweiler hinunter, dann wurden sie per SMS zurückdirigiert – und auf einem Parkplatz sollten sie halten.

Zwei verlassene Lastwagen parkten da. Sie warteten schweigend. Nur eine Laterne warf ein mattes Licht. Dann und wann raste auf der Straße ein Wagen vorbei. Sonst passierte nichts.

Leo trommelte nervös auf dem Lenkrad herum. Bis Pierre ihn anfuhr: »Hör auf damit! Kannst du nicht mal das Radio anschalten?« Doch Leo reagierte gar nicht.

Um Viertel nach zwölf kam die Nachricht: »Steigen Sie aus und gehen Sie durch den Wald zum See hinunter. Vergessen Sie die Tasche nicht.«

Sie mussten über eine Leitplanke steigen, die den Parkplatz von einem Wäldchen abgrenzte. In völliger Dunkelheit stolperten sie einen Hang hinunter. Er wäre beinahe gestürzt, wenn Pierre ihn nicht gehalten hätte. Verdammt, sie hatten nicht einmal eine Taschenlampe dabei. Leo hatte die Tasche mit dem Geld und ging voraus.

Nach zwanzig Schritten bereits lag der Fühlinger See vor ihnen – die Regattastrecke. Leo war hier früher auch Regatten gefahren. Was sollte das? Wusste jemand davon – von diesen Dingen aus ihrer Vergangenheit?

Es war stockdunkel – kein Mondlicht, die wenigen Laternen waren ausgeschaltet.

Ihm war übel. Langsam schritten sie auf den See zu.

»Wir sollen hier warten«, sagte Leo. Er deutete vor sich hin. Auf dem geteerten Weg, der um den gesamten See führte, war mit Kreide ein großes weißes Kreuz aufgemalt worden.

Er blickte zum anderen Ufer hinüber. Nichts war zu erkennen. Ein schwacher Lichtschimmer auf dem Wasser, eine Laterne in einiger Entfernung und ein kaum sichtbarer heller Glanz irgendwo im Norden, wo der Ort Fühlingen liegen musste. Ein sanftes Rauschen von Motoren lag in der Luft. Vermutlich von der Schnellstraße hinter ihnen.

Leo kauerte sich am Boden zusammen, auch er schien zum anderen Ufer hinüberzuspähen. Pierre baute sich neben ihm auf. Keiner sagte ein Wort.

Man wollte sie zermürben – ganz eindeutig. Da lag jemand auf der Lauer und beobachtete sie, zwei Söhne und ihren Vater.

Wut stieg erneut in ihm auf – und Zorn auf sich selbst.

Was hatte er getan? Der Mord an Fleur und die beiden Tonbänder … er hatte seine Familie mit ins Unglück gerissen, sechsundzwanzig Jahre nach seiner Tat.

Fleur, dachte er, Fleur, verzeih mir, ich war jung und habe gedacht, ich sei unverwundbar, ich dürfe mir alles erlauben, ich habe geglaubt, für mich gebe es keine Grenzen, und ich wollte das perfekte Leben …

»Ich hoffe nicht, dass ihr denkt, dass ich eure Mutter nicht mehr liebe, dass sie meinetwegen nach Südafrika gegangen ist«, sagte er unvermittelt, ohne darüber nachgedacht zu haben. »Ich habe bei allem, was ich getan habe, immer an euch und Alma gedacht.«

Pierre drehte sich um. Er spürte dessen Blick, aber keine Worte folgten.

Leos Smartphone klingelte. Er fluchte. »Carolin«, sagte er, »sie ist aufgewacht und sucht uns, diese hysterische Schnepfe.« Hektisch tippte er eine Nachricht ein.

Er begann zu frieren. Es war kalt hier, viel kälter als in der Stadt. Ein Flugzeug dröhnte über sie hinweg.

»Alma weiß, dass du sie immer wieder betrogen hast«, sagte Pierre. Er klang völlig emotionslos und kein bisschen betrunken. »Aber das ist eure Sache.« Er machte eine harte Geste mit seinem rechten Arm, als würde er etwas abschneiden.

Sie schwiegen wieder.

Hört zu, hätte er beinahe gesagt, mir ist da vor etlichen Jahren ein Missgeschick unterlaufen, eine schlimme Jugendsünde, und deshalb stehen wir jetzt hier …

»Ich kapiere das alles nicht«, sagte Leo laut, »seit Tagen zerbreche ich mir den Kopf. Kann nicht mehr schlafen. Warum fotografiert mich jemand, als ich aus diesem Haus komme? Und wer hat die Frau umgebracht und warum? Um mich zu erpressen? Ist er nach mir rein und hat die Frau getötet? Wegen hunderttausend Euro?« Er sprang auf und ging ein Stück am See entlang. Nach zehn Schritten war seine Silhouette kaum noch zu erahnen. »Pierre«, rief er dann aus der Dunkelheit, »hast du irgendeine Scheiße gebaut?«

Pierre fuhr herum. »Du glaubst doch nicht, dass ich etwas mit diesem Mord zu tun habe? Bist du verrückt?«

»Was weiß ich, was du in deinen Golfclubs für Geschäfte betreibst. Die Idee mit den falschen Zeichnungen kam schließlich auch von dir.«

»He!« Er musste nun eingreifen, bevor die beiden sich tatsächlich an die Gurgel gingen. »Seid leise! Und bewahrt die Ruhe!«

Pierre wandte sich zu ihm um, und für einen Moment fürchtete er, sein Sohn könnte seine Wut an ihm auslassen.

Plötzlich ertönte ein Motorengeräusch, das sich langsam näherte.

Er sah, wie Pierre einen Schritt auf das Wasser zumachte, dann erkannte er es auch. Das Geräusch, ein gleichmäßiges Surren, drang vom See herüber.

Ein Boot tauchte auf, es hielt genau auf sie zu. Ein recht großes Modellboot, das irgendjemand mit einer Fernsteuerung lenkte.

Leo eilte zu Pierre. Das Boot verlor an Geschwindigkeit, trieb dann langsam auf sie zu. Es war der Miniaturnachbau eines Sportboots, mit einer Windschutzscheibe und einem Lenkrad, die Fläche dahinter mochte ausreichen, um eine Tasche zu verstauen.

Pierre beugte sich vor, sodass er das Boot zu fassen bekam. Er zog eine weiße Plastiktüte hervor, die er kurz hochhob. Dann griff er hinein und förderte einen braunen Umschlag zutage.

Vorsichtig kletterte er zum See hinunter. Der Erpresser hatte fünf Fotos in dem Umschlag deponiert, die er in der Mitte durchgerissen hatte. War das seine symbolische Anzahlung? Die andere Hälfte bekommt ihr, wenn ihr das Geld in dem Boot hinterlegt und ich es in meinem Besitz habe? Pierre sah es offenkundig so, er riss Leo förmlich die Segeltuchtasche aus der Hand und verstaute sie so im Boot, dass sie nicht herausfallen konnte. Dann richtete er sich auf und winkte zum anderen Ufer hinüber, als sei er sicher, dass ihn von dort aus jemand beobachtete.

Er starrte über das Wasser, das andere Ufer mochte lediglich achtzig, neunzig Meter entfernt sein, doch es war nicht zu erkennen, ob sich dort jemand befand. Den Plan, ihrem Erpresser nachzuspüren, konnten sie so auf keinen Fall in die Tat umsetzen.

Der Motor heulte auf, dann wendete das Boot geschickt und glitt zurück über den See.

»Eines muss man diesem Scheißkerl lassen«, sagte Pierre, »er hat sich das brillant ausgedacht. So haben wir keine Chance, ihn zu kriegen.«

Er spürte Erleichterung, als das Boot mit ihrem Geld verschwand, so als hätten sie eine schwierige Aufgabe bewältigt. War es jetzt vorbei? Sie mussten noch warten, bis ihnen das Boot die andere Hälfte der Bilder brachte, und dann war es tatsächlich vorbei? Er hoffte es – gegen jede Vernunft. Bis Pierre noch etwas hervorzog, das sich in dem braunen, unbeschrifteten Umschlag befand: ein Kondom in einer kleinen, durchsichtigen Tüte.

17.

Das Kind war tot auf die Welt gekommen – das zumindest hatte Helga ihrem Bruder gesagt, den die Schwangerschaft seiner Schwester allerdings nicht sonderlich interessiert hatte. Er wusste weder, wer der Vater gewesen war, noch das Geschlecht des Kindes. Oder er hatte es ihnen nicht mitteilen wollen, doch wenn seine Aussage stimmte, musste es eine Sterbeurkunde geben. Noch am Abend hatte Lena eine E-Mail an Mona geschickt. Sie sollte Nachforschungen anstellen und beim Standesamt nachfragen.

David hatte sie nach dem Besuch bei Karl Rothmann nach Hause gefahren, aber sie hatte ihn nicht gebeten, mit in die Wohnung zu kommen, obwohl sie zu spüren geglaubt hatte, dass er dieses Angebot erwartet hatte. Seine Nähe hatte sie verunsichert. Was genau wollte er von ihr? War es Mitleid, das er empfand, oder wollte er ihr Trost spenden? Zum Abschied hatte er sie zart auf die Wange geküsst.

Der Anrufbeantworter blinkte und zeigte zwei Nachrichten an. »Habt ihr etwas herausgefunden?«, hörte sie die harte Stimme ihres Vaters. »Gibt es eine Verbindung zu dem alten Mord? Halte mich bitte auf dem Laufenden.« Er tat fast so, als wäre es noch immer sein Fall. Lena verspürte keinerlei Neigung, mit ihm zu sprechen.

Die zweite Nachricht stammte von Silvana Roth. »Mir ist noch etwas eingefallen. Es gibt einen Journalisten vom WDR, der eine Sendung mit Eva machen wollte. Über ihr Leben und ihre Arbeit. Er hat sie wohl ein- oder zweimal besucht. Leider weiß ich nur noch, dass er mit Vornamen Wolf hieß.«

Lenas Hand schmerzte, sodass sie die halbe Nacht nicht schlafen konnte. Hatte Erik Helmes sie wirklich töten wollen? Vier Tage war sie nun wieder im Dienst, und sie war so erschöpft, dass sie lange Zeit nicht einschlafen konnte.

Am Morgen konnte sie vor Müdigkeit kaum aufstehen, aber sie widerstand dem Impuls, sich auf die Seite zu drehen und wieder einzuschlafen.

Um halb neun rief Henning an. Er saß vor dem Haus in seinem Wagen und wartete auf sie. Offenbar hatte er begriffen, dass sie ihn nicht in ihrer Wohnung haben wollte.

Einen Moment am Morgen gab es, der ihr den ganzen Tag ruinieren konnte. Sie durfte nicht zu früh aus dem Haus gehen, und wenn, musste sie auf alles gefasst sein. Einmal, vor vier Wochen war sie ganz gedankenlos zum Einkaufen gegangen, und da hatte sie ein paar Kinder gesehen, auf dem Weg zur Schule, Elfjährige mit bunten Schultaschen, und einer der Jungen war stehen geblieben, hatte sie angeschaut und sie schließlich gegrüßt, indem er langsam die Hand gehoben hatte. Oskar, Simons bester Freund, ein schmächtiger Junge mit wachen blauen Augen. Sie hatte die Trauer in seinem Gesicht gesehen und war dann ganz schnell weitergelaufen, hinein zum Bäcker auf der Neußer Straße. Ihr war so schlecht geworden, dass sie sich beinahe übergeben hätte. Später hatte sie darauf geachtet, keinen Schulkindern zu begegnen. Simon wäre nun in der sechsten Klasse. Er war ein guter Schüler gewesen.

Henning hatte ihr einen Kaffee besorgt. »Was ist mit deiner Hand?«, fragte er besorgt. »Wir hätten den Scheißkerl einsperren sollen.«

Sie berichtete kurz von ihrem Gespräch mit Karl Rothmann und erweckte dabei den Eindruck, sie hätte den Schrotthändler allein besucht.

Henning blickte sie argwöhnisch von der Seite an. »Wir haben die Auswertung der DNA-Spuren aus dem Apartment der Toten. Nichts, nada, keine Treffer in unserer Kartei. Wäre auch zu schön gewesen.«

Er fuhr los. Auf der Inneren Kanalstraße staute sich wie üblich der Verkehr. Sie würden zu spät kommen, aber das schien ihn nicht zu bekümmern.

»Bohl will ins Fernsehen gehen – heute Abend, Lokalnachrichten Köln. Den großen Auftritt. Er will noch einmal an alle Freier appellieren, sich zu melden.« Die Skepsis in Hennings Stimme war nicht zu überhören. Er seufzte. »Ich kenne keinen Fall, wo wir so wenig zuwege gebracht haben.«

Er bog in die Venloer Straße ein. Lena nippte an ihrem Kaffee. »Es gibt einen Zusammenhang zwischen beiden Morden. Ich bin mir ganz sicher«, sagte sie, aber sie registrierte selbst, wie wenig überzeugend sie klang.

Die Trauerfeier für Eva Helmes war schon vorüber, als sie den Westfriedhof erreichten. Lange konnte die Zeremonie nicht gedauert haben. Etwa zwanzig Trauergäste schritten von der Kapelle zu der Grabstelle im hinteren Teil des Friedhofs.

Lena erkannte die Eltern und Erik Helmes, die mit starren Mienen dem Sarg und einem greisen hinkenden Priester folgten.

»Was für Heuchler!«, sagte Henning vor sich hin. »Warum wird sie eigentlich hier beerdigt? Hast du nicht gesagt, ihre Tochter liegt auf dem Melatenfriedhof?«

Lena antwortete nicht. Sie versuchte, ein bekanntes Gesicht unter den anderen Trauergästen zu entdecken. Es waren vornehmlich ältere Leute, aber auch drei, vier Frauen in Evas Alter, vermutlich Mitglieder des Chores. Auch Cecilia Thompson ging gemessenen Schrittes, den Kopf in eine dunkle Kapuze gehüllt, zum Grab.

Mit ihrem Smartphone machte Lena unauffällig ein paar Aufnahmen. Männer, die als Kunden Evas infrage kamen, entdeckte sie nicht.

Als der kleine Trauerzug über einen Seitenweg schließlich an dem offenen Grab angekommen war, versetzte Henning ihr einen leichten Stoß.

»Dahinten macht einer Fotos«, sagte er. »Den Typen werde ich mir mal genauer anschauen.« Er wandte sich um und schlenderte wie ein harmloser Besucher in einen Seitenweg hinein.

Lena sah den Fotografen auch, einen grauhaarigen Mann in einem grünen Parka, der an einem Baum lehnte, eine Kamera in der rechten Hand. Als Henning auf ihn zukam, wollte er erst abdrehen, überlegte es sich dann aber anders und grinste breit.

Ein Journalist, dachte Lena, wahrscheinlich hatte der Express einen Reporter vorbeigeschickt.

Am offenen Grab hatte der Pfarrer begonnen, ein Gebet zu sprechen, von dem lediglich Wortfetzen zu ihr herüberdrangen. Evas Mutter tupfte sich mit einem weißen Taschentuch immer wieder über die Augen, während ihr Mann und ihr Sohn reglos dastanden.

Für einen Moment hatte sie Roberts und Simons Beerdigung vor Augen. Wie durch einen Nebel hatte sie alles wahrgenommen, die vielen Menschen, den Pfarrer, die Träger der beiden Urnen. Als eine Glocke geschlagen hatte, hatte sie gemeint, diese Glocke gelte ihr, sie läute das Ende ihres freien, im Grunde sorglosen Lebens ein. Ja, dieser Glockenklang war ihre tiefste Erinnerung, kein Bild, kein Wort, sondern ein furchterregendes Geräusch.

Während der Pfarrer den Segen sprach und Henning immer noch mit dem Fotografen redete, beobachtete sie etwas anderes: Hinter einem Busch, auf der jenseitigen Seite des Grabes, hatte sich eine Gestalt postiert, die sie zuerst für eine

Frau hielt, aber nein, es war ein Mann, halblange, blonde Haare, noch recht jung.

Lena versuchte, Blickkontakt mit Henning aufzunehmen. Dort hinten, wollte sie ihm bedeuten, da steht ein heimlicher Trauergast, möglicherweise der ominöse blonde Lieblingskunde, doch Henning hatte ihr den Rücken zugekehrt. Offenbar nahm er die Personalien des Fotografen auf.

Lena steuerte einen Seitengang an, vorbei an der kleinen Trauergesellschaft. Der blonde Mann stand immer noch da, geriet dann aber aus ihrem Blickfeld. Sie beeilte sich, fiel in einen Laufschritt. Ihr Telefon klingelte, doch sie nahm das Gespräch nicht an.

Sie bog in einen weiteren Hauptweg ein. Nun musste sie sich dem blonden Beobachter von hinten nähern. Die Trauergemeinde war nicht mehr zu sehen. Vor ihr stand der Mann, in etwa achtzig Meter Entfernung. Er trug einen dunklen Mantel, eine schwarze Hose und Turnschuhe, rote Schuhe. Sein Gesicht konnte sie nicht sehen.

Plötzlich, als hätte er ihren Blick bemerkt, wandte er sich um, und in der nächsten Sekunde lief er auch schon davon, rannte den Weg hinunter. Lena holte ihr Smartphone hervor, um eine Aufnahme von ihm zu machen. In dem Moment, als sie das erste Foto schoss, bog er in einen Seitenweg ein.

»Er war es«, sagte Henning, während sie zum Präsidium fuhren. »Wenn mir nicht dieser verdammte Fotograf in die Quere gekommen wäre, hätten wir uns den Kerl geschnappt.«

Lena versuchte, auf ihrem Display etwas zu erkennen, doch es war nicht mehr als ein fliehender Schatten zu sehen. Mit dieser Aufnahme würden sie nicht viel anfangen können. War der Blonde der Mörder? Aber warum sollte ausgerechnet Evas Lieblingskunde sie umbringen? Und zwar nicht aus einem Affekt heraus, sondern mit Vorsatz. Die

K.-o.-Tropfen, das Abschleppseil, das Benzin – alles sprach für eine geplante Tat.

Ihr Smartphone klingelte wieder, kurz bevor sie das Präsidium erreicht hatten.

»Es ist etwas passiert«, sagte Mona. »Der Hausmeister aus Mülheim hat angerufen. Jemand hat das Auto von Eva Helmes aufgebrochen.«

Sie hatten einen unverzeihlichen Fehler begangen. Niemand hatte sich die Frage gestellt, ob Eva Helmes ein Auto besaß. An ihrem schwarzen Polo war ein Seitenfenster eingeschlagen worden. Da der Wagen in einer hinteren Ecke der Tiefgarage geparkt war, konnte man nicht mehr genau feststellen, wann hier jemand zugeschlagen hatte.

Während Henning die Spurensicherung anrief, streifte sich Lena Plastikhandschuhe über und öffnete die hintere Wagentür. Glas lag verstreut auf den hinteren Sitzen. An ein paar Scherben klebte Blut. Wer immer sich hier zu schaffen gemacht hatte, war nicht sehr professionell vorgegangen. Vorsichtig beugte Lena sich vor. Ein Schuhkarton und ein roter Pullover waren die einzigen Dinge im Fond. CDs befanden sich in dem Karton – etwa zwanzig an der Zahl. Lena nahm eine heraus: Pavarotti – seine schönsten Arien. Eine zweite CD hatte Cecilia Thompson besungen – Jazzklassiker der Dreißigerjahre. In den Taschen hinter den Sitzen steckte ein unbenutzt aussehender Stadtplan von Köln. Ein aufgeräumtes Auto. Was mochte für einen Dieb interessant gewesen sein? Hatte Eva noch einen zweiten Computer besessen? Oder hatte sie ein Notizbuch oder andere Unterlagen im Auto aufbewahrt?

Lena griff nach vorn und öffnete die Fahrertür. Viel war Eva Helmes mit dem Polo nicht unterwegs gewesen. Der Tachostand zeigte knapp 25 000 Kilometer an. Ein Pappbecher mit einem eingetrockneten Kaffeerest neben dem Fahrersitz war das einzige Zeichen, dass sie den Wagen in letzter Zeit benutzt hatte. Auch im Handschuhfach entdeckte sie nichts von Bedeutung. Eine schwarze Ledermappe enthielt die Bedienungsanleitung und die Zulassungspapiere für den Wagen, daneben fanden sich ein schmales Täschchen mit Schminksachen sowie ein Etui mit einer großen, eleganten Sonnenbrille. Nichts sonst.

Henning hatte sein Telefonat beendet. »Sie werden uns den Kopf abreißen«, sagte er. »Da bricht einer den Wagen auf, und wir merken es nicht.«

Lena wollte schon die Tür zuschlagen, als sie auf dem Armaturenbrett ein silberfarbenes Metallkästchen bemerkte. Sie hob den Deckel an. Ein paar Visitenkarten lagen darin – von einer Reinigung, einem Zahnarzt, einem Nagelstudio, einer Fußpflegerin und von einem Bankberater. Die letzte Karte, die sie sich anschaute, gehörte einem gewissen Wolf Dreher – freier Journalist, 50678 Köln, Im Ferkulum 3.

»Hat die Tote Golf gespielt?«, fragte Henning, während Lena die Visitenkarte an sich nahm und aus dem Wagen stieg. »Wissen wir etwas darüber?«

»Wie kommst du darauf?«

Henning deutete auf den Kofferraum, den Lena sich noch nicht angeschaut hatte. »Da liegen zwei Golfschläger«, sagte er. »Sehen nagelneu aus.«

Die meisten Erinnerungen kamen ungebeten, wie aus dem Nichts. Lena beugte sich vor, um das Radio auszuschalten, das Henning leichtsinnigerweise angestellt hatte. Doch es war zu spät. »Enjoy the Silence« von Depeche Mode. Dieser uralte Song war bereits in ihrem Kopf. »All I ever wanted, all I ever needed, is here in my arms.« Für Momente war sie wieder mit Robert auf dem Meer, auf der Nordsee in seinem Segelboot. Er war in seiner Jugend ein passionierter Segler gewesen, genau wie sein Vater, der exzentrische Rundfunkredakteur, der später beinahe Intendant geworden wäre und der stets in einem weißen Anzug herumlief. Einmal wären sie fast ertrunken, sie waren in einen Sturm geraten, und Robert hatte all sein Können aufbieten müssen, um das Boot vor dem Kentern zu bewahren. Stunden später, als der Sturm endlich abgeflaut war, hatten sie erschöpft in der Kabine gelegen und sich wortlos an den Händen gehalten. »Wir lassen uns niemals los«, hatte Robert da gesagt, und es war für sie wie ein Heiratsantrag gewesen. Dann hatte er leise »Enjoy the silence« gesungen.

»Was ist?«, fragte Henning neben ihr. »Magst du diese alten Schlager nicht?«

Alte Schlager – wie hätte Robert auf diese Beleidigung seines Lieblingsliedes reagiert? Sie musste nachher zu seinem Grab fahren, beinahe eine Woche war sie nicht da gewesen. Sie war nun wieder eine Polizistin.

»Bist du schon einmal zu einer Prostituierten gegangen?«, fragte sie.

Henning schüttelte den Kopf. »Undenkbar, dass ich für Sex bezahle. Bei mir würde sich da auch nichts regen, wenn ich mir vorstelle, wie das so abläuft. Man klingelt, dann öffnet einem so eine Frau in Strapsen – oder noch schlimmer, man geht ins Bordell auf irgendeinen hässlichen Kontakthof und handelt erst einmal den Preis aus.«

»Ich glaube nicht, dass es einer der Freier war«, sagte Lena. »Eva war keine gewöhnliche Prostituierte. Sie hatte ihre Stammkundschaft.« Das Lied war immer noch in ihrem Kopf. »All I ever wanted, all I ever needed, is here in my arms.« Mit Hugo, Roberts Vater, hatte sie seit der Trauerfeier lediglich drei Mal telefoniert, obwohl sie wusste, dass er manchmal mit dem Zug aus Bremen nach Köln kam, um auf den Friedhof zu gehen. Er mühte sich, freundlich zu ihr zu sein, doch insgeheim gab auch er ihr die Schuld am Tod seines Sohnes und seines Enkels.

»Wir haben sonst niemanden gefunden, der ein Motiv haben könnte«, erwiderte Henning. »Wenn es nicht doch Evas eigener Vater war.«

»Der alte Helmes ist ein echter Scheißkerl, aber er würde seine Tochter nicht erdrosseln.« Eine SMS ging bei ihr ein. »Vielleicht«, schrieb Adrian Farkas, »können wir heute Abend irgendwo ein Glas Wein trinken.«

Sie beschloss, erst einmal nicht zu antworten. Zunächst trank sie am Chlodwigplatz in einer Bude einen Kaffee, während Henning weiter ins Präsidium fuhr. Er hatte fünf Frauen aus dem Chor einbestellt, um sie zu Eva zu befragen.

Wolf Dreher öffnete ihr, nachdem sie fünf Mal geklingelt hatte. Er schaute sie unfreundlich an, einen Kaffeebecher in der Hand. Sie erschrak, als sie ihm ihren Ausweis entgegenstreckte. Er war groß und blond, ein gut aussehender Mann, der vielleicht ein paar Pfunde zu viel hatte.

»Sie kommen wegen Eva?«, fragte er und winkte sie in die Wohnung.

Lena blickte unwillkürlich auf seine Füße – keine roten Turnschuhe. Wolf Dreher war barfuß. Konnte er der Mann vom Friedhof sein?

Sie gingen durch einen schmalen Flur, vorbei an einem großen Haufen schmutziger Wäsche und mehreren leeren Bierkisten. »Tut mir leid, dass es hier so aussieht, eigentlich wohne ich gar nicht hier – bin nur zum Arbeiten hier. Ich habe ein Haus in Engelskirchen, da leben meine Frau und mein Sohn, aber die sehe ich in letzter Zeit kaum noch.«

Er führte sie in ein Zimmer, in dem zwei abgewetzte rote Plüschsessel standen, ein Schreibtisch mit einem Laptop sowie ein Tisch, der mit Papieren und aufgeschlagenen Büchern übersät war. An den Wänden zogen sich Regale mit Büchern und Papieren entlang. Licht fiel durch zwei Fenster herein, die in einen dunklen Hinterhof wiesen.

»Meine Bibliothek«, sagte Dreher, während er sich in einem der Sessel niederließ. »Hier arbeite ich – meistens für den Deutschlandfunk. Features, Hintergrundberichte, Buchbesprechungen, was so anfällt. Bis heute Nachmittag muss ich eine Sendung über den Klimawandel fertig machen. Klimawandel – gibt's den überhaupt? Der Redakteur sitzt mir im Nacken. Ich habe die ganze Nacht durchgearbeitet.« Wie um seine Worte zu unterstreichen, wischte er sich über die Augen.

»Haben Sie sich deshalb nicht bei uns gemeldet?«, fragte Lena. »Weil Sie zu viel Arbeit hatten?«

»Keine Ahnung«, erwiderte Dreher gleichmütig. »Ich kannte Eva ja nicht richtig – glaube nicht, dass ich Ihnen weiterhelfen kann. Ein längeres Interview habe ich vor vier Wochen mit ihr geführt.« Er schaute sich um. »Die Kassette muss hier irgendwo sein.«

Lena setzte sich. Sie fühlte sich müde. Die Wirkung des Kaffees verflog bereits wieder. Ihre Hand schmerzte. »Sie haben eine Sendung mit Eva Helmes gemacht?«

Dreher schüttelte den Kopf. »Die Sendung ist bisher nicht zustande gekommen – ich habe Material gesammelt. Missbrauch bei Kindern – immer noch ein brisantes Thema. Mein Redakteur zögert noch. Was Eva gesagt hat, war auch schwere Kost.« Er stand auf, ging zu einem Regal hinüber und hantierte an einem Stapel Papier herum.

»Eva Helmes hat ganz offen darüber gesprochen, dass sie von ihrem Vater missbraucht worden ist?«, fragte Lena.

»Ich habe fast zwei Stunden mit ihr geredet. Sie hat da gesessen, wo Sie jetzt sitzen. Ich habe ihr einen Tee gemacht, und dann hat sie losgeredet, ohne dass ich sie auch nur einmal unterbrechen musste. Es war beinahe druckreif, wie in einem Theaterstück, als hätte sie diesen Text schon hundertmal in ihrem Kopf geprobt.« Er hatte offenbar gefunden, wonach er gesucht hatte. Mit einem altmodischen Aufnahmegerät kehrte er zurück. Er setzte sich, schaute Lena ernst an, als müsse er prüfen, ob sie bereit sei, dann, einen Augenblick später, erfüllte Evas weiche Stimme den Raum.

»Ich habe ihn immer schon bewundert, von Kind auf an. Er konnte alles, Dinge reparieren, singen, Witze erzählen und zaubern – so ist es mir zumindest vorgekommen. Er hatte kleine Kunststücke auf Lager, Kartentricks, solche Sachen. Und er hat immer nach mir gesehen. Erik war für ihn nicht wichtig. Nur ich war wichtig, nach mir hat er immer geguckt. Er war ein kleiner Gott für mich, ja, so muss ich es wohl im Nachhinein ausdrücken, und dann ist er eines Abends in mein Zimmer gekommen. Da war ich elf Jahre alt. Er hat sich neben mich gelegt, und er hat gesagt, dass er mir etwas zeigen wolle. Er hat seine Hose ein wenig heruntergezogen, und dann musste ich seinen Schwanz streicheln. Ich habe mich zu Tode erschrocken und hätte mich beinahe eingepisst. Aber ich habe es getan, einem Gott gehorcht man, doch ich habe mich sehr gefürchtet. So hat es angefangen. Mit dreizehn hat er mich entjungfert.«

Dreher schaltete das Gerät ab. Eva hatte sehr gleichmäßig erzählt, fast emotionslos. Es war Lena beinahe vorgekommen, als hätten sie sich doch gekannt, als wäre es nicht die Stimme einer Toten, die sie da hörte.

»Worüber hat Eva alles gesprochen?«, fragte sie. »Nur über ihren Vater? Oder hat sie noch andere Männer erwähnt?«

Dreher steckte sich eine Zigarette an. Sein Telefon klingelte, aber er machte keine Anstalten, das Gespräch anzunehmen. »Knoll, mein Redakteur«, sagte er. »Der wird allmählich nervös.« Er inhalierte und betrachtete nachdenklich seine Zigarette. »Normalerweise bin ich ziemlich hartgesotten, aber das, was Eva erzählt hat, hat mich ganz schön aufgewühlt. Tut es wieder, wenn ich das nun höre. Sie hat nur von ihrem Vater erzählt – dass sie ihm den Tod wünscht. Er hat ihr Leben zerstört, sie hat nie eine richtige Beziehung zu anderen Männern aufbauen können. Daher ist sie Prostituierte geworden, paradoxerweise. Dem ersten Missbrauch folgten gewissermaßen weitere, es spielte keine Rolle mehr, weil es sie nicht berührte.«

»Ich muss die Kassette mitnehmen«, sagte Lena. »Vielleicht finden wir ja einen Hinweis auf den Täter.«

Dreher nickte und reichte ihr das Aufnahmegerät. »Sie war eine seltsame, ganz besondere Frau«, sagte er. »Sie sah noch toll aus, gar nicht, wie man sich eine Prostituierte vorstellt. Ich meine, die meisten Frauen aus diesem Gewerbe sind irgendwie primitiv, mit gefärbten Haaren, billigem Make-up, hässlichen Tattoos, aber so war sie nicht, ganz und gar nicht. Sie war eine verwundete Frau, und nun endlich wollte sie über ihre Wunden sprechen.«

»Hat sie ihr Kind erwähnt?«, fragte Lena. »Larissa, die Tochter, die sie von ihrem Vater hatte?«

»Sie hatte eine Tochter? Wie schrecklich! Nein, so weit sind wir nicht gekommen.« Dreher zog an seiner Zigarette. »Das Band können Sie haben, aber mehr, als darauf zu hören ist, kann ich Ihnen leider nicht sagen.« Sein Telefon klingelte wieder. Nach dreimaligem Läuten brach es abrupt ab.

»Wie sind Sie eigentlich auf Eva Helmes gekommen?« Lena steckte das Gerät ein und erhob sich. »Hat sie sich bei Ihnen gemeldet?«

Dreher begleitete sie zur Tür. Sie musste sich ein Foto von ihm besorgen, dachte Lena, und es der Blumenhändlerin zeigen, um herauszufinden, ob er einer der Stammkunden gewesen war.

»Ich habe einen Bericht über den Thompson-Chor gemacht. Cecilia, die den Chor leitet, kenne ich schon länger, und sie hat mir von Eva erzählt.«

»Cecilia Thompson kannte Evas Geschichte?«

»Nein, nicht genau, aber sie wusste, dass Eva eine besonders schwere Kindheit hatte und dass sie als Prostituierte arbeitete. ›Sie hat eine Story‹, hat Cecilia mir erzählt, ›und du suchst doch immer gute Storys.‹ Da habe ich Eva angerufen. Sie ist noch am selben Tag gekommen. Aber nun – was ist nun? Sie ist tot. Was soll ich jetzt mit ihrer Geschichte anfangen?«

Lena kehrte in die Kaffeebude am Chlodwigplatz zurück. Cecilia Thompson hatte sie angelogen – sie hatte genau gewusst, wie Eva ihr Geld verdient hatte. Aber warum diese Lüge?

Nachdem sie einen Kaffee getrunken hatte, stellte sie das Band wieder an. Evas Stimme erfüllte sie mit Mitgefühl. »Er ist danach immer häufiger ins Zimmer gekommen, und meine Mutter hat so getan, als wüsste sie nicht, dass er nachts aufstand und für ein paar Stunden verschwand. Ich habe überlegt, ob ich mit einer Lehrerin darüber sprechen sollte. Aber das kam mir dann doch nicht richtig vor. Ich wollte meinem Vater nicht schaden, ich wollte nur, dass es aufhörte, dass alles aufhörte.«

Sie musste das Gerät abschalten. Mit einem Schlag waren ihre stechenden Kopfschmerzen wieder da, die sie die ganze Woche kaum gespürt hatte. In der ersten Woche nach Roberts und Simons Tod hatte sie geglaubt, ihr Schädel würde zerspringen. Tausend Nadeln waren in ihrem Kopf und stachen zu, sobald sie sich auch nur ein wenig bewegte.

Es war erst kurz nach drei Uhr mittags. Sie musste ins Präsidium und Cecilia Thompson vorladen, und dann musste sie ein Foto von Wolf Dreher auftreiben. Seine Geschichte kam ihr zu glatt vor, er, der gute Journalist, der Kämpfer für das Gute.

Als sie auf die Straße trat, wurde ihr schwindlig. Zu viel Kaffee, dachte sie, wusste aber gleich, dass es nicht stimmte. Lärmwogen überfluteten sie, und auch wenn der Himmel bewölkt war, hatte sie das Gefühl, als würden ihr Lichtlanzen in die Augen stechen.

So schlimm war es nicht einmal nach der Trauerfeier gewesen, als sie die sterblichen Überreste ihrer Familie bestattet hatte, zwei Urnen, weil sie den Anblick zweier Särge, die in die Erde gelassen wurden, gar nicht ertragen hätte.

Am Chlodwigtor stand ein Taxi, das sie heranwinkte, weil sie kaum noch einen Schritt gehen konnte. Sie kroch in den Fond des Wagens und spürte, dass der Fahrer, ein Türke mit einem buschigen Schnauzbart, sie misstrauisch ansah.

»Sind Sie betrunken?«, fragte er. »Betrunkene fahre ich nicht.«

»Mir ist schlecht – Magen verdorben, nichts Ernstes«, flüsterte sie, dann nannte sie ihre Adresse, nicht das Präsidium.

Mit geschlossenen Augen lehnte sie in den Sitzen. Obwohl der Türke gewiss sicher und nicht zu schnell fuhr, kam es ihr vor, als säße sie in einem Rennwagen, der durch die Stadt jagte. Jedes kleine Ruckeln auf der Straße verursachte ihr einen Stich im Kopf. Sie hatte sich übernommen, eindeutig. Sie war doch keine Polizistin mehr.

Ihr Smartphone klingelte, sie war jedoch außerstande, das Gespräch anzunehmen.

Als sie die Augen wieder öffnete, sah sie die Agneskirche vor sich. Sie war gleich zu Hause, Gott sei Dank.

Sie reichte dem Fahrer einen Zwanzig-Euro-Schein, ohne auf das Rückgeld zu achten. Vor ihrer Haustür kramte sie nach ihrem Schlüssel, dann sah sie, dass eine Nachricht auf ihrem Telefon eingegangen war. Mona hatte sich gemeldet. »Es gibt keine Sterbeurkunde«, schrieb sie. »Helga Rothmann hatte kein Kind.«

18.

Vom Fühlinger See waren sie schweigend nach Hause gefahren. Er saß neben Leo. Pierre hockte hinter ihm, die beiden braunen Umschläge in der Hand. Das Modellboot war tatsächlich noch einmal zurückgekehrt und hatte die andere Hälfte der Fotos gebracht. Ihr Gegenspieler hatte einen Sinn für Symbolik.

Wer war dieser Kerl? Und war die ganze Sache damit zu Ende, nachdem sie hunderttausend Euro bezahlt hatten? Selbst wenn diese Summe eigentlich lächerlich gering war, wollte er daran glauben, und auch Leo schien diese Hoffnung zu hegen. Zumindest wirkte er nicht mehr so depressiv und grüblerisch. Als sie ausstiegen, meinte er verschwörerisch: »Mutter wird aus Stellenbosch zurückkommen – in gut zwei Wochen. Dann solltest du ihr ein paar Dinge sagen, aber nichts davon, was wir heute Nacht gemacht haben.«

Er nickte nur, er hatte ausnahmsweise keine passende Erwiderung, und während Pierre mit zu Leo hinaufging, setzte er sich in seinen Mietwagen und fuhr nach Hause. Es war zwei Uhr in der Nacht. Niemand verfolgte ihn. Er achtete genau darauf, und dann gelang es ihm sogar, sofort einzuschlafen und keine Alpträume zu haben.

Am nächsten Tag ging es mit den Kunststücken weiter. Er frühstückte, als wäre überhaupt nichts geschehen, und dann tat er etwas, das er schon etliche Monate nicht mehr getan hatte. Früher hatte er es sich zur Gewohnheit gemacht, morgens ein Gedicht zu lesen – meistens von Gottfried Benn, seinem liebsten Poeten. Im Wohnzimmer zog er einen Band aus dem Regal mit den Gedichtsammlungen und las laut im Stehen »O Nacht« von Benn, als lese er einen Psalm oder ein Gebet. »O Nacht! Ich nahm schon Kokain/ und Blutverteilung ist im Gange/ das Haar wird grau, die Jahre fliehn/ ich muß, ich muß im Überschwange/ noch einmal vorm Vergängnis blühn.«

Die Rückkehr zu einer alten Gewohnheit verlieh ihm Sicherheit. Er war pünktlich im Büro, arbeitete intensiv, ohne Pause, und geriet in eine beinahe ausgelassene Stimmung, sodass er gegen Mittag seine Sekretärin kurzerhand zum Essen einlud. Die treue Brigitte mühte sich, ihre Überraschung zu verbergen. Wann hatte er sie zuletzt eingeladen? Selbst sie, die über ein hervorragendes Gedächtnis verfügte, konnte sich nicht erinnern. »Vor meiner Krankheit, Chef«, brachte sie flüsternd und fast entschuldigend hervor, als wäre es ihr Versäumnis gewesen.

Sie nahmen sich Zeit beim Essen. Von Brigitte ging keine Gefahr aus, das spürte er. Sie war mit einem langweiligen Finanzbeamten verheiratet, Hubert mit Vornamen, wenn er sich nicht irrte, oder vielleicht hieß er auch Helmut. Zum Glück hatte er Brigitte nie als attraktiv empfunden. Bei ihr hatte er keinen Fehler gemacht. Ihr war er nie zu nahe getreten, sie trug stets unauffällige, farblose Kleidung und hatte große Brüste und eine Warze auf der linken Wange.

Brigitte erkundigte sich nach seiner Gesundheit, ob die Rückenschmerzen nun mit dem Alter nicht doch heftiger würden.

Er antwortete ausweichend und vage, und dann, als sie noch einen Espresso tranken, stellte er ihr die Frage, die ihn seit seiner Begegnung mit Gerlinde beschäftigte. »Brigitte, was denken eigentlich meine Mitarbeiter über mich? Bin ich beliebt?«

Brigitte beugte sich vor und nippte an ihrem Espresso. Er musterte sie. Wollte sie Zeit gewinnen, um ihre Worte abzuwägen?

»Sagen Sie es einfach offen heraus«, versuchte er sie zu ermuntern.

»Man schätzt Ihre Kompetenz und Ihr Wissen«, erwiderte sie, »aber richtig beliebt sind Sie wohl nicht.«

Er nickte zu ihren Worten und zwang sich zu einem Lächeln, in Wahrheit jedoch war ihre Antwort ein Schlag in die Magengrube. »Habe ich Feinde?«, fragte er weiter und ohne groß nachzudenken. »Gibt es da jemanden, der mir schaden will?«

Brigitte schaute sich unbehaglich um, als müsse sie prüfen, ob sie jemand belausche. »Nein«, erwiderte sie, »nein, das glaube ich eher nicht.« Dann blickte sie auf ihre Armbanduhr und mimte ein kurzes Erschrecken. Sie wollte das Gespräch beenden. Solch eine schauspielerische Leistung hatte er ihr gar nicht zugetraut. »Oh, schon so spät? Chef, wir müssen zurück – ich muss vor dem Wochenende noch einiges …«

»Ja, wir gehen«, unterbrach er sie und erbat die Rechnung.

Auf dem Weg zurück sagte Brigitte kein Wort.

Er spürte, dass seine Stimmung sich schlagartig verdüstert hatte. Musste er damit rechnen, dass ein Feind ganz in der Nähe saß? Jemand, der ihm seine Stellung neidete?

Von seinem Büro aus rief er Leo an. Sein Sohn meldete sich mürrisch.

»Wie geht es dir?«, fragte er und bemühte sich, freundlich zu klingen.

»Alles in Ordnung«, erwiderte Leo. »Ich habe heute einen Tag Urlaub genommen nach den Strapazen gestern …« Er verstummte einen Atemzug lang. »Dafür gehe ich morgen in die Kanzlei.«

»Hat sich noch jemand bei dir gemeldet?«

Leo zögerte, als wollte er über das Telefon keine Auskunft geben. »Nein«, sagte er, »alles ruhig. Keine Nachricht mehr.«

»Der zweite Umschlag … hast du ihn dir genau angesehen?«, fragte er.

»Hör zu«, sagte Leo gereizt. »Selbst wenn ich wollte, kann ich jetzt nicht mit dir telefonieren. Ich helfe Verena beim Packen. Sie bricht morgen auf – nach Berlin, wegen der Stelle im Auktionshaus.«

Einen Moment lang wogte eine unangenehme Stille zwischen ihnen hin und her. Die Nähe zu Leo, die er gestern Nacht verspürt hatte, war offenbar eine Täuschung gewesen.

»Verena und ich brauchen ein wenig Abstand«, fuhr Leo schließlich fort. »Wir hoffen, dass nun alles vorbei ist – und nein, in dem zweiten Umschlag steckte kein Kondom.« Er hatte also geahnt, was sein Vater von ihm wollte. Dann legte er grußlos auf.

Wut erfüllte ihn. Wie kam sein schwächlicher Sohn dazu, einfach das Gespräch zu beenden? Gestern hatte er ihm noch mit fünfzigtausend Euro ausgeholfen, und nun wurde er wie ein dummer Junge abgekanzelt.

Dann, wie eine zweite Welle nach der Wut, erfasste ihn Einsamkeit. Ja, das war das richtige Wort. Er kam sich allein vor. Wann hatte er sich zuletzt einem Menschen wirklich verbunden gefühlt? Zuerst war Alma aus ihrem gemeinsamen Schlafzimmer ausgezogen, dann war sie ganz weggegangen. Wann war er das letzte Mal neben einer Frau wach geworden? Er dachte plötzlich wieder an Fleur. »Leise, stirb leise!«, hatte er ihr zugezischt, während er das Seil um ihren Hals immer enger gezogen hatte, mit aller Kraft, die er aufbringen konnte. »Verdammt, stirb leise!« Vor Fleurs Tod war er unschuldig gewesen, aber dieser Tod hatte alles verändert. Wehmut überfiel ihn. Wie wäre es, wenn man die Zeit zurückdrehen könnte? Er sehnte sich nach seiner Jugend zurück, den wunderbar harmonischen Jahren. Wie hatte seine erste Freundin geheißen? Ilka, ein dünnes Mädchen mit langen schwarzen Haaren, das sich ihren BH noch mit Watte ausgestopft hatte, um femininer zu wirken. Er könnte sie ausfindig machen und anrufen, einen Abend mit ihr verbringen. Nein, das war lächerlich.

Brigitte steckte ihren Kopf herein und verabschiedete sich zum Wochenende. »Chef, Sie sollten auch bald Schluss machen«, sagte sie fast fürsorglich. »Sie sehen müde aus.«

Er nickte wortlos und hob die Hand zum Gruß. Er dachte zu viel an Fleur und an ihren Tod. Wie um sich auf andere Gedanken zu bringen, checkte er im Internet, ob die Polizei inzwischen eine Spur hatte. Wer hatte die Prostituierte ermordet und warum? Der Kerl, der sie gestern Nacht verblüfft hatte, als er das Modellboot mit den zerrissenen Fotos vorfahren ließ? Die Polizei tappte im Dunkeln. Er kannte dieses Spiel, wenn man kleine Hinweise aufbauschte und gleichzeitig Zeugen aufrief, sich zu melden. Dann hatten sie nichts und wollten es nicht zeigen. Das Phantombild eines blonden Mannes, der die Tote zuletzt besucht haben sollte, war auf der Seite des Stadt-Anzeigers abgebildet worden – zum Glück sah es Leo nicht einmal ansatzweise ähnlich.

Nina, seine Assistentin, traute sich mit zwei neuen Studenten herein, doch er vermochte nicht einmal, sich ihre Namen zu merken, und speiste sie mit ein paar Begrüßungsfloskeln ab. Danach ließ man ihn in Ruhe, und er arbeitete, bis es dunkel wurde. Das Gefühl der Einsamkeit und Wehmut verließ ihn nicht. Auch nicht, als Carolin ihn anrief.

»Papa«, sagte sie mit ihrer besonderen Betonung, »mir geht es schon ein wenig besser. Ich kann den Arm wieder bewegen und muss keine Schlinge mehr tragen.« Sein nächtlicher Ausflug mit Leo und Pierre war ihr keine Bemerkung wert.

»Wie schön, mein Kleines«, erwiderte er. Sollte er seine Tochter zum Abendessen einladen? Nichts war ihm nun mehr verhasst, als in sein leeres Haus zurückzukehren.

»Ich wollte dir noch etwas sagen.« Sie klang sehr eifrig, und er konnte sich vorstellen, wie sie ihre makellose Stirn in Falten zog, wie sie es immer tat, wenn sie sich besonders konzentrierte. »Die Sache mit meinem Professor – ich glaube, er liebt mich wirklich. Und dass seine Frau so durchgedreht ist …«

»Schon gut«, unterbrach er sie sanft. »Du musst mir das alles gar nicht erklären. Nur eine Frage: Wer hat von dieser Affäre gewusst? Wer hat dieses Foto gemacht, um es der Frau deines Professors zu schicken?«

»Darüber habe ich auch schon nachgedacht.« Carolin zögerte. »Wir waren eigentlich ganz vorsichtig, aber es könnte sein, dass meine Freundin Julia etwas mitgekriegt hat. Einmal hat sie uns in einem Café gesehen.«

Wie jung und naiv sie ist, dachte er. Nein, ihre Freundin steckte bestimmt nicht dahinter.

»Kann es sein, dass dir jemand aufgelauert hat?«, fragte er. »Hattest du in letzter Zeit einmal das Gefühl, dass dich jemand beobachtet hat?«

»Aber Papa, wer sollte mich denn beobachten – wegen Martin? Glaubst du, dass seine Frau einen Detektiv engagiert hat?«

»Das wäre doch möglich«, entgegnete er.

Doch sie war mit ihren Gedanken schon ganz woanders. »Papa, ich muss auflegen«, sagte sie. »Ich muss mich noch umziehen. Heute Abend gehe ich in die Oper. Martin hat mir seine Karte überlassen. Ich begleite einen amerikanischen Professor, der ganz wichtig für das Institut ist.«

Als sie auflegte, hörte er, dass eine SMS eingegangen war. Jemand, dessen Nummer er nicht sehen konnte, hatte ihm ein Smiley geschickt. Ein lächelndes Gesicht, das ihn verhöhnen sollte.

Es war eine halbe Stunde nach Mitternacht. Er sollte nicht betrunken Auto fahren – das wusste er selbst. In seiner Lage sollte er am besten nicht auffallen, keine Fehler machen, aber er hätte sich eher erhängt, als allein in sein dunkles Haus zurückzukehren.

Im Pascha hatte er sich zuerst in Stimmung bringen müssen. Champagner hatte dabei geholfen, dann hatte sich dieses rothaarige Mädchen zu ihm gesetzt. Er mochte eigentlich keine dünnen, rothaarigen Frauen, aber sie erinnerte ihn zumindest nicht an Fleur. Sie nannte sich Ludja und sprach gebrochen Deutsch. Sie kam aus Moldawien oder aus irgendeinem anderen Land im Osten, das er nicht kannte. Es war ihm auch gleichgültig. Er wollte nur trinken und sich dann bei dieser Frau erleichtern. Ja, so sah er das – er erleichterte sich, indem er sie fickte. Und das Pascha war eine sichere Adresse. Niemand, den er kannte, würde in so ein Edel-Bordell gehen.

Für zwei, drei Stunden funktionierte das Spiel. Ohne mit der Wimper zu zucken, hatte er die Rechnung beglichen – in bar, damit es keine Spur von ihm gab. Über vierhundert Euro.

»Komm wieder«, hatte Ludja ihm mit ihrem harten Akzent zugeraunt und sich tatsächlich die Lippen geleckt. Sie hatte viel zu kleine Brüste und trug ein rotes Spitzenhemdchen.

Erst im Auto war ihm aufgefallen, wie betrunken er war. Nach dem Smiley war keine weitere Nachricht gekommen, doch er hatte gewusst, was dieses Zeichen bedeutete: Es ist noch nicht zu Ende.

Wir werden erst deine Familie zerstören, dann dich.

Auf der Rheinuferstraße hätte er beinahe angehalten und aus dem Fenster geschrien: »Zerstört mich ruhig – ich habe doch gar keine Familie mehr.«

Er hatte sein Leben verwirkt – schon vor sechsundzwanzig Jahren, doch erst jetzt bemerkte er es.

Als er ausstieg, dachte er in seinem betrunkenen Zustand, dass er Alma anrufen sollte, um ihr alles zu gestehen. Den Mord, die Jahre danach mit seinen Affären, die Geschichte mit den Tonbändern, die Erpressung, einfach alles …

Die Gestalt, die vor seinem Haus gewartet hatte, sah er erst im letzten Moment, als er die Eingangstür aufschließen wollte. Sein Sinn für Gefahr erwachte von einer Sekunde auf die nächste.

Es war ein Mann, der ihn am Revers packte und ihn gegen die Hauswand drückte. Er trug eine Lederjacke und eine Stoffmütze. Er grinste und stieß ihm mit einer kurzen, ruckartigen Bewegung seinen Kopf auf die Nase.

Ein furchtbarer Schmerz durchzuckte ihn, der ihm den Atem nahm und ihn in die Knie sinken ließ, doch sein Angreifer zerrte ihn wieder hoch.

»Lass meine Frau in Ruhe«, presste der Mann hervor. »Wenn du dich noch einmal in ihre Nähe wagst, kriegst du eine richtige Tracht Prügel.« Dann ließ er ihn los.

Der Schmerz war wie eine Explosion gewesen, die nun langsam verebbte. Er spürte, dass er eine Platzwunde auf der Nase hatte. Blut lief ihm über das Gesicht, doch er konnte sich aus eigener Kraft auf den Beinen halten. He, wollte er sagen, was soll das? Es muss sich um eine Verwechslung handeln, ich habe noch nie eine Frau belästigt.

Nach drei Schritten Richtung Straße drehte der Mann sich noch einmal um und rief: »Ach ja, das gilt auch für das Kind. Es ist mein Kind, verstehst du?« Dann trat er aus dem Gartentor und verschwand.

Er wischte sich über das Gesicht. Seine Hand war blutig. Das Kind – welches Kind war gemeint? Allmählich formten sich durch den dumpfen Schmerz Gedanken in seinem Kopf. Er dachte an Gerlinde und das Kind, dessen Namen er nicht einmal erfragt hatte. War das ihr Lover gewesen – dieser Flugkapitän, von dem sie erzählt hatte?

Im Bad kühlte er seine Wunde und versorgte sie. Er war am Ende. Die Trunkenheit war gewichen. Fleur, dachte er, eigentlich habe ich dich doch geliebt. Warum ist alles so gekommen?

Dann überlegte er, dass er eine Waffe brauchte. Den Nächsten, der ihn angriff, würde er erschießen.

19.

Ihr Schlaf war wie ein wankendes Boot. Sie wachte auf, schlief wieder ein, wachte erneut auf, ohne jedoch die Kraft zu finden, aufzustehen. Wie ein Geräusch, das ihren Schlaf störte, spürte sie den Schmerz, der aus ihrer verletzten Hand bis in ihren Kopf hinaufzog. Sie träumte von Simon, der weinend zu ihr lief, eine realistische Szene, zigfach im Kindergarten erlebt, und dann hörte sie das letzte Wort, das Robert neben ihr nach dem Unfall ausgesprochen hatte. Ein Wort mit einem gehauchten R am Anfang, dann ein A und ein mattes I. Sollte es »Reise« bedeutet haben – aber wieso sollte er tödlich verletzt von einer Reise gesprochen haben? Es ergab keinen Sinn, doch vielleicht hatte sie sich in ihrer Panik alles auch nur eingebildet.

Sie schreckte endgültig aus dem Schlaf, als ihr Telefon läutete – der Festnetzanschluss im Wohnzimmer.

Es war Samstag, fiel ihr ein, für gewöhnliche Menschen ein freier Tag, aber nicht für Polizisten, die in einem Mordfall nicht weiterkamen.

»Wo bleibt ihr?«, fragte Mona. Sie hatte eigentlich stets gute Laune, nun jedoch wirkte sie hektisch und nervös. »Um halb zehn hat Bohl die große Runde zusammengerufen. Selbst der Polizeipräsident kommt dazu. Vorher will er euch noch sprechen, damit ihr vorbereitet seid.«

Lena blickte auf die Uhr. Kurz vor halb neun. »Ist Henning noch nicht da?«, fragte sie. Zum Glück waren ihre stechenden Kopfschmerzen verschwunden.

»Er geht nicht an sein Handy«, erwiderte Mona, »und eine Festnetznummer habe ich nicht. Warum hast du dein Mobiltelefon abgeschaltet? Schon nach dem dritten Läuten sprang die Mailbox an.«

»Weiß nicht«, gab Lena leise als Antwort. »Mir ging es gestern Abend nicht so gut.«

»Am besten holst du Henning ab«, erklärte Mona, »und kommst mit ihm hierher. Ich beschäftige Bohl so lange.« Sie legte auf. Eine Ahnung hatte in ihrer Stimme mitgeschwungen, als wüsste sie, dass Henning von Zeit zu Zeit ausfiel.

Lena brauchte vierzehn Minuten, um sich anzuziehen und ihre verletzte Hand neu zu verbinden. Zum Glück schmerzte die Wunde kaum noch. Im Taxi bemerkte sie, dass sie tatsächlich ihr Smartphone ausgeschaltet hatte. Sechs Anrufe waren eingegangen, zweimal hatte Mona versucht, sie zu erreichen. Auch Farkas und David hatten angerufen, ohne eine Nachricht zu hinterlassen, beide spät am Abend. Gegen Mitternacht hatte Henning ihr auf die Mailbox gesprochen. Seine Stimme klang verwaschen. Er wolle es noch mal probieren, murmelte er. Die sechste Nummer, die auf dem Display aufleuchtete, kannte sie nicht.

Eine alte Männerstimme meldete sich mit einem knappen »Ja?«.

Lena nannte ihren Namen. »Sie haben mich gestern Abend sprechen wollen?«

»Diese Nummer …«, erwiderte der Mann zögernd, »… sie stand auf Ihrer Visitenkarte.«

Sie erkannte, dass es Karl Rothmann war, den sie am Apparat hatte.

»Sie haben von meiner Schwester gesprochen – woher haben Sie gewusst, dass sie ein Kind hatte?«

»Die Polizei hat es ermittelt«, erwiderte Lena.

Der alte Rothmann schwieg. Im Hintergrund war klassische Musik zu hören.

»Warum haben Sie angerufen?«, fragte Lena.

»Ich weiß nicht«, erwiderte Rothmann. »Ich bin gestern tatsächlich noch zu ihrem Grab gefahren. Ich habe lange nicht an Helga gedacht, doch Ihr Besuch hat mich aufgewühlt. Das mit dem Kind war eine Tragödie. Es war fünf Jahre vor ihrem Tod. Sie war schon fünfundvierzig. Sie hat geglaubt, dass der Mann sie heiratet. Deshalb hat sie es nicht wegmachen lassen. Sie war ja katholisch, es wäre ihr schwergefallen, aber sie hätte es bestimmt abgetrieben.«

»Wer war der Vater des Kindes?«, fragte Lena.

Rothmann antwortete wieder nicht sofort. »Ich bin sicher, dass es nichts mit ihrem Tod zu tun hatte. Der Mann war Schauspieler, am Theater. Sie hat ihn bei einer Premierenfeier kennengelernt. Er hat nicht gewusst, mit was sie ihr Geld verdiente. Einmal, kurz vor Weihnachten, als es ihr schlecht ging, hat sie mir davon erzählt. Wir haben uns ja nicht oft gesehen. Ich wusste, dass sie sich verkaufte, und konnte es nicht gutheißen.«

Das Taxi hatte die Leyendecker Straße erreicht. Der Fahrer drehte sich fragend um. Lena gab ihm zwanzig Euro und stieg aus, das Smartphone am Ohr. Sie hatte keine Ahnung, wo genau Henning wohnte.

»Als sie ihm gestand, dass sie von ihm schwanger war, hat er sie sofort verlassen. Sie war am Boden zerstört, und als sie sich für eine Abtreibung entscheiden wollte, war es zu spät.«

»Wissen Sie, wie der Mann hieß?«, fragte Lena. Sie schaute sich in der Straße um und versuchte, sich zu orientieren.

»Nein, den Namen hat sie mir nie verraten. Sie hat dann ein paar Wochen Urlaub gemacht. Wer geht schon zu einer schwangeren Prostituierten? Irgendwann im Februar hat sie das Kind zur Welt gebracht. Ich glaube, sie ist dafür nach Holland gefahren.«

Eine Geburt in Holland? Gab es deshalb keine Sterbeurkunde?

»Aber das Kind ist nicht bei der Geburt gestorben, nicht wahr?«, sagte Lena aus einem Impuls heraus.

»Ich glaube nicht. Ich glaube, es lebte irgendwo, und Helga ist manchmal hingefahren und hat es sich aus der Ferne angeschaut. Bis sie dann ermordet wurde.«

»War es ein Junge oder ein Mädchen?«

»Ich weiß es nicht«, erwiderte Karl Rothmann. Ein lautes Klingeln war aus dem Hintergrund zu hören. »Ich muss jetzt auflegen. Das Geschäft ruft. Die Leute kommen immer früher. Aber eines muss ich Ihnen noch sagen. Ihr Vater war bestimmt kein schlechter Polizist, doch er hat Helgas Mörder nicht gefunden. Niemand sollte so sterben wie Helga, auch wenn sie eine Sünderin war. Finden Sie ihren Mörder, bitte.« Er unterbrach die Verbindung, ohne eine Erwiderung abzuwarten.

Was hatte sie erfahren? Dass es vielleicht doch irgendwo ein Kind gab. Aber wie sollte sie es finden, wenn es heimlich in Holland zur Welt gekommen und dort vermutlich geblieben war, und das vor mehr als dreißig Jahren?

Sie ging die Leyendecker Straße hinauf und rief gleichzeitig Henning an. Es läutete, doch niemand hob ab. Vor dem hässlichsten Haus parkte ein roter Opel Corsa, dessen hintere Stoßstange nur notdürftig mit Draht befestigt war. Hennings Wagen, den er, wie er erzählt hatte, vor drei Wochen für vierhundert Euro erworben hatte. Seinen Passat Kombi fuhr nun seine Frau.

Auf dem Türschild klebte sein Name – ein Stück Papier unter einem Streifen Tesafilm.

Sie klingelte Sturm und hatte nach einer halben Minute Erfolg. Jemand drückte ihr die Tür auf.

Als sie das dunkle, muffige Treppenhaus hinaufging, kam ihr auf der zweiten Etage eine Frau entgegen – eine Gestalt in Jeans und einem weißen Hemd, eine Jacke über dem Arm. Wie ein Junkie sah sie aus, mager, mit langen, dünnen schwarzen Haaren, hinter denen sie ihr Gesicht verbarg. Lena blickte ihr nach, wie sie eilig verschwand, wagte aber nicht, sie nach Henning zu fragen.

Im dritten Stockwerk stand eine Tür offen. Sie klopfte, rief nach Henning und trat ein. Alte, schäbige Holzdielen, kein Licht im Flur. Es roch nach Alkohol und Zigaretten. Sie blickte in eine Küche, in der sich nur eine Spüle, ein Herd und ein Stuhl befanden, der über und über mit Farbklecksen bedeckt war.

Henning lag in dem großen Wohnraum auf einer Matratze unter zwei groben Wolldecken. Er rührte sich nicht. Vor dem Fenster standen zwei Sessel, ein schmaler Tisch und zwei große silberne Metallkoffer, die in diesem Ambiente unpassend edel wirkten. Auf dem Tisch ein Dutzend geöffnete Bierflaschen und zwei leere Schachteln Zigaretten.

Das Mädchen war tatsächlich bei Henning gewesen.

»Henning, was ist los?« Lena beugte sich vor und zog die beiden Decken ein wenig zurück.

Henning war unrasiert, sein Mund stand halb offen. Auf der linken Wange hatte er einen blutigen Kratzer, das blonde Haar stand wirr ab. Er öffnete ein Auge, das blutunterlaufen war.

»Was willst du?«, fragte er heiser. »Ich kann nicht … ich bin tot.«

»Steh auf«, sagte sie lauter und dringlicher. »Im Präsidium warten sie auf uns.«

Er drehte sich herum. Er trug ein fahles weißes T-Shirt. »Ich kann nicht«, wiederholte er.

Sie versetzte ihm einen leichten Schlag gegen die Schulter. »Du musst aufstehen!«

Sie eilte hinaus, in den dunklen Flur, fand das enge, fensterlose Bad und füllte zwei Plastikbecher, die da auf einer Ablage vor einem Spiegel standen, mit Wasser, das sie ihm ins Gesicht schüttete, doch auch das half nicht viel. Immerhin schlug er beide Augen auf und sah sie an.

»Lena«, krächzte er, »ich bin am Ende. Ich habe alles verloren, meine Frau, meine Kinder, nur weil ich gelegentlich spiele. Erst nur blöde Spielautomaten, dann ein wenig Online-Poker und dann …« Er sank zurück und wollte sich erneut umdrehen, doch sie riss ihm die Decken weg und ging zum Fenster, um es zu öffnen.

»Steh auf!«, fuhr sie ihn an. »In zwanzig Minuten müssen wir im Präsidium sein. Wir haben einen Job zu erledigen.«

Ihre Hände zitterten, als sie den Wagen startete. Sie hoffte, dass Henning es nicht bemerkte. Der rostige Corsa sprang sofort an. Sie bog auf die Leyendecker Straße. Nie wieder, hatte sie sich nach dem Unfall geschworen, würde sich hinter ein Steuer setzen. Vorsichtig gab sie Gas.

Robert und Simon, sagte sie stumm, verzeiht mir, aber irgendwann muss ich beginnen weiterzuleben.

Henning neben ihr starrte vor sich hin. Er hatte fünfzehn Minuten gebraucht, um sich anzuziehen und sich so weit herzurichten, dass man ihm nicht auf den ersten Blick ansah, dass er die Nacht durchgesoffen hatte.

Sie steuerte den Corsa in die Venloer Straße stadteinwärts. Es herrschte wenig Verkehr. Ihr Smartphone klingelte. Mona, dachte sie. Man wartete auf sie. Es war kurz nach halb zehn. Sie reichte Henning das Telefon, doch er ignorierte es und nahm das Gespräch nicht an.

»Ich habe gestern in der Kneipe gesessen, hier an der Ecke. Da gibt es einen Spielautomaten. Ich habe nur ein paar Euro reingeworfen, aber irgendwie hat es mir gutgetan. Man sitzt da und muss nicht nachdenken. Verstehst du?« Er warf ihr einen Blick zu. Der Kratzer auf seiner Wange schien zu leuchten. Wahrscheinlich stammte er von dem Mädchen.

Sie nickte. Dann hielt sie mitten auf der Straße, damit

Henning sich wenigstens einen Kaffee besorgen konnte. Hinter ihr wurde gehupt.

»Wir fangen an«, hatte Mona per SMS geschrieben. »Bohl ist stinksauer.«

Zumindest die Heiserkeit wich aus seiner Stimme, nachdem Henning den ersten Schluck Kaffee getrunken hatte.

»Und was war das für ein Mädchen?«, fragte Lena ihn. Auf der Inneren Kanalstraße hielt sie sich auf der mittleren Spur. Sie schwitzte ein wenig, doch ihre Hände zitterten nicht mehr.

»Sie war auch in der Kneipe«, erwiderte Henning. »Ich habe sie dann mitgenommen. Ich glaube, sie lebt auf der Straße.« Seine Worte klangen, als würde er von einem Hund sprechen, dem er für eine Nacht Obdach gewährt hatte.

Lena berichtete kurz von ihrem Besuch bei Wolf Dreher und dessen Aufnahme mit Eva Helmes, die sie glücklicherweise eingesteckt hatte.

»Vielleicht war es doch ihr Vater«, meinte Henning, allerdings mit mäßigem Interesse.

Im Präsidium schlichen sie sich in den Konferenzraum. Zwei Stühle direkt neben Bohl waren frei geblieben. Mit gesenkten Köpfen nahmen sie ihre Plätze ein. Sie waren siebenunddreißig Minuten zu spät. Bohl nickte Lena mit düsterer Miene zu. David Bauer saß ihr gegenüber, sie wich seinem forschenden Blick aus, hatte jedoch keine Mühe, seinen Gesichtsausdruck zu deuten. Er fragte sich, warum Henning und sie zu spät kamen und ob sie vielleicht die Nacht zusammen verbracht hatten.

Neuenfels, der Polizeipräsident, führte das Wort, offenbar gab er eine Erklärung zu den Maßnahmen ab, die Bohl vorgeschlagen hatte. »Im Übrigen begrüße ich es, dass Sie den Hauptkommissaren Larsen und Wiegand nun die Leitung des Teams übertragen haben.« Er nickte in die Runde und erhob sich, um den Raum zu verlassen.

Für ein paar Momente trat Stille ein. Fast zwanzig Personen waren anwesend. Mona zupfte nervös an ihren grellroten Haaren herum, sie war die Einzige, die Freundlichkeit ausstrahlte. Weiler, der Chef der Kriminaltechnik, hob kaum den Blick, sondern kritzelte auf einem Schreibblock vor sich herum. Larsen und Wiegand saßen am Ende der einen Tischreihe. Anscheinend waren beide wieder gesund. Lena hatte sie beim Hereinkommen nicht bemerkt. Sie hatte mit beiden schon zusammengearbeitet – es waren gute, ehrgeizige Polizisten. Gunnar Larsen war Mitte dreißig, er hatte kurz geschorene Haare und trug eine modische Hornbrille. Auch seine Kleidung war für einen Polizisten äußerst geschmackvoll. Er war nicht verheiratet, hatte jedoch eine Freundin, eine gut verdienende Architektin, die auf der letzten Weihnachtsfeier wild mit ihm getanzt hatte. Ralf Wiegand war fast fünfzig, er war der Schweiger im Präsidium, ein kleiner drahtiger Mann, der alles und jeden zu analysieren schien. Seine Frau führte einen Buchladen in Bayenthal.

»Vielleicht«, sagte Bohl, nachdem der Polizeipräsident die Tür hinter sich geschlossen hatte, »können uns nun, da wir ja gewissermaßen unter uns sind, die Kollegen Mahn und Larcher kurz auf den neuesten Stand bringen.« Ärger und Spott schwangen gleichermaßen in seiner Stimme.

Wir sind draußen, dachte Lena. Sie haben uns aus dem Ermittlungsteam geworfen, weil wir nichts zuwege gebracht haben und nicht einmal pünktlich zu einer Konferenz erscheinen können.

Henning räusperte sich zwar, sagte dann jedoch nichts. Also musste sie das Wort ergreifen. Sie berichtete von Wolf Dreher und der Tonaufnahme mit Eva Helmes, dann sprach sie von Cecilia Thompson und dem Mann auf dem Friedhof, der vor ihr geflohen war. Zuletzt erwähnte sie Karl Rothmann, aber während sie sprach, registrierte sie, dass an dem alten Mordfall und etwaigen Parallelen keiner wirklich interessiert war.

Bohl nickte gelegentlich zu ihren Worten und trommelte dann ungeduldig mit den Fingern auf den Tisch. David schaute sie mit nachdenklicher Miene an.

Als sie geendet hatte, sprang Larsen förmlich auf. Er lächelte in die Runde, ganz wie der freundliche Chef, der nun das Kommando wieder übernehmen wollte. Das war seine Gewohnheit, er war ein scheinbar charmanter Lächler, so ging er auch in Verhören vor, bis er von einem Moment auf den anderen zum knallharten Polizisten wurde.

»Vielen Dank, Lena, schön, dass du uns wieder unterstützt. Ich möchte auch, dass du weiter mit uns zusammenarbeitest. Allerdings sollten wir uns zunächst die neuen Zeugenaussagen vornehmen, die nach dem Fernsehbeitrag gestern eingetroffen sind. Wir müssen davon ausgehen, dass der Täter im nahen Umfeld der Ermordeten zu finden ist. Ein Freier, jemand, mit dem die Ermordete häufig Kontakt hatte.«

Larsen schaute sie an, Henning jedoch ignorierte er. Wusste man allgemein von dessen Eskapaden?

Wiegand legte die nächsten Termine fest – eine Runde ohne Kriminaltechniker um halb elf in seinem Büro. Dann würden die konkreten Aufgaben für den Tag verteilt werden.

Henning war neben ihr mehr und mehr in sich zusammengesunken. Ein paar Haarsträhnen an seinem Hinterkopf standen ab. Er roch nach Schweiß und Zigaretten. Er blieb auch sitzen, als die anderen den Raum verließen.

»Alles in Ordnung?«, raunte Lena ihm zu.

Er nickte müde. Dann reichte er ihr den Zettel, den Bohl ihm unbemerkt während der Sitzung zugesteckt haben musste.

Geh nach Hause, stand da in großen harten Blockbuchstaben, *und komme erst wieder, wenn du deinen Rausch ausgeschlafen hast.*

Vom Fenster aus sah sie, wie Henning mit seinem Corsa davonfuhr. Larsen und Wiegand hatten an einer fahrbaren Pinnwand schon alles zusammengestellt. »Soko Eigelstein« lautete die Überschrift. Neben einem Foto von Eva Helmes hatten sie die bisherigen Erkenntnisse notiert. Auch ein Foto von Cecilia Thompson hatten sie aufgetrieben. Die Phantomzeichnung des blonden Freiers, die man nach den Beschreibungen der Blumenhändlerin angefertigt hatte, hing ebenfalls da.

Mit zwei jungen Kriminalassistenten sollte Lena den Eigelstein ablaufen und Blätter mit der Phantomzeichnung verteilen. Kein besonders anspruchsvoller Job, aber das war ihr recht. Steckte David dahinter?, fragte sie sich. Hatte er Henning und sie degradiert, weil er ihnen diese Aufgabe nicht zutraute?

Zum Glück fuhr einer der Assistenten den Dienstpassat. Lena setzte sich in den Fond und schwieg. Hennings Mobiltelefon war immer noch ausgeschaltet. Sie hinterließ ihm eine Nachricht und die Bitte, sie zurückzurufen. Während die beiden Assistenten auf der Straße ausschwärmten, an Nachbarhäusern klingelten und in die Geschäfte hineingingen, holte sie sich einen Kaffee und suchte die Blumenhändlerin auf, um ihr ein Foto von Wolf Dreher zu zeigen, das sie im Internet gefunden hatte. »Haben Sie diesen Mann schon einmal bei Eva Helmes gesehen?«

Ingrid Tuhl betrachtete das Bild auf dem Smartphone. »Nee, ich glaube nicht. Der blonde junge Mann, der hier öfter war, sah jedenfalls anders aus.«

»Und diese Frau?« Auch von Cecilia Thompson fanden sich etliche Fotos bei Google.

Der dicke Dackel kam um den Ladentisch herum und beschnüffelte Lena aufdringlich. Ingrid Thule setzte ihre Brille zurecht.

»Das ist diese schreckliche Sängerin, nicht wahr? Eva hat

einmal von ihr gesprochen. Sie hat bei ihr Unterricht genommen. Kürzlich haben die beiden sich ziemlich gestritten – hier direkt vor meinem Laden. Ich konnte gar nicht wegsehen.«

»Wissen Sie, worum es bei diesem Streit ging?«

Ingrid Tuhl stieß ihren Dackel sanft mit dem Fuß an. »Zurück ins Körbchen, Sebastian«, sagte sie streng. Der Dackel hob den Kopf, gähnte und schlurfte zurück hinter den Ladentisch. »Er mag eigentlich keine Blumen«, sagte sie, während sie ihrem Hund nachblickte. »Ich glaube, sie riechen ihm zu streng. – Diese Sängerin? Keine Ahnung, worum es da ging. Ich spioniere niemandem nach.« Sie wandte sich zur Straße und erstarrte. »Und dieser Mann … er steht immer wieder da und glotzt herüber.«

Lena drehte sich um. Erik Helmes trug eine schwarze Wollmütze und einen langen hellen Mantel. Er schien nichts um sich wahrzunehmen, sondern blickte reglos zu dem Fenster hinauf, hinter dem das Apartment seiner Schwester lag.

»Der Mann ist Evas Bruder«, sagte Lena und ging auf die Straße hinaus, doch in diesem Moment hielt Erik Helmes ein vorbeifahrendes Taxi an und floh vor ihr.

»Wer war das?«, fragte eine Stimme hinter ihr.

Lena zuckte zusammen.

Weiler, der Kriminaltechniker, blickte auf sie herab. Er hielt einen Metallkoffer in der Hand.

»Was tust du hier?«, fragte sie erstaunt.

Er deutete zu der Wohnung der Toten hinauf. »Ich war noch einmal im Bad des Apartments. Letzte Spurensicherung. Vielleicht finden wir noch etwas, auch wenn der Rauch des Feuers ziemlich viel verunreinigt hat.« Er nickte zu seinen Worten. Er hatte wässerige Augen, die sie eindringlich musterten. Sein Adamsapfel hüpfte beim Sprechen auf und ab. Er wirkte unsicher, als wollte er noch etwas sagen.

Lena beobachtete, wie die beiden Kriminalassistenten ihr zuwinkten. Anscheinend hatten sie ihre Arbeit bereits getan und wollten zurück ins Präsidium. Sie bedeutete ihnen, dass sie noch etwas zu erledigen habe.

»Hast du einen Moment Zeit?«, fragte Weiler. »Da vorne gibt es ein nettes türkisches Café.«

Sie folgte ihm. Er ging leicht vorgebeugt, als wäre ihm seine Größe von knapp zwei Metern peinlich. Als er sich setzte, lächelte er, und sie hatte plötzlich das Gefühl, dass er ihr aufgelauert hatte, um fern vom Präsidium unter vier Augen mit ihr zu sprechen.

»Weißt du, dass ich dich seit über dreißig Jahren kenne?«, sagte er, nachdem er bei einer jungen, hübschen Türkin zwei Tee bestellt hatte. »Dein Vater hat mich zu sich nach Hause eingeladen, als ich gerade vier Wochen im Präsidium war. Das war damals eine ungeheuere Ehre für mich. Ich sehe noch vor mir, wie du durch euren Garten gelaufen bist, mit Zöpfen und einem weißen Kleid. Du warst schon damals sehr hübsch.« Er schwieg, als hätte er etwas Falsches gesagt.

Die junge Türkin brachte den Tee. Weiler trank sofort, obwohl der Tee sehr heiß war. Er wirkte wie ein schüchterner, alter Mann. Gleich, dachte Lena, wird er anfangen, von dem Unfall zu sprechen, von Robert und Simon und wie leid es ihm tue …

»Zwei Dinge muss ich dir sagen«, erklärte Weiler und straffte sich wie zu einem Geständnis. »Ich wollte, dass du es zuerst erfährst. Wir haben die ganze Nacht durchgearbeitet – die Blutspur an dem Auto der Toten. Da gab es einen Treffer. Die DNA ist erfasst. Wir haben einen Namen. Damit kannst du bei Bohl und Larsen punkten.« Er holte einen Zettel aus seiner Tasche und schob ihn ihr über den Tisch.

»Ihr habt schnell gearbeitet«, erwiderte Lena erstaunt.

Weiler nickte. »Für Leute, die wir mögen, arbeiten wir gerne.« Er räusperte sich. »Und das zweite.« Er zögerte und schaute sich um. »Was Familie bedeutet, weiß ich erst, seitdem meine Frau weg ist«, fuhr er leiser fort. »Familie ist wichtig. Du solltest deinen Vater öfter besuchen. Er liebt dich sehr, und vielleicht kann er dir auch bei eurem Fall helfen. Das wollte ich dir nur noch sagen.« Er lächelte unsicher, trank dann den Tee aus und ging an ihr vorbei zum Ausgang.

Marvin Gohr, stand auf dem Zettel, und die Adresse kannte sie: Simon-Meister-Straße. Da wohnte auch Cecilia Thompson.

Langsam ging sie die Berrenrather Straße hinauf. Es war kalt geworden. Ein unangenehmer Wind wehte ihr entgegen. Autos rauschten an ihr vorbei. Hier oben, in der Nähe des Parks, war sie die einzige Fußgängerin. Sie fühlte sich müde und krank. Ein heißes Bad und ein Glas Rotwein wären nun das Richtige gewesen.

Larsen hatte so reagiert, wie sie es erwartet hatte. Er hatte Gohr persönlich festnehmen wollen, aber sie hatte ihn begleiten sollen. Um kurz nach achtzehn Uhr waren sie mit zwei weiteren Beamten in der Simon-Meister-Straße eingetroffen. Niemand öffnete jedoch, und in der ersten Etage, in der Cecilia Thompson wohnte, war alles dunkel.

»Ausgeflogen die beiden Vögel«, hatte Larsen verärgert erklärt. »Geben wir also eine schöne Fahndung raus. Spätestens morgen Mittag haben wir diesen Scheißkerl.«

Marvin Gohr war achtunddreißig Jahre alt. Auf dem Foto, das sie von ihm hatten, wirkte er absolut harmlos, ein netter, lächelnder Bodybuilder, braun gebrannt, mit strohblonden kurzen Haaren. Er war jedoch als Türsteher in einen Streit geraten, der dann mit einem Messer ausgetragen worden war. Zwei Jahre hatte er wegen schwerer Körperverletzung im Gefängnis gesessen. Das war zwei Jahre her. Seit er auf freiem Fuß war, war er bei der amerikanischen Sängerin polizeilich gemeldet.

Fünf Minuten lang stand sie da. Sie konnte sich nicht entschließen, bei ihrem Vater zu klingeln. Aber er war zu Hause. In der Küche brannte das helle Deckenlicht.

Familie ist wichtig, hatte Weiler gesagt. Verdammt, sie hatte noch Schwiegereltern in Bremen, die an ihrer Trauer beinahe vergingen, eine Tante in Kronenberg in der Eifel, die dort nach ihrer Pensionierung Töpferkurse gab, und ihren Vater – mehr nicht.

Als sie tief einatmete und sich aufmachte, das eiserne Tor zu öffnen, klingelte ihr Smartphone. Sie sollte es ausstellen, dachte sie, als sie auf das Display blickte. David rief sie an. Ihr Herz schlug für einen Moment schneller. Ärger und Neugier durchfluteten sie. Mit Sicherheit war David an ihrer Degradierung schuld, doch was wollte er?

»Wie lange stehst du schon hier?«, rief ihr Vater vom Eingang herüber. »Zehn Minuten?« Diesen Tonfall kannte sie. Missbilligung und Strenge drückte er aus.

»Ich musste noch telefonieren«, log sie.

Ihr Vater schnaubte. »Man hat dir den Fall abgenommen, nicht wahr? Ihr macht einen großen Fehler, wenn ihr die Zusammenhänge nicht seht. Larsen ist bloß ein Karrierist, nichts weiter.« Er winkte sie zu sich, und wie ein kleines Mädchen gehorchte sie ihm. Immer gelang es ihm, sofort eine Hierarchie herzustellen. Sie hasste es.

Na, ist deine kleine Freundin nicht da?, wollte sie sagen, als sie gemeinsam ins Wohnzimmer gingen, ließ es aber. Sie wollte schließlich etwas von ihm, da war es klüger, diplomatisch vorzugehen.

»Hast du dich verletzt?«, fragte ihr Vater und deutete auf ihre verbundene Hand. Er setzte sich, und, ohne eine Antwort abzuwarten, fuhr er fort: »Es ist derselbe Täter wie vor sechsundzwanzig Jahren. Ich habe mit Tepper von der Rechtsmedizin telefoniert. Er hat es mir bestätigt – dieselbe Handschrift, eindeutig.«

Lena nahm ihm gegenüber Platz, in dem Sessel, in dem ihre Mutter immer gesessen hatte. Im Kamin brannte ein Feuer. Es war behaglich warm. Ihr Vater hatte bereits einen Rotwein getrunken, wie das Glas neben ihm verriet.

»Nur mit dem Unterschied, dass der Täter dieses Mal K.-o.-Tropfen verwendet hat«, erwiderte sie.

Ihr Vater schüttelte den Kopf. »Das haben wir wohl damals gar nicht untersucht. Ist so einiges bei den Ermittlungen schiefgelaufen.« So ein Eingeständnis hatte sie noch nie von ihm gehört.

»Du hast auch mit Weiler gesprochen?«, fragte sie.

Er schenkte sich ein Glas ein und nippte daran, ohne ihr etwas anzubieten. »Ja, natürlich. Der Fall treibt mich um. Es ist derselbe Täter wie damals, aber warum schlägt er wieder zu – nach so langer Zeit?«

Sie schwiegen für einen Moment, dann ging Lena in die Küche, um sich auch ein Glas zu holen. Ihr Telefon klingelte wieder. Hennings Name leuchtete auf.

»Es gibt etwas, was du wissen solltest«, erklärte ihr Vater, nachdem sie sich auch ein wenig Rotwein eingeschenkt hatte. »Wir standen damals ziemlich unter Druck. Ein Parkhausmörder trieb sein Unwesen, drei Morde in zwei Wochen. Es war ein amerikanischer Soldat, den wir dann gefasst haben. Aber als Helga Rothmann ermordet wurde, war der Fall noch nicht geklärt. Außerdem sollten wir sehr vorsichtig vorgehen. Ein ehemaliger Minister hatte auch zu ihren Klienten gehört. Wir haben daher nicht alles richtig gemacht – ich auch nicht.« Er saß im Halbdunkel da, lediglich eine Lampe auf der Fensterbank spendete ein wenig Licht.

»Was für ein Minister?«, fragte sie.

Er winkte ab. »Der Wirtschaftsminister aus Düsseldorf, es tut aber nichts zur Sache«, entgegnete er unwirsch. Dann fügte er wohlwollender hinzu: »Ich bin froh, dass du gekommen bist. Jede Nacht denke ich an dich, daran, wie es dir nun geht, ohne Robert und Simon.« Er gab einen Laut von sich, der ein Schluchzen sein konnte. Es fuhr ihr durch Mark und Bein. Dieses Mitgefühl wollte sie nicht.

»Das Kind, das Helga Rothmann zur Welt gebracht hat, ist nicht gestorben. Wahrscheinlich ist es in Holland geboren worden und dann dortgeblieben«, sagte sie.

Ihr Vater beugte sich vor. »Vielleicht«, sagte er, »vielleicht ist aber auch etwas anderes passiert.« Er machte eine Pause, um seinen Worten mehr Gewicht zu verleihen.

Zum Glück, dachte Lena, habe ich nie mit ihm zusammengearbeitet. Das wäre garantiert völlig schiefgegangen. Sie war erst zur Mordkommission gekommen, als man ihn bereits pensioniert hatte.

»Was ist noch passiert?«, fragte sie verärgert, weil er nicht weitersprach.

»Nichts.« Er schnaubte unwillig. »Ich habe es dir schon gesagt. Zu der Zeit, als Helga Rothmann vermutlich ihr Kind zur Welt gebracht hat, sind in Köln zwei Neugeborene ausgesetzt worden.« Er griff nach seiner Pfeife, die neben ihm auf einem kleinen Tisch lag, und zündete sie an. »Ich vermisse deine Mutter«, sagte er mit anderer, leiserer Stimme. »Ich vermisse sie so sehr, dass ich manchmal gar nicht klar denken kann. Und dich … dich vermisse ich auch.«

Ihr Telefon klingelte, bevor sie etwas erwidern konnte.

»Wir haben Marvin Gohr«, sagte Larsen triumphierend. »Man hat ihn an einer Tankstelle in Aachen festgenommen. Der Kerl hatte eine geladene Beretta bei sich.«

20.

In seinen Träumen geriet einiges durcheinander. Er sah Fleur, die sich vor ihn auf das Bett setzte, sie hatte keinen Schlüpfer an, und sie schlug die Beine übereinander, doch sie roch wie Alma, hatte dieses besondere französische Parfüm benutzt. Dann, wie in einem Film, wie in einer anderen Szene waren sie auf dem Drachenfels, und Fleur legte den Arm um ihn und flüsterte ihm zu: »Warum hast du mich getötet?« Als wäre sie ein Zombie, aber das war sie ja auch – eine Untote, die nicht nur nachts durch seine Träume, sondern auch tagsüber durch seine Gedanken geisterte.

Er erwachte, weil er laute Stimmen aus dem Garten hörte. Ein Mann und eine Frau – sie stritten sich. Er brauchte ein paar Momente, um sich zu orientieren. Er lag in seinem Bett, es war hell, fast halb neun, die Wunde an seiner Nase tat ihm weh. Die Frau rief dem Mann etwas zu. Er sprang auf und war mit drei Schritten am Fenster. Ein fürchterlicher Gedanke formte sich in seinem Kopf. Sie hatten die Kassette entdeckt, es waren Polizisten, man hatte sein Versteck verraten.

Ein Mann mit kurzen grauen Haaren, der trotz der Kälte nur ein kariertes Hemd und eine graue Cordhose trug, hielt eine Schaufel in der Hand, und eine Frau in einem geblümten Kittel erteilte ihm Anweisungen. Sein Herzschlag hatte sich beschleunigt, doch nein, wie Polizisten sahen die zwei Gestalten nicht aus.

Er öffnete die Balkontür und trat hinaus. »Was machen Sie da?«, rief er, so fest er es vermochte.

Die Frau drehte sich um. Sie hatte schwarze Locken und trug ein weißes Stirnband, eine Zigarette hing in ihrem Mundwinkel. »Oh, Entschuldigung!«, rief sie. »Dachten, keiner da. Müssen Unkraut wegmachen.«

Es war Zofia, ihre Putzfrau.

»Wer ist der Mann?«, fragte er.

»Dragomir«, erwiderte Zofia. »Mein Freund – Ihre Frau wissen Bescheid. Im Herbst alles Unkraut wegmachen.« Sie machte eine ausholende Handbewegung.

»Aber nicht heute«, erwiderte er. »Dragomir soll den Rasen mähen, mehr nicht.« Er schloss die Balkontür wieder und beobachtete, wie Zofia auf ihren Freund zulief und ihm die Schaufel abnahm.

Die Kassette – er musste sie wieder ausgraben, der Garten war kein gutes Versteck.

Er wartete eine Weile, bis er sicher war, dass Dragomir nicht doch irgendwo Unkraut jäten oder ein Beet umgraben würde. Was wusste Zofia von ihm? Seit ein paar Jahren putzte sie bei ihnen. Er hatte keine Ahnung, wie lang schon genau. Auf einmal war sie da gewesen, von Alma engagiert, weil die Putzfrau zuvor, eine gewisse Evelyn Pütz, die er nie zu Gesicht bekommen hatte, zu viele Dinge kaputtgemacht hatte.

Erst als er das Geräusch des Rasenmähers hörte, war er beruhigt. Es war halb zehn. Samstagmorgen. Er kontrollierte sein Telefon. Keine Nachricht, kein Smiley. Er widerstand der Versuchung, Leo anzurufen und zu fragen, ob auch bei ihm alles ruhig geblieben war. Hatte er tatsächlich für hunderttausend Euro den Kopf aus der Schlinge gezogen?

Als er sich angezogen hatte und nach unten in die Küche ging, sah er, dass Zofia die Terrasse wischte. Unfreundlich schaute sie ihn an, als wäre er hier der Störenfried. Am liebsten hätte er sie sofort entlassen, aber dann dachte er an Alma. Bald würde sie zurückkommen. Zumindest Haus und Garten waren dann in Ordnung. Er überlegte, ob er ihr ein Geschenk machen sollte, um sie willkommen zu heißen, teuren Schmuck, einen Ring vielleicht oder besser noch ein Bild, ein buntes abstraktes Gemälde. Alma liebte moderne Kunst. Vielleicht könnte er sie damit versöhnlich stimmen und einen Neuanfang mit ihr wagen.

Eine gute Idee, sagte er sich, während er die Haustür öffnete, um die Zeitung aus dem Briefkasten zu holen. Aus den Augenwinkeln sah er, dass etwas nicht stimmte. Auf der untersten Stufe, ganz unscheinbar, stand eine blaue Stofftasche, die jener glich, in der er die beiden Kassetten vergraben hatte. Er überlegte einen Moment. Sollte er die Tasche ignorieren? Dann griff er vorsichtig, als könnte sie eine Bombe enthalten, nach der ersten Schlaufe. Die Tasche war leer, kein Gewicht. Hastig holte er die Tasche ins Haus und eilte mit ihr hinauf ins Schlafzimmer. Noch immer dröhnte der Rasenmäher. Schweiß war ihm ausgebrochen, und sein Herz pochte bis in den Hals hinauf.

Dieser Jemand, der ihn verfolgte, schien keine Furcht zu kennen und sich am helllichten Morgen vor seine Tür zu trauen.

Langsam zog er den Reißverschluss auf. Ganz leer war die Tasche nicht. Abermals ein eingepacktes Kondom. Wie plump und widerwärtig! Und ein unscharfes Polaroidfoto. Eine blonde Frau, aus ein paar Schritten Entfernung aufgenommen, ihr Kopf war zur Seite gefallen, ein Seil hing um ihren Hals.

Die Tote vom Eigelstein!

Sein Magen zog sich heftig zusammen, er hätte fast erbrochen.

Auf der Rückseite stand in schwarzen Druckbuchstaben. »Das hast du auch getan.«

»Alter Mann«, sagte Pierre am Telefon, »wenn du willst, können wir heute Nachmittag eine Runde Golf spielen. Ich habe frei, keine Termine mehr.« Er klang gut gelaunt, ja, sorgenfrei sogar, als hätten sie nicht vorletzte Nacht am Fühlinger See gestanden, um einem Erpresser hunderttausend Euro zu übergeben.

»Bedauere«, erwiderte er, »heute passt es mir nicht. Ich muss noch ein wenig arbeiten, außerdem habe ich mich neulich erkältet.« Er hustete ein wenig.

Pierre lachte. »Dann eben nicht. Leo ist übrigens mit Verena auf dem Weg nach Berlin. Ihn hat das Ganze ziemlich mitgenommen. Ich glaube, er überlegt auch, wegzuziehen.«

Wegziehen – keine schlechte Idee, hätte er beinahe erwidert, doch nach ein paar Floskeln übers Wetter und zu viel Arbeit beendete er das Gespräch. Wie konnte Pierre so sein – so unbeschwert? Schließlich hatte er Leo in diese missliche Lage gebracht, die Polizei suchte ihn, und die Prostituierte, zu der er vermutlich häufiger gegangen war, war ermordet worden. Keine Regung, keine Trauer hatte er gezeigt. Als wäre ihm das alles gleichgültig.

Er ging den Weg weiter. Ein Eichhörnchen hockte vor ihm und schaute ihn neugierig an. Erst als eine alte schwarz gekleidete Frau aus einem Seitenweg kam, sprang es davon. Die Frau grüßte ihn, während sie ihn passierte. Wie sah er aus? Auch wie ein Trauernder?

Nach fünfzig Schritten hatte er Fleurs Grab erreicht. Jemand war unlängst hier gewesen. Der graue Stein lag frei, kein Unkraut mehr, sogar Blumen hatte dieser Jemand auf dem Grab platziert, ein paar Vergissmeinnicht.

Er betrachtete den schmucklosen Stein mit ihrem Namen. »Fleur, rette mich!«, flüsterte er vor sich hin. »Was passiert hier? Was soll ich tun?« Er atmete ihren Duft ein, er sah ihre weiße, volle Brust, als sie sich über ihn beugte, ihr blondes Haar streifte sein Gesicht. Er hatte sie geliebt, irgendwie geliebt. Er hatte bei ihr nicht so tun müssen, als wäre er ein anderer, wie bei Alma, als wäre er ein kultivierter Student, der ins Theater ging, sich klassische Konzerte anhörte und mit moderner Kunst etwas anfangen konnte. Als er das zweite Mal bei Fleur gewesen war, hatte er die glücklichsten und vollkommensten Momente seines Lebens verspürt. Beim Orgasmus hatte er das ganze Universum in sich aufgesogen. In den Augenblicken danach hatte er einfach alles verstanden, das Leben, den Tod, jede mathematische Formel hätte er erklären, jedes Rätsel lösen können. Nie war er intelligenter und menschlicher gewesen, während Fleur neben ihm lag, ihre Hand auf seinem Bauch.

Aus einem Impuls heraus nahm er das Polaroidfoto der toten Prostituierten hervor. Irgendwo hatte er auch Streichhölzer. Über dem Grab steckte er das Foto an. Es begann sofort, Feuer zu fangen, rollte sich in einer lodernden Flamme auf. Er ließ es fallen und beobachtete, wie die tote Frau auf dem Bild sich auf der schwarzen Erde in Asche auflöste.

Erleichterung stellte sich ein, als hätte er einen bösen Zauber abgeschüttelt, doch plötzlich trat eine junge Frau auf ihn zu. Sie war etwa dreißig, hatte schulterlanges Haar und trug ein schwarzes Cape.

»Was tun Sie da?«, fragte sie empört und deutete auf das Foto, das langsam auf dem Grab verglühte.

»Ich habe einen Brief verbrannt«, erwiderte er wie ertappt und machte sich davon. Während er ging, spürte er den Blick der Frau in seinem Rücken. Hatte sie ihn schon länger beobachtet? Wusste sie, wer er war? Die Paranoia begann ihn fest in ihren Griff zu nehmen, wie eine heimtückische Krankheit, gegen die es kein Mittel gab.

Erst als er in seinem unauffälligen Golf saß, fühlte er sich wieder sicherer. Als er nach dem Schlüssel tastete, um den Wagen zu starten, ging eine SMS ein. Kein Smiley, kein Text – jemand hatte ihm ein Foto geschickt. Eine Tür war darauf zu sehen, ein hässliches Metallungetüm mit einer Milchglasscheibe in der Mitte, offensichtlich eine Haustür. Aber was sollte das? So eine Tür hatte er noch nie gesehen.

Er brauchte eine Waffe. Dieser Gedanke kreiste in seinem Kopf. Die Geschichte war nicht zu Ende. Erst zerstören wir deine Familie, dann dich. Sie würden kommen, und dann musste er vorbereitet sein.

Es war Samstagnachmittag. Wo bekam er eine Waffe her? Im Internet konnte man sich mittlerweile alles besorgen, aber da hätte er eine Spur hinterlassen. Für einen Moment dachte er daran, ins Pascha zu fahren, dort liefen genug Leute herum, die eine Waffe beschaffen konnten, doch wie sollte er sie ansprechen? Sich in die Bar setzen und warten, bis jemand sich neben ihn hockte, der wie ein Zuhälter aussah? Nein, albern, das funktionierte nicht.

Er fuhr durch die Stadt und spazierte dann durch den Skulpturenpark am Rhein. Frische Luft würde ihm guttun. Immer wieder schaute er sich um, ob ihn jemand verfolgte. Er könnte einen Detektiv anheuern, der ihn schützte und ihm gleichzeitig eine Waffe besorgte, aber durften Privatdetektive so etwas, waren sie nicht auch in irgendeinem Verband organisiert, der ihr Tun überwachte? Die beiden Detektive, denen er schon einmal begegnet war, waren dicke, langweilige Männer gewesen, ohne jedes Format und ohne großes Können.

Im Parkcafé trank er einen schwarzen Kaffee. Er war der einzige Gast. Pierre, fiel ihm ein, er würde wissen, wie man an eine Waffe kam, doch dann hätte er zu viel erklären müssen.

Auf der Fahrt zurück hatte er den rettenden Gedanken. Max Krischat – er hatte für ihn als Assistent gearbeitet, dann jedoch war er bei einem Einbruch erwischt worden und musste, weil er schon vorbestraft war, für sechs Monate ins Gefängnis. Brigitte hatte ihn kürzlich in einem Brauhaus am Chlodwigplatz getroffen. Da arbeitete er als Köbes.

Um sechs Uhr war das Pfäffgen noch ziemlich leer. Vor einem Jahr war er zuletzt in einem Brauhaus gewesen – als er Alma nach einer Feier abgeholt hatte. Nein, auch Gerlinde hatte ihn einmal genötigt, mit ihm ein Kölsch trinken zu gehen. Eine Gruppe Amerikaner, die sich lärmend zuprosteten, saß am Eingang. Zwei Rentner hielten den Tisch daneben mit mürrischen Mienen besetzt. Er schaute sich nach den Kellnern um. Krischat musste noch nicht im Dienst sein. Doch da, an einem Tisch saß er und blätterte in einer Zeitung. Er war hager, hatte dünnes schütteres Haar. Die Ärmel seines Hemdes hatte er so weit hochgekrempelt, dass man die groben Tätowierungen auf seinen Unterarmen sehen konnte. Er hatte sich eine Zeit lang an der Seite eines Keyboardspielers als Sänger durchgeschlagen, hatte auf Hochzeiten und Dorffesten gesungen. Angeblich war er sogar einmal in einer Fernsehsendung aufgetreten.

Als er sich vor Krischat postierte, hörte er, dass ihn jemand anrief. Eine Nummer aus Südafrika blinkte auf dem Display seines Smartphones auf. Alma – aber nun konnte er sie nicht sprechen.

»Chef!« Krischat sprang förmlich auf. Er hatte dunkle Ringe unter seinen Augen und wirkte magenkrank. »Was machen Sie denn hier?«

»Krischat, was für ein Zufall!« Es tat ihm gut, zu sehen, welchen Respekt sein ehemaliger Assistent immer noch vor ihm hatte. Er hatte ihm damals ein freundliches Zeugnis ausgestellt und ihn dadurch vor ein paar weiteren Monaten Gefängnis bewahrt.

»Wollen Sie etwas trinken? Ich bediene Sie gern.« Bevor er etwas erwidern konnte, war Krischat bereits davongeeilt.

Was hatte Alma gewollt? Hatte sie mittlerweile erfahren, was neulich nachts passiert war? Vermutlich hatte Leo ihr alles erzählt – er war ein Muttersöhnchen, das alle drei, vier Tage bei Alma anrief.

Auf einem Silbertablett brachte Krischat ihm ein Glas Rotwein.

»Chef, ich weiß doch, dass Sie gar kein Kölsch mögen«, sagte er mit einem Lächeln.

Er setzte sich, und Krischat nahm neben ihm Platz. »Warum sind Sie gekommen?«, fragte er. »Was kann ich für Sie tun?«

Krischat war nie der Klügste gewesen, aber er hatte immer eine gute Intuition besessen.

»Krischat«, sagte er, »Sie können mir tatsächlich helfen. Ich werde bedroht. Ein ehemaliger Mitarbeiter glaubt, dass ich dafür gesorgt habe, dass man ihn hinauswirft. Und nun lauert er mir auf.«

Krischat hatte sich ein Glas Kölsch mitgebracht, das er mit einem Zug leerte. »Was kann ich für Sie tun, Chef?«, wiederholte er dann feierlich. »Ich helfe Ihnen gern.«

Es war kurz vor Mitternacht, als Alma erneut anrief, diesmal auf dem Festnetz.

»Was ist bei euch los?«, fragte sie unfreundlich und offenkundig verärgert. »Warum will Leo seine Hochzeit absagen? Was soll das alles?«

Er brauchte einen Atemzug, um sich zu wappnen. Offenbar hatte Leo es doch nicht fertiggebracht, seiner Mutter reinen Wein einzuschenken.

»Es liegt an Verena«, erwiderte er, bemüht, beiläufig zu klingen. »Sie hat Schwierigkeiten in ihrem Auktionshaus, und sie will nach Berlin ziehen.« Er ging mit dem Telefon in seinem Wohnzimmer auf und ab und registrierte sein Gesicht als Spiegelung in der Terrassentür. Er fand, dass er überzeugend wirkte.

»Ich verstehe das nicht«, sagte Alma. »Und was ist mit dir? Alexa hat dich gesehen. Du bist auf der Bank gewesen und hast Geld abgehoben.«

Er spürte, wie sein Magen sich zusammenkrampfte. Alexa, seine Schwägerin und Almas Zwillingsschwester, war ihm von der ersten Begegnung an ein Dorn im Auge gewesen – eine exaltierte, überspannte Person, eine Egozentrikerin, die ein zugegeben gutes Geschäft daraus gemacht hatte, reichen Leuten die Wohnung einzurichten, und deren Liebhaber mit der Zeit immer jünger geworden waren.

»Wie kommt Alexa darauf? Ich habe mir nur ein paar Auskünfte geholt – wegen eines Aktiengeschäftes«, log er und begriff sofort, dass er einen Fehler gemacht hatte. Nun musste er die fünfzigtausend Euro vor Almas Rückkehr irgendwie wieder auftreiben und das Aktiendepot auffüllen.

»Und dafür gehst du zur Bank?«, fragte Alma misstrauisch.

»Was hat Alexa überhaupt da getrieben?« Er versuchte, in die Offensive zu gehen. Der Tag hatte ihn angestrengt. »Hat sie nichts Besseres zu tun, als mir aufzulauern?«

»Ich komme in einer Woche zurück«, erklärte Alma. »Dann möchte ich ein paar Antworten – auch von dir«, fügte sie beinahe drohend hinzu. Nach einem kurzen Abschiedsgruß legte sie auf.

Wie war er nur einmal auf den Gedanken gekommen, ihr alles gestehen zu wollen? Das war schlichtweg unmöglich.

Die tschechische Ceská lag vor ihm auf dem Tisch. Aus der Entfernung sah sie wie eine Spielzeugpistole aus, doch wenn man sie in die Hand nahm, spürte man sofort, dass diese Waffe töten konnte.

Er nahm sie und schob sie sich in den Mund. Das Metall schmeckte so widerlich, dass er die Waffe wieder zurückriss. Wenn er jetzt abdrückte und die Pistole nicht abrutschte, hätte er alles hinter sich – aber dann würde er nie erfahren, wer hinter all dem steckte, er würde nie sehen, ob Leo Kinder haben und was aus Carolin werden würde, und er würde auch nie wieder bei einer Frau liegen. Alles wäre zu Ende. Man würde ihn in einem toten Loch verscharren.

Für einen Moment wurde er beinahe sentimental.

Zumindest hatte er Krischat richtig eingeschätzt.

Vier Stunden hatte er sich gedulden müssen, dann hatte man ihn zu einem alten jüdischen Friedhof nach Köln-Mülheim bestellt. Auf einem Parkplatz, der neben Eisenbahngleisen lag, hatte ein Mann in einem rostigen Toyota ihn erwartet. Als der Mann ausstieg und auf ihn zukam, hatte er erst gedacht, Dragomir, Zofias Freund, vor sich zu sehen. Der Mann hatte ihm die Waffe in einer braunen Papiertüte gereicht. Er hatte schwarze Lederhandschuhe angehabt und mit einem harten osteuropäischen Akzent gesagt: »Lieferung hier. Pistole und fünfzig Schuss Munition – hast du das Geld?«

Er hatte nur genickt. Zweitausend Euro hatte ihn die Ceská gekostet. Er war sofort mit quietschenden Reifen davongefahren. Schweiß war ihm von der Stirn in die Augen getropft. An der nächsten Kreuzung hatte er wieder angehalten, um das graue Klebeband abzureißen, das er über sein Nummernschild gezogen hatte, als könnte er so seine Existenz verbergen.

Nun besaß er eine Waffe. Er würde sich wehren können.

Eine Stunde saß er da, die Waffe vor sich, als würde er darauf warten, dass sein Kontrahent endlich eintraf, als würde es zu einem Duell kommen. Doch nichts geschah. Er trank einen letzten Rest Rotwein und legte sich, ohne seine Kleider abzulegen, auf das Ledersofa. Alma sah es nicht gern, wenn er hier einschlief, aber nun … es war egal, noch war sie in Südafrika.

Im Schlaf sah er sich und Alma, ihre Hochzeit in der Kirche, ein paar Wochen nach dem Mord. Er war noch immer sehr bleich und mager. Er habe eine schwere Virusinfektion gehabt, hatte er sich bei allen herausgeredet, die ihn nach seinem Befinden befragt hatten. Alexa und sein Vater, der stolze Juraprofessor mit den schlohweißen Haaren, hatten Alma und ihn zum Traualtar geführt. Einen Moment, während sie gemessen dahinschritten, hatte er gedacht, das alles gehöre gar nicht zu seinem Leben, er war doch ein ganz anderer, ein Mörder, ein Mann, der eine Prostituierte geliebt hatte.

Das Telefon klingelte mitten in die Traumbilder seiner Hochzeit hinein. Er schreckte auf. Es war halb vier in der Nacht. Nicht sein Smartphone klingelte, sondern der Hausanschluss. Irgendwie beruhigte ihn diese Tatsache.

Schlaftrunken nannte er seinen Namen.

»Haben Sie einen Sohn, der Pierre heißt und der einen orangefarbenen VW Touareg besitzt?«, fragte ihn eine Frauenstimme.

Er bejahte atemlos.

»Ihr Sohn liegt bei uns auf der Intensivstation. Er ist mit seinem Wagen in den Rhein gefahren.«

21.

Drei Uhr in der Nacht. Da sollte man neben jemandem liegen, ganz nah, ganz beruhigt, und falls man kurz aufwachte, sollte man den Liebsten atmen hören und gleich wieder einschlafen.

»Ich weiß«, sagte Henning am Telefon, »ich bin eine Enttäuschung für alle, für meine Frau, meine Kinder … sogar für mich selbst, aber was tun wir denn, Lena? Wir stochern im Leben wildfremder Menschen herum und suchen ein wenig Wahrheit. – Wahrheit!« Er schnaubte. Er war hellwach. »Wissen wir denn, was Wahrheit ist? Ich bin deshalb Polizist geworden, weil ich dachte, ich wüsste es. Ein Mord ist ein Mord ist ein Mord …« Er verstummte abrupt. Sie hörte, wie er etwas trank, vermutlich Bier aus einer Flasche.

Hör zu, wollte sie sagen, ich bin todmüde, meine verwundete Hand tut mir immer noch weh, ich muss um acht Uhr im Präsidium sein, um Marvin Gohr, den Freund der amerikanischen Sängerin, zu verhören.

Bis halb zwei hatte sie sich die Aufnahme angehört, die Wolf Dreher mit Eva Helmes gemacht hatte – ihre große traurige Geschichte darüber, was ihr Vater ihr angetan hatte und wie sie zu einer Prostituierten geworden war. Einmal hatte sie sogar Farkas erwähnt und ihren Traum, eine gefeierte Sängerin zu werden.

»Ich mache das manchmal«, fuhr Henning leiser fort, »ich nehme Mädchen von der Straße mit … so wie die Kleine gestern. Sie hat mir leidgetan. Früher bin ich mit ihnen essen gegangen, und dann … Ich kenne ein billiges Hotel hinterm Breslauer Platz. Da habe ich mir ein Zimmer genommen. Gegen Morgen bin ich dann meistens nach Hause, habe gesagt, ich hätte einen Einsatz gehabt.«

»Du hast mit jungen Frauen geschlafen, die du auf der Straße aufgelesen hast?«, fragte Lena. Ihre Müdigkeit wurde für einen Moment von ihrem Entsetzen verdrängt.

»Nicht oft«, sagte Henning, »aber manchmal musste ich es tun. Ich habe den Frauen niemals geschadet, glaub mir.« Seine Stimme klang für einen Moment fester. »Ich komme morgen wieder ins Präsidium. Ich muss allen beweisen, dass ich keine Enttäuschung bin, vor allem mir selbst.« Seine Stimme brach plötzlich, er schluchzte, ein seltsam ungelenker Laut, dann unterbrach er die Verbindung.

Als ihr Wecker um sieben Uhr klingelte, hatte Lena das Gefühl, allenfalls kurz eingenickt zu sein. In ihrem Kopf pochte es, doch diesmal waren es keine Schmerzen, sondern einfach nur Erschöpfung.

Sie rief ein Taxi und ließ unterwegs halten, um sich einen Kaffee zu holen. So früh an einem Sonntagmorgen wirkte Köln klein und friedlich. Im Präsidium waren alle schon versammelt, Larsen, Wiegand, Bohl, auch Mona, nur von Henning war nichts zu sehen.

Zwei uniformierte Beamte führten Marvin Gohr vor. Er hatte die Nacht in einer Zelle in Aachen verbracht. Er trug eine Lederjacke, darunter ein gelbes T-Shirt, das voller Blut war. Sein Haar war schmutzig, auf der Nase klebte ein Pflaster, das ebenfalls blutverschmiert war. Offenbar war die Verhaftung nicht ganz reibungslos abgelaufen.

Larsen nickte Lena zu. Gemeinsam gingen sie in den Verhörraum. Hinter einer verspiegelten Scheibe würden sie von Wiegand und Bohl beobachtet werden. Warum glaubten sie alle, dass sie den Mörder von Eva Helmes vor sich hatten?

Lena setzte sich Gohr gegenüber, Larsen nahm neben ihr

Platz. Er stellte das Diktiergerät auf den Tisch, dann nannte er laut das Datum und die Namen der anwesenden Personen.

Gohr beugte sich zur Seite und spuckte auf den Boden.

»Hör mal, Rotzlöffel«, sagte Larsen ganz freundlich, »soll ich dir erst einmal Manieren beibringen?« Dann schlug er mit der Faust auf den Tisch. »Du sitzt in der Scheiße. Da sollte man sich ein wenig zusammenreißen.«

Lena spürte, dass sie sich kaum konzentrieren konnte. Als wären es undefinierbare Laute, wischten Larsens Worte an ihr vorbei. Zum Glück stellte er die Fragen.

Gohr leugnete, Eva Helmes gekannt zu haben. Er habe sie nie gesehen. Er gab lediglich zu, die Scheibe ihres Wagens eingeschlagen zu haben, um einen Aktenordner herauszunehmen. Leider habe er sich dabei am Ellbogen verletzt und seine Jacke ruiniert. Was in dem Ordner war, wusste er nicht. »Papiere, Rechnungen, irgend so was. Das Zeug habe ich Cecilia gegeben. Sie hat mir dafür fünfhundert Euro gezahlt. Alles andere war mir egal.«

»In welchem Verhältnis stehen Sie zu Cecilia Thompson?«, fragte Larsen. Er wurde zunehmend aggressiver. Die lässige Art, mit der Gohr antwortete, ärgerte ihn.

»Sie hat mich bei sich wohnen lassen. Das rechne ich ihr hoch an. Einmal haben wir zusammen gebumst, aber es war irgendwie nicht das Richtige. Deshalb haben wir es gelassen.« Er grinste aufreizend, und Larsen sprang auf, er ging um den Tisch herum und postierte sich hinter ihn.

»Ihre Freundin hat Geld unterschlagen und hatte deshalb Ärger mit der ermordeten Prostituierten. Sie wollte sie weghaben, auslöschen, eliminieren«, zischte er ihm ins Ohr. »Und Sie haben ihr dabei geholfen.«

Marvin Gohr reagierte gar nicht darauf. »Ich habe eine Autoscheibe eingeschlagen und einen Aktenordner geklaut. Das ist alles.«

Lena glaubte ihm. Nach fast drei Stunden, in denen sie kaum etwas gesagt hatte, bat sie um eine Pause.

Ihr Vater hatte ihr eine SMS geschickt. »Harald Rinke hat das Jugendamt geleitet, als die beiden Kinder ausgesetzt wurden. Er erwartet dich.« Darunter hatte ihr Vater noch eine Telefonnummer geschrieben. Keinen Gruß, nicht einmal seinen Namen.

Larsen fuhr das große Programm auf. Er ließ auch Cecilia Thompson vorführen, und dann wurden beide gleichzeitig in verschiedenen Räumen verhört. Viel ergab sich jedoch nicht. Die Sängerin gestand, Gohr angestiftet zu haben, ihr Unterlagen zu beschaffen, die Eva Helmes an sich gebracht hatte – Abrechnungen über den Chor, über Spesen, Honorare für Auftritte.

Lena nutzte die nächste Verhörpause, um Henning anzurufen, doch er meldete sich nicht. Dann rief sie sich ein Taxi und schlich förmlich aus dem Präsidium.

Eine Woche war sie nicht bei Robert und Simon gewesen. Es begann bereits zu dämmern, als sie auf dem Melatenfriedhof ankam, aber den Weg hätte sie auch mitten in einer mondlosen Nacht gefunden.

Zwei schmale Gräber, nebeneinander, nur die Namen standen auf den Steinen.

Ein kalter Wind zog auf. Wie oft hatte sie hier schon gestanden und mit Robert und Simon gesprochen, als wären die beiden noch am Leben, aber nun spürte sie, dass sich etwas verändert hatte in der langen Woche, die hinter ihr lag.

»Ich wollte nur nach euch sehen«, sagte sie halblaut, »dann muss ich weiter. Ich muss Dinge erledigen und weiterleben – ein wenig.«

Sie war eine mittelmäßige Polizistin gewesen, vor dem Unfall, engagiert, routiniert und auch durchaus erfolgreich, aber nicht herausragend. Und dann war sie eine Weile gar nichts gewesen, nein, sie war eine Trauernde, eine Verwundete gewesen. Und nun? Was war sie nun?

Henning war auf seinem Mobiltelefon nicht zu erreichen. Sie stellte sich vor, wie er schon nachmittags in einer Kneipe vor einem Spielautomaten gehockt und all seine guten Vorsätze vergessen hatte.

Der Seniorenpark Rosenhof war ein gigantisches graues Hochhaus, eine Burg aus Beton, die ihrem Namen keine Ehre machte, schon gar nicht an einem kühlen Oktobertag.

Harald Rinke bewohnte ein eigenes Apartment. Er war ein rüstiger Herr mit streng gescheitelten grauen Haaren, der sich für ihren Besuch richtig herausgeputzt hatte. Er trug einen blauen Kaschmirpullunder und ein rotes Halstuch. Parfümiert hatte er sich auch, ein wenig zu sehr, wie sie fand.

Er bat sie zu einem Tee an einen Esstisch. Seine kleine Wohnung war voller Bücher und total überheizt. Er lächelte.

»Ich habe über dreißig Jahre lang das Jugendamt geleitet, und dazu war ich in fast zwanzig Vereinen aktiv. Meiner Frau hat das nicht gefallen. Nun, sie ist letztes Jahr gestorben. Seither wohne ich hier – und arbeite. Ich lege eine Sammlung erster Sätze an. Aus jedem Buch, das ich besitze oder mir ausleihe, schreibe ich den ersten Satz ab. Das ergibt dann eine Collage von Anfängen. Ich bin bei Nummer dreitausendvierundvierzig.« Er breitete seine Arme aus. »Bis zehntausend will ich kommen, mindestens.« Er lächelte. Hinter seiner Brille funkelten seine Augen. Ein Hörgerät hatte er dezent hinter dem Ohr versteckt. »Aber Sie sind ja nicht gekommen, um mit mir über erste Sätze zu sprechen.«

»Nein«, sagte Lena. »Ich ermittele in einem Mordfall, und ich interessiere mich für die beiden Kinder, die vor dreißig Jahren in Köln ausgesetzt worden sind.«

Rinke schenkte ihr Tee ein. »Ihr Vater hat mir schon ein wenig über den Hintergrund erzählt. Ich habe ihm früher manchmal geholfen, wenn er gewisse Auskünfte brauchte.

War nicht ganz offiziell. Er hat mir immer eine Flasche Likör mitgebracht. Hat ihm wohl mal jemand erzählt, dass ich Likör trinke. Das stimmte aber gar nicht.«

»Diese beiden ausgesetzten Kinder vor dreißig Jahren – wo hat man sie gefunden?« Lena hatte wenig Neigung, über ihren Vater zu sprechen. Auch Rinke hatte dieses Glänzen in den Augen, wie sie es schon bei vielen Leuten gesehen hatte, als würde er gerne erst einmal über den legendären Kommissar Larcher sprechen.

Rinke nippte an seinem Tee. Seine großen weißen Hände umfassten die Tasse und ließen sie gar nicht mehr los. »Es war im Februar, kurz nach Aschermittwoch, hatte aber mit Karneval nichts zu tun. Das erste Kind wurde in einer Telefonzelle gefunden, am Klingelpütz. Damals gab es ja noch Telefonzellen. Kurt, ein Obdachloser, der da nachts schlief, brachte das Kind zur Polizei. Die kleine Kim, ein schokoladenbraunes Mädchen, bildschön.« Er starrte vor sich hin. »Wenn es nicht gegen die Vorschrift gewesen wäre, hätten meine Frau und ich das Kind gerne selbst behalten. Von Kims leiblicher Mutter hat die Polizei leider nie eine Spur gefunden. DNA-Tests waren damals noch nicht üblich.«

Lena hörte, dass ihr Telefon klingelte. Rinke runzelte die Stirn über diese Störung. Sie sah Davids Nummer auf dem Display, nahm das Gespräch jedoch nicht an.

»Wissen Sie, was aus dem Mädchen geworden ist?«, fragte sie.

»Aber gewiss.« Rinke nickte heftig, er stellte die Tasse ab und eilte zu einer Schrankwand. Mit einem Fotoalbum kehrte er zurück. »Ich habe mich jedes Jahr im Februar nach Kim erkundigt. Sie war ein besonderer Fall für mich. Ich habe sie zu einem Lehrerehepaar nach Porz vermittelt.« Er blätterte das Album auf und zeigte ihr ein Foto. Neben einem etwa sechsjährigen dunkelhäutigen Mädchen, das fröhlich und mit einer riesig wirkenden Zahnlücke lächelte, stand ein schwarzhaariger Mann, der eine große Hornbrille trug. Lena brauchte einen Moment, um zu erkennen, dass es Rinke selbst war, der da stolz posierte.

Konnte Helga Rothmann ein farbiges Kind auf die Welt gebracht haben? Davon, dass der Schauspieler, der angebliche Vater des Kindes, ein Farbiger war, hatte ihr Bruder nichts erwähnt.

»Wohnt Kim immer noch in Köln?«, fragte Lena. »Sehen Sie sie immer noch?«

Rinke nahm das Fotoalbum und legte es vor sich auf den Tisch. Er schwieg einen Moment und trank einen Schluck. »Solche Kinder spüren irgendwie, dass man sie nicht wollte. Die meisten haben einen Knacks. Das war auch bei Kim so. Obwohl wir die besten Pflegeeltern ausgesucht hatten, ist sie mit zwölf von zu Hause abgehauen. In Südfrankreich ist sie zwei Jahre später überfahren worden. Die ganze Zeit haben ihre Eltern nicht gewusst, wo sie war. Eine große Tragödie.«

Eine SMS ging bei ihr ein. Verstohlen las sie die Nachricht. »Warum meldest du dich nicht?«, fragte David. Was sollte das? Sie spürte Ärger in sich aufwallen. Wollte er ihr erklären, warum man Henning und sie ausgebootet hatte?

»Ich habe so viele unglückliche Kinder gesehen«, sagte Rinke traurig vor sich hin. »Und aus unglücklichen Kindern werden unglückliche Erwachsene.«

Sie schwiegen einen Moment. Lena dachte an Simon, er war ein glückliches Kind gewesen, und Rinke, gerührt von seinem eigenen Satz, nahm seine Brille ab und wischte sich über die Augen.

»Was war mit dem zweiten Kind?«, fragte Lena zaghaft.

Rinke straffte sich und setzte seine Brille wieder auf. »Das war eine ganz andere Geschichte, und eigentlich ist nicht zu verstehen, dass wir die Mutter nie ermittelt haben, aber sie war schlau, sie hat sich wohl irgendwie verkleidet. Das Kind war auch schon älter. Die kleine Kim war erst ein paar Stunden alt gewesen. Das andere Mädchen war schon drei, vier Tage auf der Welt, mindestens, sein Nabel war ordentlich versorgt worden.«

»Wo hat man es gefunden?«, fragte Lena, als Rinke nicht weitersprach, sondern nachdenklich vor sich hin starrte.

»In einem Taxi am Bahnhof. Es stand ganz hinten in der Reihe, der Fahrer war ausgestiegen und hatte sich mit seinen Kollegen unterhalten. Als er zurückkehrte, lag da eine blaue Segeltasche auf dem Rücksitz. Er hat sie erst bemerkt, als das Kind anfing zu schreien. Und noch etwas war besonders: Das Kind war gut angezogen, und es lag eine Rose in der Tasche, eine schöne langstielige Rose ohne Dornen. In den Zeitungen war deswegen auch von dem ›Rosenkind‹ die Rede.«

»Eine Blume – warum eine Blume?« Lena nahm ihr Notizbuch hervor.

»Keine Ahnung.« Rinke machte eine fahrige Geste und hätte beinahe seine Tasse umgestoßen. Plötzlich wirkte er erschöpft. »Wir haben das Kind schnell vermitteln können. Ein Ärzteehepaar nahm es an. Die beiden haben sich rührend um Dora gekümmert. So haben wir das Kind genannt, Dora, nicht Rosa, wie einige meiner Mitarbeiter vorschlugen. Dora war ein unauffälliges, schweigsames Kind. Ich habe sie nur ein-, zweimal besucht. Die Eltern wollten keinen Besuch vom Jugendamt.«

»Wo lebt diese Dora heute? Haben Sie eine Adresse?«

»Nein, bedaure, aber ihre Eltern, das Ehepaar Hanneke war letztes Jahr groß in der Presse. Sie sind in ihrem Haus in Fühlingen ums Leben gekommen. Eine Vergiftung durch Kohlenstoffdioxid, vermutlich weil ein Ofen defekt war, aber ganz genau hat man es wohl nicht herausgefunden. Es könnte auch Selbstmord gewesen sein. Die Frau war schwer krank.«

Dora Hanneke – das Kind, das eine Rose dabeihatte, als man es ausgesetzt hatte. Der alte Schrotthändler züchtete Rosen. Gab es in der Familie Rothmann einen besonderen Hang zu dieser Blume? Lena nahm sich vor, den alten Rothmann später noch einmal anzurufen.

Es war kurz nach halb acht, als sie sich auf den Weg zur Straßenbahn machte. Es war kalt geworden, der Geruch von Regen lag in der Luft. Sie spürte, dass sie erschöpft war. Die meisten Fenster waren erleuchtet. Sonntagabend. Was hatte sie früher an solchen Abenden gemacht? Sie hatte sich mit Simon in sein Zimmer zurückgezogen, während Robert sich auf seine Arbeitswoche vorbereitete, und hatte ihm eine Geschichte vorgelesen, damit er möglichst früh einschlief.

Als die Straßenbahn den Hönninger Weg herabrumpelte, klingelte ihr Telefon.

Henning war am Apparat. »Lena«, sagte er verzweifelt, »kannst du mir Geld leihen? Vierhundert Euro? Ich bin in Schwierigkeiten.«

Sie brauchte fast vierzig Minuten, bis sie in der Leyendecker Straße war. Vorher hatte sie an einem Geldautomaten vierhundert Euro abgehoben. Hatte er gespielt? War er deshalb in Schwierigkeiten?

Henning empfing sie rasiert und gekämmt. Er trug Jeans und einen schwarzen Pullover, der teuer aussah. Er führte sie ganz wie ein guter Gastgeber in die Küche. Drei Stühle standen da, einen hatte er zu einem Tisch umfunktioniert. In einer offenen Pappschachtel lag eine dampfende Pizza.

Er lächelte. »Ich dachte, du hast vielleicht Hunger, wenn du kommst.«

Lena ließ sich auf einem Stuhl nieder. Tatsächlich verspürte sie Hunger. Wann hatte sie zuletzt etwas gegessen?

»Hast du das Geld?« Henning teilte die Pizza mit einem Taschenmesser in mehrere Stücke.

Lena nickte und nahm ein Stück. »Was ist los?«, fragte sie. »Warum warst du heute nicht im Präsidium?«

Auch Bier hatte er gekauft. Er bot ihr eine Flasche an und öffnete sich selbst eine, nachdem sie mit einer Geste abgelehnt hatte.

»Das Mädchen«, sagte er, »die Kleine von neulich … ist doch nicht so harmlos, wie sie aussah. Sie macht mir Ärger. Sie hat mir meine Pistole geklaut. Ich muss sie nun zurückkaufen.«

»Das Mädchen hat deine Dienstwaffe? Du hast sie hier so herumliegen lassen?«

»War ein Versehen«, erwiderte er kauend und so, als wäre ihm nur ein kleineres Malheur passiert.

Lena schwieg. Henning musste wissen, dass es kaum ein größeres Dienstvergehen gab, als seine Waffe zu verlieren. Das würde ihn den Hals kosten, endgültig.

»Ich bin auf dem Weg aus der Krise«, erklärte er recht selbstsicher. »Ich habe mit meiner Frau telefoniert. Wir wollen reden, morgen oder übermorgen. Und wenn ich die Pistole wiederhabe, bin ich auch einsatzfähig.« Er griff nach dem nächsten Stück Pizza.

»Und du glaubst, für vierhundert Euro gibt dir das Mädchen die Waffe zurück?« Lena konnte kaum fassen, wie naiv Henning seine Lage sah.

Er nickte kauend. »Wir haben einen Deal – vierhundert Euro gegen die Waffe. Sie wird in einer Stunde kommen und kann froh sein, wenn ich ihr nicht den Arsch versohle.« Er brachte sogar ein Lächeln zustande. Für ihren Fall interessierte er sich keinen Deut.

Lena legte ihm die vier Scheine neben die Pizzaschachtel. »Dieses Mal helfe ich dir, aber sonst nie wieder.« Sie stand auf, nickte ihm zu und ging zur Tür.

Im Treppenhaus, während sie hinunterging, klingelte ihr Telefon wieder.

David, dachte sie, er gab nicht auf, sie zu sprechen.

Eine Frauenstimme meldete sich. Mona – sie klang müde, aber offensichtlich war sie immer noch im Präsidium. »Wir haben eine neue Lage«, sagte sie. »Der alte Helmes hat sich heute am frühen Abend auf dem Dachboden erhängt. Zu seinen Füßen hatte er einen Zettel. ›Ich habe meine Tochter auf dem Gewissen. Es tut mir leid.‹« Mona schwieg einen Moment. »Ich dachte, du solltest das wissen. Larsen ist rausgefahren, um sich den Toten selbst anzuschauen. Und Henning ist den ganzen Tag nicht aufgetaucht. Vielleicht schaust du mal nach ihm.«

»Ja«, erwiderte Lena. »Mache ich.«

22.

Für einen Moment dachte er wieder an Selbstmord. Von der Straße abkommen, gegen einen Betonpfeiler rasen, ein Schrecken, ein Lichtblitz und dann ewige Dunkelheit. In den Zeitungen würde stehen, dass er auf dem Weg ins Krankenhaus zu seinem Sohn verunglückt sei.

Ein ehrenvolles Ende.

Er hatte Schmerzen in der Brust. Hitzewellen fluteten durch seinen Körper. Er schwitzte, während er sich mühsam, wie durch einen Nebel, der jedoch nur in seiner Wahrnehmung existierte, den Weg zur Universitätsklinik bahnte.

Sein Telefon klingelte, aber er war unfähig, das Gespräch anzunehmen. Wahrscheinlich Leo – konnte er auch schon von dem Unglück erfahren haben?

Gedanken wirbelten durch seinen Kopf. Wie konnte es sein, dass Pierre mit seinem SUV in den Rhein gefahren war? Wie lange kam ein Mensch ohne Sauerstoff aus? Allenfalls ein paar Minuten, dann gab es bleibende Schäden. Was hatte das alles mit seinen Schwierigkeiten zu tun – mit der Kassette, mit der Erpressung, mit Fleur?

Er spürte, wie ihm Tränen in die Augen traten.

Erst zerstören wir deine Familie … Pierre war der Letzte gewesen, der ins Visier geraten war; ja, nun hatte es auch den stets selbstbewussten, kraftstrotzenden Pierre erwischt.

Die Straßen waren leer. Köln war in tiefen Schlaf gesunken. Er parkte in der Nähe der Klinik in einer Einfahrt, und dann, vor dem Eingang, sah er Carolin. Ihre Verletzung war ihr nicht mehr anzumerken. Sie hatte die Arme um sich geschlungen, als würde sie bitterlich frieren. Wie kam sie mitten in der Nacht hierher? Doch sie war nicht allein. Eine Frau in einem schwarzen Mantel, mit gefärbten, hellblonden, schulterlangen Haaren stand bei ihr. Alexa, seine Schwägerin.

Sein Herz schlug noch heftiger. Was hatte das zu bedeuten?

Als sie ihn sah, stürmte Carolin auf ihn zu. »Papa, was ist nur wieder Schreckliches passiert?« Mit tränennassem Gesicht schmiegte sie sich an ihn. Einen Herzschlag lang war sie wieder ein kleines Kind, das gestürzt war und das bei ihm Trost suchte.

Während er seine Tochter an sich drückte, beobachtete er Alexa. Sie war noch dünner geworden, eine Fitness-Queen, die wahrscheinlich einen eigenen Trainer hatte und jeden zweiten Tag trainierte. Mit starrer Miene nickte sie ihm zu. Sie hatte keine Tränen in den Augen.

»Wie habt ihr von dem Unfall erfahren?«, fragte er, nachdem Carolin sich wieder von ihm gelöst hatte.

»Eine Freundin …«, stammelte sie. »Sie arbeitet hier aushilfsweise … Sie kennt Pierre und hat mich angerufen.«

Er wischte ihr eine feuchte Haarsträhne aus dem Gesicht, dann trat er auf Alexa zu.

Sie drückte ihm die Hand, wie eine Trauernde, als müsse sie ihm Beileid wünschen.

»Ich habe mich gleich ins Auto gesetzt«, sagte sie, »als Carolin mich angerufen hat. Bin eben von einem Empfang zurückgekommen. Hast du dich geprügelt?« Sie deutete auf die Wunde auf seiner Nase.

Er schüttelte unwirsch den Kopf. »Wie kommst du auf so eine Idee? Ein Missgeschick. Ich habe mich gestoßen.«

»Bei euch laufen ja einige Dinge ziemlich schief.«

Fast war er versucht, sie darauf anzusprechen, dass sie ihn

in der Bank gesehen und dann gleich Alma angerufen hatte, doch stattdessen sagte er: »Es ist ein Trauerspiel.«

Alexa zog die Augenbrauen zusammen. War das ein Kommentar zu seinen Worten, die ihm selbst völlig hohl vorkamen? Ein Trauerspiel? Wieso benutzte er solch einen Ausdruck?

Carolin schluchzte, während sie zur Intensivstation gingen. Eine Nachtschwester, die blass und übernächtigt aussah, bat sie um Geduld. Ja, der Patient sei noch am Leben, ein Arzt komme gleich zu ihnen.

Schweigend saßen sie da. Alexa hatte ihren Arm um Carolin gelegt, und doch hatte er das Gefühl, dass sie ihn die ganze Zeit beobachtete. Hatte Carolin ihr etwas gesagt? War sie über die Erpressung im Bilde?

»War Pierre betrunken?«, fragte sie plötzlich. Ihre blauen Augen waren zwei Lanzen, die ihn aufspießten. »Ist er deshalb in den Rhein gefahren?«

Er zuckte mit den Achseln. In den Rhein gefahren – bislang hatte er sich dieses Unglück überhaupt nicht vorstellen können.

»Oder hat Pierre Probleme? Hat er vielleicht versucht sich …« Sie verstummte. Carolin schluchzte erneut auf. »Nein«, fuhr Alexa fort, »als wir das letzte Mal Golf gespielt haben, war er gut gelaunt wie immer.«

Sie spielte mit Pierre Golf? Diese Nachricht verblüffte ihn. War davon jemals die Rede gewesen? Er konnte sich nicht erinnern.

»Wir müssen abwarten«, sagte er und bemühte sich, möglichst sachlich zu klingen, »bis wir mehr über den Hergang des Unfalls wissen. Vielleicht ist er von der Straße abgekommen, ein Fahrzeug hat ihn geblendet, Pierre musste ausweichen, und dann …« Ja, es gab eine ganz plausible Erklärung für das Unglück, redete er sich ein, es hatte nichts mit ihren anderen Schwierigkeiten zu tun.

Alexa schüttelte den Kopf. »Es ist in Langel passiert, an der Stelle, wo die Fähre anlegt. Pierre ist mit seinem Wagen langsam ins Wasser gerollt. Zum Glück hat es ein Kellner in dem Fährhaus gesehen, sonst …«

Er fragte nicht, woher sie das wusste, sondern wich ihrem kühlen Blick aus. Er zog sein Smartphone hervor. Das Telefonat, das eingegangen war, war keine SMS mit Smiley, stellte er beinahe erleichtert fest. Entwarnung! Carolin hatte ihn angerufen.

»Hast du Alma schon informiert?«, fragte er Alexa.

Sie schaute ihn an, ohne etwas zu erwidern, und wandte sich dann erneut Carolin zu, die sich weiterhin an sie drückte.

Alma und Alexa waren zweieiige Zwillinge, sie sahen sich nicht wirklich ähnlich. Alexa war hübscher und härter, eine Frau, die jedem das Gefühl gab, ihm überlegen zu sein, deshalb war er ihr immer ausgewichen. Allenfalls drei-, viermal in seinem Leben hatte er sie umarmt, fiel ihm ein: auf seiner Hochzeit, nach der Geburt von Leo und Pierre und auf ihrem vierzigsten Geburtstag, den sie zusammen mit Alma in der Flora gefeiert hatte. Damals war sie solo gewesen, ohne jeden Partner, und irgendwie hatte er das Gefühl gehabt, sie wolle ihn herausfordern, doch bei ihr hatte er sich immer vorgesehen.

»Wir sollten Alma schlafen lassen«, sagte sie dann. »Sie kann ja ohnehin nichts tun.«

Von draußen waren Sirenen zu hören. Was würde er tun, wenn sein Sohn in dieser Nacht starb? Wenn ihn jemand erst betäubt und dann in den Rhein gefahren hatte? Er dachte an die Waffe, die jetzt auf seinem Wohnzimmertisch in der Dunkelheit lag. Er würde seinen Kontrahenten töten. Denn jetzt blieb nur noch er übrig: Leo, Verena, Pierre – alle hatten ihre Schläge abgekriegt.

»Vielleicht sollten wir einmal ausführlich miteinander sprechen, bevor Alma wiederkommt, und du sagst mir, was bei euch los ist.« Alexa flüsterte nur, doch die Worte trafen ihn bis ins Mark.

Dann wurde die Tür geöffnet, und ein junger Arzt mit halblangen braunen Haaren und Nickelbrille trat zu ihnen. Er sah aus wie der junge John Lennon. Höflich lächelnd stellte er sich vor: Doktor Vogel.

Er wusste nicht, ob er den Arzt schon einmal gesehen hatte, und Doktor Vogel zeigte keine Spur eines Erkennens. Nüchtern berichtete er. Man habe Pierre wiederbeleben müssen; nun habe man ihn ins künstliche Koma versetzt und seine Körpertemperatur auf 34 Grad abgesenkt. Ob sein Hirn in Mitleidenschaft gezogen worden sei, könne man nicht sagen. Sein Zustand sei kritisch, aber stabil.

Carolin brach in hemmungsloses Schluchzen aus, und auch er spürte, wie ihm die Knie weich wurden.

»Weiß man, wie das Unglück passiert ist?«, brachte er mühsam hervor, als der Arzt sich bereits abwenden und zurück auf seine Station eilen wollte.

Doktor Vogel schüttelte den Kopf. »Nimmt Ihr Sohn Drogen?«, fragte er dann. »Könnte es sein, dass er betrunken war oder etwas anderes zu sich genommen hatte?«

Er verneinte abrupt, und der Arzt verabschiedete sich wieder.

Würden sie Pierre Blut abnehmen, musste er sie darauf hinweisen? Doktor Vogel hatte die Tür bereits hinter sich geschlossen. Nachts um vier Uhr konnte man von ihm keine weiteren Erklärungen verlangen.

»Wir sollten zur Polizei fahren«, sagte Alexa. »Kannst du da nicht etwas arrangieren? Wir müssen Genaueres wissen.«

Er nickte wortlos. Carolin kauerte in einer Ecke und murmelte Worte vor sich hin. »Er darf nicht sterben … nicht sterben, nicht sterben«, meinte er zu hören. War das ein Gebet? Vermutlich.

Sie brachten Carolin in ihre Wohnung an der Bismarckstraße. Er hoffte, dass Alexa mit ihr hinaufgehen würde, um sie zu beruhigen und ihr vielleicht noch einen Tee zu kochen, doch sie bat ihn zu warten und war schon nach fünf Minuten zurück.

»Ich habe Carolin eine von meinen Schlaftabletten gegeben«, sagte sie. »Wohin fahren wir zuerst? Zur Polizei oder zu der Anlegestelle?«

»Zur Anlegestelle.«

Er fuhr besonders konzentriert, wollte sich keinen Fehler erlauben.

Alexa gähnte und schloss für einen Moment die Augen, aber er hatte das Gefühl, dass sie ihre Müdigkeit nur spielte und auf der Lauer lag. Sie besaß eine Wohnung in Lindenthal, direkt am Kanal, in bester Gegend, und war seit ein paar Monaten wieder allein, wenn er sich richtig erinnerte. Ihr letzter Freund war ein betuchter Anwalt aus Düsseldorf gewesen, dem sie das Haus eingerichtet hatte.

»Weshalb hast du eigentlich einen neuen Wagen?«, fragte sie, ohne die Augen zu öffnen. »Ist dein BMW kaputt?«

»Inspektion«, erwiderte er. »Ist auch nicht mehr ganz neu der Wagen.«

»Was ist mit euch los? Leo hat seine Hochzeit abgesagt, und neulich war Pierre seltsam nervös, er hat immer auf sein Handy geschaut.«

»Keine Ahnung.«

Er fuhr über die Autobahn, bog dann ab auf eine unbeleuchtete Landstraße. Pierre wohnte in der Südstadt. Hier in diesen abgelegenen Teil der Stadt kam er nur, wenn er in Worringen Trainerstunden gab. Wieso hatte er sich mitten in der Nacht in dieser gottverlassenen Gegend aufgehalten?

»Du willst mir nichts erklären, nicht wahr?«, sagte Alexa. Sie hatte die Augen wieder aufgeschlagen und musterte ihn kühl. »Obwohl du es könntest.«

»Nein«, erwiderte er. »Ich weiß nicht, was Pierre in letzter Zeit so getrieben hat.«

Schon von Weitem waren die Scheinwerfer zu sehen. Er erinnerte sich, dass er mit Alma einmal hier gewesen war. Am Ende der Straße gab es ein italienisches Restaurant; ihr hatte der Platz gefallen, ihm nicht. Der Kellner hatte unaufhörlich mit ihnen reden wollen, und vorne im Lokal war auf einem riesigen Bildschirm ein Fußballspiel gelaufen.

Die Feuerwehr war noch bei der Arbeit, doch Pierres Wagen hatten sie bereits aus dem Wasser gezogen. Er hielt mitten auf der Straße an, schaltete den Motor ab und stieg aus, ohne auf Alexa zu achten. Drei Feuerwehrmänner rollten Seile ein, die sie offensichtlich benutzt hatten, um den SUV herauszuziehen. An einem Wagen streifte ein muskulöser Mann seine nasse Taucherkleidung ab. Polizisten waren nicht mehr zu sehen, auch keine Anwohner, die neugierig zuschauten.

Er ging zu Pierres Wagen. Das Fenster an der Fahrerseite war eingeschlagen, die Tür war verbeult, anscheinend weil man sie aufgebrochen hatte. Auch die Motorhaube hatte einiges abbekommen. Beide Scheinwerfer waren zersplittert, die breite Stoßstange hing herunter. Der Wagen war nur noch ein Haufen Schrott. Alexa schob sich an seine Seite.

Als er in den Wagen hineinspähte, trat ein Feuerwehrmann, der einen gelben Helm trug, zu ihnen.

»Was tun Sie hier?«, fragte der Mann unfreundlich. »Der Wagen ist beschlagnahmt. Gehen Sie bitte!« Er machte eine Geste wie ein Polizist, der den Verkehr regelte.

Alexa nickte ihm zu, und sie gingen ein paar Schritte weg. Aus den Augenwinkeln sah er, wie ein anderer Feuerwehrmann, der keinen Helm aufhatte, auf sie zukam.

»Wo ist das Päckchen mit Kokain, das ihr in dem Wagen gefunden habt?«, fragte er seinen Kollegen eindringlich. »Hat die Polizei es mitgenommen?«

Er spürte, dass Alexa ihn von der Seite anschaute. Kokain? Wieso sollte Pierre Drogen in seinem Auto gehabt haben? Er überlegte, zurückzugehen und sich als Vater des Verunglückten zu erkennen zu geben, aber die beiden Feuerwehrmänner hatten sich bereits abgewandt.

Er brachte Alexa zurück zu ihrem Wagen an der Uniklinik. Dann fuhr er nach Rodenkirchen. Von der Polizei hatten sie keine Auskunft erhalten. Sonntagmorgens um fünf Uhr hatte da nur ein wortkarger Bereitschaftspolizist am Telefon gesessen.

Pierre ein Drogendealer? Hatte er deshalb nie Geldprobleme, weil er neben seinem Job als Golflehrer noch andere Einkünfte hatte? Eigentlich auch eine ideale Verbindung – wer Golf spielte, hatte Geld und konnte sich vieles leisten, auch Kokain.

Aber nein! Das war Unsinn. Pierre hatte noch nie krumme Geschäfte gemacht.

Er legte sich auf das Ledersofa und versuchte, zumindest ein paar Stunden zu schlafen, doch es gelang ihm nicht. Im Halbschlaf sah er Leo und Pierre als Dreijährige – wie sie aufgeregt lächelnd mit einem Eis in der Hand auf ihn zuliefen. Seine Kinder waren sein Glück gewesen, sie hatten die dunklen Gedanken, die ihn umgaben, immer wieder vertrieben. Er hatte geglaubt, sein Leben im Griff zu haben. Fleur war tot und vergessen, ein ungelöster Kriminalfall, niemand suchte ihn. Er hatte auch nicht mehr jeden Tag an sie gedacht, er führte ein scheinbar unbeschwertes Leben. Warum nur hatte er in jener unseligen Nacht diese beiden Kassetten besprochen? Könnte er dieses mörderische Spiel beenden, wenn er zur Polizei ginge, um den Mord an Fleur zu gestehen?

Um acht Uhr weckte ihn eine SMS. Kein Smiley. »Bald ist es so weit«, stand da. »Wir sehen uns.«

Er sprang auf und musste sich im Bad übergeben.

Nun war er endlich an der Reihe, sollte das wohl bedeuten. Er nahm das Telefon und drückte auf die Funktion »antworten«. Warum kam er nun zum ersten Mal darauf, selbst eine Botschaft zu schreiben?

»Ich töte dich, wenn wir uns sehen«, schrieb er mit zitternden Händen und schickte die Nachricht ab.

Ja, wer immer ihn und seine Familie zerstören wollte – er würde diesem Gegner zuvorkommen.

Eine halbe Stunde später, als er sich geduscht hatte und auf dem Weg ins Krankenhaus war, rief ihn eine dunkle Männerstimme an. Krischat, der Köbes, war am Apparat. Er klang übernächtigt. »Chef«, sagte er, »es ist etwas Dummes passiert. Zlatko, mein Freund, meint, dass die Waffe zu billig war. Sie kostet eigentlich tausend Euro mehr.«

Er brauchte einen Moment, um Krischats Worte zu begreifen. »Willst du mich erpressen, Krischat?«, fragte er mit schneidender Stimme, die für gewöhnlich ihre Wirkung erzielte. »Weil ich mir illegal eine Pistole besorgt habe?«

»Erpressung ist nicht ganz richtig«, erwiderte Krischat unbeeindruckt. »Der Preis ist nur über Nacht gestiegen, Chef. Zlatko hat herausgefunden, wer Sie sind. Er ist ein ziemlich gerissener Geschäftsmann.«

Niederschießen, dieses Wort kreiste in seinem Kopf, während er zur Uniklinik fuhr, er würde diesen Zlatko einfach niederschießen. Die Wut steigerte sich so sehr, dass er ganz vergessen hatte, Alma und Leo anzurufen und über Pierres Unfall zu informieren.

Alexa und Carolin schienen bereits auf ihn zu warten. Sie saßen auf der Bank vor der Intensivstation.

»Papa.« Carolin eilte auf ihn zu. Ihn beruhigte es beinahe, dass sie es wieder französisch aussprach. »Pierre lebt noch. Er hat die Nacht überstanden.«

Er küsste sie auf die Wange. »Alles wird gut«, flüsterte

er ihr zu. Ihr Haar roch nach Parfüm. Dann wandte er sich Alexa zu und reichte ihr die Hand. Sie deutete ein kühles Nicken an. Zu seinem Ärger musste er anerkennen, dass sie kein bisschen übernächtigt aussah.

»Ich habe Alma noch nicht erreicht«, log er.

Alexa lächelte matt. »Es gibt da etwas, das du noch nicht weißt. Sie hat jemanden in Kapstadt getroffen, einen Schriftsteller, und nun ist sie mit ihm in sein Haus gefahren, in die Karoo, eine Einöde. Dort haben sie kein Netz.«

»Alma hat einen Schriftsteller kennengelernt?« Er spürte, wie ihm flau wurde. An alles hatte er gedacht, aber nicht daran, dass seine Frau ihm untreu werden könnte.

»Wir sollten später darüber reden«, sagte Alexa. »Ein Kommissar war schon hier. Er ist jetzt in Pierres Wohnung. Es ist wegen der Drogen, die sie in dem Wagen gefunden haben. Vielleicht solltet ihr hinfahren, Carolin und du.«

Es gefiel ihm ganz und gar nicht, dass Alexa ihm nun Befehle erteilte. Außerdem verspürte er keinerlei Neigung, einem Polizisten zu begegnen.

»Ich bleibe hier«, sagte er. »Fahrt ihr. Ich muss wissen, wie es Pierre geht.«

»Mit Leo habe ich heute Morgen schon gesprochen. Er hatte eigentlich deinen Anruf erwartet«, sagte Carolin ein wenig vorwurfsvoll. »Er kommt heute Nachmittag zurück. Er ist völlig am Ende.«

Er wollte etwas erwidern, aber da wurde die Tür geöffnet. Eine junge Ärztin mit schneeweißen Haaren trat zu ihnen. Ihr Mund war knallrot, bemerkte er. Ein Fotomodell als Ärztin.

Sie reichte ihm die Hand. »Wir tun alles, damit Ihr Sohn durchkommt«, sagte sie mit leiser, eindringlicher Stimme. »Aber leider müssen wir die Polizei einschalten. Ihr Sohn muss gestern Abend eine größere Menge Drogen zu sich genommen haben. Kokain und Alkohol, um genau zu sein.«

23.

In der Nacht erwachte sie, weil jemand »Lena« flüsterte, ganz zart an ihrem Ohr. Sie schreckte auf und tastete nach Robert neben ihr. Das hatte er manchmal getan, wenn er nach ihr ins Bett gegangen war, weil er noch Akten durcharbeiten musste. Dann war er als sanfter Schatten ins dunkle Zimmer gekommen, hatte sich über sie gebeugt und ihren Namen geflüstert, nicht mehr.

Ein Schmerz überkam sie, der sie zittern ließ. Die Wunde an ihrer Hand tat wieder weh. Das Bett neben ihr war leer, genau wie die Wohnung. Da lebte niemand mehr, nur sie.

Neulich hatte sie die Stücke Blei gefunden, die sie in der Silvesternacht gegossen hatten. Eine Lanze für Simon, ein Vogelkopf für Robert. »Ich fliege davon«, hatte er gesagt und gelacht. Und sie? Ihre Bleifigur hatte wie eine klumpige düstere Wolke ausgesehen.

Wie oft hatte sie daran gedacht, sich zu töten? An den Tagen nach der Trauerfeier gewiss zehnmal am Tag. Ein Kollege von ihr hatte sich kurz vor dem Unfall auf dem Parkplatz am Präsidium die Pistole in den Mund geschoben und abgedrückt. Vielleicht war sie einfach nur zu feige dafür gewesen.

Um zwanzig nach sieben klingelte ihr Smartphone.

»Die kleine Schlampe hat mir die Waffe gestern Nacht wiedergebracht«, sagte Henning, »aber es fehlen drei Kugeln. Irgend so ein Arschloch hat mit meiner Pistole geschossen.« Er klang ehrlich verzweifelt.

»Zieh dir was Anständiges an und komm gegen neun ins Präsidium«, erwiderte sie und unterbrach die Verbindung.

Montagmorgen – eine Woche war sie nun im Dienst, und noch immer hatten sie den Mörder nicht gefasst. Eigentlich waren sie ihm kein Stück näher gekommen.

Lena nahm die Straßenbahn und war um halb neun im Präsidium. Mona schritt ihr mit einem Becher Kaffee entgegen, sie verzog das Gesicht und murmelte: »Larsen hat absolut schlechte Laune. Wir mussten Gohr wieder laufen lassen. Hat Bauer angeordnet. War nichts zu machen.«

Lena folgte ihr. »Ich brauche eine Adresse«, sagte sie und schob ihr einen Zettel mit dem Namen »Dora Hanneke« hin. »Kannst du mir helfen? Eine junge Frau, muss ungefähr dreißig Jahre alt sein, in Köln geboren.«

Mona lächelte. »Du führst deine eigenen Ermittlungen durch, was?«

Im nächsten Moment stand Larsen in der Tür. Er sah übernächtigt aus. »Wir haben den alten Helmes gestern Nacht noch in die Rechtsmedizin überführt«, sagte er ohne eine Begrüßung. »Hat sich irgendjemand von euch sein Haus näher angesehen?«

»Nein«, antwortete sie. »Haben wir nicht. Gab keinen Grund dafür.«

Er winkte ihr, mitzukommen – unwirsch, wie ein genervter Befehlsgeber. Im Konferenzraum hatte sich die Soko Eigelstein versammelt. Wiegand saß mit einer Lesebrille da und blätterte einen Ordner durch, er sah kaum auf und wirkte ebenfalls so, als hätte er in der Nacht keine Stunde geschlafen. Drei Tassen mit Kaffeeresten standen vor ihm auf dem Tisch.

Zuerst sah sie, sichergestellt in einem kleinen Plastikbeutel, einen vergilbten Zettel, der schief aus einem Block abgerissen worden war. »Ich habe meine Tochter auf dem Gewissen. Es tut mir Leit.« Zwei Rechtschreibfehler, registrierte sie kaltblütig. Die Handschrift war alt und zittrig.

»Er hat sich auf dem Dachboden erhängt. Nach dem Abendessen. Seine Frau hat es erst zwei Stunden später bemerkt«, sagte Larsen. Er klang ein wenig versöhnlicher und zog sich einen Stuhl heran.

»Und?«, fragte sie. »Glaubt ihr wirklich, dass er seine Tochter erdrosselt und dann angesteckt hat?«

»Wir lassen seine Garage durchsuchen«, sagte Wiegand mürrisch. »Vielleicht finden wir da etwas, das uns weiterhilft.«

»Der Kerl war echt irre.« Larsen hielt ihr einen Aktenordner hin. »Er hat Zeitungsausschnitte über Verbrechen gesammelt. Alles, was irgendwie pervers war.«

Sie nahm den Aktenordner und schlug ihn auf. Das Papier roch muffig. »Klar, war er irre. Er hat seine Tochter vergewaltigt, hat ihr ein Kind gemacht. Vielleicht musste er sehen, dass auch andere so kaputt waren wie er.«

Das erste Blatt in dem Ordner war ein ordentlich ausgeschnittener Zeitungsartikel über den Mord an einer Prostituierten – Helga Rothmann, auch »Fleur« genannt.

Lena spürte, wie sie zusammenzuckte, nicht, weil der alte Helmes diesen Bericht aufbewahrt hatte, sondern weil sie den Namen Fleur las.

»Ein Vergewaltiger, der Mordfälle sammelt – und der erste Artikel in seiner Sammlung ist zufällig einer, der dem Mord an seiner Tochter absolut gleicht«, sagte Larsen. »Seltsam, oder?«

»Heißt Fleur nicht Blume?«, fragte Lena. »Helga Rothmann hat sich Blume genannt. Warum steht das nirgendwo?« Hatte ihr Vater diesen Namen einmal erwähnt? Sie erinnerte sich nicht. Auch in den Akten war ihr dieser Name nicht begegnet, aber sie musste sich eingestehen, dass sie längst nicht jeden Vermerk gelesen hatte.

»Wir müssen uns die Ehefrau noch einmal vornehmen und diesen sonderbaren Sohn«, erklärte Larsen, ohne auf ihre Frage einzugehen. »Du hast ihn doch schon einmal vernommen.« Er deutete auf ihre verletzte Hand.

»Er leidet an dem Asperger-Syndrom, einer leichteren Form von Autismus, aber seine Schwester hat er bestimmt nicht umgebracht.«

Mona tauchte in der Tür auf. Sie hielt einen Computerausdruck in der Hand. »Am Rhein haben sie heute Nacht einen Drogendealer aus dem Wasser gezogen. Ist beinahe in seinem Auto ersoffen. Könnte ein Mordversuch gewesen sein. Ist das etwas für uns?«

Larsen schaute sie gelangweilt an. »Henning soll sich da mal kundig machen«, sagte er, »falls er heute kommt«, fügte er spöttisch hinzu. »Lena und ich nehmen uns diesen Asperger-Bruder vor. Ich will verstehen, wie diese Familie tickt.«

Was war eine Familie? Eine einfache Frage. Sie hatte keine Familie mehr. In der einen langen Sekunde vor dem Unfall, als Robert verstummt war und seine Vorwürfe wie ein hässlicher Klang in dem Wagen nachhallten, hatte sie einen schrecklichen Gedanken gehabt. Sie wollte wieder frei sein – von Robert, von Simon – und mit Farkas Ferien machen, so als wäre sie wieder ein junges Mädchen, das einfach losfahren könnte, gen Süden, ohne zu wissen, wo sie die nächste Nacht verbringen würde. Dann hatte sie einen riesigen Schatten wahrgenommen, der sich wie ein Monster näherte, ein Dröhnen und Splittern und Roberts leise, sterbende Stimme …

Erik Helmes trug wieder seinen gelben löchrigen Pullover und eine rote Trainingshose. Lena wunderte sich, dass er nicht bei seiner Mutter war. Sie schwor sich, ihm nicht zu nahe zu kommen, und blickte sich um, ob irgendwo ein Messer lag oder etwas, das er als Waffe benutzen konnte.

Larsen stellte sich vor und streckte seine Hand aus. Erik Helmes ergriff sie, als würde ihm jemand einen Stock hinreichen. Lena schaute er nur kurz an, dann verzog er das Gesicht. Es war ihm nicht anzusehen, ob es ihm nach dem Angriff auf sie peinlich war, ihr wieder zu begegnen, oder ob er sich gar nicht richtig an sie erinnerte.

»Es tut mir leid, was mit Ihrem Vater passiert ist«, sagte Larsen. »Wir müssen Sie nur kurz sprechen.«

Helmes nickte. »Ich bin ganz durcheinander. Ich muss den ganzen Tag auf meine Fußmatte treten«, sagte er tonlos, »aber ich komme nicht an ihr vorbei. Muss immer auf sie treten, doch sie hält mich fest.« Er deutete auf die kreisrunde rote Fußmatte.

Larsen schaute Lena irritiert an und zuckte mit den Achseln.

»Ich wusste es«, meinte Helmes weiter, »es bringt Unglück. Gestern bin ich aus der Wohnung gegangen und habe vergessen, auf die Matte zu treten. Dann kam die Nachricht.«

Lena nahm wieder den muffigen Geruch in der Wohnung wahr.

»Dürfen wir Ihnen ein paar Fragen stellen?«, fragte Larsen. »Über Ihren Vater?«

Helmes nickte. Er machte eine nervöse Handbewegung und drehte sich um. Er eilte in sein Arbeitszimmer. Der Laptop war eingeschaltet, so wie bei ihrem letzten Besuch. Lena wunderte sich. Hatte Helmes tatsächlich gearbeitet, seelenruhig, als wäre nichts geschehen?

Kraftlos ließ er sich auf den Stuhl sinken. Er blickte auf den Bildschirm und wandte sich dann um. Wie ein Trauernder sah er nicht aus. An seinem Hinterkopf standen ein paar Büschel Haare in die Höhe.

Larsen setzte an, erneut eine Frage zu stellen, doch Helmes kam ihm zuvor. »Es ist noch etwas Unangenehmes passiert«, sagte er. Seine Stimme klang ein wenig lebhafter. »Neulich, als diese Polizistin bei mir war.«

Lena wartete einen Moment ab. Hatte er sie tatsächlich nicht wiedererkannt?

»Ich habe nicht die ganze Wahrheit gesagt. Ich habe Eva doch manchmal gesehen, habe mich vor ihr Haus gestellt und gewartet, ob sie herauskommt und ob ich sie erkenne. Sie wollte das nicht, aber …« Er verstummte und wandte den Blick ab.

»Und haben Sie Ihre Schwester erkannt?«, fragte Lena.

Er lächelte selig, doch seine Stimme klang dunkel. »Manchmal ja, manchmal nein, aber vielleicht habe ich auch den Mann gesehen, der sie umgebracht hat.« Er begann, auf seinem Laptop ein paar Befehle einzugeben. Eine Zeichnung tauchte auf, eine gestrichelte Gestalt, ein Mann in einem langen schwarzen Mantel, mit blonden, halblangen zurückgekämmten Haaren.

»So ein Mann ist ein paarmal aus dem Haus gekommen«, erklärte Erik Helmes stolz. Offensichtlich hatte er dieses Computerbild selbst entworfen.

»Schön«, erklärte Larsen mit einem Seufzen.

Der Mann auf dem Bildschirm hatte kein Gesicht.

Plötzlich kam Lena ein Gedanke. »Kennen Sie Adrian Farkas, den Sänger? Er ist mit Ihrer Schwester in die Schule gegangen.«

Helmes starrte sein Computerbild an, offensichtlich enttäuscht, dass Lena ihm keine größere Aufmerksamkeit zollte. »Ja«, sagte er, »kann sein. Ich glaube, er hat sie auch öfter besucht.«

»Er hat Ihre Schwester in ihrer Wohnung am Eigelstein aufgesucht?« Lena trat einen Schritt auf ihn zu, um ihn dazu zu bringen, sie anzuschauen.

»Kann sein«, murmelte er, dann sprang er auf und eilte an ihnen vorbei in den kleinen, muffig riechenden Flur. Ein

Handy begann zu klingeln, doch Erik Helmes hörte es gar nicht. Er stand vor der roten Fußmatte und starrte sie an, als wäre sie ein gefährliches Tier, das ihn gleich angreifen würde.

Larsen forderte sie mit einem Nicken auf zu gehen.

Adrian Farkas, dachte sie, hatte er sie angelogen? Hatte er zu Evas Kunden gehört?

Vom Präsidium aus versuchte sie, Farkas zu erreichen, aber nur seine Mailbox sprang an. Mit einschmeichelnder sanfter Stimme bat er um Geduld, er sei in einer Besprechung und werde zurückrufen.

Ein Zettel lag auf ihrem Schreibtisch: eine Adresse in der Eifel, Kalterherberg, Monschauer Straße. Dora Hanneke war wegen Betrugs vorbestraft. Vor einem Jahr hatte sie ihren Wohnsitz in Köln aufgegeben. Eine Telefonnummer hatte Mona offensichtlich nicht gefunden.

Es half nichts – sie würde sich ein Auto besorgen müssen. In die Nähe der belgischen Grenze konnte eine Polizistin schlecht mit dem Bus anreisen.

Dann dachte sie an ihren Vater und wählte seine Nummer.

Mürrisch knurrte er seinen Namen.

»Was ist mit deinem alten Jaguar?«, fragte sie. »Fährt der noch?«

»Lena, was soll diese Frage?« Seine Stimme hatte sich ein wenig aufgehellt. »Der Wagen ist top in Schuss.«

»Hol mich ab«, sagte sie. »Wir machen eine Spazierfahrt zu dem Mädchen, das ihr damals nicht ermittelt habt.«

Bereits zwanzig Minuten später fuhr ihr Vater vor. Ohne sich bei Larsen abzumelden, verließ sie das Präsidium. Nur Mona wusste, was sie vorhatte. Henning war immer noch nicht aufgetaucht.

Ihr Vater sah aus, als würde er auf ein Fest gehen: weißes Hemd, Krawatte und eine Weste.

»Was ist mit dir?«, fragte sie und deutete auf seinen Aufzug.

»Ich habe mich für meine Tochter schön gemacht«, erklärte er lächelnd. Er roch ein wenig zu penetrant nach Aftershave. »Für unseren Ausflug.«

»Wir fahren in die Eifel – Kalterherberg, kennst du das?«

Er verzog das Gesicht. »Um diese Jahreszeit kein besonders einladender Ort.«

»Wir statten Dora Hanneke einen Besuch ab, dem zweiten Mädchen, das damals ausgesetzt worden ist.«

Ihr Vater nickte. »Das Rosenkind.«

»Und ihre Mutter nannte sich Fleur. Da hättet ihr doch auf eine Verbindung kommen müssen.«

Umständlich steuerte er den Wagen auf die Autobahn. »Natürlich haben wir die Verbindung gesehen. Sie hat nur zu nichts geführt.«

Ihr Smartphone klingelte. Farkas meldete sich, vermutete sie, doch dann sah sie, dass es Davids Nummer war. Sie drückte den Anruf weg.

»Deine Mutter und ich sind häufiger in die Eifel gefahren, als du noch klein warst. Da gab es diese Sommerrodelbahn und den Wildpark. Du warst ganz versessen darauf, Ziegen und Esel zu streicheln. Und in Hellenthal haben wir uns die Greifvögel angesehen. Du hast geschrien, als ein Falke ganz knapp über deinen Kopf geflogen ist.« Ihr Vater gab sich ganz seinen Erinnerungen hin, die er irgendwie rosarot angestrichen hatte. Sie hatte andere Bilder im Kopf, dachte an ihren Vater als an einen Mann, der nie Zeit gehabt hatte und der, wenn er mit ihnen irgendwo hingefahren war, zumeist ohne Umwege ein Restaurant angesteuert hatte.

Vater, wollte sie ihm sagen, ich fahre mit dir dienstlich in die Eifel, nicht um mir deine falschen Erinnerungen anzuhören, doch dann fiel ihr ein, dass es stimmte, was Georg

Weiler ihr gesagt hatte: Ihr Vater war alles, was von ihrer Familie übriggeblieben war.

»Deine Mutter und ich – weißt du, was wir manchmal getan haben, als du noch klein warst? Wir haben die halbe Nacht an deinem Bett gesessen und haben dir beim Schlafen zugeschaut. Wir hätten gerne noch mehr Kinder gehabt, aber es sollte nicht sein – zwei Fehlgeburten, na ja, irgendwann hatte Ruth sich damit abgefunden, schweren Herzens ...« Ihr Vater schaute sie an. Seine Augen funkelten voll seltener Zärtlichkeit.

Er erzählt eine traurige Geschichte, dachte sie, aber er liebt mich. Er ist froh, dass ich neben ihm sitze und wieder mit ihm spreche, zwei Jahre nachdem meine Mutter gestorben ist.

Als sie die Augen schloss, konnte sie einen Moment heranholen, in dem sie unerhört stolz auf ihren Vater gewesen war: Sie saß mit ihrer Mutter zu Hause und verfolgte die Lokalnachrichten im Fernsehen. Ihr Vater, ein viel jüngerer, selbstsicher lächelnder Mann, der einen schwarzen Rollkragenpullover trug, saß auf einem Podium vor einem Mikrofon und hielt das Foto eines Mädchens in die Kamera. Er hatte die zwölfjährige Nadine wiedergefunden, deren Entführung die Stadt zwei Wochen lang in Atem gehalten hatte. Vielleicht war das der Moment gewesen, als sie selbst beschlossen hatte, Polizistin zu werden.

»Ich könnte am nächsten Wochenende etwas für uns kochen«, sagte sie, nachdem sie die Augen wieder geöffnet hatte. »Bei dir, nicht in meiner Wohnung«, fügte sie hastig hinzu. So weit wollte sie noch nicht gehen, ihren Vater in Roberts und ihr Wohnzimmer einzuladen.

Er lächelte. Er wusste, dass sie ihm soeben ein Friedensangebot gemacht hatte. »Sehr schön«, sagte er. »Kann ich mir ein Gericht aussuchen, oder soll es eine Überraschung sein?«

»Eine Überraschung«, erwiderte sie, ohne dass sie eine Ahnung hatte, was sie ihm kochen sollte.

Er fuhr von der Autobahn ab, und sie schwiegen, als wäre nun endlich alles gesagt.

Im Oktober war sie selten in der Eifel gewesen. Die Bäume leuchteten in einem wunderbaren Gelbbraun, und die Weite der Landschaft tat ihr gut. Robert, dachte sie, er hatte überlegt, hier ein Haus zu kaufen, in der Nähe des Rursees, der eigentlich zum Segeln zu klein war, aber obschon er Köln liebte, hatte er manchmal genug von der Stadt.

»Wollen wir vorher noch einen Kaffee trinken?«, fragte ihr Vater, ungewohnt zurückhaltend.

»Nein«, sagte sie. »Ich möchte dieses Rosenmädchen sehen.«

Kalterherberg lag nahe an der belgischen Grenze. Ein dunkler, menschenleerer Ort.

Das Gebäude mit der Adresse, die Mona ihr notiert hatte, war ein einfaches, mit grauem Schiefer verkleidetes Einfamilienhaus. Kaum hatte ihr Vater den Motor abgestellt, wurde auch schon ein Fenster geöffnet. Ein jüngerer Mann, der sich die Haare raspelkurz rasiert hatte, blickte heraus. »Suchen Sie etwas?«, fragte er misstrauisch, als Lena ausgestiegen war.

Sie holte ihren Dienstausweis hervor, obschon der Mann ihn auf die Entfernung von mehr als zehn Schritten kaum lesen konnte. »Kriminalpolizei Köln«, sagte sie. »Ich suche Frau Dora Hanneke. Ich benötige eine Auskunft von ihr.«

Der Mann führte eine Zigarette zum Mund und inhalierte tief, als müsse er Zeit zum Nachdenken gewinnen. Lena bemerkte aus den Augenwinkeln, dass ihr Vater im Auto sitzen geblieben war. Schon wieder agierte er überraschend zurückhaltend.

»Ich möchte Frau Hanneke nur eine Frage stellen – nach ihrer leiblichen Mutter«, erklärte Lena.

Der Mann schaute sie feindselig an. Er trug nur ein T-Shirt, er war muskulös wie ein Boxer, seine Unterarme waren tätowiert, rote Drachen, die sich um Stacheldraht rankten, zumindest meinte sie, das zu sehen.

»Ich glaube nicht, dass Dora etwas mit der Polizei zu tun haben will. Sie ist einmal reingelegt worden.« Der Mann zögerte. »Außerdem hat sie keine Mutter, aber egal ... ich sage Ihnen was, damit Sie mich in Ruhe lassen. Zwei Tage in der Woche arbeitet sie unten in Monschau in der Glashütte. Montag ist ein guter Tag. Da gehen ihr nicht so viele Touristen auf die Nerven.« Der Mann machte Anstalten, das Fenster wieder zu schließen. Er verzog den Mund. »Ach, und noch etwas ... Dora heißt Ha, nur H und A, nicht Hanneke. Diesen Namen hasst sie.«

Monschau war eine kleine Bilderbuchstadt mit engen Gässchen und alten Häusern, die einen Fluss säumten. Hauptattraktion war das »Rote Haus«, das einstmals einem reichen Tuchmacher gehört hatte. Viele Touristen kamen hierher, zumeist Belgier und Holländer. Hinter einem großen Parkplatz, der nur dürftig belegt war, lag eine Glasbläserei. Gleich hinter dem Eingang konnte man einer jungen Frau mit kurzen orangefarbenen Haaren bei der Arbeit zusehen – sie fertigte eine gläserne Vase, gab sich jedoch keine Mühe, ihr geduldiges Publikum, eine zwanzigköpfige Reisegruppe – alles ältere Frauen, die Holländisch sprachen –, mit ihrer Kunst zu beeindrucken. Ihr Gesichtsausdruck war gelangweilt und abweisend. Nachdem sie drei Vasen hergestellt hatte, verschwand sie wortlos, ohne Blick für ihr Publikum und ohne ihre Waren anzupreisen.

»Ich würde am liebsten allein mit ihr sprechen«, sagte Lena zu ihrem Vater.

Er lächelte. »Ich bin heute nur dein Chauffeur, was? Aber gut, ich muss ohnehin etwas essen. Du scheinst ja keinen Appetit mehr zu haben.« Er deutete auf ein Restaurant neben einem Geschäft, in dem Vasen und Porzellan verkauft wurden. »Du findest mich da bei einem großen Schnitzel.«

Dora Hanneke saß in einem Hinterzimmer und rauchte eine Zigarette, als Lena zu ihr trat. »Ich komme gleich wieder raus«, sagte sie unwillig. »Habe jetzt Pause.«

Lena streckte ihr den Ausweis entgegen. »Frau Hanneke, Kripo Köln. Ich möchte Ihnen eine Frage stellen.«

»Ich beantworte aber keine Fragen«, erwiderte Dora. »Außerdem heiße ich nicht mehr Hanneke.« Sie wandte den Kopf und nahm eine Zeitung zur Hand, die neben ihr auf einem Tischchen lag.

Lena baute sich vor ihr auf. »Mit Ihrem Gerichtsverfahren habe ich nichts zu tun. Es geht um Ihre leibliche Mutter – wissen Sie, wer Ihre Mutter ist?«

Dora Hanneke drückte ihre Zigarette aus. Sie trug ein kurzes rotes T-Shirt und war überaus schlank. An dem Spiel ihrer Armmuskeln konnte man sehen, dass sie körperlich arbeitete. Eine schöne, ungewöhnliche Frau. Braune Augen fixierten Lena feindselig.

»Ich habe kein Gerichtsverfahren mehr – alles geregelt«, sagte sie. »Und meine Eltern sind tot – letztes Jahr gestorben, und nun bin ich Dora Ha. Ich bin Künstlerin, mache Fenster und Skulpturen aus Glas. Kann man kaufen, gucken Sie im Internet nach.«

Lena sah sich nach einem Stuhl um, aber in dem kleinen Hinterzimmer gab es keinen. Durch die halb geöffnete Tür konnte man die Werkstatt der Glasbläser sehen. Von dem Feuer dort wehte ein Strom warmer Luft herein.

»Ich suche einen Mörder«, sagte Lena. »Jemanden, der vor gut einer Woche eine Prostituierte in Köln grausam getötet hat.« Vergeblich versuchte sie, in dem Gesicht von Dora Hanneke eine Regung zu entdecken, die Unsicherheit oder zumindest Interesse verriet.

»Ich war es nicht, habe ein Alibi – so heißt es doch, oder?« Sie legte spöttisch ihre makellose Stirn in Falten. »Tut mir leid. Ich kann Ihnen leider nicht helfen bei Ihrer Mördersuche.«

»Wie ist das?«, fragte Lena. »Wenn man weiß, dass man als Kind ausgesetzt worden ist? Wenn man keine richtige Mutter hat? Sind Sie Ihrer Mutter einmal begegnet? Kann es sein, dass sie Ihnen aufgelauert hat? Haben Sie eine Erinnerung daran?«

Dora blickte auf die Armbanduhr an ihrer rechten Hand. »Ich habe heute noch eine Vorführung.« Sie stand auf. »Meine Eltern sind letztes Jahr gestorben. Sie liegen in Köln-Fühlingen in einem schönen, schattigen Doppelgrab. Ich mochte sie, auch wenn sie mich nie verstanden haben.«

»Ich spreche von Ihrer leiblichen Mutter – von der Frau, die Sie ausgesetzt hat und die dann ein paar Jahre später ermordet worden ist«, erwiderte Lena. Ihr Telefon klingelte, eine absolut unpassende Störung, denn für eine Sekunde hatte es ausgesehen, als wollte Dora ihr eine ernste Antwort geben.

Die junge Frau ging zur Tür. »Es gab eine Frau, die mich geboren hat«, sagte sie zornig, »aber von ihr weiß ich nichts, und nun muss ich wieder an die Arbeit.«

Lena hielt ihr eine Visitenkarte hin. »Denken Sie noch einmal darüber nach«, sagte sie. »Ich suche den Mörder einer Frau, die auf die gleiche Art ermordet worden ist wie Ihre Mutter.«

Ihr Vater telefonierte, als sie das Restaurant neben der Glasbläserei betrat. Mit Erstaunen sah sie, dass er ein absolut neues iPhone benutzte. Lediglich eine halb gefüllte Tasse Kaffee stand vor ihm. Hastig beendete er das Gespräch, bevor sie sich zu ihm gesetzt hatte.

»Sie war nicht sonderlich auskunftsfreudig, nicht wahr?«,

meinte er in einem Tonfall, als hätte er das bescheidene Ergebnis ihrer Befragung längst vorhergesehen.

»Offenbar hat sie mit der Polizei keine besonders guten Erfahrungen gemacht«, erwiderte Lena.

»Dora Ha, wie sie sich nennt, ist eine Glaskünstlerin – sie hat sogar Preise gewonnen. Ihre Spezialität sind Blumen in Glas, meistens Rosen«, erklärte er. »Ich habe ein paar Erkundigungen eingezogen. Der Mann, mit dem sie in Kalterherberg wohnt, heißt Samuel Hens, ein bekannter Bildhauer. Ein echtes Künstlerpärchen, nur leider hat Hens versucht, ein paar Fälschungen zu verkaufen, es ging um schlecht gemachte Barlach-Skulpturen, und Dora hat ihm dabei geholfen. Daher der Ärger.«

»Sie weiß, wer ihre Mutter ist – ich bin mir da ganz sicher, aber sie wollte mit keinem Wort über sie reden.«

Ihr Smartphone meldete sich wieder. David versuchte es erneut. Sie stand auf und ging hinaus. Dora war wieder bei der Arbeit, mindestens genauso mürrisch und abweisend wie zuvor. Nun hatte sich ein Trupp von Rentnern in typischem Altherren-Beige um sie versammelt.

»Lena«, sagte David, »wo bist du? Wann können wir endlich einmal reden?«

»Ich bin in der Eifel«, entgegnete sie wortkarg. »Mit meinem Vater.« Sein drängender Tonfall missfiel ihr.

»Wann können wir uns treffen?«, fragte er.

Ihr Vater schaute neugierig zu ihr herüber. Eine Kellnerin brachte ihm sein Essen.

»Vielleicht morgen Abend«, antwortete sie unsicher. »Worum geht es?«

»Um Robert.« David wirkte hörbar nervös. »Es gibt da etwas, das ich dir endlich sagen muss.«

24.

Mit wem hatte Pierre den Sonntagabend verbracht? Wie war er an die Drogen gelangt?

Die Antwort war leicht. Der Erpresser, der Mörder, sein Kontrahent – wie immer man ihn nennen wollte – hatte Pierre eine teuflische Falle gestellt.

Er spürte eine Mischung aus Verzweiflung und Wut, als er zu Pierres Wohnung fuhr. Sein Sohn lag noch immer im Koma. Auch wenn die Ärzte sich bemühten, die Situation einigermaßen hoffnungsvoll zu schildern, so hatte er herausgehört, dass sie Pierre kaum eine Überlebenschance gaben – oder er würde mit einer irreparablen Hirnschädigung weiterleben müssen.

Für einen Moment kam ihm der Gedanke, dass der Erpresser die hunderttausend Euro nur kassiert hatte, um seinen nächsten Coup vorzubereiten – Kokain zu besorgen. Hatte er gewusst, dass Pierre dafür anfällig war, dass er auf Partys schon Kokain genommen hatte?

Carolin erwartete ihn an der Tür, auch Leo war schon angekommen. Zum Glück war kein Polizist zu sehen, und Alexa war offenkundig in ihre Wohnung gefahren.

Er umarmte seine Kinder – Leo ließ es starr über sich ergehen, während Carolin am ganzen Körper zitterte.

»Was ist nur mit uns los?«, flüsterte Leo. »Was ist mit unserer Familie passiert?«

Er konnte keine Antwort geben, sondern versuchte, überlegt und ruhig vorzugehen.

»Hat die Polizei etwas von Bedeutung gefunden?«, fragte er Carolin.

Carolin zuckte mit den Achseln. Ihre Wimperntusche war verlaufen, sie blickte betreten zu Boden, als wäre das alles ihre Schuld. »Ich weiß nicht«, sagte sie, »glaube nicht. Der Polizist hat sich den Schreibtisch angesehen. Wisst ihr, dass Pierre eine Waffe hatte? Die Pistole hat die Polizei mitgenommen.«

Er schaute Leo an, doch der machte nur eine hilflose Geste.

»Wir müssen nachdenken«, sagte er beschwörend. »Hatte Pierre jemals etwas mit Drogen zu tun?«

Die Wohnung hatte drei Zimmer – eine kleine Küche mit einem Ecktisch und drei Stühlen, ein Schlafzimmer, in dem ein breites plüschiges Doppelbett stand und dessen eine Wand völlig verspiegelt war, und einen Wohnraum, der etwa vierzig Quadratmeter groß war. Sie setzten sich an einen Glastisch. Pierre war nicht eben ein Mann, der viel auf Ordnung hielt. Seine Golfschläger lagen in der Ecke, Bücher und CDs türmten sich überall, leere Flaschen, Rotwein und Champagner. Über einem Stuhl hing ein gelber Bademantel. Eine Wand wurde von einem weißen Holzregal eingenommen, Bücher und Pokale befanden sich da – und ein Foto, das ihn erschreckte. Er mit Alma im Arm, vor ihnen hatten sich ihre Kinder aufgebaut, Leo und Pierre mussten etwa zwölf sein, und die kleine Carolin hatte sich blonde Zöpfe gebunden. Eine schöne, scheinbar makellose Familie.

»Ich habe schon ein wenig herumtelefoniert«, sagte Leo, nun mit festerer Stimme. »Ich kenne ein paar von Pierres Freunden. Daniel, der Triathlet, sie trainieren manchmal gemeinsam, aber Daniel hat Pierre schon seit drei Wochen nicht mehr gesehen. Auch Natalie weiß von nichts – mit ihr war Pierre letzten Sommer zusammen«, fügte er zur Erklärung hinzu.

Er setzte sich und schaute auf seine Hände. Er war ratlos – und wieder fiel ihm auf, wie wenig er seine Kinder kannte. Er hatte keine Ahnung, mit wem Pierre befreundet war, und den Namen Natalie hörte er zum ersten Mal. »Ist Natalie eine Französin?«, fragte er.

Leo nickte, aber so, als wollte er sagen: Was für eine dumme, überflüssige Frage!

»Die Polizei will auch ermitteln«, sagte Carolin eifrig. »Sie glauben nicht, dass Pierre ein Drogendealer oder so etwas war. Aber wer könnte das Kokain in seinen Wagen geschmuggelt haben?« Sie schluchzte. Dann klingelte ihr Telefon. Sie hauchte dankbar den Namen »Martin« hinein und schlich aus dem Zimmer.

»Es sieht fast so aus, als wollte uns jemand fertigmachen«, sagte Leo und fixierte ihn mit einem fragenden Blick. Die Tage in Berlin hatten ihm gutgetan, er wirkte nun gestärkt und deutlich selbstsicherer. »Eine Abfolge der Eskalation – erst ich, dann Verena, dann Carolin, dann Pierre … und dann …« Er sprach nicht mehr weiter, aber es war eindeutig, welchen Namen er nun hätte nennen müssen.

Das Schweigen schien zwischen ihnen wie ein schriller Ton zu glühen.

»Wir müssen herausbekommen, wo Pierre gestern Abend war«, sagte er, um das Schweigen zu durchbrechen. Von seinem Sohn würde er sich nicht in die Enge treiben lassen. »Gibt es irgendwelche Clubs und Diskotheken, in denen Pierre sich manchmal aufhält?«

»Diskotheken!« Leo spuckte das Wort förmlich aus. »He, wir sind keine fünfzehnjährigen Jungs mehr, die in Diskotheken gehen.«

Carolin kehrte zurück, sie schaffte es zu lächeln. »Entschuldigung«, sagte sie, »aber das war ein wichtiger Anruf.«

Leo bedachte sie mit einem strengen Blick. »Wir überlegen, wo Pierre gestern Abend hingegangen sein könnte.«

»Manchmal geht er ins Wippenbeck am Ubierring«, erwiderte sie. »Da habe ich ihn schon ein paarmal getroffen. Er hat im Fenster gesessen und Zeitung gelesen und … Die haben da auch eine Golfzeitung, extra für ihn.«

»Wir müssen nachfragen, ob Pierre gestern Abend da gewesen ist«, sagte er.

Leo nickte. »Die Saison ist so gut wie vorüber, in einem Golfclub wird er kaum gewesen sein. Wundere mich sowieso, dass er keinen Urlaub machen wollte. Sonst fährt er um diese Zeit meistens nach Mallorca, um Kurse zu geben.«

Ein Klingeln durchschnitt die nachdenkliche Stille. Er brauchte einen Augenblick, um zu begreifen, dass es sein Smartphone war. Ein unbekannter Teilnehmer.

»Sir«, sagte eine Stimme mit hartem osteuropäischem Akzent. »Wir müssen noch mal sprechen. Zlatko, hier. Ich habe Ihnen die … na, Sie wissen schon besorgt.«

Er fühlte selbst, wie er versteinerte – alles in ihm wurde starr.

»Sir?«, sagte Zlatko in den Apparat hinein. »Nur ein kurzes Gespräch über unser Geschäft.«

»Ja«, erwiderte er zögernd. Dann unterbrach er die Verbindung.

Warum war er überhaupt zum Mörder geworden? Diese Frage zuckte nun immer häufiger wie ein Blitz durch seinen Kopf. Er dachte an seinen Vater, den Juraprofessor, den er nie anders gekannt hatte als groß, grauhaarig und unerbittlich. Ein makelloser Mann, der keine Grenze je übertreten hatte, die das Gesetz ihm setzte. Ja, für einen langen Moment, als er die Schlinge zuzog, als er Fleurs letzten Kampf sah, hatte er sich gefühlt, als stände er über jedem Gesetz. Er war das Gesetz, und er bestimmte, dass Fleur niemanden mehr lieben würde.

War es das gewesen? Er wusste es nicht genau.

Das Entsetzen, die Übelkeit, die Angst, all das war später über ihn hereingebrochen.

Manchmal stellte er sich vor, was geschehen wäre, wenn er Fleur nicht getötet hätte – sie wäre nun eine hässliche, nutzlose, desillusionierte alte Frau, die hoffentlich genug Geld beiseitegelegt hätte, um einigermaßen sorgenfrei leben zu können, aber wahrscheinlich wäre sie irgendwo in einer Gosse geendet.

Er fuhr kurz ins Büro, um ein paar Dinge zu regeln. Brigittes Mitgefühl über das Schicksal seines Sohnes wirkte echt, auch Nina erkundigte sich kurz nach dem Unfall. Er speiste die beiden mit einer floskelhaften, vagen Erklärung ab, die ihm nur wenig Konzentration abforderte.

Auf der Fahrt war eine SMS eingegangen. »Heute Abend sehen wir uns. Halte dich bereit!«

Ein Stich war in seinen Magen gefahren, fast, als hätte jemand ihm wirklich ein Messer in den Bauch gerammt. Es war so weit. Während sein Sohn mit dem Tode rang, begann der letzte Akt. Seine Waffe lag im Handschuhfach des Golfs, aber Sicherheit vermittelte sie ihm nicht.

Um fünfzehn Uhr war er mit Zlatko an dem alten jüdischen Friedhof in Mülheim verabredet. Tausend Euro als Bonus, hatte der Mann gefordert. Eigentlich hätte er ihm eine Lektion verpassen müssen, aber nun hatte er andere Pläne.

Zlatko hockte dieses Mal in einem olivfarbenen Jeep. Er sah wie ein Soldat aus, trug Parka und schwere Stiefel. Er rauchte und schaute ihn missmutig an, als er aus seinem Golf stieg.

»Sind zu spät«, sagte er. »Fünfzehn Minuten.« Er trug wieder Handschuhe und deutete auf eine schwere goldene Uhr an seinem Handgelenk.

Ihm missfiel diese Geste der scheinbaren Überlegenheit. »Machen Sie das immer – ein Geschäft abschließen, und dann fordern Sie hinterher mehr Geld?«, fragte er. Die Ceská führte er in seiner Manteltasche mit sich.

»Nicht immer«, erwiderte Zlatko ungerührt. »Nur wenn der Preis zu gering war. Ist Kapitalismus!«

»Nein.« Er schüttelte den Kopf. »Kapitalismus ist etwas ganz anderes – da kann sich der eine auf den anderen verlassen.« Er schob eine Hand in die Manteltasche und hätte für einen Moment gerne abgedrückt. Zlatko hätte eine Kugel in die Brust verdient, aber damit wären seine Schwierigkeiten noch größer geworden.

»Ich habe Kapitalismus im Kosovo gelernt«, sagte Zlatko lächelnd, dann warf er seine Zigarette zur Seite und wurde ernst. »Tausend Euro – dann ist das Geschäft gemacht.«

»Bedaure.« Er bemühte sich, ein Zittern in seiner Stimme zu unterdrücken. Auf der Bahnlinie fuhr ein Zug vorbei, sodass ein heftiges Rauschen herüberwehte. »Über dieses Geschäft müssen wir nicht mehr sprechen. Das ist erledigt, aber ich schlage Ihnen ein anderes, ziemlich lukratives Geschäft vor.«

Zlatko zog die Augenbrauen zusammen. »Was für ein Geschäft?«

»Ich brauche für ein, zwei Tage Personenschutz – ganz unauffällig. Falls Sie sich so etwas zutrauen.«

»Du brauchst einen Bodyguard?« Zlatko wischte sich über seine kurzen grauen Haare und lächelte interessiert. »Kein Problem, kann ich machen, aber das kostet.«

»Ja«, erwiderte er tonlos. »Ich zahle fünfhundert Euro am Tag.«

»Tausend, und du sagst mir genau, was ich dafür tun muss.«

Alexa stand rauchend vor seiner Tür, als er zurückkehrte. Sie hatte ihn bereits entdeckt, daher konnte er sich nicht zurückziehen. Sie blickte ihn wütend an.

»Wo kommst du her?«, fragte sie barsch. »Warum bist du nicht bei deinem Sohn?«

»Ich hatte noch gewisse Dinge zu erledigen«, erwiderte er und schloss die Haustür auf.

Alexa folgte ihm. »Hat Carolin dich angerufen? Pierre war gestern Abend im Wippenbeck – mit einer Frau. Eine Brillenträgerin, rothaarig, etwa fünfunddreißig Jahre alt. Kannst du mit dieser Beschreibung etwas anfangen?«

Er streifte seinen Mantel ab und achtete darauf, dass die Pistole nicht herausfiel.

»Wieso meinst du, dass ich so eine Frau kenne?«

Plötzlich machte Alexa einen Schritt vor und packte ihn hart am Handgelenk. »Glaubst du, wir wissen nichts von deinen Affären? Dass du immer wieder andere Frauen hast?«

Er schüttelte sie ab. »Ich weiß nicht, was du meinst«, sagte er. »Und wenn es so wäre, ginge es nur Alma und mich etwas an.«

»Wie oft ist Alma zu mir gekommen und hat sich über dich beklagt! In fast jedem deiner Jacketts schleppst du ein Kondom herum. Total lächerlich!« Sie fixierte ihn mit ihren Augen aus blauem Eis, doch er wandte sich ab und ging ins Wohnzimmer.

Alexa hatte ihren Mantel nicht abgelegt, offenbar wollte sie ihm nur Vorwürfe machen und dann wieder gehen. Ein paar Minuten würde er ihre Anwesenheit aushalten müssen.

Sie, dachte er unvermittelt, sie hasste ihn – von Anfang an, als hätte sie seine dunkle Aura gespürt, anders als ihre Zwillingsschwester. Vermutlich hatte sie Alma sogar davor gewarnt, ihn zu heiraten.

»Erzähl mir endlich, was bei euch los ist! Gibt es so etwas wie einen Familienfluch?« Sie schnaubte. »Carolin hat mir ein paar Dinge erzählt, von den gefälschten Zeichnungen, ihrer Affäre mit dem Professor, die jemand aufgedeckt hat …«

Er setzte sich und schaute Alexa an. Von der toten Prostituierten und der Erpressung hatte sie anscheinend nichts erfahren. Gut so.

»Manchmal gibt es Pechsträhnen – auch in den besten Familien. Ich habe eben einen guten Freund konsultiert, einen Arzt, einen Neurologen, genauer gesagt. Wir haben überlegt, wie wir Pierre helfen könnten.« Leicht kamen ihm die Lügen über die Lippen – so leicht, dass er sie beinahe selber glaubte. »Ja, ich sorge mich um Pierre, aber ich versuche auch, etwas zu tun.«

Alexa schien einen Moment nachzudenken. Seine Erwiderung hatte sie verunsichert. »Leo ist im Moment bei Pierre. Er wird künstlich beatmet. Es sieht nicht gut aus. Ich war eben noch im Dom – ich habe für ihn gebetet.«

Die letzten Worte überraschten ihn. Alexa betete für Pierre? Seit wann glaubte sie an irgendetwas?

»Es kann nichts schaden, habe ich mir gedacht«, fügte sie entschuldigend hinzu. Nun wirkte sie beinahe verletzlich.

»Heute Abend wollen wir uns zusammensetzen – im Wippenbeck. Wir müssen die rothaarige Frau finden. Vielleicht weiß sie etwas.«

»Habt ihr der Polizei schon etwas gesagt?«, fragte er.

Sie schüttelte den Kopf. »Leo wollte das nicht. Es war ihm zu vage.« Sie schwieg, als würde sie auf etwas warten. Sollte er sie nach Alma fragen? Was war das für ein Mann, mit dem sie weggefahren war? Ein Schriftsteller war ihr Liebhaber? Er konnte sich Alma nicht mit einem anderen Mann vorstellen. Schmerz und Wut erfassten ihn, dass er nicht alles mit einem Schlag auflösen konnte.

»Wann trefft ihr euch?«, fragte er.

»Um neun«, erwiderte Alexa. »Carolin wird bei Pierre bleiben und uns auf dem Laufenden halten.«

»Gut«, er nickte, aber er wusste, dass er kaum die Zeit haben würde zu kommen.

Die Nachricht ging um kurz nach acht ein. »Zweiundzwanzig Uhr, Parkhaus am Hauptbahnhof, Rückseite. Diesmal dürfen die Söhne zu Hause bleiben.«

Die Söhne dürfen zu Hause bleiben – was für ein Hohn!

Er nahm die Ceská und hätte am liebsten auf etwas im Garten angelegt und geschossen. Stattdessen gab er die SMS an Zlatko weiter, den Hinweis auf seine Söhne löschte er jedoch vorher und fügte hinzu, dass Zlatko sich im Hintergrund halten solle. Und wenn man seine SMS mitlesen konnte? Dieses Risiko musste er eingehen. Er würde seine Pistole mitnehmen, doch was brauchte er noch? Ein Messer? Ein Seil? Nein, er verwarf diese Gedanken. Er hatte keine Ahnung, wie viele Gegner er hatte, eines aber wusste er: Er würde sie alle töten, wenn er konnte.

Er duschte, zog sich schwarze Kleidung an und fuhr um kurz nach neun los. Vorher hatte er Leo noch eine Nachricht geschickt, mit der vagen Erklärung, er sei aufgehalten worden und werde später ins Wippenbeck kommen.

Am Bahnhof war er zu früh, weil kaum Verkehr herrschte. Um zwanzig vor zehn hatte er das Parkhaus bereits erreicht. Es war gut besucht, aber niemand verhielt sich auffällig. Reisende luden ihre Koffer aus und eilten zum Ausgang. Von Zlatko war nichts zu sehen, er wagte jedoch nicht, ihn anzurufen oder ihm eine Nachricht zu schicken.

Nichts tat sich. Ein Auto schwenkte an ihm vorbei, die Scheinwerfer leuchteten für einen Moment ins Innere seines Wagens. Er blieb reglos sitzen.

Irgendwie hatte er das Gefühl, dass ihn jemand beobachtete – mindestens ein verstecktes Augenpaar, aber womöglich lag es auch an seiner Nervosität, dass er sich wie auf dem Präsentierteller fühlte. Er schwitzte leicht und unangenehm. Seine rechte Hand hielt die Pistole umklammert. Er zuckte zusammen, als sein Telefon klingelte. Leos Name leuchtete auf. Er musste sich zwingen, das Gespräch nicht anzunehmen. Fünfmal klingelte es, dann ging eine SMS ein.

»Melde dich sofort – es ist was mit Pierre!«

Sein Herz setzte für einen Moment aus. Was hatte das zu bedeuten? War das eine Todesmeldung?

Eine einsame Träne trat ihm ins Auge, er registrierte sie erst, als sie langsam über seine Wange rollte.

Dann die nächste SMS.

»Gehen Sie los in Richtung Musikhochschule!«

Es war dreizehn Minuten nach zweiundzwanzig Uhr. Er ging über die Einfahrt hinaus, bog dann nach links ab und schritt an den dunklen Arkaden des Bahnhofs entlang. Es roch penetrant nach Urin, weil Obdachlose und Stricher, die in der Unterführung auf Freier warteten, hier ihre Notdurft verrichteten. Er bemerkte aber niemanden. Vor dem Hintereingang des Bahnhofs wandte er sich nach rechts.

Kaum hatte er die Straße, die zum Rhein hinunterführte, überquert, wurde es sofort stiller und dunkler. Er passierte einen hell erleuchteten Hoteleingang. Eine blonde Frau sah ihm nach, als müsste sie sich erinnern, ob sie ihn kannte. Ein Taxi rauschte knapp an ihm vorbei. Verstohlen schaute er sich um, ob er Zlatko irgendwo entdecken konnte, aber entweder war der Kerl gar nicht aufgetaucht, oder er verstand wirklich etwas von seinem Job.

Am Eingang zur Dagobertstraße hielt er inne.

Ein mulmiges Gefühl beschlich ihn.

Um diese Straße hatte er seit sechsundzwanzig Jahren einen Bogen gemacht.

Hier war er seit damals nicht mehr gewesen.

Er wartete. Im erleuchteten Foyer der Musikhochschule sah man Studenten auf einer Bank sitzen und miteinander sprechen. Eine freundliche, heitere Szene wie aus einem anderen Film.

Er lauschte. Keine Nachricht, keine SMS.

Das Einzige, was er hörte, war das Rauschen des Blutes in seinen Ohren – als hätte er ein großes, unruhiges Meer in sich. Sein Herz pumpte und pumpte vor Aufregung.

Was wäre, wenn der Mensch sein Herz kontrollieren könnte – wie viele Menschen würden dann irgendwann den Freitod wählen, indem sie ihrem Herz befahlen, nicht mehr zu schlagen? Ein merkwürdiger Gedanke!

Seine Hände waren feucht. Er schaute sich um. Kein Zlatko, nur eine alte Frau mit einem Gehwagen, die ihm freundlich zunickte, als sie an ihm vorbeikrauchte.

Er sah auf die Uhr und tat, als würde er jemanden erwarten, der jeden Augenblick aus der Musikhochschule kommen musste.

Endlich die nächste SMS.

»Dagobertstraße 38, vierter Stock. Vorsichtig eintreten!«

Ihm wurde schwindlig. Das konnte nicht sein. Ein makabrer Scherz!

Er sollte in Fleurs Wohnung kommen!

Nein, das würde er nicht tun – so etwas konnte man nicht von ihm verlangen.

Er drehte sich um, machte Anstalten, zum Bahnhof zurückzukehren. Doch hatte er eine andere Wahl? Konnte er seinem Erpresser entgehen? Der Griff der Pistole fühlte sich heiß an, so heftig hatte er ihn umklammert.

Langsam machte er kehrt. Was wäre die Alternative? Zur Polizei zu gehen und alles zu gestehen, aber dann wäre er auch ruiniert.

Die nächste SMS.

»Lassen Sie sich nicht so viel Zeit!«

Sie werden ungeduldig, dachte er.

Er bog an der Musikhochschule ab. Schon von Weitem sah er das Haus. Es hatte einen anderen Anstrich, nicht mehr grau, sondern zitronengelb, und die Haustür hatte man ebenfalls ausgetauscht – eine scheußliche Metalltür mit

Milchglas. Er zuckte zusammen. Ein Foto dieser Tür hatte man ihm gestern geschickt.

Er hielt inne. Ein paar Schritte weiter befand sich ein Hotel. Ein Taxi wartete mit laufendem Motor davor. Noch immer war nichts von Zlatko zu sehen.

Die Tür des Hauses 38 war nur angelehnt. Er drückte sie auf, auch wenn sich alles in seinem Körper weigerte weiterzugehen.

Den Geruch – diesen leicht muffigen Geruch eines schlecht belüfteten Treppenhauses – erkannte er wieder.

Vierter Stock.

Er drückte den Lichtschalter – auch dieses matte Deckenlicht glaubte er wiederzuerkennen.

Die Gedanken rasten durch seinen Kopf. Sollte er auf Zlatko warten? Ihn anrufen und fragen, wo er blieb?

In der ersten Etage verharrte er mit klopfendem Herzen. Hinter einer massiven Holztür waren Stimmen zu hören, die eindeutig von einem Fernseher stammten.

Wenn ihm jemand entgegenkam, würde er sofort kehrtmachen, schwor er sich.

Das solltest du ohnehin tun, sagte eine Stimme in ihm. Hau ab, sagte die Stimme. Verschwinde! Heb ein wenig Geld ab und mach dich auf nach Südafrika. Erzähle Alma alles – sie wird dich verstehen und beschützen.

Nein, das wird sie nicht tun, sagte eine andere Stimme. Niemand wird dich beschützen. Das musst du schon selbst erledigen.

Kurz glitten seine Gedanken zu Pierre. War er vielleicht schon tot? Gestorben, weil sein Vater vor sechsundzwanzig Jahren einen riesengroßen, niemals entschuldbaren Fehler begangen hatte.

Dann hatte er die vierte Etage erreicht. Er schwitzte, als wäre er soeben aus einer Sauna entflohen. Die mittlere Tür hatte Fleur gehört. Das Fenster ihres Schlafzimmers hatte zum Hof gewiesen – eine große, mächtige Kastanie hatte es verdunkelt.

Die Tür war ebenfalls nur angelehnt. Als er sie leicht aufschob, vernahm er eine Stimme.

»Wir haben unseren Spaß gehabt. Wir haben gelacht, wenn wir nebeneinanderlagen … es war vom ersten Tag an eine seltsame Vertrautheit zwischen uns gewesen. Sie hatte einen großen Leberfleck auf dem Arm. ›Das sieht aus wie eine Insel‹, habe ich zu ihr gesagt. ›Du trägst die Insel Sylt auf dem Arm mit dir herum.‹ Sie hat gelacht. Einmal habe ich ihre Handschrift gesehen, sie hatte eine Postkarte liegen lassen. So etwas passierte ihr sonst nie, dass sie etwas Persönliches in der Wohnung hatte. Ihre Handschrift war ganz klein, irgendwie gestaucht, wie bei einem schüchternen Schulmädchen …«

Es war seine eigene Stimme, die ihm da entgegenhallte. Die Kassette … die ersten Worte; heiser und gedrückt klang er und voller Angst. Ein einsamer Mann, der die Nacht um ihn nicht mehr aushielt und ein Geständnis auf ein Diktiergerät sprach. Sein zweiter unverzeihlicher Fehler.

Er schob die Tür ganz auf und trat ein. Die Wohnung war dunkel. Nur in einiger Entfernung vor ihm, in Fleurs Schlafzimmer flackerte ein Licht. Eine Kerze stand da, und daneben lag das Diktiergerät.

»Ich habe sie wirklich geliebt«, sagte seine Stimme nun, »sie faszinierte mich, ihr Körper, ihre Art, sich lasziv zu geben, und doch trieb mich etwas Dunkles an, etwas wollte, dass Fleur nicht mehr da war …«

Die Wohnung roch anders, nach Farbe, nach Teppichkleber.

Er bewegte sich langsam vorwärts, die Pistole hielt er in der Manteltasche umklammert, um sofort schießen zu können, falls sich jemand näherte.

»Ich wollte sie nicht zurücklassen, wenn ich heiratete,

aber ich konnte sie auch nicht mitnehmen, nicht mitnehmen in meine Ehe, deshalb …«

Die Tapeten hatte man von den Wänden abgerissen. Von der Decke baumelte eine nackte Glühbirne herab. In Fleurs Zimmer erahnte er die Umrisse eines Bettes, aber es war nicht Fleurs Bett, sondern lediglich ein billiges Drahtgestell mit einer dünnen Schaumstoffauflage. Neben dem Bett befand sich auf einem Stuhl die Kerze, und von da erklang weiter, immer weiter sein heiseres, fürchterliches Geständnis.

»Es war auch ein Experiment«, fuhr seine Stimme fort, »wie das geht, jemanden zu töten, mit dem man … ein Geheimnis teilt?«

Er musste diese Kassette abstellen, musste sie an sich bringen. Der Schweiß drang ihm aus allen Poren. Sein Herz pumpte immer schneller. Das Blutrauschen in seinen Ohren war laut, aber nicht so laut, dass es seine eigene Stimme aus dem Diktiergerät übertönte. »Ein Geheimnis, das geheim bleiben musste, unbedingt. Wie wäre es gewesen, wenn Fleur mir auf der Straße begegnet wäre … sie hätte gelacht, stellte ich mir vor …«

Die Kerze flackerte plötzlich. Ein Geräusch tauchte hinter ihm auf. Er fuhr herum und roch etwas. Gefahr, ein Parfüm, Desinfektionsmittel. Er nahm einen Schatten wahr, lange dunkle Haare. Eine Perücke, die merkwürdig riecht, dachte er, dann spürte er einen Druck auf seinem Oberarm, und ein schrecklicher, nie gekannter Schmerz schlug Wellen und schüttelte ihn durch. Die Pistole entglitt seiner Hand, seine Knie gaben nach, es war, als hätte ihn ein heftiger Schüttelfrost erfasst, ein Zittern und Beben, das seinen Körper durchlief, er wankte, seine Augen funktionierten nicht mehr, und er fiel in einen tiefen, schier bodenlosen Abgrund.

25.

»Hast du es also herausgefunden?«, fragte Farkas. »Dass ich doch manchmal bei Eva war?« Seine Stimme klang selbstsicher, ohne jedes Schuldbewusstsein.

»Du hättest es mir sagen müssen«, erwiderte Lena. Es war kurz nach acht Uhr. Sie war müde und hatte es sich mit einem Glas Rotwein auf dem Sofa bequem gemacht.

»Ich habe sie nicht oft gesehen, war eigentlich nicht der Rede wert.« Sie spürte, dass er lächelte. »Wie hast du es herausgefunden?«

»Ihr Bruder hat manchmal vor ihrem Haus gestanden und dich beobachtet.«

»Dieser verrückte Asperger-Junge?« Nun lachte er offen. »Wollen wir uns sehen? Ein Glas Rotwein – auf die alten Zeiten? Ich finde schlimm, was passiert ist, und ich vermisse dich.«

Sie konnte nicht sofort antworten. »Schlimm« war gewiss das falscheste Wort für das Unglück, das geschehen war.

»Nein«, sagte sie endlich, während sie ihn nur leise atmen hörte. »Ich will dich nicht mehr sehen.« Dann legte sie auf.

Als es an der Tür klingelte, war sie sicher, dass es ihr Vater war. Mit allergrößter Mühe hatte sie ihn davon abhalten können, noch mit hinaufzukommen, als sie aus der Eifel zurückgekehrt waren. Wahrscheinlich hatte er es sich anders überlegt und irgendwo etwas zu essen besorgt, das er ihr nun mit großer Geste präsentieren wollte.

Es klingelte wieder – dringlicher und ungeduldiger.

Von der Straße war zu sehen, dass sie zu Hause war. Sie hätte einfach das Licht ausschalten und sich verstecken können, wie ein Kind, das die Hände vor das Gesicht hält und meint, es sei dann nicht mehr da.

Henning stand schon vor der Tür, als sie öffnete. Er hielt eine Flasche Rotwein in der Hand und blickte sie voller Verzweiflung an.

»Ich habe es nicht mehr in meiner Wohnung ausgehalten«, stieß er hervor. »Und ich brauche deine Hilfe.«

Sie winkte ihn herein, sogar ein wenig erleichtert. Immerhin war Henning endlich wieder aufgetaucht.

»Ich brauche noch mal Geld«, sagte er hastig, während sie ihn ins Wohnzimmer führte. »Mein Konto ist total überzogen, und sonst gibt es niemanden, den ich fragen könnte.«

Das bleiche Mädchen, dem sie in seinem Treppenhaus begegnet war, hatte ihn erneut bei den Hörnern gepackt – sie hatte die drei Kugeln aus der Pistole an sich genommen und wollte sie ihm verkaufen, für fünfhundert Euro pro Stück. Anscheinend kannte sie sich mit den Gepflogenheiten bei der Polizei bestens aus. Verschwundene Munition konnte einem Beamten den größten Ärger bereiten.

Lena hätte gerne von ihrem Fall berichtet, von dem Rosenkind, das sie gefunden hatte, aber Henning war völlig aufgelöst.

»Diese kleine Schlampe – sie hat sich Maya genannt, aber wahrscheinlich stimmt nicht einmal ihr Name. Mittlerweile denke ich, dass sie wusste, dass ich Polizist bin. Einer in der Kneipe hat mich von einem Einsatz wiedererkannt.«

»Warst du heute im Präsidium?«, fragte Lena ihn.

Henning nickte. »Ich habe brav meine Arbeit gemacht – war nur ein wenig spät dran. Der Anruf von der Kleinen hat erst mal meine Nerven ordentlich flattern lassen. Kannst du mir das Geld leihen? Ich zahle alles zurück – mit Zinsen.«

»Glaubst du, dann ist die ganze Sache vom Tisch?«

»Ich ändere mein Leben, wirklich!« Er warf die Arme in die Höhe. »Kein Saufen mehr, keine Spiele am Automaten oder sonst wo. Ich will wieder zu meiner Frau und meinen Kindern zurück.«

»Wann brauchst du das Geld?«

»Morgen um zwölf. Ich treffe die Schlampe an der Hauptpost in Kalk. Am liebsten würde ich ihr den Hintern versohlen, aber wahrscheinlich kommt sie nicht allein.«

»Ich besorge das Geld«, sagte Lena, »ein allerletztes Mal und auch nur, wenn ich dann wieder einen Kollegen habe, der seine Arbeit tut und auf den man sich verlassen kann.«

Henning umarmte sie und küsste sie auf die Wange. Er roch nach Zigaretten. »Großes Ehrenwort. Und noch etwas: Kann ich heute Nacht hierbleiben? Ich schlafe auf der Couch, auf dem Boden, wo auch immer. Ich will nur nicht in meine trostlose Wohnung zurück.«

Wann würde das aufhören – dass nachts Schattenwesen durch die Wohnung geisterten? Ein großer und ein kleiner Geist, die nach ihr sahen und Worte flüsterten? Simons unsicher tapsende Schritte hörte sie, er wusste nicht, ob er zu ihnen ins Bett kommen durfte, eigentlich war er dafür ja schon zu groß, andererseits liebte er es, sich zwischen seine Eltern zu schieben. Ein Alptraum reichte immer als Entschuldigung aus. »Mama, ich habe von einem Monster geträumt, das durch unsere Straße läuft …«

Lena hörte, wie Henning auf die Toilette ging und laut hustete. Dann schlurfte er ins Wohnzimmer zurück. Er hatte in null Komma nichts ihre halbe Flasche Rotwein geleert. Auf dem Sofa hatte er sich ein Lager eingerichtet. Doch länger als diese eine Nacht würde sie ihn nicht in ihrer Wohnung dulden.

Um zehn vor drei klingelte ihr Telefon. Sie tauchte aus einem leichten Schlummer auf, der wie ein Tauchen knapp unter der Wasseroberfläche gewesen war. Unwillig griff sie nach ihrem Smartphone.

»Hallo?«

Larsen war am Apparat. »Es gibt noch mehr Arbeit«, sagte er hellwach. »Ein Toter an der Musikhochschule. Wurde eben gefunden. Kannst du dich darum kümmern? Ist ja ganz bei dir in der Nähe.«

Sie richtete sich mühsam auf. »Gut«, sagte sie. »Bin gleich da.«

»Noch was«, fügte Larsen hinzu. »Ruf Henning an! Er soll auch mal wieder ordentliche Polizeiarbeit abliefern und dich unterstützen.«

Zwanzig Minuten später waren sie am Tatort. Henning hatte mühsam seinen alten Corsa in Gang bekommen. Zehn uniformierte Beamte waren bereits vor Ort. Ein Mann mit kurzen grauen Haaren, der etwa vierzig Jahre alt war, saß an einen Pfeiler gelehnt vor der Musikhochschule. Auf den ersten Blick wirkte er wie ein Obdachloser, der sich kurz ausruhen wollte, auf dem Weg in ein spätes Nachtquartier. Aber sein olivgrüner Parka war am Bauch blutdurchtränkt. Er musste mindestens einen Schuss in den Oberkörper abbekommen haben. Jürgen Weiler traf mit einem jungen Kollegen von der Kriminaltechnik ein.

»Wer hat den Mann gefunden?«, fragte Lena einen uniformierten Beamten.

»Drei junge Männer wollten zurück ins Hotel Hopper.« Er deutete hinter sich. »Sie haben erst gedacht, der Mann sei eingeschlafen, dann hat einer die Blutspur entdeckt.«

Tatsächlich. Über den Gehsteig verlief eine Blutspur, dicke Tropfen, aufgereiht wie kostbare Perlen. Anscheinend war der Mann noch zwanzig Meter weitergelaufen, bis er sich hingesetzt hatte.

»Sonst haben wir keine Zeugen?«, fragte Lena weiter.

Der Beamte schüttelte den Kopf. »Soweit wir wissen, nicht.«

Weiler gab ihr wortlos die Hand. Dann baute er einen Scheinwerfer auf. In den Häusern der Straßen sprangen die ersten Lichter an. Wenn es Zeugen gab, die zumindest den Schuss gehört hatten, würden sie sich vermutlich gleich melden. Henning war zu den jungen Männern hinübergegangen, während sie sich den Toten noch einmal ansah. Sein Gesicht war grau und verzerrt. Der Tod hatte ihn mit heftigen Schmerzen erwischt. Er sah wie ein Soldat aus, wie jemand, der gewohnt war, sich im Leben durchzuschlagen. Sie streifte sich Latexhandschuhe über, die sie zum Glück eingesteckt hatte, und tastete vorsichtig den Parka ab. Hatte der Mann einen Ausweis oder eine Geldbörse dabei?

Ein junger Mann mit Halbglatze schob sich neben sie. »Doktor Michels, Rechtsmedizin«, stellte er sich vor. »Ich glaube, wir hatten noch nicht das Vergnügen.«

Sie schüttelte den Kopf.

»Ist mein erster Einsatz in Köln«, sagte er. »Vorher war ich in Aachen an der Klinik. Wurde mir zu beschaulich.«

»Sieht nicht nach einem Raubmord aus«, sagte Lena. »Eher nach einem Schuss aus nächster Nähe.«

»Wir machen erst noch ein paar Fotos, dann sehe ich mir seine Taschen an«, erwiderte Doktor Michels. Er holte ein Diktiergerät hervor und sprach eine Personenbeschreibung hinein.

Der Tote hieß Zlatko Vukovic, er war dreiundvierzig Jahre alt, hatte einen serbischen Pass und stammte aus einem Ort namens Podujeva. Er hatte eine Brieftasche mit Pass und Führerschein bei sich, dazu stolze achthundert Euro in kleinen Scheinen und dreißigtausend serbische Dinar. Auch ein nagelneues iPhone steckte in seinem Parka. Allerdings war es von einem Schuss gestreift und leicht beschädigt worden. Die Bewaffnung des Mannes erweckte den Anschein, als wäre er gewissermaßen auf dem Kriegspfad gewesen. In einer Tasche seines Parkas fanden sie eine tschechische Pistole, eine CZ 85, die aber noch gesichert war. Außerdem trug er ein Klappmesser mit einem olivgrünen Griff bei sich, das offenbar von der serbischen Armee stammte, sowie einen goldenen Schlagring, der Gebrauchsspuren aufwies. All das hatte ihm nichts geholfen. Auf den Angriff war er augenscheinlich nicht vorbereitet gewesen. Während seine Hände blutverschmiert waren, war auf den Waffen kein winziges Tröpfchen Blut zu entdecken.

Lena war mit Michels in die Rechtsmedizin gefahren. Für einen Neuling arbeitete der Mann schnell und routiniert. Zwei Schüsse hatte der Täter abgegeben, einer war einen Zentimeter oberhalb des Bauchnabels eingetreten, der andere genau unter dem Rippenbogen. Beide Schüsse hatten den Serben aus nächster Nähe getroffen.

»Wie lange hat der Mann noch gelebt?«, fragte Lena.

Michels hielt bei seiner Leichenschau kurz inne und schaute sie an. »Schwer zu sagen. Er hat unglaublich schnell viel Blut verloren. Einige Minuten werden es aber noch gewesen sein.«

Die Unterarme des Mannes waren tätowiert. Lena meinte, Flammen zu sehen, dazu eine schwarze Maschinenpistole. Auf dem linken Arm stand der Name »Lana«, dahinter ein Kreuz. Eindeutig, Vukovic war einmal ein Soldat gewesen, doch das mochte etliche Jahre her sein. Was für Geschäfte hatten ihn nach Köln gebracht? Ein ordentlicher Schlosser oder Mechaniker würde sich kaum um zwei Uhr nachts mit achthundert Euro an der Musikhochschule aufhalten, aber vielleicht war das ein falscher, weil voreiliger Gedanke.

»Eine Kugel hat den Körper komplett durchschlagen«, sagte Michels. »Die müsste noch am Tatort zu finden sein. Können Sie Ihren Kollegen durchgeben.« Er legte das Diktiergerät beiseite und gönnte sich einen Kaffee. »Mach ich gerne – tote Körper lesen und nach Spuren suchen. Der Mann war ein Kämpfer, keine Frage. Er hat schon mal richtig was abbekommen, oben an der rechten Brust, sieht wie eine Stichverletzung aus, und an der rechten Hand hat er eine lange Narbe, als hätte er einmal in eine Klinge gegriffen.«

»Und so ein Kämpfer lässt sich auf der Straße einfach so erschießen?«, sagte Lena, mehr zu sich selbst.

Sie rief Henning an, der noch immer am Tatort war, um ihm das erste Ergebnis der Leichenschau mitzuteilen, dann bestellte sie sich ein Taxi und ließ sich ins Präsidium bringen.

Es war zwanzig Minuten nach sieben, als sie an ihrem Schreibtisch saß. Müdigkeit überfiel sie, doch gleichzeitig war ihr Jagdinstinkt erwacht. Wer war dieser Zlatko Vukovic? Hatte sich auf offener Straße jemand an ihm gerächt?

Auf dem Foto, das auf ihrem Bildschirm erschien, machte Vukovic ein finsteres Gesicht. Er hatte die Augenbrauen zusammengezogen und starrte feindselig in die Kamera. Die Aufnahme war zwei Jahre alt, da waren seine Haare noch nicht so grau gewesen. Wegen versuchten Raubes war er acht Monate in Haft gewesen. Außerdem hatte man ihn wegen Hehlerei angeklagt, aber aus Mangel an Beweisen freigesprochen. Vukovic war mit einer Deutschen verheiratet, die mit ihm ein Wettbüro am Ebertplatz führte. Dreimal war das Wettbüro von der Polizei durchsucht worden, einmal hatte man bei einem Gast geringe Mengen an Drogen gefunden. Zudem gab es mehrere Anzeigen, weil sie auch Minderjährigen den Zutritt gestattet hatten.

Lag darin das Motiv? Dass Vukovic ein Wettbüro besaß?

Henning kam herein und ließ sich auf den Stuhl auf der anderen Seite des Schreibtisches fallen. Er hatte sich geduscht und umgezogen. »Denkst du an das Geld?«, fragte er. »Du weißt, ich bin erledigt, wenn ich nicht zahle.«

Sie blickte ihn spöttisch an. »Ja«, sagte sie, »während ich

bei der Obduktion dabei war und mir nun die kriminelle Laufbahn unseres Toten anschaue, habe ich nur an dein Geld gedacht.«

»Tut mir leid.« Henning stand auf und lief um den Schreibtisch herum. »Dem Kerl gehört ein Wettbüro? Daher kam er mir so bekannt vor.«

Um halb neun trafen sie sich mit Larsen und Wiegand und erstatteten Bericht. Auch Weiler kam hinzu. Sie hatten die Kugel am Tatort gefunden. Ein Ergebnis, aus welcher Waffe sie stammte, würde aber noch ein wenig auf sich warten lassen. Ansonsten gab es wenig Brauchbares. Ein Zeuge meinte, die Schüsse gegen halb drei gehört zu haben, eine Beschreibung des Täters hatten sie jedoch nicht.

Henning wurde immer nervöser, je länger ihre Besprechung dauerte.

Um kurz vor elf schaffte Lena es endlich, in die Köln-Arcaden zu einem Bankautomaten zu gelangen. Fünfzehnhundert Euro – über ihren Kontostand hatte sie sich die ganze Zeit keine Gedanken gemacht, auch nicht darüber, dass sie sich um Roberts Nachlass kümmern musste. Was für ein schreckliches Wort – Nachlass!

Sein Büro in der Kanzlei war längst geräumt, doch hatte sie es immer noch nicht über sich gebracht, die persönlichen Dinge anzuschauen, die man ihr in vier Kartons nach Hause geschickt hatte.

Ihr Smartphone klingelte, als sie das Geld aus dem Automaten zog.

»Henning, ich komme gleich, ich habe das Geld«, sagte sie genervt.

»Ich habe nachgedacht«, sagte eine Frauenstimme, offensichtlich nicht irritiert über ihre Worte. »Vielleicht habe ich meine Mutter doch einmal getroffen. Ich habe jedenfalls eine vage Erinnerung. Ich muss vier Jahre alt gewesen sein. Im Kindergarten in Fühlingen.«

Lena steckte hastig das Geld ein, dann zog sie sich in eine stillere Ecke des Einkaufszentrums zurück.

Dora Hanneke, das Rosenkind.

»Schön, dass Sie sich melden«, brachte Lena hervor. »Wann können wir sprechen?«

»Jetzt. Ich spreche jetzt mit Ihnen«, entgegnete Dora ein wenig unwirsch. »Ich habe im Internet recherchiert. Sie suchen den Mann, der eine Prostituierte erdrosselt und angezündet hat?«

»Ja. Und auf die gleiche Art ist Ihre Mutter getötet worden – vor sechsundzwanzig Jahren. Was für eine Erinnerung haben Sie an Ihre Mutter?«

»Diese Frau ist wirklich meine Mutter gewesen?«, sagte Dora. »Eine Nutte, die ihr Kind loswerden wollte und es deshalb in einem Taxi abgelegt hat?«

»Mit einer Rose – Ihre Mutter hat Ihnen eine Rose mitgegeben. Wussten Sie das nicht?«

»Doch«, erwiderte Dora, »ich habe davon gelesen, viel später, aber irgendwie hat mich das alles angekotzt. So richtig wollte ich es nicht wissen. Ich will mein Leben leben, wie ich will, egal, wer mich auf die Welt gebracht hat. Und was hat das alles überhaupt mit Ihrem Mord zu tun?«

»Es muss eine Verbindung zwischen beiden Morden geben.« Lena beobachtete die Leute, die vorbeihasteten. Aus drei Läden gleichzeitig drang Musik. Sie war so müde, dass sie Schwierigkeiten hatte, sich auf ihr Gespräch zu konzentrieren. »Wann sind Sie Ihrer Mutter einmal begegnet?«

Dora Hanneke schwieg. Einen Moment lang meinte Lena schon, dass sie es sich anders überlegt und das Gespräch beendet hatte.

»Ich glaube, sie hat mich einmal entführt, aus meinem Kindergarten. Die Erzieher waren ganz aufgeregt, für etwa eine Stunde war ich verschwunden. Eine Frau hat mich mitgenommen, sie war sehr groß, hatte lange blonde Haare, die irgendwie rochen, nach Buttermilch, glaube ich, und wir sind in einem offenen Wagen zu einer Eisdiele gefahren. Wir haben ein Eis gegessen, dann hat sie mich zurückgebracht.«

»Hat die Frau etwas zu Ihnen gesagt – hat sie ihren Namen erwähnt oder Ihnen erzählt, was sie so macht?«

»Nein, ich erinnere mich nicht. Sie war einfach nur eine große, freundliche Frau, die nach Buttermilch roch und mir ein Eis gekauft und zugeguckt hat, wie ich es esse. Mehr nicht.«

»Dann hat die Frau sie zurückgebracht? Hat sie Ihnen etwas geschenkt? Oder irgendetwas mitgegeben? Einen Brief vielleicht?«

»Nein, nichts. Ich habe nur das Eis bekommen. Hinterher haben meine Eltern den Erziehern die Hölle heiß gemacht. Ich musste drei Wochen zu Hause bleiben, dann erst durfte ich wieder in den Kindergarten. Ich fand es schrecklich, allein in meinem Zimmer spielen zu müssen.«

»Und die Frau ist nie wieder aufgetaucht?«, fragte Lena.

»Nein, aber vielleicht habe ich doch noch etwas von ihr. Fünf Postkarten – zu jedem Geburtstag habe ich eine Postkarte bekommen, alle mit derselben Handschrift. Meine Eltern haben sie mir nicht gezeigt und auch nie ein Wort darüber verloren, aber sie haben sie ordentlich in einer Plastiktüte aufbewahrt.«

Fünf Postkarten zu den Geburtstagen ihrer Tochter, von der Helga Rothmann genau wusste, wo sie lebte – danach konnte sie nicht mehr schreiben, weil jemand sie ermordet hatte.

»Ich muss mir die Postkarten anschauen«, sagte Lena. »Wann können wir uns treffen?«

Dora Hanneke schwieg wieder. »Die Postkarten sind im Haus meiner Eltern in Fühlingen. Ich wollte sie mir eigentlich nie mehr ansehen, und ich glaube auch nicht, dass Sie damit etwas anfangen können. Es sind nur Geburtstagsgrüße an ein kleines Mädchen.«

»Wann kann ich die Karten sehen?«, fragte Lena drängender.

»Ich sage Ihnen Bescheid, wenn ich wieder einmal in Köln bin«, erklärte Dora Hanneke, nun wieder genauso abweisend wie bei ihrem Treffen in der Eifel.

Bevor Lena etwas erwidern konnte, wurde die Leitung unterbrochen.

26.

Als kleines Kind, vor einem halben Jahrhundert hatte er einen wiederkehrenden Alptraum gehabt – dass er seine Straße hinunterlief, die aber voller schwarzer Löcher war. Er musste ausweichen, springen und balancieren, um nicht in diese schrecklichen Löcher zu fallen, die wie aus dem Nichts um ihn herum auftauchten und ihn verschlingen wollten. Nun war es ihm passiert. Er war in ein schwarzes Loch gefallen.

Seine Sinne funktionierten nicht mehr. Seine Muskeln zitterten und schmerzten, er lag irgendwo, er konnte nichts sehen. Das Einzige, was er präzise wahrnahm, war der Geschmack von Blut. Er hatte sich auf die Zunge gebissen. Ja, das musste es sein. Dieser eine logische Gedanke kostete ihn schier unmenschliche Kraft. Was war mit ihm passiert? Er wusste es nicht. Schmerzen wanden sich bis in den letzten Winkel seines Kopfes.

Einmal meinte er, zwei Stimmen zu hören – eine dunkle und eine helle.

Wer sprach da? Er versuchte, sich bemerkbar zu machen, aber außer einem Stöhnen brachte er nichts heraus.

Dann versank er erneut in einem Loch aus Düsternis.

Als er nach einiger Zeit wieder daraus hervorkam, spürte er, dass ihm ein Gegenstand in den Mund geschoben wurde. Seine Zunge ertastete etwas, und dann brachte ein Impuls ihn dazu, Luft einzuziehen und zu trinken. Ein Strohhalm – jemand hielt ihm ein Glas Wasser mit einem Strohhalm hin.

Er schluckte gierig. Dann verschwand der Strohhalm wieder, und er begriff, warum er nichts sehen konnte. Man hatte ihm seinen Mantel mit der Pistole abgestreift, und er lag auf dem Bett, das er in der Dunkelheit gesehen hatte. Seine Arme und Beine waren am Bettrahmen angekettet, über den Augen hatte er eine Schlafmaske.

Der Gedanke nahm ihm den Atem und schmerzte wieder. Seine Muskeln schienen noch immer zu zittern. Der Geschmack von Blut im Mund kehrte zurück. Sie hatten ihm einen elektrischen Schlag versetzt – mit einem Elektroschocker, ja so nannte man diese Geräte. Er war geradewegs wie ein Idiot in die Falle gelaufen.

Als er versuchte, zumindest den Kopf zu bewegen, ertönte eine Stimme – aber sie gehörte keinem Menschen, sondern einer Maschine, einem Roboter.

»Sie haben sich nicht an unsere Anweisungen gehalten. Was ist das für ein Mann, der Sie sucht?«

Er verstand die Worte erst gar nicht, weil diese mechanische Stimme ihn schaudern ließ. Dann begriff er, was es war. Da sprach jemand wie durch ein Megaphon, um seine Stimme zu verzerren.

Er versuchte, etwas zu erwidern, doch es gelang ihm nicht. Seine Lippen begannen zu zittern. Er hörte selbst, dass er lediglich ein jämmerliches Schluchzen hervorbrachte.

»Damit«, sagte die mechanische Stimme, »wird alles nur komplizierter.«

Wieder bekam er einen Strohhalm hingehalten. Diesmal schmeckte die Flüssigkeit anders, bitterer, und schon wenig später schwanden ihm die Sinne, und er schlief ein.

Als er erwachte, waren seine Sinne klarer. Er hörte leise klassische Musik. Beethoven, das konnte Beethoven sein. Seine Muskeln zitterten nicht mehr, dafür hatte sich in seinem Rücken ein tiefer Schmerz eingenistet. Der Geschmack von

Blut war verschwunden. Er versuchte, seine Arme zu bewegen, und hörte, wie die Handschellen an seinen Gelenken rasselten. Er trug noch immer die Schlafmaske, und über seinem Mund klebte ein Stück Plastik. Seine Blase drückte, aber er scheute davor zurück, sich einfach so zu erleichtern.

Er musste nachdenken. Zumindest hatte die Wirkung des elektrischen Schlages nachgelassen.

Aber worüber sollte er nachdenken? Er konnte nichts tun, um seine Lage zu verändern.

Sie hatten ihn nicht getötet, dachte er dann, dabei hätten sie es leicht tun können. Das bedeutete, dass sie etwas vorhatten, einen Plan, um den es die ganze Zeit gegangen war.

Die Musik schwoll an. Es war die sechste Sinfonie von Beethoven – die Pastorale, Beethovens heiterste Musik. Alma schätzte Beethoven nicht so sehr, aber diese Sinfonie liebte sie.

Alma – er sehnte sich plötzlich so sehr nach ihr, dass ihm Tränen in die Augen traten.

Was sollte das alles?

Nach sechsundzwanzig Jahren hatte ihn jemand in Fleurs Wohnung eingesperrt.

Beethovens Sinfonie begann von vorn – eine Endlosschleife.

War jemand in der Wohnung? Spielte die Musik, um andere Geräusche zu überdecken? Er lauschte angestrengt, aber da war nichts. Kein Geräusch drang zu ihm.

Seine Gedanken liefen im Kreis, und er wurde immer verzweifelter.

Erst zerstören wir deine Familie …

Was war mit Pierre geschehen? War er aus dem Koma erwacht, oder war er schon tot?

Seine Pistole, sein Smartphone – alles war unerreichbar, dann fiel ihm Zlatko ein.

Was hatte die Stimme gesagt? »Was ist das für ein Mann, der Sie sucht?«

Für einen Moment schöpfte er Hoffnung. Also hatte sich Zlatko doch an ihre Abmachung gehalten, er war ihm gefolgt, er wusste, wo er sich befand.

Reglos lag er da. Beethovens Pastorale begann wieder von vorn.

Dann, während er nicht genau wusste, ob er wieder eingeschlafen war, wurde ihm mit einem Ruck das Klebeband vom Mund gerissen. Er zuckte zusammen und atmete tief ein.

Auch seine linke Hand war frei, registrierte er überrascht. Ihm wurde ein Gegenstand in die Hand gedrückt. Plastik, eine Urinflasche, wie man sie im Krankenhaus verwendete, damit er pinkeln konnte.

»Danke«, flüsterte er heiser, während er mit seiner linken Hand an seiner Hose fingerte.

Niemand antwortete.

Er hörte, wie er in die Flasche pinkelte. Die Erleichterung war größer als die Scham.

Die Flasche wurde ihm abgenommen. Er glaubte eine kurze Berührung zu spüren, Plastikhandschuhe, eine routinierte Bewegung.

Dann wurde seine Hand mit einem Ruck nach hinten gerissen, und die Handschellen rasteten erneut ein.

Beethoven lief noch immer. Er versuchte, ein anderes Geräusch auszumachen. Wie viele Menschen bewegten sich um ihn herum – nur einer oder mehrere? Ganz vage meinte er, das Rauschen einer Wasserspülung wahrzunehmen.

»Was haben Sie vor?«, krächzte er, doch niemand antwortete.

Dann vernahm er doch Schritte. Ein leichtes Knarren. Jemand setzte sich auf einen Stuhl ganz in der Nähe.

»Wir sind gekommen, um Gericht über Sie zu halten«,

sagte die mechanische Stimme. »Leider hat sich die Lage noch einmal verändert. Sie haben sich nicht an die Anweisungen gehalten. Noch jemand ist durch Sie gestorben – ein dritter Toter. Nun haben Sie drei Menschen auf dem Gewissen.«

27.

Die Postkarten – konnten sie etwas zu bedeuten haben? Für einen Moment dachte Lena daran, Dora Hanneke vorladen zu lassen, aber welchen Grund sollte sie dafür angeben? Ein paar alte Postkarten, die eine Frau, die vor über dreißig Jahren ihr Kind ausgesetzt hatte, aus Sentimentalität geschrieben hatte, konnten sie kaum weiterbringen – Larsen hätte sie für verrückt erklärt. Außerdem hatten Henning und sie einen anderen Fall übernommen.

Während Henning gut gelaunt mit seinen drei Pistolenkugeln ins Präsidium zurückkehrte, machte ihr die Müdigkeit zu schaffen. Der Tag trieb wie im Nebel vorbei. In ihrem Wettbüro trafen sie Sonja Vukovic an, die Frau des Toten, eine sonnenbankgebräunte Mittfünfzigerin, die ihren Mann noch gar nicht vermisst hatte. Sie legte einen tränenreichen Auftritt hin, der allerdings eine Spur zu aufgesetzt wirkte. Sie habe es kommen sehen, erklärte sie jammervoll, Zlatko habe nur noch seine eigenen Geschäfte im Kopf gehabt, das Wettbüro habe ihn kaum noch interessiert. Welche Geschäfte das waren, wusste sie angeblich nicht, und sie konnte ihnen auch nur ein, zwei Lokale nennen, die ihr Mann in letzter Zeit häufiger aufgesucht hatte. Meistens habe er sich bei irgendwelchen Landsleuten aufgehalten.

Gegen neunzehn Uhr ließ Lena sich nach Hause bringen. Sie war so müde, dass ihr übel wurde. Zwölf Stunden schlafen, vollkommen ohne Träume – danach sehnte sie sich nun. Den Mann, der vor ihrer Tür stand, erkannte sie erst gar nicht. Seit wann hatte David eine Vorliebe für Filzhüte? Er lächelte sie an. Es war zu spät, um zu fliehen. Warum war sie nicht erst zum Friedhof gefahren, zu Robert und Simon, oder hatte sich für eine Weile in den Dom gesetzt, nachdem sie zwei Kerzen angezündet hatte?

»Ich weiß«, sagte David, »ich bin zu früh – wir waren erst später verabredet, aber Larsen meinte, du seiest schon gegangen und sehr müde …« Er breitete die Arme aus, umarmte sie dann aber doch nicht, sondern küsste sie nur ganz leicht auf die Wange.

Ja, sie waren verabredet – sie hatte es vollkommen vergessen.

»Wir können ins Fioretto gehen«, erwiderte sie ohne jeden Enthusiasmus.

Auf dem Weg ins Fioretto erkundigte er sich nach ihrem Fall – er kannte Zlatko Vukovic, hatte ihn einmal selbst angeklagt, aber die Sache war im Sande verlaufen … Vukovic hatte im Verdacht gestanden, Botendienste für einen Clan aus Serbien gemacht zu haben, um Geld bei Rentnern einzusammeln, die auf den Enkeltrick hereingefallen waren … Jemand rief an, gab sich als Enkel in einer Notlage aus und schickte dann am nächsten Tag einen Boten vorbei, um das versprochene Geld abzuholen.

Lena hörte kaum zu. Was wollte David von ihr? Warum hatte ihre Verabredung nicht warten können?

Als er sich vor sie an den Tisch setzte, nachdem er ihr wie ein Kavalier den Stuhl zurechtgerückt hatte, sah sie, dass er keinen Ehering mehr trug. Oder hatte er nie einen getragen? Sie wusste es nicht mehr.

Dann begann er zu reden, leise und eindringlich, noch bevor sie bestellt hatten.

Er hatte sich von seiner Frau getrennt, der strengen, mittlerweile grauhaarigen Richterin. Darum hatte er sie sprechen wollen. Im Präsidium wusste noch niemand davon, er wollte es ihr als Erste mitteilen.

Der Rotwein wurde serviert. Sie prosteten sich zu.

»Hast du nie daran gedacht, einen längeren Urlaub zu machen?«, fragte er. »Nach dem Unglück für ein paar Wochen aus Köln zu verschwinden und alles hinter dir zu lassen?«

»Nein«, erwiderte sie. »Es wäre mir wie ein Verrat vorgekommen. Ich bin fast jeden Tag zu ihrem Grab gefahren … nein, jeden Tag.«

»Dieses Unglück … es hätte nie passieren dürfen …« Seine rechte Hand griff über den Tisch, als suchte er ihre. »Eigentlich war es auch meine Schuld. Ich habe Robert etwas mitgeteilt, was ihn ziemlich verwirrt hat – um es milde auszudrücken.«

Sie trank hastig einen Schluck Wein. »Wieso sollte es deine Schuld gewesen sein? Das ist absurd! Wir haben uns gestritten – und ich habe nicht aufgepasst, habe dem Lastwagen die Vorfahrt genommen …« Sie verstummte. Nun wurde ihr wirklich übel. Wie oft hatte sie diese Szene vor Augen gesehen, aber ausgesprochen, richtig beschrieben hatte sie das grausige Geschehen noch nie.

»Es ist etwas passiert – vor vielen Jahren«, erklärte David. »Nach unserem ersten Staatsexamen sind Robert und ich nach Sri Lanka gefahren. Wir waren über vier Wochen da – vielleicht erinnerst du dich noch. Meistens haben wir am Strand geschlafen, in unserem Zelt, oder wir haben uns in einem einfachen Hotel einquartiert. Wir haben uns richtig treiben lassen – und na ja, wir haben auch Mädchen kennengelernt.«

Lena hörte zu, aber sie verstand nichts von alledem. Warum erzählte er ihr von einem Urlaub, der fast zwanzig Jahre zurückliegen musste?

»David, was hat das mit dem Unfall zu tun?«

Er hob abwehrend die Hand. Sein Lächeln war ernst.

»Robert hat in Colombo ein Mädchen getroffen, eine Einheimische. Wir haben ein langes Wochenende mit ihr und ihrer Freundin verbracht. Ein sehr hübsches Mädchen – sie hieß Sanuthi und arbeitete an der Rezeption in einem Hotel.«

»Ja und?«

»Über Weihnachten letztes Jahr war ich mit Hiltrud wieder in Sri Lanka – nach all der Zeit. Wir haben uns meistens gestritten, und daher war ich oft allein unterwegs. Aus purer Nostalgie bin ich auch die alten Wege abgelaufen, und da bin ich Sanuthi wieder begegnet. Ehrlich gesagt, sie hat mich angesprochen. Ich habe sie erst nicht wiedererkannt, sie war immer noch hübsch, doch anders, sie war fülliger geworden, eine mittelalte, freundlich aussehende Frau … Na ja … Sie hatte ein Foto von Robert und mir – wir als Studenten am Strand, braungebrannt, mit langen, von der Sonne gebleichten Haaren … Mein Gott, plötzlich fiel mir alles wieder ein. Es war eine paradiesische Zeit gewesen.«

Lena erinnerte sich auch. Robert war Davids bester Freund geworden, aber noch immer hatte sie ihm nicht offen begegnen können. Die Wunden waren noch da gewesen – dass er sie verlassen hatte und sie für eine Weile magersüchtig geworden war. Sie war mittlerweile auf der Polizeischule, hatte sich entschlossen, ihrem Vater nachzueifern, als könnte ihr das den Halt geben, den sie brauchte.

»Sanuthi hat noch im selben Hotel gearbeitet, sie war nicht verheiratet, was für eine Frau in Sri Lanka ziemlich ungewöhnlich ist, und sie hat mir ihren Sohn vorgestellt, einen hellhäutigen, blonden Jungen, siebzehn Jahre alt – Rashmi.« Er griff nach seinem Weinglas und schaute sie an.

Es brauchte ein wenig, bis die Worte zu ihr vorgedrungen waren.

»Ein hellhäutiger Junge?«, fragte sie.

Er nickte. »Robert hat einen Sohn in Sri Lanka – zumindest deutet alles darauf hin. Rashmi. Als ich Mitte Januar zurückgekehrt bin, habe ich ihm ein Foto seines Sohnes und einen Brief von Sanuthi überreicht. Sie hatte eine Zeit lang alles darangesetzt, Robert zu finden, aber da sie nicht einmal seinen Nachnamen kannte, waren ihre Nachforschungen natürlich erfolglos geblieben.« David zögerte einen Moment, als müsse er nach Worten suchen. »Du verstehst vielleicht … Robert war ziemlich durcheinander und wusste nicht recht, was er tun sollte.«

»Du meinst, er hat es mir sagen wollen, und wusste nicht wie? Aber …« Sie dachte an Roberts letztes Wort. Hatte er tatsächlich Rashmi geflüstert, den Namen seines heimlichen Sohnes, sein Geheimnis, das er mit sich herumgetragen hatte?

»Er wollte einen Weg finden, seinen Betrug zu gestehen … Es war so lange her, und doch … dass es sein Sohn war, glaubte er sofort.«

»Weiß die Frau, dass Robert tot ist?«, fragte Lena.

Der Kellner brachte ihre Pasta und seine Dorade. David wirkte wieder gefasst, während er zu essen begann.

»Ich habe ihr eine E-Mail geschrieben und ihr ein wenig Geld geschickt. Die ganze Zeit wollte ich mit dir darüber sprechen, aber mir fehlte der Mut. Jeder Moment wirkte falsch …«

»Rashmi – ja, ich glaube, das war sein letztes Wort. Er hat an seinen Sohn in Sri Lanka gedacht, den er nie gesehen hat.«

»Er hat ein- oder zweimal mit ihm gesprochen, am Telefon … sie wollten sich im Sommer treffen. Er wollte mit Simon und dir hinfahren und …«

Trauer überkam sie. Was für ein sinnloser Streit war das im Auto gewesen! Ihr fataler Fehltritt mit Farkas, den er nicht einmal richtig durchschaut hatte – seine Unruhe und Gereiztheit wegen seines heimlichen Sohnes, der weit weg in einer fremden Welt lebte.

Lena ließ die Gabel fallen und erhob sich. »Tut mir leid«, sagte sie. »Ich muss gehen, und vielen Dank, dass du es mir nun gesagt hast.«

Sie konnte nicht schlafen. Robert und Simon waren tot – doch plötzlich war ein anderer Sohn aufgetaucht, ein Junge in Sri Lanka.

»Robert«, flüsterte sie, »was soll das? Was hat all das zu bedeuten?«

Ihre Augen tränten vor Trauer oder Müdigkeit. Trotzdem musste sie sich an den Computer setzen und sich Bilder von Sri Lanka anschauen. Nie hatte Robert auch nur ein Wort darüber verloren, dass in jenem Urlaub etwas passiert war. Sie betrachtete wunderschöne Strände, tiefblaues Meer, Touristenpaare, die sich küssten und umarmten, grüne Teeplantagen, Elefanten, die sich in einem Fluss Abkühlung verschafften, eine liegende Buddha-Statue, Einheimische in Hochzeitstracht ... Ein Paradies, ja, Robert war für kurze Zeit in einem Paradies gewesen. Dann ging sie die Hotels durch. Sie hätte gerne ein Foto der Frau gesehen, mit der Robert sich eingelassen hatte, aber leider hatte David den Namen des Hotels nicht erwähnt.

Gegen Mitternacht schlief sie endlich ein. Sie lag wieder in Simons Bett, obwohl sie eigentlich damit aufhören wollte, dort Schutz zu suchen.

Henning weckte sie mit seinem Anruf um kurz vor acht. »Ich habe sie gefunden«, sagte er voller Tatendrang. »Natürlich heißt sie nicht Maya, sondern Marina Klingbeil. Klingbeil – was für ein Name! Sie ist polizeilich in der Subbelrather Straße gemeldet und hat ein Verfahren wegen Drogenbesitzes am Hals. Außerdem hat sie Mietschulden. Na, ich glaube, ich werde mir mein Geld bald zurückholen.«

»Hast du mich deshalb geweckt?«, fragte Lena schläfrig. »Um mir zu sagen, wie deine kleine Freundin heißt?«

»Sie ist nicht meine Freundin«, erwiderte Henning empört, »aber nein, deswegen rufe ich nicht an, es geht um unseren Fall. Weiler hat gute Arbeit geleistet. Wir kennen nun die Tatwaffe, eine Ceská. Vukovic hatte eine ähnliche Waffe dabei. Und noch eines haben wir vorliegen: die Liste, wen er von seinem tollen iPhone so alles angerufen hat. Der gute Mann hat ziemlich viel telefoniert, bis kurz vor seinem Tod, und ein Mann findet sich da – das würde man nicht glauben, wenn man es nicht schwarz auf weiß sehen würde.« Henning lachte. Er wusste, dass er sie nun am Haken hatte.

»Mit wem hat er telefoniert? Welcher Name erstaunt dich so?«

»Lena, mach dich schön, dann reiten wir aus und statten dem hohen Herrn einen Besuch ab. Oder besser warte auf mich – ich hole dich in einer halben Stunde ab.«

28.

»Was soll das?«, fragte er. »Was für einen dritten Toten?«

Es dauerte eine Weile, bis er eine Antwort erhielt. »Der Mann, der nach Ihnen gesucht hat, ist tot – mit Ihrer Waffe erschossen. Noch ein Mord, der auf Ihr Konto geht.«

Zlatko war tot – mit seiner Ceská getötet? Er atmete tief ein.

»Ich begreife das alles nicht … Was wollen Sie? Geld? Lassen Sie mir ein wenig Zeit, und ich treibe alles auf, was ich habe. Ich besitze wertvolle Aktien, ein Haus, ich habe Geld auf der Bank, keine ganz geringe Summe … Es würde allerdings eine Weile dauern.«

Er meinte zu spüren, dass jemand langsam um ihn herumging und ihn beobachtete. Dann wurde etwas gegen seine Stirn gehalten – die Mündung einer Pistole.

Er zuckte zusammen.

»Wir wollen Ihr verdammtes Geld nicht«, sagte die mechanische Stimme ganz nah an seinem Kopf. »Wir haben etwas ganz anderes gewollt, aber das haben Sie nicht verstanden, und nun ist es zu spät.«

Er schluckte, seine Lippen bebten, noch nie hatte er so viel Angst gehabt.

Die Pistole blieb an seiner Schläfe.

Er wusste, dass er etwas erwidern sollte, aber er hatte keine Ahnung, was. Er hatte nicht einmal genau verstanden, was die Stimme zu ihm gesagt hatte.

»Was haben Sie denn gewollt?«, krächzte er. »Woher kennen Sie mich?« Ein kleiner klarer Gedanke hatte in seinen Kopf Einzug gehalten. Er musste reden, reden, bis die Pistole verschwand, und vielleicht würde er etwas über seine Peiniger erfahren.

Ein Lachen ertönte, das durch das Megaphon – oder was immer für ein Gerät es war – verzerrt wurde, dann löste sich der Druck an seiner Schläfe.

»Wir kennen Sie gut«, sagte die mechanische Stimme. Sie schien nun aus einiger Entfernung zu dringen. War es die Stimme eines Mannes oder einer Frau? Er konnte es nicht bestimmen. »Sehr gut sogar. Und dann haben wir uns auch Ihre famose Familie angesehen. Alle haben Dreck am Stecken – das war schnell offensichtlich. Nur eine nicht, Ihre Frau. Wussten Sie das? Ihre Frau ist eine großartige Person, aber vielleicht ist sie deshalb auch vor Ihnen geflohen.«

»Wer sind Sie?«, flüsterte er.

Die Stimme lachte wieder. »Sie werden es nie erfahren. Ich sage Ihnen jetzt, wie unser Spiel weitergeht.«

»Was ist mit Pierre?«, fragte er. Je mehr er sprach, desto mehr Kraft konnte er in seine Stimme legen. »Stecken Sie auch dahinter? Haben Sie ihn ins Wasser rollen lassen? Lebt er noch?«

»Man wird bald herausfinden, dass Sie diesen Mann losgeschickt haben. Wir haben daher nicht viel Zeit. Vierundzwanzig Stunden, nicht mehr. So geht das Spiel weiter. Entweder gehen Sie zur Polizei und gestehen alle drei Morde – an Helga Rothmann, an Eva Helmes und an diesem grauhaarigen Idioten …«

»Er hieß Zlatko«, erklärte er, »ich habe ihn nur gebeten …«

Der Pistolenlauf drückte wieder gegen seine Schläfe. Er verstummte sogleich.

»Das ist die eine Möglichkeit – Ihr Geständnis. Drei Morde, die Sie alle zu verantworten haben. Oder …«

Die Stimme ließ sich Zeit. Die Pistole verschwand wieder.

Er musste erneut schlucken. Sein Mund war vollkommen ausgetrocknet.

»Warum sollte ich drei Morde gestehen?«, stammelte er. »Ich habe nur …«

»Verstehen Sie es als Zinsen auf Ihre Schuld – Sie haben sechsundzwanzig Jahre lang in Ihrer wunderbaren Familie weitergelebt, scheinbar ohne Schuld, und galten als ehrenwerter Mann. Das ist der Preis. Hier die andere Möglichkeit: Sie wählen den einfachen Weg und erschießen sich. Hier, in dieser Wohnung, auf diesem Bett. Dann wird die Polizei ein wenig mehr Mühe haben, das Puzzle zusammenzulegen, aber es wird ihr gelingen. Ihr Ruf wird auch dann ruiniert sein, posthum.«

»Warum tun Sie das?«, flüsterte er. »Müssen Sie jemanden rächen – Fleur?«

»Ich tue das, weil ich Sie abgrundtief hasse und verachte«, erwiderte die Stimme. »Weil Sie nie etwas verstanden haben.«

Ein Strohhalm wurde in seinen Mund gepresst. Er trank, fast gegen seinen Willen. Er sollte sich selbst auslöschen – so oder so. Da wollte ihn jemand vernichten, aus der Gesellschaft herausschleudern, indem er sich stellte oder indem er die Waffe gegen sich selbst richtete.

Der Strohhalm wurde aus seinem Mund gezogen, dann wurde ihm abermals ein Plastikband über den Mund geklebt.

»Sie müssen sich nicht sofort entscheiden. Denken Sie nach! In vierundzwanzig Stunden komme ich zurück! Und wenn Sie sich für das Geständnis entscheiden: Glauben Sie nicht, dass Sie uns täuschen und fliehen können – wir haben die Kassette mit Ihrem Geständnis, und wir haben die Pistole, mit der Sie den Mann erschossen haben. Das alles reicht für Ihre Verurteilung.«

Schritte schienen sich zu entfernen. Mittlerweile war er so sehr an die Dunkelheit gewöhnt, die ihn einhüllte, dass er die wenigen Geräusche um ihn besser wahrnehmen konnte.

»Ach übrigens«, sagte die mechanische Stimme. »Das Haus ist so gut wie leer, es soll saniert werden. Niemand wird Sie hören, wenn Sie hier versuchen, Lärm zu machen.«

Dann klappte eine Tür. Er war allein, allein in der Stille. Auch die Musik war nicht wieder eingeschaltet worden. Einzig das Blut in seinen Ohren rauschte. Es war der furchtbare Klang seiner Angst.

Was war schlimmer – die Schmerzen in seinem Rücken oder die Angst um sein Leben? Er lag in seiner Dunkelheit da, weggeworfen, verloren, verurteilt von jemandem, den er nicht kannte und doch kennen musste. »Wir kennen Sie gut.« – »Ich tue das, weil ich Sie abgrundtief hasse und verachte.« Die Stimme hatte zwischen dem »Wir« und dem »Ich« gewechselt, als wollte sie nur vorspielen, dass sie nicht alleine war. Konnte eine einzelne Person hinter all dem stecken? Und wer sollte das sein? Wer hasste ihn so sehr, dass er ihn auf diese grausame Art und Weise vernichten wollte?

Sein Gehirn versagte ihm den Dienst. Die Person, die ihn am besten kannte, war Alma. Aber nein, auch Alma wusste vieles nicht von ihm. Dann Brigitte, seine Sekretärin, die ihn schon seit über zwanzig Jahren begleitete. Sie war eine tüchtige Kraft. Wenn sie es nicht bei ihm ausgehalten hätte, dann hätte sie leicht eine andere Stelle gefunden. Und seine Affären? Ja, ein paar Frauen hatte er gehabt, aber mit keiner war es wie mit Fleur gewesen. Er war manchmal schroff gewesen, hatte sie am Ende abserviert und sich wieder seinen Aufgaben zugewandt, doch nicht einer dieser Frauen hatte er einen Grund gegeben, ihn töten zu wollen.

Es gab niemanden, der ihn so hassen konnte.

Doch, irgendjemanden musste es geben. Eine Studentin,

die er zu wenig beachtet hatte? Eine Praktikantin, die sich Hoffnungen gemacht hatte, ihn zu verführen? Unsinn! Außerdem hätte niemand von ihnen an seine Kassetten gelangen können. Die hatte er in seinem Reich verschlossen, in seinem Büro, dem Allerheiligsten, in das nur Brigitte und er allein Zutritt hatten.

So kam er nicht weiter. Er musste seine Gedanken in eine andere Richtung lenken, um nicht durchzudrehen.

Leo und Carolin würden ihn suchen, sie würden sich fragen, wo er abgeblieben war. Sein Mietwagen stand in der Tiefgarage am Hauptbahnhof. Das würde sie nicht weiterführen.

Blieb nur der tote Zlatko. Vielleicht hatte er jemanden eingeweiht. Möglicherweise wusste Krischat Bescheid und würde der Polizei einen Tipp geben. Aber warum sollte er das tun? Damit würde er auch zugeben, dass er half, illegale Waffen zu verkaufen.

Er kämpfte mit den Tränen. Er war in einer aussichtslosen Lage.

Er würde sich niemals der Polizei stellen – würde niemals vor einem Gericht erscheinen und drei Morde gestehen, von denen er zwei nicht begangen hatte.

Er musste sich befreien. Dieses Bett war, wenn er es richtig in Erinnerung hatte, ein billiges Gestell aus ein paar Stangen, die man ineinandergeschoben hatte. Er musste dieses Bett zerlegen und hoffen, dass er so einen Weg fand, sich zu befreien. Er hatte vierundzwanzig Stunden Zeit.

29.

Henning stand vierzig Minuten später vor ihrer Tür. Er hielt ihr einen Kaffee hin. »Ich habe heute schon mit meiner Frau telefoniert«, sagte er gut gelaunt. »Sie will mich sehen – morgen Abend. Ich kann auch mit meinen Kindern sprechen. Großartig, nicht wahr? Es kommt alles wieder ins Lot.«

Lena nahm den Kaffee und trank. »Was soll das?«, fragte sie. »Zu wem fahren wir? Mit wem hat dieser Vukovic zuletzt sprechen wollen?« Sie dachte an Robert und an seinen Sohn – Rashmi. Sobald sie im Präsidium war, musste sie David anrufen. Sie brauchte eine Telefonnummer und den Namen des Hotels, in dem die Frau arbeitete, mit der Robert ein Kind hatte.

Henning lächelte selbstzufrieden. »Gleich – in zehn Minuten wissen wir mehr.«

Er fuhr mit seinem alten Corsa die Neußer Straße hinauf, bog dann auf die Innere Kanalstraße. Sie ärgerte sich über seine Heimlichtuerei, und er tat, als würde er es nicht bemerken. »Larsen und Wiegand drehen ziemlich am Rad. Sie kommen keinen Schritt weiter – anders als wir. Könnte sein, dass gar nicht wir die Loser sind.«

Sollte sie ihm von ihrer Neuigkeit erzählen? Nein, besser nicht, beschloss sie. Das war eine Familienangelegenheit, die niemanden etwas anging. Aber sie würde es Roberts Vater mitteilen müssen.

Auf der Aachener Straße meinte sie zu wissen, wohin er fuhr – zur Rechtsmedizin.

»Willst du dir den Toten noch einmal anschauen und ihn befragen?«, fragte sie, noch immer verärgert.

Er lächelte und schwieg. Nachdem sie ausgestiegen waren, wandte er sich nicht den Autopsieräumen zu, sondern ging zu den Büros. Sie konnte kaum mit ihm Schritt halten.

»Gestern«, sagte sie spöttisch, »hast du mich noch um Geld angefleht, da warst du ein kleiner, ängstlicher Polizist, der schlecht roch …«

Er hielt inne und schaute sie an. »Das war gestern. Heute bin ich frisch geduscht, und wir beehren den großen Professor Doktor Roger Tepper und fragen ihn, warum ein Kleinkrimineller wie Zlatko Vukovic mit ihm telefonieren wollte.«

»Er hat mit Tepper telefoniert?«

»Mehrmals. Zuletzt hat er ihn nachts um ein Uhr angerufen, aber Teppers Telefon ist abgeschaltet. Ich habe es heute Morgen auch schon versucht.«

»Wer weiß davon?« Sie waren vor Teppers Vorzimmer stehen geblieben.

»Nur Mona, du und ich.« Er hob die Hand, um anzuklopfen.

»Ich wette, das Telefon ist Tepper gestohlen worden. Er hat es schon eine Weile nicht mehr.«

Henning klopfte an.

Tepper war der Gottvater der Rechtsmedizin – ein stattlicher Mann mit grauer Mähne, der jeden einschüchterte und der sich mit einfachen Polizisten schon lange nicht mehr abgab. Wirklich interessierten ihn nur noch die besonderen Fälle – alte Moorleichen, Knochenfunde aus einem anderen Jahrhundert, dergleichen. Aufsehen hatte er vor einigen Jahren damit erregt, als er den Tod eines Mannes aufgeklärt hatte, der erhängt in einem Baum gefunden worden war. Niemand hatte es sich erklären können, bis Tepper Hinweise darauf gefunden hatte, dass der Mann sich in dem

Baum mit einem Seil um den Hals sexuell stimuliert hatte und dabei ums Leben gekommen war.

Eine etwa fünfzigjährige, ein wenig ältlich wirkende Sekretärin blickte von ihrem Computerbildschirm auf, nachdem Henning die Tür geöffnet hatte. Sie hatte ihre blonden Haare zusammengebunden und war dezent geschminkt.

»Wir müssen dringend den Professor sprechen«, erklärte Henning.

Sie hob ihre Arme, eine hilflose Geste. »Er ist verschwunden«, sagte sie. »Niemand weiß, wo er ist. Auch seine Kinder suchen ihn. Es ist alles eine große Tragödie.«

Wo war Roger Tepper abgeblieben? Seit dem frühen Abend hatte der Rechtsmediziner offensichtlich kein Lebenszeichen mehr von sich gegeben. Sie fanden seinen Sohn Leo und seine Tochter Carolin in der Uniklinik. Pierre, Teppers zweiter Sohn, rang dort mit dem Tod – er war der mutmaßliche Drogendealer, der in Langel mit seinem SUV in den Rhein gerollt war und nun im Koma lag. Henning hatte sich den Vorgang eigentlich ansehen sollen.

»Warum suchen Sie meinen Vater?«, fragte Leo Tepper. Er wirkte übernächtigt und gereizt. Seine Schwester schaute ihn mitfühlend an.

»Wir haben heute Nacht einen Toten gefunden«, erwiderte Lena vage. »Er hat zuletzt versucht, Ihren Vater auf seinem Mobiltelefon anzurufen. Wir wüssten gerne mehr darüber.«

»Wie hieß der Mann?«, fragte der Sohn.

Lena nannte den Namen, doch er sagte weder dem Sohn noch der Tochter etwas.

»Ich kann mir nicht vorstellen, was unser Vater mit so einem Menschen zu besprechen haben sollte«, bemerkte die Tochter in einem arroganten Tonfall.

»Vielleicht kennt ihr euren Vater nicht besonders gut.«

Eine blonde Frau in einem eleganten schwarzen Mantel, die sich ein paar Schritte abseits gehalten hatte, bewegte sich auf Lena und Henning zu. »Ich bin Alexa Brück, die Schwägerin. Wann genau ist Roger verschwunden?«

»Offensichtlich gestern Abend. Um kurz nach einundzwanzig Uhr. Er hat dem ermordeten Vukovic noch eine SMS geschickt. Dass er sich am Bahnhof mit jemandem treffen wolle.«

»Eine SMS? Ich hätte eher gedacht, dass Roger alles über den Kopf gewachsen ist – dass er eine Weile seine Ruhe braucht. Deshalb ist er gestern auch nicht zu unserem Familientreffen erschienen. Es ist zu viel passiert in letzter Zeit. Er tut immer so, als könne er alles organisieren, aber das kann er nicht.«

»Wo hält sich eigentlich Ihre Mutter auf?«, fragte Henning den Sohn, doch Alexa Brück antwortete für ihn: »In Südafrika. Sie arbeitet in Kapstadt in einem Krankenhaus. Sie brauchte dringend Tapetenwechsel.«

»Könnte der Professor sich bei ihr gemeldet haben?«, fragte Lena.

Die Schwägerin schüttelte den Kopf. »Bestimmt nicht. Außerdem wird meine Schwester erst heute Abend wieder erreichbar sein. Sie hat für ein paar Tage in einem abgelegenen Haus Ferien gemacht, ohne Telefon und Internet.«

Sie wandten sich alle um, als die Tür zur Intensivstation geöffnet wurde. Ein junger Arzt mit schütteren Haaren trat heraus, er postierte sich mit ernster Miene vor der Tür und faltete die Hände vor der Brust. »Wir haben leider eine sehr schlechte Nachricht für Sie«, sagte er, ohne sich an jemanden Bestimmten zu richten. »Der Patient hat es trotz unserer Anstrengungen nicht geschafft. Es tut uns allen sehr leid …«

Wie lautete der Spruch eines russischen Dichters, den sie irgendwo gelesen hatte? Alle glücklichen Familien gleichen einander. Jede unglückliche Familie ist auf ganz eigene Art unglücklich. Teppers Familie schien vom Unglück heimgesucht worden zu sein: Der Vater war verschwunden, einer der Söhne tot, die Mutter in Südafrika offensichtlich in einer Art Exil.

Konnte das Verschwinden des Professors etwas mit dem Schicksal seines Sohnes zu tun haben? Lena war sich dessen beinahe sicher.

»Glaubst du, Tepper hat selbst versucht, Detektiv zu spielen?«, fragte sie Henning, als sie zurück ins Präsidium fuhren.

»Sieht ganz so aus – möglicherweise hat er irgendwelche Drogendealer aufgetan und hat Vukovic als Begleitschutz mitgenommen. Wir müssen eine Fahndung nach dem Professor herausgeben, und dann sollten wir uns die anderen Namen auf der Telefonliste von Meister Vukovic vornehmen und uns in seiner Wohnung umsehen.«

Lena zog ihr Smartphone hervor und rief David an, doch nur seine Mailbox meldete sich. Sie schrieb ihm eine SMS. »Kannst du mir den Namen des Hotels in Colombo geben? Grüße L.«

Sie wollte diese Sanuthi nicht nur im Internet auf einem Foto sehen, sondern auch mit ihr sprechen. Robert hatte einen fast erwachsenen Sohn – dieser Gedanke beherrschte sie immer mehr. Was würde er wollen? Musste sie sich um diesen Rashmi kümmern? Ja, gewiss sollte sie das tun.

Plötzlich erfüllte sie Bitterkeit, dass David so lange gewartet hatte, bevor er ihr diese Wahrheit offenbart hatte. Sie hätte nach Sri Lanka fahren und diesen Sohn treffen können …

Zu ihrer Überraschung schrieb David nach nur wenigen Minuten zurück. »Mysoor Inn, Colombo. Warum fragst du?«

Sofort suchte sie die Homepage des Hotels im Internet, aber sie fand nichts, nur eine Adresse und Telefonnummer.

Sie spürte, dass Henning sie argwöhnisch beobachtete. Die Nachricht, dass er seine Frau treffen durfte, hatte ihm mächtig Auftrieb verliehen.

»Dieser Sohn, Pierre Tepper«, sagte er, »in seinem Wagen ist ein Kilogramm Kokain gefunden worden, hübsch wasserdicht verpackt. Seltsam, nicht wahr? Als hätte ihm jemand eine Falle gestellt.«

Lena schaute ihn an. Wie spät mochte es jetzt in Sri Lanka sein? Wenn sie es recht bedachte, wahrscheinlich später Nachmittag, also eine Zeit, in der man in einem Hotel ohne Probleme jemanden an der Rezeption erreichen konnte. Was sollte sie sagen? I would like to talk to Misses Sanuthi? I am the wife of Robert Larcher who is the father of her son? Sprachen die Menschen auf Sri Lanka überhaupt Englisch? Sie wusste es nicht genau.

»Vukovic hat gestern dreimal in einer Autowerkstatt in Gremberg angerufen, allerdings am Nachmittag«, sagte Henning und hielt ihr einen Computerausdruck hin. »Außerdem hat er mit seinem Wettbüro telefoniert und mit vier Landsleuten, die wir alle noch überprüfen müssen. Bisher deutet nichts auf Drogengeschäfte hin. Aber offenbar scheint dich das Ganze nicht sonderlich zu interessieren.« Henning deutete auf ihren Computer. Die Seite »Hotels in Colombo« hatte sie noch nicht weggeklickt.

»Doch«, sagte sie zögernd, »tut es natürlich, es ist nur …«

»Willst du Urlaub machen? Keine schlechte Idee, aber vielleicht solltest du noch ein paar Tage warten, bis wir in unserem Fall weiter sind.«

»Ich will keinen Urlaub machen, ich will nur jemanden besuchen.«

Ihr Smartphone klingelte. Eine unbekannte Nummer, nicht Davids, wie sie erwartet hatte.

»Können wir uns sehen? Am besten sofort?«, fragte eine weibliche Stimme. »Ich muss heute noch in die Eifel zurück.«

Dora Hanneke – sie klang atemlos und aufgeregt.

»Sie sind in Köln?«, fragte Lena. »Haben Sie die Postkarten?«

»Ich bin am Hauptbahnhof. Ich habe die Postkarten, aber ich will dafür etwas von Ihnen.«

Lena überredete Henning, sie zum Hauptbahnhof zu fahren. Sie fürchtete, dass Dora Hanneke es sich anders überlegen könnte, falls sie zu lange auf sich warten ließ.

»Was willst du ausgerechnet in Sri Lanka? Strandurlaub?«, fragte er lauernd, als hätte er schon eine Ahnung, aber die konnte er auf keinen Fall haben.

»Robert hat dort einen Sohn«, erwiderte sie. »Ich habe es gestern erfahren.«

Henning schwieg einen Moment. »O, was für eine Nachricht«, sagte er dann und bedachte sie mit einem mitfühlenden Blick. »Danke, dass du es mir verraten hast.«

Dora Hanneke wartete in einem Café mitten im Hauptbahnhof. Sie trug einen roten Trainingsanzug und hatte sich einen schwarzen Schal um den Hals gewickelt, als würde sie fürchterlich frieren. Sie rauchte und starrte vor sich hin. Mit einem Nicken begrüßte sie Lena und Henning, der ihr kurz seinen Ausweis zeigte.

»Ich weiß«, sagte Dora, »ich sollte mich mit Ihnen nicht treffen. Sam wäre total wütend. Er hasst die Polizei, aber ich will etwas wissen …«

Henning ging zu der Bar im hinteren Bereich des Cafés und ließ sich zwei Espressi geben. Die Gelegenheit, einen guten Kaffee zu trinken, ließ er sich nicht entgehen.

»Die Postkarten könnten wichtig sein«, erklärte Lena und deutete auf eine schmale Plastiktüte, die Dora vor sich auf den Tisch gelegt hatte.

»Ich glaube nicht«, sagte sie, »es sind sechs simple Postkarten. Ich habe sie heute Morgen gelesen – und fast sind mir die Tränen gekommen … Ich habe nie über meine richtige Mutter nachgedacht. Die Hannekes haben immer so getan, als wäre ich ihr Kind. Erst als man einmal eine Blutuntersuchung gemacht hat, weil man befürchtete, ich hätte Leukämie, habe ich herausbekommen, dass sie gar nicht meine leiblichen Eltern sind. Da war ich vierzehn Jahre alt. Damals habe ich zum ersten Mal versucht abzuhauen. Na, hat nicht so wirklich funktioniert. Die Postkarten von meiner Mutter haben sie mir nie gezeigt. Die habe ich erst gefunden, als sie beide tot waren.«

Henning kehrte mit dem Kaffee zurück. Er hatte auch Dora einen Espresso besorgt. Sie lächelte ihn dankbar an und wirkte mit ihren orangefarbenen Haaren und in ihrem Trainingsanzug plötzlich wie ein ängstliches kleines Mädchen.

»Die Geschichte mit der Rose hat mich aufgewühlt. Ich habe es gewusst, aber niemals groß darüber nachgedacht. Wieso hat sie mir eine Rose in meine Tasche gelegt, als sie mich in dem Taxi abgestellt hat? Und wieso ist die Rose mein Lieblingsmotiv als Glasmalerin?« Ihr Telefon meldete sich laut und vernehmlich – ein Hahnenschrei ertönte. »Sam, mein Freund«, sagte sie erklärend. »Er sucht mich, er denkt, ich bin in Monschau in der Glashütte und mache eine Sonderschicht.« Der Hahnenschrei verstummte. »Ich will etwas wissen«, fuhr Dora Hanneke fort und schaute Lena bittend an. »Gibt es noch ein Grab von meiner Mutter? Können Sie mir sagen, wo ich es finde?«

»Auf dem Nordfriedhof«, erwiderte Lena. »Ich weiß nicht genau wo, doch ich kenne jemanden, der es Ihnen gerne zeigen wird. Der Bruder Ihrer Mutter lebt noch. Er ist fast achtzig, aber er wird sich freuen, von Ihnen zu hören.«

»Und kann er mir vielleicht sagen, wer mein Vater ist?«, fragte Dora. Nun hatte sie Tränen in den Augen, die sie mit ihrem Schal wegwischte.

»Nein«, sagte Lena, »nein, leider, das glaube ich nicht.«

Eigentlich sollten sie sich um Tepper und den toten Serben kümmern, stattdessen saßen sie im Fioretto, die Postkarten vor sich auf dem Tisch.

»Warum hat sie das getan? Sie hat ihr Kind ausgesetzt und hat ihr dann jedes Jahr zum Geburtstag eine Postkarte geschickt?«, fragte Henning. Er hatte eine Pizza gegessen, Lena hatte sich lediglich einen Salat gegönnt. Sowohl David als auch ihr Vater hatten versucht, sie zu erreichen, und Bohl hatte mit ihnen eine Pressemeldung zum ermordeten Vukovic abstimmen wollen. Im Präsidium musste man glauben, sie seien verschwunden.

»Na, vielleicht war es eine Kurzschlussreaktion. Eine Prostituierte will sich nicht offenbaren, um ihr Kind zu schützen – und in einem Kinderheim hätte man sicherlich schnell herausbekommen, wer die Mutter ist und was sie so macht«, erklärte Lena.

Sechs Postkarten – fünf hatte Helga Rothmann zu den Geburtstagen ihrer Tochter geschrieben. Es war ihr offenkundig leichtgefallen, die Adresse der Hannekes herauszufinden.

Auf der ersten Postkarte war ein gelber Schmetterling vor tiefblauem Himmel zu sehen. Der Text, in einer schmalen, gestochen klaren Handschrift verfasst, lautete: *Liebes Töchterlein, leider kann ich nicht bei Dir sein – trotzdem zum Geburtstag ein dicker Kuß von Deiner M. Möge alles Glück der Welt Dir gehören.* Die Unterschrift war ein gemaltes Herz.

Die zweite Karte zeigte einen Elefanten, der auf einem Seil balancierte. *Meine Kleine, nun bist Du schon zwei Jahre alt – und kannst laufen und springen und tanzen. Mögest Du ein besseres Leben haben als Deine M. Ich denke an Dich.* Diesmal keine Unterschrift.

Auf der dritten Karte war ein Adler zu sehen, der sich in den Himmel erhob. Ein ungewöhnliches und wenig kindgerechtes Motiv. Der Text war kurz. *Alles Liebe zum 3. Ge-*

burtstag. Ich denke Tag und Nacht an Dich. Wieder ein Herz als Unterschrift.

Die vierte Karte rührte Lena besonders. Eine Rose, auf der ein paar Tautropfen glitzerten, war darauf abgebildet. *Liebe Dora, nun wirst Du vier Jahre alt und bist schon eine kleine Dame. Ich hoffe, Du hast einen schönen Tag in Deinem Kindergarten. Du kennst mich nicht, aber ich würde Dir gerne ein paar Dinge erklären und einmal, nur für ein paar Momente, Deine Hand halten. Alles erdenklich Liebe.* Zwei Hände, die sich hielten, als Unterschrift.

Helga Rothmann hatte ein echtes Talent, etwas zu malen, stellte Lena fest. Dass sie von dem Kindergarten sprach, deutete darauf hin, dass sie offensichtlich Bescheid wusste und ihre Tochter gewiss mehrfach beobachtet hatte. Warum hatten die Hannekes nie etwas unternommen? Aber vielleicht hatten sie das – die Frage würde sich kaum noch klären lassen.

Das Motiv auf der Karte zum fünften Geburtstag war recht schlicht und belanglos: eine Torte mit fünf Kerzen. *Mein liebes großes Mädchen,* lautete der Text, *alles Gute zum Geburtstag. Ich bin sicher, Dir geht es gut. Bald kommst Du in die Schule. Möge der liebe Gott Dir seinen Segen geben und Dich beschützen. Ich denke an Dich.* Wieder ein Herz als Unterschrift.

Die sechste Karte war die Einzige, die Helga Rothmann nicht zum Geburtstag geschrieben hatte. Auf ihr war in Schwarz-weiß das Restaurant auf dem Drachenfels zu sehen. Da stand ein Leierkastenmann mit Zylinder vor der Tür, im Hintergrund war ein Mann zu sehen, bei dem sich eine blonde Frau eingehakt hatte. Der Text war ungewohnt knapp. *Ich habe einen Ausflug gemacht. Alles Liebe.* Erneut ein gemaltes Herz als Gruß.

Der Kellner brachte ihnen zwei Gläser Rotwein. Lena blickte von den Karten auf.

Henning stieß mit ihr an. »Ich verstehe diese Frau nicht. Warum hat sie sich nicht zu erkennen gegeben, wenn sie so an ihrer Tochter hing?«

»Sie konnte es nicht«, erwiderte Lena. »Vielleicht hat sie gehofft, dass die Eltern von Dora sie suchen würden. Und einmal ist sie wohl im Kindergarten aufgetaucht und hat es geschafft, mit ihrer Tochter unerkannt Eis essen zu gehen.« Sie berichtete kurz, was Dora ihr erzählt hatte.

»Und warum hat sie diese sechste Karte geschrieben?« Henning nahm sie in die Hand. »›Ich habe einen Ausflug gemacht.‹ Was soll das? Oder hat sie vielleicht viel mehr Karten geschrieben, und nur diese sechste haben die Pflegeeltern aufgehoben?« Er zuckte mit den Achseln. »Na, viel weiter bringen uns diese Karten jedenfalls nicht.« Er trank wieder. »Aber es ist ja auch nicht mehr unser Fall. Im Grunde vertun wir hier unsere Zeit, statt unsere Arbeit zu machen.« Er blickte auf seine Armbanduhr.

Lena nahm ihm die sechste Karte ab. Ja, warum solch eine Karte? Helga Rothmann teilte ihrer Tochter mit, dass sie auf dem Drachenfels gewesen war. Das genaue Datum ließ sich nicht mehr erkennen. Der Poststempel war verwischt. Lena selbst war in ihrer Kindheit mit ihren Eltern häufiger auf dem Drachenfels gewesen, ein beliebtes Ausflugsziel in Königswinter, dreißig Kilometer von Köln entfernt. Die üblichen Postkartenmotive sahen anders aus. Der Blick ins Tal auf den Rhein mit seinen Schiffen. Oder Kinder, die auf Eseln den Berg hinaufritten. Oder ein Motiv der Drachenburg mit ihren vielen Türmen, die unterhalb des Felsens lag. Einen Leierkastenmann hatte sie dort nie angetroffen.

Auch mit Robert und Simon war sie einmal dort oben gewesen, an einem Sonntag im Mai. Es war sehr warm gewesen. Simon hatte die ganze Zeit genörgelt, und Robert hatte sich unentwegt über die japanischen Touristen lustig gemacht, die offenbar jeden Baum fotografieren wollten. Der Ausflug war ein Reinfall gewesen.

»Erwin Groschek, Fotograf. Eigene Postkarten«, stand als Vermerk auf der Karte.

Lena wandte sich um. »Michele«, rief sie dem Kellner zu. »Darf ich um etwas bitten?«

Michele kam sofort herbeigeeilt. »Noch ein Dessert vielleicht?«, fragte er mit einer leichten Verbeugung.

»Nein«, sagte Lena. »Ich brauche etwas ganz anderes. Eine Lupe – habt ihr eine Lupe im Haus?«

Henning stöhnte auf, während Michele sich entfernte. »Nun willst du wirklich Sherlock Holmes spielen, was?« Er lachte und blickte wieder auf die Uhr. »Ich werde noch ins Präsidium fahren. Ich habe noch keinen Bericht geschrieben. Morgen wird Larsen wieder über mich herfallen. Und ohne Job kann ich mich bei meiner Frau nicht blicken lassen.« Er trank sein Glas Rotwein aus und machte Anstalten, sich zu erheben, als Michele mit einer riesigen Lupe zurückkehrte.

»Der alte Schmitz oben im Haus – er sammelt Briefmarken«, meinte er lächelnd, während er Lena mit einer übertrieben galanten Geste die Lupe überreichte.

Lena nahm das Vergrößerungsglas und ließ sie über das Paar gleiten, das ihr nun förmlich entgegensprang. Die Frau trug einen Hosenanzug, dazu eine leichte, langärmelige Jacke. Sie hatte lange blonde Haare, die ein wenig hochtoupiert wirkten, einen dunkel geschminkten Mund und starrte vor sich hin, als fühle sie sich nicht ganz wohl. Der Mann an ihrer Seite war deutlich größer und jünger, er hatte den Kopf zu ihr gewandt, als würde er ihr gerade etwas sagen. Dabei lächelte er, als sollten diese Worte sie erheitern. Er war blond und hatte sein Haar zurückgekämmt. Eine Locke fiel ihm in die Stirn.

»Ich weiß, warum Helga ihrer Tochter diese Karte geschickt hat«, sagte sie, ohne aufzublicken und die Lupe aus der Hand zu legen. »Sie ist die Frau auf diesem Bild. Sie wollte, dass ihre Tochter ein Foto von ihr besitzt, ohne es ihr allerdings mitzuteilen.«

Henning beugte sich vor. »Diese blonde Frau ist Helga Rothmann? Und wer ist dann der Mann an ihrer Seite?«

»Das ist ihr blonder Liebhaber, der Mann, den die Polizei damals nicht gefunden hat.«

Henning nahm ihr die Lupe aus der Hand. Stumm betrachtete er den Mann. »So einen Typ Mann habe ich heute Morgen in den Akten gesehen«, sagte er leise. »Er sieht aus wie Pierre Tepper, der tote Sohn vom Professor.«

Lena lächelte. »Du vergisst, dass diese Postkarte sechsundzwanzig Jahre alt ist, da war Teppers Sohn wahrscheinlich noch gar nicht geboren.« Sie zögerte einen Moment, dann betrachtete sie den Mann erneut, diesmal mit bloßem Auge. »Aber in gewisser Weise hast du recht. Dieser Mann ist nicht der Sohn, sondern der Vater – Roger Tepper, Gottvater höchstpersönlich. Helga Rothmann hat, ohne es zu wissen, ihrer Tochter ein Foto von sich und ihrem Mörder geschickt.«

Was hatte sie da gesagt – dass Roger Tepper, ein international renommierter Rechtsmediziner, ein Mörder war? Nur weil er auf dem Foto mit Helga Rothmann abgebildet war? Nein, das »Nur« konnte sie streichen. Tepper war der Mann, den damals die gesamte Kölner Polizei gesucht hatte – der heimliche Freier, der Geliebte einer Hure, die auf grausame Art und Weise ermordet worden war.

Wie alt war Tepper damals gewesen? Seine graue Mähne ließ ihn älter wirken, aber er mochte erst Anfang oder Mitte fünfzig sein. Und wenn sie sich richtig erinnerte, war Tepper in Köln geboren, vermutlich hatte er auch hier studiert.

»Nun gibt es noch einen Grund mehr, warum wir Tepper finden müssen«, sagte Henning.

»Und plötzlich haben wir unsere Zeit doch nicht vertrödelt.« Lena nahm ihre Geldbörse hervor und legte einen Fünfzig-Euro-Schein auf den Tisch.

»Wieso hat sich damals keiner diese Postkarte angesehen?«, fragte Henning.

»Wahrscheinlich weil Doras Eltern sie unter Verschluss gehalten haben und die Polizei nichts von ihrer Existenz wusste.«

Sie beschlossen, zuerst ins Präsidium und dann zu Teppers Wohnung zu fahren. Er wohnte, wie Henning wusste, in einem Haus in Rodenkirchen mit Blick auf den Rhein.

Für einen Moment wurde Lena von Stolz erfüllt. Wenn alles stimmte, was sie sich da zusammenreimten, dann hatten sie soeben einen Kriminalfall gelöst, an dem ihr Vater und die gesamte Kölner Polizei gescheitert waren. Ein Rechtsmediziner, den jeder Kriminalbeamte in Köln kannte und verehrte, war ein Mörder, der fast dreißig Jahre lang unentdeckt geblieben war.

Als Henning den Schlüssel in das Zündschloss seines Corsas schob, kam ihr noch ein anderer, blitzheller Gedanke. »Wo hat man den toten Serben gefunden?«, fragte sie.

»An der Musikhochschule, Dagobertstraße – du warst doch selbst vor Ort«, entgegnete Henning und startete den Wagen.

»Ist da nicht auch der erste Mord passiert? Hat Helga Rothmann nicht genau in dieser Straße ihr Apartment gehabt?«

30.

Er beschloss zu beten. Großer Gott, wenn du mir hilfst, werde ich eine Wallfahrt unternehmen, nach Kevelaer, zu Fuß von Köln aus. Ach, nein, ich gehe nach Santiago de Compostela – spielt keine Rolle, wie lange es dauert.

Sein Schwur erfüllte ihn mit neuer Zuversicht. Es war nicht schwierig gewesen, die Schlafmaske abzustreifen. Doch das nutzte nicht viel. Draußen war es dunkel. Am Fenster war die Jalousie heruntergezogen, sodass nur ein Schimmer von Licht hereinfiel. Er konnte ein paar Konturen ausmachen – der Stuhl neben dem Bett, die Kerze darauf und das verdammte Diktiergerät mit seinem Geständnis. Auch seine Metallfesseln sah er, doch das Bettgestell zu seinen Füßen konnte er allenfalls erahnen.

Er begann, sich hin und her zu bewegen, schüttelte das Bett durch, immer und immer wieder. Er hoffte, auf diese Weise den Lattenrost, auf dem er lag, aus seiner Verankerung zu reißen. Das Bett wackelte und schwankte. Hin und her rollte er, der metallene Lattenrost ächzte und stöhnte. Die Federn bohrten sich durch den dünnen Schaumbelag in seinen Rücken. Trotzdem ließ er nicht nach.

Es war Irrsinn, was er tat, dann dachte er an seinen Schwur.

Ich gehe nach Santiago de Compostela – er war eigentlich nicht gläubig, er hatte nur an sich selbst geglaubt, doch dieser Schwur verlieh ihm Kraft.

Alles würde gut werden – er hatte dieses Schicksal nicht verdient.

Immer kurzatmiger machten ihn seine Bemühungen. Trotz aller Mühe gelang es ihm nicht, das Klebeband von seinem Mund abzustreifen. Seine Handfesseln saßen zu fest, und er vermochte seinen Kopf nicht so weit zu drehen, dass er mit dem Mund an die Metallkette herankam, um das Klebeband zu beschädigen oder zu entfernen.

Immer wieder musste er eine Pause machen, dann warf er sich weiter hin und her. Das Bett zitterte. Einmal glaubte er, dass etwas gebrochen war, ein Scharnier, eine Metallauflage, er wusste es nicht genau, aber er meinte zu sehen, dass der Lattenrost Schieflage bekommen hatte.

Sein Erfolg spornte ihn an. Er war nass geschwitzt, wie bei einem Lauf am Rhein entlang.

Irgendwann schlief er erschöpft ein. Als er erwachte, fielen hellere Lichtbahnen ins Zimmer. Es war Tag draußen. Er lauschte. Manchmal war ein Auto zu hören, das unten auf der Straße entlangfuhr. Das Fenster wies zum Hof hinaus, in dem eine mächtige Kastanie stand, erinnerte er sich. Sonst war nichts zu hören, als würde hier tatsächlich niemand mehr wohnen.

Er nahm seine Tätigkeit wieder auf, warf sich hin und her, obwohl er mittlerweile an einem höllischen Durst litt. Er war nicht in Form, es war alles zu viel für ihn. Der Lattenrost hatte sich ein wenig zur Seite geneigt, aber vielleicht bildete er sich das alles auch nur ein.

»Fleur«, flüsterte er, »es war alles ein Irrtum. Ich wollte das nicht tun – es hat mich überkommen, ein Wahn.« Er sah sie vor sich, sah ihre blauen, schönen toten Augen, die ihn anzustarren schienen. Er hatte sie geliebt, ja, jetzt fiel es ihm auf.

Für eine Stunde oder länger lag er nur so da, lauschte seinem Herzschlag und rührte sich nicht, war nur damit beschäftigt, ruhig ein- und auszuatmen.

Dann hörte er eine Sirene, und als wäre das ein Signal,

begann er von Neuem, alle seine Kräfte zu sammeln und sich hin und her zu werfen.

Als es bereits wieder dunkel geworden war und er meinte, den Durst nicht mehr auszuhalten, hörte er ein leises Krachen. Die hintere Seite des Bettgestells war abgebrochen, der Lattenrost glitt aus der Verankerung und schlug auf den Boden. Ein Ruck ging durch seine Beine, als das Metallgitter nach hinten kippte. Er jubelte innerlich, immerhin hatte er es geschafft, das Bett zu zerstören. Er hatte sich nicht kampflos ergeben.

Mühsam versuchte er dann, die Beine anzuziehen, die an das Gitter gekettet waren. Er musste einige schmerzhafte Verrenkungen vollführen, dann hatte er das Gitter so weit zu sich herangezogen, dass er es mit der rechten Hand greifen konnte. Seine Fußfesseln waren um die obere Stange gelegt, die auf das Gitter nur aufgesetzt war. Wenn es ihm gelingen würde, sie abzuziehen, wären zumindest seine Füße frei.

Er versuchte es, immer und immer wieder, mit einer Hand. In dem wenigen Licht konnte er kaum erkennen, ob die Stange sich bewegte.

Eigentlich konnte es nicht gelingen, sagte er sich, eigentlich brauchte man die Kraft von zwei Händen und Werkzeug dafür. Doch er ließ nicht nach. Er war durstig wie noch nie in seinem Leben, er schwitzte, ihm taten die Beine und der Rücken weh, doch er zwang sich, immer weiterzumachen. Es war seine einzige Chance.

Er dachte an Fleur, an ihren Ausflug zum Drachenfels, als wären sie wirklich ein Paar gewesen. Gäbe es irgendwo ein Paralleluniversum, lebten sie vielleicht zusammen, hätten diesen Tag als ersten eines gemeinsamen Lebens begriffen.

Nein, er hatte Alma geheiratet – er hatte mit ihr Kinder bekommen und ein gutes Leben geführt, wenn auch mit diesem mörderischen Schatten, der ihn stets begleitete.

Irgendwann – es mochte mitten in der Nacht sein – schaffte er es. Die obere Stange glitt heraus, das Metallgitter kippte nach hinten. Seine Füße steckten noch in den Metallfesseln, aber sie waren frei.

Er gestattete es sich, durchzuatmen, während er gleichzeitig seine Beine bewegte. Nun konnte er seinen ganzen Körper einsetzen, um auch noch seine Arme frei zu bekommen. Panisch schaute er sich um. Wenn seine Handfesseln an einem Heizkörper festgemacht waren, würde ihm seine neue Beinfreiheit wenig nutzen. Nein, die rechte Fessel war ebenfalls nur an der oberen Stange befestigt, die untere jedoch tiefer am Bettgestell.

Er mobilisierte seine letzten Kräfte und brauchte ungefähr eine Stunde, um die obere Stange zu lösen. Sein rechter Arm war frei, nur die linke Hand hing weiter an dem Gestell. Er riss sich das Klebeband ab und konnte sich endlich aufrichten. Sein Körper war ein einziger Schmerz. Er atmete tief durch, presste die Luft tief in seine Lungen. Nun konnte er sich bewegen, allerdings würde er seine linke Hand nicht befreien können. Er würde bei allem, was er nun tat, das vordere Teil des Bettgestells mit sich schleifen müssen.

Mühsam bewegte er sich in Richtung Bad. An den Wänden befanden sich tatsächlich keine Tapeten mehr. Nackte, hässliche Wände umgaben ihn. Man hatte die Wohnung schon für Renovierungsarbeiten hergerichtet. Zum Glück lief das Wasser im Bad noch. Er stillte seinen Durst und wusch sich den Schweiß aus dem Gesicht, dann kehrte er zurück. Er wagte nicht, das Licht anzuschalten. Mit einer heftigen Bewegung, in der seine ganze Wut zum Ausdruck kam, schleuderte er die Kerze und das Diktiergerät von dem einzigen Stuhl im Raum. Mit drei kräftigen Tritten zerstörte er das altmodische Aufnahmegerät, das jenem glich, das er damals selbst benutzt hatte. Er war völlig erschöpft und setzte sich. Einen Gedanken an Flucht verwarf er – so, in diesem Zustand, an ein Bettgitter gefesselt, würde er nicht weit kommen.

Nein, nun musste er warten, bis sein Peiniger zurückkehrte. Wie sollte er ihm begegnen – mit einem Bettgestell am Handgelenk? Doch er hatte eine Hand frei und eine Metallstange, die als Waffe dienen konnte.

Wie viel Zeit war vergangen? Lange konnte es nicht mehr dauern, bis die vierundzwanzig Stunden abgelaufen waren.

Er beschloss, im Bad zu warten, und zerrte den Stuhl und das Bettgestell in den winzigen Raum. Sein Hass würde ihm die Kraft verleihen, die er brauchte, um seine Widersacher zu besiegen.

»Danke, Fleur«, flüsterte er. Wenn alles vorbei war, würde er im Dom eine Kerze für sie und sich aufstellen, und im Frühjahr würde er nach Santiago de Compostela pilgern. Er würde ein anderer Mensch werden, würde sich wieder um Alma und die Kinder kümmern. Er hoffte, dass Pierre noch am Leben war.

Der Kopf sank ihm auf die Brust. Er nickte vor Erschöpfung ein und träumte von Fleur, nein, nicht von ihr, sondern von ihrem süßlichen Parfüm, das ihn wie eine Wolke umgab.

Als er ein Geräusch hörte, schreckte er auf.

»Was glaubst du?«, fragte Henning. »Dass Tepper sich ausgerechnet in dem Apartment seiner toten Geliebten versteckt? Das ist doch absurd. Wir verschwenden unsere Zeit.«

»Ich will nur nachsehen«, erwiderte Lena. »Ist es nicht merkwürdig, dass Vukovic in derselben Straße erschossen worden ist? – Hast du eine Waffe dabei?«

Henning nickte wortlos und starrte auf die leere Straße hinaus.

Es war kurz nach halb elf. In diesem Teil Kölns herrschte wenig Verkehr. In dem Haus Dagobertstraße 38 brannte nur in einem Fenster in der ersten Etage Licht. Das Haus sah ansonsten unbewohnt aus.

Henning fand einen Parkplatz, der so lag, dass sie die Eingangstür im Blick hatten. Kaum hatte er den Motor abgestellt, klingelte sein Telefon. Mit einem Seufzen ging er an den Apparat.

»Was willst du?«, fragte er ärgerlich. Lena vernahm eine Frauenstimme. Seine Frau? Nein, offenbar nicht, wie seine düstere Miene verriet. »Du hast mich aufs Kreuz gelegt … Ich will mein Geld zurück, die ganze Summe … Du kannst froh sein, wenn ich dich nicht anzeige.« Er schaute Lena an und verdrehte die Augen. »Ich weiß, dass du in einer Notlage bist«, fuhr er fort, »aber das heißt noch lange nicht …«

Lena beobachtete, wie eine Gestalt, die eine Kapuze trug, die Straße entlangging. Vor dem Haus Nummer 38 zögerte die Gestalt, dann wandte sie sich dem Hauseingang zu. Lena öffnete die Beifahrertür und lief über die Straße. Bevor die Tür ins Schloss fiel, hatte sie ihren Fuß dazwischengeschoben.

Die Gestalt hatte kein Licht angeschaltet. Lena lauschte. Im Dunkeln schritt jemand die Treppe hinauf. Sie wartete ab. Sollte sie der Gestalt allein folgen? Sie holte eine Packung Papiertaschentücher hervor und legte sie so, dass die Tür nicht ins Schloss fiel. Dann lauschte sie wieder. Die Gestalt hatte offenbar innegehalten. Hatte sie bemerkt, dass ihr jemand gefolgt war?

Vorsichtig wandte Lena sich dem Treppenhaus zu. Sie nahm die erste Stufe und griff nach ihrer Waffe.

Er hörte, wie ein Schlüssel ins Schloss geschoben wurde. Kein Zweifel. Plötzlich war er hellwach, sein Herz war wie ein Motor angesprungen und klopfte wild.

Langsam und beinahe geräuschlos wurde die Tür geöffnet. Danach folgte ein Moment der Stille. Jemand horchte in die Wohnung hinein. Wie viele seiner Peiniger kamen da? Er konnte es nicht sagen. Jedenfalls sprachen sie kein Wort.

Dann wurde die Tür leise zugeschoben, wieder fast ohne ein Geräusch.

Er packte die Bettstange fester.

Jemand schritt näher, dann wieder ein Innehalten.

Es war nur eine Person, die gekommen war, da war er sich nun beinahe sicher.

Was hatte diese Person vor?

Er hörte ein tiefes, unsicheres Einatmen, dann ein leises Geräusch, ein Reißverschluss, der geöffnet wurde, nein, zwei, ein kaum hörbarer surrender Laut.

Die Person hatte sich die Schuhe abgestreift.

Er duckte sich, umklammerte nun die Bettstange mit seiner freien rechten Hand noch fester. Hatte er überhaupt eine Chance? Er musste das Überraschungsmoment nutzen, diesen einen Augenblick, wenn seinem Peiniger klar wurde, dass er sich befreit hatte.

Ein Schatten zog vorbei, klein, ein wenig vorgebeugt, scheinbar harmlos. Dann hörte er es, ein erstauntes Einatmen. Er bewegte sich vor, aus dem Bad heraus, aber natürlich gelang es ihm nicht, ohne ein Geräusch zu verursachen.

Seine Sinne waren überreizt, Adrenalin schoss durch seinen Körper. Sein Herz schlug einen harten, panischen Takt.

Dann geschahen mehrere Dinge gleichzeitig. Das Metallgitter, an dem sein linker Arm hing, krachte gegen die Türzarge, während er sich nach vorne schob, so schnell er konnte, die Bettstange zum Schlag erhoben, und im Zimmer sprang die einzige nackte Glühbirne an, die von der Decke baumelte. Sie erhellte den Raum kaum, doch mit einem Blick konnte man das zerstörte Bett erkennen. Die Gestalt vor ihm schnellte herum, als hätte sie ihn nun endlich hinter sich gespürt.

Er wollte mit der Stange zuschlagen, obwohl er noch gar nicht nahe genug heran war, vor Überraschung aber schien sein Herz einen Moment lang auszusetzen.

Eine zarte, kleine Frau stand da, ein bleiches Brillengesicht, mausgraue Haare, ein langweiliger Pagenschnitt.

Er kannte sie so gut.

»Du?«, sagte er – kein richtiges Wort, sondern nur Ausdruck eines atemlosen Entsetzens.

Sie nickte. Ihre Augen hinter den runden Brillengläsern waren riesengroß. »Du hast nichts verstanden«, sagte sie tonlos, nun gar nicht mehr überrascht.

Sein Blick glitt zu der Pistole in ihrer Hand, seiner Ceská, und in der nächsten Sekunde feuerte sie mit regloser Miene.

Ein fürchterlicher Schmerz zerriss seine Brust und breitete sich in rasendem Tempo in seinem Körper aus. Er kippte gegen die Wand, vermochte sich aber am Bettgitter abzustützen, um nicht zu fallen.

Doch schon einen Herzschlag später war ihm, als würde ihn eine ungeheuere Leichtigkeit erfassen, als würde aus dem Loch in seiner Brust ein großer schwarzer Vogel fliegen, der da seit einer Ewigkeit gehockt und ihn gequält hatte.

Er blickte noch einmal auf, sah ihr starres Gesicht und die Liebe und den Hass darin.

Sie hielt die Pistole noch immer fest umklammert.

Er wusste mit einer Klarheit, die er nie zuvor empfunden hatte, dass er nun ganz frei war von Schuld und allen Ängsten, dass er nie nach Santiago de Compostela pilgern würde, er würde auch Alma niemals wiedersehen, würde nie mehr einen Schritt in sein Institut setzen und nie wieder Carolin oder sonst wen umarmen.

Sie schoss noch einmal.

Sein Leben war zu Ende. Der schwarze Vogel war fortgeflogen. Nun würde das schwarze Loch, das all die Jahre um ihn gewesen war, ihn endgültig verschlingen.

Lena hörte den Schuss, als sie direkt vor der Tür in der vierten Etage stand. Hier war die Gestalt verschwunden. Da war sie sich schon vorher sicher gewesen. Die Tür war verschlossen. Sollte sie auf Henning warten, der vermutlich noch im Auto hockte, oder Verstärkung anfordern? Doch eigentlich dachte sie gar nicht darüber nach. Ihre Intuition ließ sie handeln. Sie bewegte sich einen Schritt zurück, bevor sie zutrat. Ein heftiger Schmerz zuckte durch ihr rechtes Bein. Sie straffte sich erneut und brauchte vier heftige Tritte, bis die billige Holztür aus den Angeln krachte.

Dann hörte sie den zweiten Schuss, er klang noch lauter und gefährlicher.

Eine Frau stand etwa fünf Meter von ihr entfernt, am Ende eines schmalen Flurs, im fahlen Licht einer Glühbirne. Sie hielt noch immer die Waffe, doch sie zielte nicht, sondern hatte sie sinken lassen, weil ihre Arbeit getan war.

Roger Tepper lag am Boden, Handfesseln um seine Arme, ganz nutzlos hielt er eine Metallstange in der Hand, Blut lief aus einer hässlichen Wunde an seinem Kopf und breitete sich zu einer Lache aus.

Lena spürte, dass sie um Atem ringen musste, dann richtete sie ihre Waffe aus. Mit fester Stimme sagte sie: »Frau Doktor Brake, lassen Sie die Waffe fallen. Sofort!«

Doktor Brake hob den Blick, sie lächelte matt. »Er hatte es verdient«, sagte sie leise, dann warf sie ihre Pistole auf den Boden.

Einen Augenblick später hörte Lena eine scharfe Stimme hinter sich. »Kriminalpolizei, Köln – heben Sie langsam die Hände hoch.«

Henning war auch endlich eingetroffen.

31.

Es war fünf Uhr am Morgen, als sie die Toilette im Präsidium aufsuchte, um sich das Gesicht zu waschen. Blass und erschöpft blickte sie sich im Spiegel an. Ihre Augen waren gerötet. Trotz allem fühlte sie sich hellwach. Das Adrenalin rauschte noch immer durch ihren Körper. Stolz und Entsetzen erfüllten sie gleichermaßen. Sie hatte gleich drei Morde aufgeklärt – wenn man den Tod von Pierre Tepper dazuzählte, sogar vier. Gewissermaßen als Anerkennung hatten Bohl und Larsen ihr und Henning die Befragung von Doktor Nina Brake überlassen.

Bevor sie in den Verhörraum zurückkehrte, traf eine SMS ihres Vaters ein. »Kompliment! Eine gute Leistung. Gruß Vater«, schrieb er. Für seine Verhältnisse ein geradezu überschwängliches Lob. Jemand aus dem Präsidium, vermutlich Jürgen Weiler, hatte ihn bereits aus dem Bett geklingelt, um von ihrem Triumph zu berichten.

Nina Brake hatte, kaum dass man sie aufs Präsidium gebracht und sie über ihre Rechte belehrt hatte, wie ein Wasserfall zu reden begonnen – als lägen Monate des Schweigens hinter ihr. Und vermutlich war dem auch so. Sie hatte offenbar keine Helfer gehabt.

Sie hatte sich in der Sekunde heillos in Tepper verliebt, als sie das rechtsmedizinische Institut als junge Assistenzkraft betreten hatte – er war all das, was sie gerne gewesen wäre: selbstbewusst, gut aussehend, eloquent, eine Kapazität auf seinem Gebiet und so skrupellos, wie es seiner Karriere diente. Sie hatte ihm Avancen gemacht, hatte quasi Tag und Nacht gearbeitet, um ihn zu beeindrucken, aber er hatte sie nie wirklich beachtet. Sie war eben nur seine tüchtige Assistentin. Also hatte sie ihn aus einiger Entfernung bewundert, und ihm immer wieder kleinere Zeichen ihrer Zuneigung gegeben, die er allesamt ignoriert hatte.

»Dann kam die Weihnachtsfeier im letzten Jahr«, erzählte Nina Brake, als Lena in den Verhörraum zurückkehrte. Die junge Rechtsmedizinerin hatte nicht aufgehört zu reden.

Henning nickte Lena zu. Auch er war stolz auf ihren Erfolg. Zwischendurch stand er immer wieder auf und sorgte dafür, dass ihnen der Kaffee nie ausging. Auf dem Tisch lag sein Diktiergerät. Hinter einer verspiegelten Glasscheibe saßen Bohl, Larsen und Wiegand und beobachteten jeden ihrer Schritte. Bisher hatten sie zu der Art und Weise ihrer Befragung keine Einwände erhoben.

»Wissen Sie«, fuhr Nina Brake beinahe in einem Plauderton fort, »ich bin in einem katholischen Kinderheim aufgewachsen. Meine Eltern waren zu jung, um mich großzuziehen, meine Mutter war drogensüchtig. Für mich war Weihnachten etwas Besonderes, ein heiliges Fest, aber Tepper … Es war widerlich. Er ist mit seiner Sekretärin abgezogen, einer unfähigen Aushilfe. Er hat sie in seinem Büro gevögelt, ich habe es mit eigenen Augen gesehen. Er stand mit heruntergelassenen Hosen da, der große Professor, und fickte sie mit geschlossenen Augen. Da hat es in meinem Kopf klick gemacht. Verstehen Sie?« Nina Brake lächelte, als wäre sie keine Mörderin, sondern würde eine harmlose Bürogeschichte erzählen.

»Danach fanden Sie den Professor nicht mehr so … sympathisch?«, fragte Henning.

Nina Brake nickte. »Ich habe ihn gesehen, seinen faltigen Arsch. Er stöhnte wie ein Schwein, während er sie fickte. Da habe ich begriffen, dass er mich gar nicht wert war, und ich habe begonnen, ihn auszukundschaften, ihn und seine feine Familie. Es hat mich eine Menge Zeit gekostet, aber es war gar nicht so schwer.« Sie hob fragend die Augenbrauen, und als Henning mit einer Handbewegung seine Einwilligung gab, griff sie nach der Schachtel, die vor ihr lag, und steckte sich eine weitere Zigarette an. Sie rauchte ungelenk, so, als wäre sie es nicht gewohnt.

»Diese Familie ...«, sagte sie, »seine beiden Söhne, die Tochter, irgendwie waren sie alle schlechte Betrüger, wenn man genauer hinsah, genau wie Tepper selbst. Nur seine Frau nicht, sie ist eine großartige, wunderbare Ärztin, aber sie hat es ja auch nicht mehr in ihrem tollen Haus in Rodenkirchen ausgehalten.« Sie verstummte, als müsse sie über ihre Worte nachdenken. Ein strenger Zug schlich sich um ihren schmalen Mund.

Lena schwankte zwischen Mitgefühl und Abscheu, während sie Nina Brake beobachtete. In ihrem weißen Kittel im Institut hatte sie den Eindruck einer Streberin gemacht, eine Karrieristin, die sich selbst keinen Fehler verzieh und deshalb auch keine Fehler beging. Nun wirkte sie befreit, eine junge Frau von dreißig Jahren, die endlich sagen konnte, wer sie war und was sie getan hatte.

»An einem Wochenende, als er auf einem Kongress in Berlin war, habe ich mir seinen Büroschlüssel besorgt, er hat es nicht einmal bemerkt, das arrogante Superhirn. Ich habe nachts sein Büro durchsucht, jeden Winkel, sechs Stunden lang. Ich habe Postkarten gefunden, die ihm irgendwelche Verflossenen geschrieben haben, Rechnungen von Hotels, in denen er angeblich auf Dienstreisen gewesen war, Gutachten von Studenten, die er als seine ausgegeben hat, angebrochene Kondompackungen und dann ...« Sie inhalierte tief. »Dann, versteckt, unter einem doppelten Boden in seinem Schreibtisch dieses alte Diktiergerät mit den beiden Bändern. Das war der Wendepunkt.« Sie verstummte wieder und zog an ihrer Zigarette. Ihre Hände waren klein und mädchenhaft, mit kurzen, penibel geschnittenen Fingernägeln. Sie war eine ordentliche Frau. »Noch am frühen Morgen, als ich zu Hause in der Badewanne lag, habe ich die Bänder abgehört, haarklein beschreibt er den Mord an dieser Prostituierten. ›Leise, stirb leise‹, hat er geflüstert, während er die Schlinge um ihren Hals zuzog. ›Stirb leise, Fleur.‹ Da wusste ich, dass ich ihn bestrafen musste. Dazu war ich ausersehen. Das war nun meine Aufgabe.«

Sie schwieg erneut. Die Anspannung im Raum war mit Händen zu greifen. Eine schwere, tiefe Stille umfing sie. Nina Brake bewegte die Lippen, als müsste alles Weitere ungesagt bleiben. Ihr Vorhaben danach, der Mord, den sie begangen hatte.

»Sie haben das Geständnis des Professors abgehört, und dann haben Sie beschlossen, Eva Helmes umzubringen, um ihn zu bestrafen?«, fragte Lena nach einer Weile, um die Stille zu durchbrechen.

Nina Brake schaute sie an, als wäre sie ganz woanders gewesen, an einem anderen Ort, und als würde sie Lenas Anwesenheit erst jetzt bemerken.

»Ich habe die ganze Familie beobachtet, die Tochter mit ihrem Lover, diesem Professor, Leo und dessen schöne Freundin und insbesondere Pierre, diesen Golfspieler. Er glich seinem Vater, ein charmanter Schönling, ein Schwätzer, den man leicht täuschen konnte«, sagte sie. »Auch er liebt es, sich Frauen zu kaufen, denselben Typus, ältere Blondinen wie Eva Helmes, die schon ein wenig abgetakelt waren. Ich habe mir eine Perücke aufgesetzt und mit ihr geredet, ich wollte, dass sie dem Professor eine Falle stellte, ich wollte ihn in flagranti erwischen, mit heruntergelassenen Hosen, wie in seinem Büro. Die Fotos hätte ich dann ins Internet gestellt, da wäre er auch erledigt gewesen, aber die blöde Kuh hat mich ausgelacht, sie fand mich hysterisch. ›Sind Sie eine durchgeknallte Stalkerin?‹, hat sie mich gefragt. Wie albern und wie anmaßend! Ich bin keine Stalkerin … ich wollte nur die Wahrheit wissen … über Tepper und seine Familie.«

»Eva Helmes hat Sie beschimpft, und deshalb haben Sie sie umgebracht?«, warf Henning ein.

Nina Brake machte eine wedelnde Handbewegung, als müsse sie diesen Einwand beiseitewischen. »Nein, natürlich nicht. Bei meinem ersten Besuch habe ich sie nicht getötet, aber mein Plan wurde immer ausgereifter. Erst wollte ich Tepper nur eine Lektion erteilen, dann beschloss ich, den ersten Mord, den Tepper so genau beschrieben hatte, zu kopieren und die ganze Familie zu vernichten.« Sie drückte ihre Zigarette aus. »Das ist mir ja auch beinahe gelungen«, fügte sie leiser hinzu.

Wieder sagte niemand von ihnen ein Wort. Allein das leise Surren des Diktiergerätes war zu hören.

Nina Brake griff nach ihrer Kaffeetasse, führte sie zum Mund, ohne jedoch zu trinken. »Es war eher ein Zufall«, sagte sie dann, »dass ich gesehen habe, wie der blasse, schüchterne Leo zu Eva Helmes gegangen ist. Ich hatte ein paar Tage auf der Lauer gelegen und hatte eigentlich mit Pierre gerechnet, doch der kam nicht. Plötzlich aber tauchte Leo auf. Das war der Wink, den ich noch brauchte – da habe ich gewusst, dass das Schicksal auf meiner Seite stand.«

Lena schloss für einen Moment die Augen und stellte sich vor, wie diese kleine schmächtige Frau auf ihrem Rachefeldzug gewesen war, voller Akribie und voller Ausdauer, Tag und Nacht, und wie sie tatsächlich eine andere Frau getötet hatte. Nein, eigentlich konnte sie es sich nicht richtig vorstellen. Sie öffnete ihre Augen wieder.

Nina Brake drückte ihre Zigarette aus und zog eine weitere aus der Schachtel.

Lena schaute sie an. »Wie hat es sich angefühlt, einen Mord zu begehen?«, fragte sie. »Erst eine unschuldige Frau zu betäuben und sie dann feige zu erdrosseln?«

»Eva Helmes war keine unschuldige Frau«, stieß Nina Brake hervor. »Aber wer sie war, hatte auch keine Bedeutung. Ich habe nur an ihn gedacht – an Tepper, daran, wie er ›Leise, stirb leise‹ geflüstert hat, immer wieder.«

Nina Brake inhalierte tief. Sie wandte den Kopf ab und wirkte plötzlich hochmütig, als wären ihre Erklärungen, wann sie was getan hatte, eigentlich überflüssig. Reue schien sie nicht einmal im Ansatz zu empfinden.

»Und warum haben Sie Zlatko Vukovic getötet, einen Unbeteiligten?«, fragte Henning.

Nina Brake wandte den Kopf. Sie kniff die Augen zusammen und zog an ihrer Zigarette. »Er war kein Unbeteiligter. Tepper hat ihn als Aufpasser engagiert. Erst stand er in der Dagobertstraße plötzlich vor der Tür, hat geklingelt und sich nach Tepper erkundigt. Ich konnte ihn nur mit Mühe abschütteln. Später hat er mich auf der Straße abgepasst. Er hat mich am Kragen gepackt. Ihn wollte ich nicht umbringen.« Nun lag doch ein Hauch von Schmerz um ihren Mund.

»Und Pierre Tepper?«, fragte Henning. »Sie haben ihn betäubt und die Drogen in den Wagen geschmuggelt?«

Sie zuckte mit den Achseln. »Ihn habe ich erst nur auf die Probe stellen wollen. Kein mitfühlendes Wort hatte er für die Prostituierte übrig.« Sie verstummte für einen Moment. »Er ist wie sein Vater – total von sich eingenommen. Ich habe ihn in einem Club am Friesenwall getroffen. Es war ein Kinderspiel, ihn zu einer kleinen Tour zum Rhein zu überreden. Erst habe ich gedacht, dass er mich wiedererkennt. Ich hatte mal bei ihm Golf gespielt, aber er hat nur geredet und angegeben – was für ein toller Sportler er ist, dass er auf Mallorca ein Golfhotel eröffnen will.« Sie lächelte matt. »Das Kokain in seinem Wagen habe ich von dem Lösegeld bezahlt, das Tepper mir für die Fotos gegeben hatte, die ich von Leo besaß.«

»Welche Fotos?«, fragte Lena. Von Lösegeld war bisher nicht die Rede gewesen. Es gab offenbar noch manches, das sie noch nicht wussten.

Im nächsten Moment klingelte ihr Smartphone. Sie hatte vergessen, es auf lautlos zu stellen. Es war zehn Minuten nach sechs. Auf dem Display leuchtete eine ellenlange Nummer auf.

Sie erhob sich, entschuldigte sich bei Henning und verließ den Verhörraum, während es weiterklingelte.

»Ja, bitte?«, fragte sie und spürte zum ersten Mal ihre Müdigkeit.

»Hello«, erwiderte eine helle, freundliche Männerstimme. »May I talk to Misses Lena Larcher?«

»Ja«, sagte sie, »ich bin am Apparat. Wer sind Sie?« Zu spät erkannte sie, dass sie eigentlich Englisch reden sollte.

Ein jungenhaftes Lachen antwortete ihr. »I am Rashmi from Sri Lanka. You are the wife of my late father Robert?«

»Yes«, entgegnete sie, »I was his wife.« Sie bemerkte, dass sie in der Vergangenheit von Robert sprach.

»O, I am so happy I can talk to you. I would like to see you – maybe next month – in your country, in Germany, what do you think?«

Rashmi wollte sie besuchen? Nächsten Monat?

Sie sah, wie David Bauer den Gang entlangkam. Er trug wieder seinen Filzhut und seinen langen dunklen Mantel. Auch ihn hatten die Neuigkeiten bereits erreicht und ins Präsidium eilen lassen. Er hob seinen rechten Arm und reckte ihr lächelnd den Daumen entgegen.

Ihr Zögern schien Rashmi zu irritieren. »Is that okay?«, fragte er. »My Mum will give me some money for the flight.«

»Yes«, sagte sie in ihr Telefon. »Yes, Rashmi, that is fine. Come and visit me. I would love to meet you.«

Dann unterbrach sie die Verbindung, und auf einmal hatte sie Robert vor Augen, einen viel jüngeren Robert, der sie anlächelte und sie umarmte, ihr seinen linken Arm um die Taille legte, wie er es immer getan hatte. Sie spürte den leichten Druck seines Armes. »Ich habe den Fall gelöst, Robert«, flüsterte sie vor sich hin. »Und über Rashmi weiß ich nun auch Bescheid.«

Danksagung

Mein ausdrücklicher Dank gilt Cati Polojachtof, die mir die Grundidee für dieses Buch überlassen hat. Dass daraus dann etwas ganz anderes wurde, wird sie wahrscheinlich besonders überraschen.

Danken möchte ich auch Joachim Jessen, für seinen Zuspruch und seine produktive Widerrede, sowie meiner Lektorin Karoline Adler, die schon früh an dieses Projekt geglaubt hat.

Reinhard Rohn